大鱼

有爱的青春陪伴者

喜欢两个人

帘十里 著

四川文艺出版社

图书在版编目（CIP）数据

喜欢两个人 / 帘十里著 . -- 成都：四川文艺出版
社，2022.5
ISBN 978-7-5411-6312-8

Ⅰ．①喜⋯ Ⅱ．①帘⋯ Ⅲ．①长篇小说－中国－当代
Ⅳ．① I247.5

中国版本图书馆 CIP 数据核字 (2022) 第 050046 号

XI HUAN LIANG GE REN

喜欢两个人

帘十里 著

出 品 人	张庆宁
责任编辑	邓 敏
特约编辑	雪 人
装帧设计	Insect 西 楼
封面绘制	妮老大 YE
责任校对	段 敏

出版发行　四川文艺出版社（成都市锦江区三色路 238 号）
网　　址　www.scwys.com
电　　话　0731 - 89743446（发行部）　028 - 86361781（编辑部）

排　　版　长沙大鱼文化传媒有限公司
印　　刷　长沙鸿发印务实业有限公司
成品尺寸　145mm×210mm　　开　本　32 开
印　　张　10　　　　　　　　字　数　360 千字
版　　次　2022 年 5 月第一版　印　次　2022 年 5 月第一次印刷
书　　号　ISBN 978-7-5411-6312-8
定　　价　45.80 元

目 录

Contents

Part.01　如果有一棵猴面包树　　　001

Part.02　少女要努力发光　　　043

Part.03　最特别的人　　　081

Part.04　后知后觉的喜欢　　　120

Part.05　攻略林延程计划　　　153

Part.06　很在意你　　　190

目 录
Contents

Part.07　我们要在一起　　　　225

Part.08　喜欢两个人　　　　262

Extra.01　大学　　　　295

Extra.02　毕业　　　　300

Extra.03　婚礼　　　　304

● Part.01 如果有一棵猴面包树

2007年5月，春末夏初。

青水镇河岸两侧的杨柳嫩枝飞舞，翠绿的枝叶上还驻留着早晨的露水，清澈的河里能清楚地看到一团又一团的黑色蝌蚪。

不宽不窄的水泥路上，自行车、电动车陆陆续续地驶过。

岑曦蹬着自行车的脚踏板，微微喘着气。自行车后头装着一个竖着的筐子，里头的书包随着她骑车的动作摇摇晃晃。

骑了一会儿她突然放慢了踩踏的动作，被河里一簇簇蝌蚪的身影吸引，侧头张望着。

"程程，你看，它们是不是要长腿了，好像没上个星期那么可爱了。"

身边的林延程骑着自行车，侧过目光，视线落在岑曦的马尾辫上，说："骑车不要乱看，看前面。"

岑曦"噢"了声转过脑袋，用力地蹬了两下自行车，瞬间把林延程甩在身后，又故意不踩踏，让自行车借着惯性自己往前滑。林延程的速度一直保持平稳，两个人很快又并骑行了。

岑曦歪头，重复问道："它们是不是没上个星期那么可爱了？"

林延程说："有点。"

岑曦眉头一皱："那这个周末不能捞小蝌蚪了，那要去捡宝石吗？"

林延程声音淡淡的，说："你想去就去吧。"

岑曦眉眼一瞬间舒展开来，开心地使劲往前冲。

林老爷子骑着老式自行车跟在两人后头，笑眯眯地看着两个孩子清瘦的背影，喊道："曦曦！你慢点！"

"哎！"

岑曦回得最快，忘记得也最快，谁也管不住她的车速。

三个人停在红枫小学外面的小卖部旁边，那里有个棚可以免费停车。

岑曦把自行车停在林延程的车边上，拉了拉两辆车的后车轮，让它们挨紧，再套上环形锁，把车锁一起。

两个人都是上学期初买的车，两个人的妈妈带着他们去镇上的百货店买的。

岑曦一眼相中了一辆粉色的，即使母亲说这辆车身重，骑起来会吃力，她还是执意要全粉的，全粉的也只有这一辆。

而男孩子与女孩子天生不同，林延程选了辆黑色的，虽然是那时流行的赛车，很普通的款式，但岑曦总觉得他骑起来很好看。

买自行车的原因很简单，他们上五年级了，马上要进入六年级，六年级被划分到初中。这意味着他们要开始自己上学了，不用家长接送，为了让两个孩子提早适应骑车上学，家长便给他们买了自行车。

但岑曦的父母，岑兵和蒋心莲还是不能完全放心，而那段时间他们又忙得不可开交，正好林老爷子闲着，就每天骑着老式自行车跟在孩子后头送他们上学。

两家邻居几十年，互帮互助应该的，林老爷子也感激蒋心莲，知道那对夫妻一直对延程打心底里的好，如今他能为俩孩子做点什么，他也开心。

而前段时间出了几桩自行车被偷的事情，岑曦就让母亲买了个环形锁，林延程也想买，但岑曦说两个人用一个就好了。

林延程问岑曦为什么，岑曦笑嘻嘻地说："反正我们放学总要一起回去的，万一你想学那些学生去网吧打游戏，你想去也去不了，我替阿姨和爷爷看着你。"

林延程："……"

明明是她更喜欢打游戏，更喜欢周末乱晃悠。

已经是5月，还有一个多月他们就要从红枫小学毕业。

岑曦上完语文课后跑出来跳皮筋，热得一身汗。上课铃响起，她屁股还没坐稳，只听数学老师告诉他们这一场期末考如果考不好的话连上初中的资格都没有，只能回家种田。

十来岁的孩子总是对老师的话深信不疑，成绩差了五年的岑曦第一次有了危机感。

数学老师讲完，岑曦坐在底下心怦怦怦地跳，汗出得更多了。她心虚地拿起铅笔在橡皮上戳了几个洞，脑海里已经浮现出自己在田里撒黄豆种子的样子了。

数学老师卷着课本，板着脸继续说道："如果没有意外，大家会进入红枫中学。当然，成绩好的同学可以考虑下建设中学，那个中学教学质量会比红枫中学好很多，我建议尖子生去那个中学。过两天开家长会老师也会讲这个事情，你们可以先和父母提一下。"

岑曦心想这也轮不到自己。

数学老师顿了顿，说道："林延程，你可以回去先和父母商量一下。"

岑曦眼睛瞟向坐在第二排的林延程，看见他点了点头。

班里成绩好的学生一般都坐在前面，老师说是为了照顾他们的视力。林延程就坐在最舒服的那个座位上，而她坐在倒数第三排。

幼儿园的时候林延程是班长，是每天站在校门口陪着老师检查小朋友指甲的小老师，到了小学他依旧是班长，手臂上挂着三条红杠，是大队长。

一年级第一批发绿领巾的名单里有林延程，二年级下学期换红领巾的时候，也是他先有，而岑曦永远是班里的中下等，永远是第二批。

岑曦不嫉妒，但就是想不明白，为什么一进学校他们的成绩好像就立刻划为三六九等了，并且很难超越。

林延程要去那个学校吗？他去了以后那她周末和谁玩？

岑曦又把圆珠笔戳进了橡皮里，想到这个问题时愣住了。

可他应该去好学校，那她呢？她不会要去种田吧？爸爸会打死她的吧？

岑曦以为这天和往常一样是很普通的一天，即使前一刻还在为能不能上初中惴惴不安，但小孩子总是脑回路清奇，没有什么忧愁能常驻心头。

星期一和星期五都是三点放学，天空还亮堂堂的，放学铃声一打，学校热闹起来。

即使星期一后面是烦人的星期二，但岑曦仍然为今天早放学而高兴，明天的事情明天再想就好。

他们收拾完书包在五楼走廊里排队，岑曦和林延程的身高差不多，两个人排的位置正好是同一排。

班主任站在门口点完人数，又让班长林延程点了一遍。确定没有漏掉任何人后，班主任叮嘱道："出了校门不要乱逛乱走，不要和不认识的人走，找到自己的父母，早点回家。"

小朋友齐声应了声好，各自拉起身边的同学，手牵着手井然有序地下楼。

他们两个白天交集不多，坐得又远，说不上什么话，也都是女生和女生玩，男生和男生玩，所以每次一到放学的时候岑曦都会和林延程叽叽喳喳说一堆。

下楼梯时，岑曦拉着林延程的手故意晃了晃，颇为得意地说："下午和黄文文猜拳，我赢了她好多贴纸，我差不多已经集齐一套'超级女声'了。你要不要？我可以送你一张李宇春的。"

"不用，我不收集那个。"

"噢，对，你想要一百零八将。"

"嗯。"

岑曦拍拍胸脯："如果我有了会给你的，上次施一峰求我，我都没给他呢。"

林延程笑了下。

岑曦说着，忍不住多看了他两眼。她很喜欢林延程的眼睛，是那种很好看的双眼皮，睫毛也很长，弯起来的时候最好看。

那时岑曦还没看过言情小说，没见过那些花里胡哨的形容词，所以她只会用"好看"来形容他的眼睛。

她有一年的生日愿望就是希望能和林延程交换眼睛，当然，她没告诉任何人，要不然就不灵验了。

岑曦回过神来，想起白天数学老师的话，问道："对了，程程，你要去建设中学吗？"

林延程想了想，回答道："和妈妈、爷爷商量一下吧，他们让我去的话我应该会去。"

"那你去了我们还能再见到吗？那个中学在哪里啊？"

"好像在珠花街那里，坐公交车半个小时。如果我去了，我周末会回来的，我们还可以见面。"

岑曦又晃了晃两人牵在一起的手，笑得露出两颗小虎牙，说："那就好，这样我们还可以去找宝石、钓龙虾。"

林延程用余光看她，"嗯"了声。

校门口挤满了家长，但他们会自动为孩子们让出一条道路。

走出校门，队伍散了，岑曦松开了林延程的手，双手插在口袋里。两个人往前走，爷爷一般会等在那个转角。

可今天没有，站在那里等的人是蒋心莲。

岑曦眼睛一亮，背着厚重的书包跑过去，欣喜地叫起来："妈妈！"

蒋心莲笑了笑，手搭在岑曦的肩膀上，眼睛却看向身后不急不躁走来的林延程。

岑曦仰头看着蒋心莲，问道："妈妈你怎么来了？林爷爷呢？"

蒋心莲笑得有些勉强，说："爷爷有点事，我来接你们回家。"

自行车穿过河岸街道，拐进田园小道，十五分钟就能到他们住的地方。

家家户户都是独立的二三层楼房，清澈的小河交错其间，远远地就能闻到杨树花盛开的香味。

可今天不一样，傍晚的空气中混着混浊的气味，以及越来越近的嘈杂声。

那座老旧的二层楼房亮着灯，搭着棚子，路口停满了电瓶车和自行车。

岑曦越骑越慢，慢慢扭头看向身边的林延程。她看到他握着自行车龙头的手有些颤抖，清秀稚气的脸庞紧绷着，下一秒猛地加快速度骑过去。

他在路口下车，自行车都来不及停，"哐当"一声摔在地上，车轮唰唰唰地转动着。

林延程拨开人群，冲了进去。

岑曦立马下车，跟上去。

一楼中间堆放车子和杂物的房间被清理干净了，中间放着一口棺材，四周围了花圈，而立在棺材前的是一张女人的照片。

女人一头黑亮的头发，干净温柔的五官，微微笑着，看起来没有半点痛苦。

林延程停在门口，而后跑来的岑曦看到照片后，停在了他身侧。

林老爷子抹了抹眼睛，从凳子上站起来，朝林延程招手，低声说："延程，过来，叫一声妈妈。"

林延程抬头看向爷爷，倔强的目光像是在询问爷爷，像是不相信这件事情。

林老爷子轻轻招了招手，好似力气被抽光一样，实在无力再做其他动作。

林延程双手握拳，挣扎了片刻，一步步地走了过去。他站在棺材侧边，垂眸看向里头的女人。

林老爷子说："叫声妈妈。"

周遭的亲戚都擦着眼泪，默默看着这个只有十一岁的孩子，窃窃私语，说走得那么早，孩子可怎么办？

林延程双腮绷着，鼻翼微微翕动，嘴巴微张，像是有什么东西堵住了他的喉咙。

不知过了多久，他艰难地张口："妈……"

一张口，他的声调就变了，声音连同着身体一起颤抖。

岑曦愣在了门口，木讷地看向林延程。她看见那双好看的眼睛变得通红，眼泪一行行地流了下来，他怎么控制都控制不住，像犯了错的小孩，头垂得很低，肩膀颤抖着。

这是记事以来她第一次看他哭。

岑曦鼻子一酸，泪水溢出眼眶，眼前的视线变得模糊。

这一天，林延程的母亲割腕自杀了，就在早上他们骑车去上学的时候。

林延程的母亲名叫林婉，人如其名，是个温婉柔顺的女人。

岑曦小时候总是希望能做林婉的孩子，还曾偷偷问过林婉，能不能交换孩子。岑曦记得，那时林婉乌黑的长发微微垂了下来，那双和林延程相似的眼睛沾染上笑意，那般柔软地说："那曦曦以后做阿姨的儿媳妇呀。"

六七岁的岑曦不懂什么叫儿媳妇，只顾点头说好。林婉摸了摸她的头，笑得更甚。

岑曦还喜欢去林延程家里蹭饭，因为林婉做得一手好菜。就在今天早上，岑曦去找林延程上学时还顺带吃了个林婉亲手做的红糖馒头。

岑曦记得，早上的时候林婉也如从前一样摸了摸她的头，笑眯眯地说："曦曦越长越好看了。"

岑曦虽然心里美滋滋的，但还是十分谦虚地笑了笑。

他们骑车离开院子时，林婉和往常一样，站在路口目送他们，经过小路转弯的时候，岑曦的余光总会瞥见林婉的身影。

但以后都不会有了。

岑曦参加过许多葬礼，大多是远房亲戚，没什么感情，她只知道那是个可以穿新衣服的场合，即使里头的人哀哭声不断，她都不会有太多情绪，直到今天。

直到今天，她看见林婉的黑白照，看见林延程泪流满面的样子，她止不住地哭，眼泪越擦越多。

蒋心莲忙着给林家打点丧事，抽空把岑曦拉到角落，徒手给她拧鼻涕，擦在了饭兜上。

蒋心莲蹲着，边擦边说："曦曦不哭，先回去写作业，等会儿吃饭了妈妈叫你。"

岑曦哭得都停不下来，打着嗝问道："那程程呢？"

"程程要陪他妈妈。"

"可……可阿姨为什么没了？呜呜呜……"

十一岁的孩子已经懂得怎么用词，懂得哪些词语是残忍的，哪些是委婉的，而人总是不愿意把太锋利的词语放在亲近的人身上。

蒋心莲不知道怎么向她解释成人之间复杂的事情，只好概括地说："阿姨生病了，所以走了。"

"可我不想阿姨走……她为什么不去看病？"

蒋心莲叹口气，只说这是没办法的事情，安慰了一通小姑娘。她牵着岑曦回家，嘱咐岑曦先好好写作业，不要乱跑。

岑曦抄写成语的时候越想越伤心，趴在桌子上哭了起来。

后来在晚饭席间，岑曦听大人们谈论才得知，林婉是生病了，但她是自杀。

岑曦知道"自杀"，是自己亲手结束自己的生命，电视里常有这种情节。

只是饭桌上，那些妇人以为孩子听不懂，说得并不隐晦，说林婉死在自己的床上，林老爷子早上回来，叫人人不应，上楼一看，满床的血，都淌到地上了，想救也来不及了，人早就断气了。

岑曦更加不明白了，生病了应该去看医生，为什么要自杀？就算是治不好的癌症也要去看医生。

桌上又有人说："人走了一了百了，可怜留下的孩子，才几岁啊，以后的路怎么走？学坏了怎么办？老爷子总不能管他一辈子的。"

"要说啊，就是那个人不好，要不然林婉会这样？都是冤孽，何苦呢。"

"唉，林婉到底是精神出了问题，不然正常人也不会自杀。"

岑曦吃不下了，挣脱开母亲的手，跑到灵堂那儿。她看见林延程坐在棺材侧边，低着头，面无表情。

岑曦默默走到他身边坐下，抬头看向棺椁里的林婉，她看上去和早上没什么区别，依旧是那副温柔面孔。

岑曦有种不真实感。

林延程看向她，哑声问："吃饭了吗？"

岑曦点点头："你呢？"

"吃了一点。"

然后，两个人没话说了。

岑曦心里乱乱的，也不知道该说些什么，只好陪着林延程一起坐着。

直到九点半，蒋心莲让她回去睡觉，一开始岑曦不肯，别扭着不走，还是林延程说："曦曦，明天见。"

她这才愿意回去，也那样坚定地说："程程，明天见。"

葬礼办了三天，这三天岑曦都是自己一个人上下学。她坐在后排看着林延程的空位子，心里也变得空落落的，每天一放学就赶忙往家跑。

第三天回来时，林延程家里的院子空了不少，屋里的棺椁已经没了，她问了蒋心莲，得知在中午的时候林婉已经火化了。

岑曦知道，火化大概就是和电视里埋尸体差不多，人死了要搬进坟墓，最后留下一张照片挂在家里。

她穿梭在剩余的宾客间，看见林爷爷在和同他年纪差不多的男人讲话，还会笑两声。她停顿了一下，多看了几眼林爷爷的眼睛，她觉得林爷爷其实并没有在笑。

她在一楼跑了个遍也没有看见林延程，不怕生地直接跑上了二楼。

她对林延程家十分熟悉，闭上眼都能走。

二楼外侧是阳台，通过阳台能通往各个房间，林老爷子的房间在西侧，林婉和林延程的在东侧，而中间的房间是个小客厅，客厅里有一台二十九寸的电视机。

周末岑曦喜欢跑林延程家和他一起看电视，因为林延程家的电视机不会花屏，颜色也更鲜艳。

而此刻，电视机前围了些亲戚的小孩，里头没有林延程。

她又跑到林延程的房间门口，木门微敞着，她推开的时候门发出嘎吱的响声。

很奇怪，楼下声音嘈杂，边上客厅里童声不断，但这扇门后面却安静得如同另一个世界。

房间的窗帘都被拉上了，光线昏昏沉沉，米色花纹的地砖散着初夏的凉气。岑曦站在门口小心翼翼地喊道："程程……"

林延程站在书桌前在整理着什么，听到声音，他回头。

岑曦眼巴巴地看着他，他的眼睛又红又肿，像被水泡过一样。

岑曦抿了抿唇，细声地问道："你在干什么啊？"

林延程垂下眼眸，低低道："整理妈妈之前写的东西。"

"是日记吗？"

"差不多。"

岑曦走到他身边，瞧着这一堆厚厚的笔记本，吃惊道："阿姨写了那么多吗？"

林延程"嗯"了声。

岑曦突然不知道该说什么，瞧了一眼他，轻声喊道："程程。"

林延程停下手上的动作，看向她。

岑曦目光斜着，不敢和他对视，一副欲言又止的样子。

林延程轻轻地说："我没事。"

岑曦似懂非懂地"哦"了声。

林延程把笔记本装进正方形的纸箱子里，摆放得整整齐齐，最后用透明胶把箱子封了起来。

岑曦站在他身侧，安安静静地看他弄。

林延程说："可以帮我扶下凳子吗？"

他要把纸箱子放在柜子最上头，可是太重，难免有些吃力，凳子又是圆凳，如果摔下来问题就大了。

岑曦蹲了下来，使出了吃奶的力气稳住凳脚，林延程抬起箱子往高处放时额角都出汗了。

他把箱子塞在了最里面。

岑曦问道："你看过阿姨的日记了吗？"

林延程从凳子上跳下来，摇摇头："我不敢看。"

"为什么不敢？"

"我想我现在是看不懂的，等以后长大了，我再看吧。"

岑曦二年级的时候写过日记，无非是记录一天做了些什么，开不开心，比写作文简单多了。怎么会看不懂呢？更何况，林延程那么聪明。

"延程，曦曦，吃饭了！"楼下传来蒋心莲的喊声。

林延程环顾了一圈卧室，空荡了不少。去世的人的东西不能留，昨晚也都烧了。

林婉最爱看《西厢记》，家里的书柜上有三四个版本，林延程昨晚都烧给她了。

他环视过后，目光落在岑曦身上，说："下楼吧。"

岑曦点点头，也不再问了，跟在他身后走。

宾客少了许多，所以只摆了四桌，菜肴也是这两天吃剩下的，也都是最亲近的亲戚和旁边的邻居。饭桌上，大人们谈工作，谈趣闻，他们没有一丝一毫要安慰人的意思，仿佛这是一场聚会。

岑曦用笋汤泡饭，呼噜呼噜一会儿就吃完了。她看向林延程。他吃饭的时候慢条斯理，不会像她那么猴急，可今天她觉得他不是慢条斯理，而是心不在焉。

林延程没有吃多少，象征性地吃了几口。

小孩子吃得都不太多，同桌的大人询问几句也就不管了，其他年龄更小一点的孩子早就握着鸡腿跑了。

岑曦打量着他，缓缓说："老师这两天布置的作业我都帮你记好了，还有我们新学的东西。对了，上个星期劳动课做的木头风车颜色已经干了，今天我帮你拿回来了。老师说你颜色上得最好，整体最好看。你跟我去拿吧。"

林延程无声地点头。

岑家和林家之间就隔了一条小河，小河中间有一座两家人合做的水桥，虽然蒋心莲不允许她走水桥，但岑曦总是不听话，走这条近路。

穿过水桥，迎接他们的是一条由黑色塑料垫子铺成的弯曲小道，边上是石头堆和羊棚。

前面那座二层楼的红砖房子就是岑曦的家。

岑曦熟门熟路地推开没锁的门，她刚刚回来直接把书包扔在了地上，着急地就跑去找林延程了。这会儿她才开始心疼起她的粉色书包，拍拍灰，把书包放在长凳上，掏出作业本和风车。

"你看，你的风车是不是很好看？"

林延程接过这架七彩风车，"嗯"了声。

岑曦看了他两眼，夕阳余晖从后窗照射进来，给他镀上了一层柔软的金光。明明是温暖的颜色，可他那双好看的眼睛是黯淡的，没有生气的。

她不知怎么，想到了第一次见到林延程的时候。那时候的他也是这样子。

他们住的地方叫青水镇，坐落在南方。这个城市没有山没有泉，也不是通常意义上的小桥流水人家，覆盖面积最广的是成片的农田和纵横交错的河流。

他们住在青水镇的边缘地带，一条一百多米长的泥路两侧住着七八户人家。岑家夫妇算是比较年轻的住户，其余的都是比他们年龄大一轮的。

岑兵年轻时是做保安的，后来结婚有了岑曦后就从城里回到了青水镇，当了个泥水匠。而蒋心莲做过很多工作，服装厂、娃娃厂、口琴厂，生了岑曦后就没上班了，在家带孩子。

岑兵性格冲动，容易着急上火，但铁汉柔情，他都打算领养一个孩子时却有了岑曦，因此他对岑曦十分疼爱。

但岑曦稍微懂事一点以后就开始对他产生了畏惧的情绪。

岑家是两兄弟，岑兵还有个哥哥，岑超。两兄弟本来感情不错，但耐不住岑超的老婆挑唆，两家人大吵了几次，就不怎么往来了。

小小的岑曦看着爸爸吵得面红耳赤，爸爸不仅和大伯吵，还和奶奶吵，各种难听的词汇都往奶奶身上扔。

晚上一家人吃饭的时候岑兵的气还没消，在饭桌上把那些她听不懂的事反反复复地说，那语气吓得岑曦不敢喘气。

她觉得爸爸是个陌生又恐怖的人。

岑超有个女儿，比岑曦大九岁，按道理，岑曦得叫对方一声堂姐，可是人家压根儿就不喜欢和她一起玩，从来都不理睬她。

在这样的环境下，岑曦小时候是没有小伙伴的，更多的时候都是她自己一个人自娱自乐，性格倒也没有自闭，反而开朗得很。

岑曦整个幼儿时期几乎都是蒋心莲照顾的，所以她自然而然和蒋心莲最亲近。比起偶尔怒火冲天的父亲，她当然更喜欢柔软的母亲，虽然她也挨了蒋心莲不少打。

当时，蒋心莲带她带到三岁，就不得不去上班了。

原因是岑曦成年以后才得知的，据蒋心莲说岑家老太太好吃懒做，还嫌弃她没赚钱，她受不了这种说三道四就打算去上班，在附近的五金厂找了份工作。

没办法，她就把孩子托付给岑家老太太带。

那老太太，也就是岑曦的奶奶，根本没什么耐心，隔了两个月就把她还给了蒋心莲。

岑曦五岁时，蒋心莲依旧让老太太帮着照看一下，但是仅限于白天，其实这时候已经比较轻松了，因为小孩子已经能吃喝自理。

因为带孩子的事情，岑兵又和老太太吵了一顿，与其说吵倒不如说是辱骂、发泄。

蒋心莲也心生不满，要知道，岑超的女儿出生的时候老太太带了整整五年，那么疼爱。

大大小小的梁子就结那儿了。

可岑曦不懂这些，没遇见林延程之前，白天多数时候都是和奶奶在一起，她也没觉得奶奶不疼爱她，反而挺开心的，并且她自娱自乐的有一套。

老太太白天去田里干活，她也跟着去，抓西瓜虫，在管道里探索，捡河边别人捞上的水草团里的小鱼小虾米。

老太太犯懒在家休息，她就安安静静地在家看电视，偶尔翻箱倒柜探索这个家。

她翻到过一袋五颜六色的纽扣，她会把它们都分类好，用线穿起来做帘子，或者拼成蝴蝶。那袋纽扣是蒋心莲曾在服装厂打工时拿回来的。

她在床底下找到过一套西式茶具，瞒着妈妈偷偷拿出来使用，还偷偷泡了点爸爸的茶叶，学着电视里的样子，小小地抿一口，并老气横秋地说："嗯，好茶。"

她也尝试过登那个楼梯。

岑曦家原本是一座三间屋子的平房，小学三年级的时候岑兵才开始盖二层。在那之前，预留给二层的楼梯一直是岑曦的阴影。

楼梯口正对着一楼卧室的门口，从亮到黑，两侧堆满了杂物，最高处更是漆黑得看不清轮廓。

她时常望着这个楼梯想象，上面到底有什么。

她只敢爬上去两层，再往上腿就发软了。她会胆小地跑进卧室锁门，大口大口地喘气，仿佛有人在后头追魂索命。

这些大概是她遇见林延程之前所有的自娱自乐。

岑曦第一次见到林延程是在六岁左右。

2001年7月13日，北京赢得2008年奥运会的主办权，那个夏天为此沸腾。

但岑曦不懂，也浑然不知，她只看得到满田野的野花和纷飞的白蝴蝶。

夏日清晨，她穿着别人送的黄色格子吊带裙奔跑在后院的石子路上，乐此不疲地追逐着蝴蝶，白茫茫中偶尔会有几只罕见的黑色蝴蝶。

石子路上突然传来汽车轮胎摩擦的声音，她扭头朝左边看去，是和黑蝴蝶一样罕见的黑色轿车。

那辆车就稳稳停在她面前，正对着她邻居房子的路口。

邻居是一个和她爷爷同辈的老人，名叫林守方。

林守方听到车子声音，挺着硬朗的身板，一步步走到路口。

7月盛夏，河边杨树绿荫浓密，树上蝉声阵阵，淡紫色的杨花在晨光中慢慢盛开，清风一扬，花瓣纷飞，香味清幽。

岑曦看到一个穿着碎花无袖连衣裙的女人从轿车里下来，脚上穿的是一双带有花瓣吊坠的凉鞋，黑亮的长发干净整洁地束在后面，面孔白得发光。

而女人还牵了一个男孩子。

岑曦眯了眯眼。

那男孩子穿着最简单的T恤和中裤，身高和她差不多，皮肤和那女人一样，白得让人羡慕。

男孩似乎也注意到了她，转头看向她。

岑曦一愣，但也直勾勾地看着他。

男孩没什么表情，那眼睛甚至看起来黯淡无光，和这清爽朝气的夏天早晨一点都不一样。

等他们三个人进了院子，岑曦才回过神，踩着一双塑料水晶拖鞋，踢踢踏踏地跑回家里。

岑家院子是泥地，门口铺了一圈砖头当水泥地使用，几年过去，砖头路面都滋生出了青苔，被人踩得又实又平。

她跑得急，差点滑了一跤，跌跌撞撞跑进了家门。

蒋心莲在厨房忙着，把一碗粥和鱼干端到桌上，说道："别乱跑了，快吃饭，等会儿妈妈去上班了，自己在家乖一点。"

岑曦"噢"了声，爬上长凳，咕噜咕噜喝了一大口粥，她下意识地朝敞开的后门口望去。

后门口正对着林老爷子家，只是两户人家之间隔了条小河。

岑曦咬了口小鱼干："妈妈，林爷爷家来的是谁啊？"

蒋心莲正在煎荷包蛋，是她要带去的午饭。她歪过身，在后门口朝林老爷子院里张望，一眼就看见了那辆黑色轿车。

蒋心莲叹口气，关了煤气灶，说："是林爷爷的女儿和外孙。"

岑曦稚声道："林爷爷的女儿？那我怎么从来没见过？"

"你小时候见过的。"

"那他们来干什么？"

"回家还能干什么。"

岑曦满肚子疑问。比如她多小的时候见过呢，是一岁还是两岁？比如回家了到底能干什么？比如那个小孩，他或许喜欢玩过家家？

小孩子之间总是熟悉得很快，晚上大人们串个门的工夫，岑曦就和林延程打成一片了，虽然多数时候是她在讲。

林延程话不多，甚至有点冷冰冰的，但他偶尔会笑一下，笑起来的时候眼睛弯弯的，特别好看。这次回来后，林延程就一直对着林老爷子叫爷爷，大概他只有母亲这边的亲戚了。

岑曦很乐意和他分享自己的一切。

她带着他去摘芦苇顶端的嫩条，剥开后可以吹出声音；她带着他去折番薯叶，把叶茎撕掉一层皮，再折成断珠似的长条，可以挂着当项链，可以连接成超长的小绳子；她教他用红砖碎石在水泥地上画格子，然后说明跳房子的规则，也没有规定谁输了就要怎么样。

她新奇地发现这些东西林延程都没有接触过，并且他似乎很喜欢。

当然，他一点都不喜欢她家的楼梯，她怂恿他上去，他不敢。

那天，岑曦和他在她家一起看动画片，放的是《大头儿子小头爸爸》。

电视机搁在那套淡木色的柜子中间，正对着床，而这张婚床前有一块挡板，岑曦最喜欢坐在床尾，双膝荡在微微凸起的挡板上。

她双手后撑在竹席上，晃悠着双腿，忽然问："哎，你的爸爸呢？"

已经是初秋，岑家院里的几棵橘子树果实都成熟了，酸酸甜甜最是可口，岑曦特意摘了一盆给他吃。

林延程正在剥橘子，听到这个问题手上的动作停顿，橘子芬芳的气息刺激得他鼻头一酸，但他微微咽了咽喉咙，很快调整好情绪。

稚气的声音中带着一丝沉着，他说："他和我妈妈离婚了。"

岑曦想起爸妈常问的问题，假如爸爸妈妈离婚了你跟谁？她总是毫不犹豫地回答跟妈妈。

可是离婚到底是什么样的？她想跟妈妈是因为想跟妈妈一起生活，但她不是很忍心抛弃爸爸，见不到面。

岑曦好奇地问："那你都不能和爸爸见面了吗？"

林延程脑袋垂了下来，轻声说："他说以后不见我了。"

岑曦的腿渐渐不晃悠了，她立马意识到林延程不开心了。

在她简单的思维里，抛弃自己孩子的都是坏人，她潜意识里给林延程的爸爸打上了坏人的标签。

岑曦不知道接下去该说什么，又突然想起那套西式茶具。她从床尾跳下来，费了好大劲儿才把那一箱茶具从床底拉出来，像打开传家宝一样，小心翼翼地拿出来。

她转移话题道："我请你喝茶怎么样？"

林延程从沉默中抬起头，见怪不怪地说好。

岑曦问道："你不觉得这个杯子很漂亮吗？"

"我家以前也有一套，上面还有花，你这个是纯白的。"

岑曦不乐意了，噘嘴道："你不想喝就算了，我自己喝。"

林延程也从床尾跳下来："我喝的。"

他蹲在箱子前，瞄了瞄说："我要用这个杯子喝。"

看在他是客人的份上，岑曦特许他自己挑了一套咖啡杯。

她熟练地从厨房的橱柜最里面找出那包茶叶，再用热水壶里的水冲泡好，万分小心地端到卧室的方桌上。

岑曦看了眼墙上的时钟，现在是下午四点，还有一个小时左右妈妈就会回来，她一定要在这之前把杯子藏起来，不能让他们发现她动了这套茶具。

岑曦举起茶杯，慢悠悠地吹了口气，说："干杯！"

林延程："……"

她惬意地抿了一口，像喝汽水似的，还喷了一声，紧接着呼出一口气，大赞："好茶！好茶！"

这一脸认真的模样把林延程逗笑了。

岑曦见他笑了，自己也笑起来了，至于笑什么，谁知道呢。

后来再长大一点，小小的岑曦略懂一些人情世故和有过些许经历后才明白，为什么林延程第一天来到青水镇时神情是那样的落寞。

虽然岑曦今年只有十一岁，但六七岁的记忆对她来说已经变得遥远模糊，只能记住一些特别的事情，比如第一次见到林延程。

而此刻，岑曦看到他那种似曾相识的眼神，心中突然涌起一股酸意。

两个人都有些沉默，片刻过后，还是岑曦打破了这份沉寂。

她吸吸鼻子，轻握住他的手腕，晃了晃，清脆地说："我们去石板那边玩吧，今天风挺大的，风车应该能转。"

就像以前一样，每天放学回来，花一点时间写完作业，趁着夕阳还在，两个人寻找好玩的东西一起消遣。

或是在小路间边散步边找蚕豆叶中的小耳朵，或是在院子里弹玻璃弹珠，或是叠硬纸板打卡片。

小孩子没什么时间观念，即使只剩下一分钟，也会竭尽所能地玩乐，直到被大人催着回家。

而岑曦总是能变出各种花样玩耍，林延程通常都会顺着她来，今天也没有例外。

岑曦家门前堆着高高的石板，一块块长方形的钢筋混凝土筑成的石板被叠放在一起，形成宽阔的面积，而高度比他们的身高都还要高。

这是岑兵买来的，他打算盖第三层楼房，而这些石板就是常说的天花板，只是盖房是个大工程，买了两三年搁在那也还没有开始动工。

他们轻巧熟练地爬上石板，背对着房子坐，面朝着一片田野，青黄色的麦穗随着风摇曳飘荡，似海浪一般。

夕阳西沉，天边只剩几缕霞光，天空渐渐被覆盖上一层单薄的灰纱。

林延程手指拨动着风车叶，那双哭红的双眼被凉风吹得发涩，但他的神色很平静。

记忆里他总是这副样子，谦和有礼，温和恭敬，那张干净的脸庞像被月光亲吻过一样，柔和又温暖。

岑曦几乎没见过他发脾气，或者和长辈顶嘴怄气，附近的邻居都夸他太懂事，蒋心莲也总是说你看看人家延程。他就是大家口中别人家的孩子。

不过岑曦一点都不嫉妒，她很喜欢这样的林延程，因为不管她做什么他都会愿意陪着她，他也从来不会用那种凶巴巴的语气和她说话。

岑曦也不觉得他柔软得没有性格，反而，他比她有主见得多，她留下的烂摊子都是他收拾的。

所以这样好的林延程，岑曦希望他能开心一点，可现在她自己都开心不起来，更别提他了。

这几天岑曦和林延程相处的时间不是很多，林延程要守灵、送葬，而她要照常早起上学写作业，放学回来只敢和他稍微讲几句。今天林婉入葬了，她才敢像现在这样把他拉出来说说话。

她有很多问题想问，一时之间不知该如何开口。

在她思考的时候，林延程把风车插入了两块石板之间的缝隙，正好固定住风车。

迎着风，风车轻巧地转动着。

林延程凝视着前方的麦浪，突然开口说："曦曦，妈妈真的走了。"

宾客散场，遗物烧毁，骨灰入土，家里已经没有这个人了。

岑曦脑海里划过关于林婉的种种，眼眶一下子也红了。

她低下头，把心中的疑问道出："她们说阿姨生病了，可是为什么阿姨不去看病？而且我都没有看出来阿姨生病了，前两天早上她还给我吃了个亲手做的红糖馒头。"

"她是生病了……"林延程顿了顿说，"看不好了。"

岑曦回忆过去的点点滴滴，她还是没觉得林婉生病了。林婉会做一些手工糕点，会看书画画，也会和他们一起做手工，这样子的她怎么会生病了呢？

岑曦摇摇头："我不信。"

林延程低低道："不是身体上的疾病，是心理上的。曦曦，你听过抑郁症吗？"

岑曦又摇了摇头。

林延程说："其实一开始我也不太懂。"

他记得第一次看到林婉去医院是他上一年级的时候，她回来后开始每天吃药。他问她怎么了，她说生了一点小病。

后来有一次他陪林婉去看病，医院坐落在城里的市中心，但不像其他医院写着××医院，它的名字是南城精神卫生中心。

林婉在里头看病时，他在外面走廊等，他看到形形色色的人，他们看起来就和普通人没什么两样，但手上都提着一些药品袋子。

医院大厅有一些关于精神类疾病的报纸杂志，他等得无聊就拿起来看了。上面很多生僻字，他看不懂。

他卷了一张宣传知识单回家，一个字一个字地在字典上查找翻译。

就这样，他才对抑郁症有了一点点概念，对妈妈生的病有了一些了解。

林婉生病的事情没有瞒太久，其实周遭的大人都知道他们家的情况，但他知道，那些大人肯定不懂什么叫抑郁症。在他们眼里林婉应该是精神上出现了问题，类似于大家所说的精神病，这种精神病并不是医学上的统称，而是一种带有侮辱和讽刺意味的形容词。

如果岑曦仔细想的话，应该能想起，曾经在某天的晚餐桌上，蒋心莲、岑兵也讨论过林婉的病，可当时的她年纪太小，听不懂，也不想听。

她从来都不喜欢听大人们讲啰啰唆唆的琐事。

于是，只有她一个人不知道林婉生病了。

他话说了一半，岑曦问："那什么是抑郁症？"

林延程简单地回答道："抑郁就是心情低落，思维迟缓，没有什么特别感兴趣的事情，甚至会变得讨厌这个世界，最后……可能会像妈妈一样选择结束自己的生命。"

岑曦被震在那里，隔了很久，红着眼眶问："阿姨怎么会得这样的病……"

林延程垂了垂眼眸："可能妈妈心事太多了。"

"程程，你以前怎么没和我说？"

"我不知道怎么和你说……"

他并不觉得林婉生了这个病很难以启齿，他只是觉得连自己都无能为力，他帮不了母亲什么，他也一知半解。

况且这几年他能察觉到，林婉是想努力好起来的，她努力地做一些惬意的事情分散自己的注意力和调整心情，她像正常人一样生活着，会笑会哭，如果不是这次她毅然决然地走了，也许连周围的人都要以为她好了吧。

而岑曦耳边突然回荡起刚刚林延程的那句："妈妈真的走了。"

她的眼泪啪嗒啪嗒就掉在牛仔裤上，成了一摊摊深色的圆点，她再也抑制不住地哭了起来。

那种空洞的感觉侵袭了她。

当她踏入林家院子里，发现棺椁没了的时候，当她上了二楼看见空荡荡的房间的时候，当她坐在这里回想林婉对她的好的时候，那种空洞的感觉非常强烈。

他们真的失去了林婉。

岑曦抽抽搭搭地说："以后再也没有人做糕点给我吃了，也没有人教我画画下棋了……程程，我一点都不希望阿姨走，我想每天都看到她，我可以陪她说话的，如果早知道……我一定会多陪她说话的。"

林延程也哽咽了，轻轻叫她的名字，她却越哭越凶。

岑曦小时候还是很爱哭的，弄疼了会哭，和父母置气会哭，可后来渐渐长大了，人总是学着隐藏那些低落的情绪，她曾红过眼睛，却很少会像现在这样哭。

林延程解下围在腰间的白色孝服围兜，把干净的一面翻出来，折成方块递给她。

"擦一擦。"他轻声说，"别哭了，曦曦。"

岑曦接过，把脸埋在围兜里，呜咽着。

很久很久，她才平息了下来，满脸泪痕地看着他。

天已经黑了，弯月静悄悄地挂在上头，星辰闪烁着，薄雾似的云纱轻轻掩盖月亮，眼前的麦浪、梧桐树，都成了月下剪影。

林延程缓慢地说："我想妈妈只是坚持不下去了，她想解脱自己。"

他想，到这种程度的话，也算是解脱吧。

"那阿姨在天上会开心吗？"她泪眼婆娑地问。

"应该会吧。"

"那你呢？你怎么办？"她鼻头一酸，眼泪又溢了出来。

林延程一愣，心头也有些酸涩。

虽然他不愿意失去妈妈，但他希望她能真的变得开心。

可他现在变成孤孤单单一个人了，即使有爷爷在，可是爷爷和父母总是不同的。

岑曦泪眼汪汪地看着他："程程……"

她不希望林婉离开还有一个原因就是不愿林延程变成没有父母的小孩，他的爸爸已经不再见他了，如今林婉又走了，他会很孤独吧？

她几乎能想象那种孤立无援的感觉。

岑曦二年级的时候家里发生过一件大事，那是她第一次看到父母吵架。

周末的中午她在家里看电视，妈妈突然提前回来了，后脚爸爸也回来了。她想着应该和自己没多大关系，就又跑进房间看电视去了。

没过一会儿，厨房传来乒乒乓乓碗碟被砸碎的声音，她听得胆战心惊，好奇地走到房门口，扒着听动静。

"婊子！你这个婊子！你就是想害死我！"门外岑兵怒气冲冲地喊着。

这种侮辱性的词语岑曦听得懂。

她想，难道是奶奶又惹爸爸生气了。

岑曦推开门，看到蒋心莲坐在长凳上，哭得连话都说不出，一脸的倔强和委屈。

周围的邻居听到动静闻声而来，纷纷劝阻。

那天林延程陪着林婉去医院了，他们不在。

岑兵火冒三丈，说道："明知道我今天发烧，她早上还让我去做工！我今天爬架子时差点从上面摔下来摔死！她不就是想害死我吗！"

蒋心莲闷声不语，眼泪哗啦啦地往下流。

岑兵手一扬："离婚！我要离婚！孩子我不要了，你带着养！马上就离婚！"

蒋心莲这才发话："离婚就离婚！你以为我跟了你以后过过好日子吗！"

站在门口的岑曦一怔，望着这个口口声声说爱她的爸爸，她一下子流下泪来。

她无声地哭着，默默退回房里。

她发现，其实爸爸可能也没有多爱她。

她好像理解了一点林延程。

原来，被抛弃是这种感觉啊。

所以岑曦能想象，假如她当初真的被爸爸抛弃了，现在妈妈又走了的话，她一定会觉得非常孤独，不知所措。

她不想林延程陷入这种情绪，可偏偏她什么都帮不了。

5月的晚风还是有些冰凉的，两个人坐在石板上，被风吹得鼻头都凉飕飕的。

他们的对话被匆匆而来的蒋心莲打断。

那头林家院子里仅剩的一点宾客都走了，剩下一些残渣需要整理，邻里之间，能帮把手就帮把手，蒋心莲匆匆忙忙回来拿扫帚，家里还有过年时新扎的芦苇扫帚，拿过去正好一起用。

正巧看见两个孩子坐那儿玩，她喊道："别忘了做作业，做完作业洗脸洗脚，热水瓶有热水。"

岑曦"噢"了声，揉了揉湿漉漉的眼睛，深吸一口气对林延程说："我们一起做作业吧，在我家。"

林延程点头："那我回去拿书包吧。"

明天是周五，他们还要上学，他落下的功课明天都得上交。

林延程跳下石板，小跑回家拿书包。

岑曦回到屋里，从毛巾架上扯下洗脸毛巾，拧了把冷水擦脸，完了环视一圈，跑到二楼卧室里，从床头柜里拿出一包未开封的葡萄干。

这是上次她缠了妈妈好久才买的，她还舍不得吃，原本打算这个周末边看《百变小樱》边吃的。

她收拾好厨房里吃饭用的木头方桌，把零碎的东西都堆到一边，倒上两杯热水，把葡萄干从大包装里倒出来，自己又像往常一样，拿出今天要写的功课、笔盒、草稿纸。

林延程没一会儿就提着书包过来了。岑曦拍拍凳子，说："我先和你说下昨天的作业，《三字经》的最后一段要背诵，抄写成语，背诵老师发的卷子反面的前五句诗，数学练习册要把复习单元做完，英语的话就是抄写和背诵。"

林延程拿过她专门记作业的小本本仔细核对。语文背诵对他来说不是问题，在很小的时候他就背过很多了，现在老师要求背的都是他熟悉的。数学他之前就提前做过一点，英语也提前预习过。

岑曦指了指小本本的第二页："这是今天的作业。"

她又把葡萄干塞给他："我们做完一个作业就能吃一口葡萄干，怎么样？"

"好。"

岑曦不喜欢写作业，所以经常这么逼着自己写作业，比如写完了就能去看电视，写完了可以吃一包薯片，写完了能出去玩。

她虽然成绩一般，但从来不会不交作业，都是规规矩矩地完成。

　　虽然她和林延程一起上幼儿园、小学，如今快要上初中，但她平常不太和他一起写作业，放学回到家后都是各自在家写作业，写完了她就会去找他玩。

　　寒暑假或是周末的时候，她才会找他一起写作业，好似这样，那些一到假期就变得烦琐的作业她才有动力去写。

　　晚上八点多的时候，林家差不多已经收拾好了，租借的桌椅碗筷，明天会有人上门来取。地上的香灰蜡烛油、酒水污渍，不能完全清洗干净，留下的味道时时刻刻在提醒人，你们家确实办了一场白事，确实走了一个人。

　　两个人也终于写完作业，岑曦写得快，她本来都不想背英语，等得实在无聊，索性就背了。一般情况下，她更喜欢早上临时抱佛脚。

　　林延程做完作业，收拾书包，岑曦帮他一起，却被他的数学草稿纸吸引了。那是印有乡政府标题的红字白底的纸，也不知道林爷爷怎么弄来的，林延程一直拿它做草稿纸。

　　可那页上面不是密密麻麻的阿拉伯数字，而是几段整齐有力的文字。

　　岑曦拿过来看，开篇前三个字就是"抑郁症"。

　　林延程解释道："上个星期上电脑课，我查的。"

　　即使刚刚林延程和她大约解释了下什么叫抑郁症，但岑曦还是不太能理解，为什么会有人因为不开心而自杀，人的心如果满了就会不开心吗？

　　纸上专业性的词语她也看得不是很明白。

　　岑曦把草稿纸还给他，问道："程程，其实我还是不太懂，为什么人会对这个世界感到厌恶？人为什么心事太多了就会不开心到选择结束生命？"

　　老师从小教他们爱惜生命，因为假如失去了生命，身边爱他们的人会伤心难过，而自己也不能再看到这个世界的美丽，生命只有一次。

　　林延程想起母亲深夜里哭泣的样子，说："可能……大人们的世界比较复杂吧。"

　　"那这个病会遗传吗？"她担忧地看着他。

　　"不会。"

　　岑曦松了一口气道："那我们以后要开心点，不能让心太满。程程，你有什么不开心的要和我说哦，我永远是你最好的朋友。"

　　林延程微微弯了下嘴角，"嗯"了声。

葡萄干还剩了两包，岑曦塞给他一包，也扬了一个微笑，说："一人一包！"

"谢谢。"

"不客气。"她露出洁白的牙齿。

林延程把葡萄干揣在外套口袋里，往外走时，还碰见了岑兵夫妻，他礼貌地问了个好。

蒋心莲心疼得不行，嘱咐道："延程，爷爷要是没做早饭的话来阿姨家吃，我让曦曦去喊你。"

他乖巧地说"谢谢阿姨"。

岑家后院黑乎乎一片，羊棚里的羊咩咩咩地叫着，小路转角的橘子树余香阵阵，快要夏天了，橘子花也开到了尾声，有些甚至已经开始结小果子了。

林延程没有走水桥，绕道走了河边小路。他怕太黑自己看不清，万一掉河里的话，今晚真的不安生了。

他回到家，林老爷子在关一楼堂屋的门，那是放置林婉棺椁的地方，那些黄纸、花圈，都被清扫干净了。他抬头，看到斑驳的白墙上挂着林婉的照片，她在笑着。

他很小的时候是跟爸爸妈妈生活在一起的，那是个离青水镇很远的地方，没有小河，没有农田，却有比较拥挤繁华的街道。那时候，林婉也常常这样笑着。

林老爷子看了一眼已经开始长个的外孙，苍老黝黑的脸上浮现出难以掩饰的悲痛，沙哑地说道："延程啊……"

话音刚落，林老爷子眼泪就流了下来。

林延程过去帮爷爷一起关大门，老爷子老泪纵横，泣不成声道："我就这么一个女儿，爷爷真的后悔啊！后悔！"

老爷子颤抖着，在门槛上坐了下去，抬手捂住了面孔。

林延程低头看着他："爷爷，我会陪着您的。"

林老爷子一听，更加揪心了，哭着说："爷爷年纪大了，管不了你多长时间，你可得乖一点，千万别学坏了，啊？爷爷知道你最懂事了，别让妈妈在天上难过。"

"我不会的，您放心。"

林老爷子长叹一口气，一张老脸满是泪水。

长夜寂静，院子里的一盏昏暗的灯拉出爷孙俩单薄寂寥的影子。

岑曦哭了一场，眼睛也变得红肿，两个大人自然知道怎么回事，但也没问。毕竟女儿在渐渐长大，哪还能像小时候那样逗着说又哭鼻子了。

蒋心莲灌了一壶热水搁在煤气灶上烧，又拿出红色的脚盆，把热水瓶里的水倒进去，试了下水温，让岑曦爬进去洗澡。

他们家没有浴室，洗澡用的盆，就在厨房里擦身子。

岑兵先上二楼休息，等她们娘俩弄好了，他再下来洗。

岑曦坐在脚盆里，挤了点沐浴露，只挤了一点点，如果太多的话洗不干净就需要换水，太麻烦了。

她很快洗完，擦干，换上干净衣服。

蒋心莲脱了衣服开始洗漱，岑曦帮她擦背。

岑曦问道："妈妈，你开心吗？"

蒋心莲一蒙，好笑地说："你帮妈妈擦背，妈妈挺开心的。"

岑曦也笑了一下："那妈妈以后也要一直这么开心。"

过了会儿，蒋心莲开始穿衣服。岑曦仰着头，小心翼翼地问："妈妈，我今天晚上可以……嗯……可以去和程程一起睡吗？"

蒋心莲套上短袖T恤，疑惑地看向岑曦，说："林爷爷他们很累了，这会儿应该已经要睡了，你别去打扰他们了，而且……"她顿了顿，"你听妈妈的话，上楼去睡觉吧。"

岑曦那股子拧巴劲上来了："可我想去找程程。"

"明天不就见到了？后天就星期六了，你们可以一起玩。现在大家都要睡了，听话。"

"妈妈，就今天晚上，就一晚，行吗？"

"不行！"

岑曦委屈极了："为什么不行？"

岑兵掐准时间，从二楼下来，正好听到女儿在缠人，随意地问道："怎么了？"

岑曦撇撇嘴，没了声。

岑兵重新往茶杯里加水："怎么了？想要买东西？"

岑曦小声地说不是。

蒋心莲倒洗澡水，赶岑曦上楼去睡觉。岑曦噘着嘴，跑到蒋心莲身边，特别小声地说："妈妈，程程今天肯定会觉得害怕，我想陪陪他，好不好？好不好？"

蒋心莲倒是没想到那么小的孩子心思这样细腻，但是仍然有些犹豫为难。

岑曦见妈妈开始动摇，加大马力说："就一晚，我保证乖乖的，明天也会按时起床。"

岑兵搞不懂这母女俩，在凳头坐下，问道："到底怎么了？你要什么？"

蒋心莲拍拍岑曦的头，对岑兵说："她想去林家过夜。"

岑兵一听，严肃道："你知道人家家里发生什么事情了吗？你现在过去就是打扰他们！你也是大姑娘了，睡自己家不好吗？"

岑曦心猛地一跳，不敢说话了。

蒋心莲说："好了好了，我带她走一趟。"她低头对岑曦说，"要是林爷爷他们已经睡了，咱们就回来，行吗？"

岑曦喜笑颜开，心里想着还是妈妈最好了！

蒋心莲领着岑曦过去时，林老爷子正一个人坐在门口的藤椅里，落寞悲伤的神情是岑曦从未见过的。那一刻，她忽然觉得她确实打扰了他们。

蒋心莲不好意思地说："林叔，这孩子吵着陪陪延程，想今晚在您家睡，我被吵得没办法就带她过来了。来，你自己和爷爷说。"

蒋心莲轻轻推了推岑曦的背，岑曦软声地询问道："爷爷，我能和程程一起睡吗？"

林老爷子眼眶通红，点点头，慈爱地说："延程刚刚上楼了，你去找他吧。"

岑曦抱着自己的小毯子，噔噔噔地跑上楼。

底下传来两个大人隐隐约约的对话声，她听见林爷爷夜深人静后难以掩饰的悲痛声音，听见母亲连连的叹息声。

岑曦跑到林延程卧室门口，敲了敲门，拧动把手，探进一个小脑袋："程程？"

卧室里只有一盏台灯亮着，林延程坐在床边发呆，对岑曦的到来毫无察觉，还是她叫了两三声后他才回过神。

他有些惊讶地问："你怎么来了？"

"我和妈妈还有你爷爷说好了，今晚在这里睡。"

林延程看着她手里的淡粉色毯子愣了片刻，目光却一点点地软了下来，他心头有种说不出的波动。

岑曦走过去，拿过椅子上的小狗抱枕，十分熟稔地把它放在床头。

她说："像以前那样，我想睡外侧。"

他们小时候经常一起睡午觉，有时在他家，有时在她家，玩累了就睡，但不管睡哪儿，岑曦都要睡在外侧。她说不喜欢睡里侧，会有种被墙壁困住的感觉，上厕所也不方便。

她也很喜欢这只小狗抱枕，是当时林婉和林延程搬来时带过来的。

岑曦小时候没什么玩具，有一只缝缝补补没了形的娃娃，有一只她很讨厌的小恐龙，然后就没了，所以她特别喜欢这只小狗枕头。

林延程："我其实没事的……"

"我求了妈妈很久，你不想和我一起睡吗？"她睁着清澈的眼睛问。

林延程没了声，默默给她让位子，坐到了里侧。

岑曦顺势爬上了床，钻进他的被窝里。

她拍拍枕头："我们睡觉吧。"

"好。"

林延程调好闹钟放在窗台边上，他的床靠窗，早上一抬手就能摸到闹钟。

岑曦把毯子盖在身上，又盖了他的被子，她觉得热烘烘的，翻个身，抱着被子睡，正好看见林延程放闹钟。

她其实垂涎他的闹钟很久了，特别是看了《百变小樱》后，她也好想有一个能每天叫醒她的可爱闹钟。

林延程规规矩矩地躺下："那我关灯了？"

"嗯。"

他手朝后头摸索过去，摸到台灯的拉绳，"啪嗒"一声，灯灭了。室内陷入一片宁静，而明亮的月色倾泻而入，米色的窗帘根本遮挡不住这种温柔的光芒。

岑曦能清楚地看到林延程的眼睛、鼻子、嘴巴，也能看到他穿的格子衬衫睡衣。

他和她真的很不一样，她睡觉穿的衣服大多都是第二天要穿的，这样早晨能省去很多换衣服的时间，可他不是，他从小睡觉都会穿睡衣。

蒋心莲说她长得快，从不肯给她买很好的衣服，但林婉总是很舍得给林延程买，比如这一年一换的睡衣，多好看，干净整洁的格子睡衣。

岑曦抱着被子的一角，侧脸贴着被子，夜深了，她的声音也变得很轻。

她说："程程，你要是发现衣服短了就和我说吧，我让妈妈带我们去街上买。"

这没由来的话让林延程一时反应不过来。

岑曦紧接着又说："以后我家就是你家，我们是最好的朋友。"

这下林延程听懂了，他偏头看向她，微微笑了一下。

他没有应答，是因为他感激岑曦的同时又知道两个家是不会变成一个家的。

岑曦看到他笑，心里轻松了一点。她也露出微笑，说："我们睡觉吧，明天比赛看谁起得早。"

"好。"

她闭上眼，哭肿的眼睛终于得到休息，顿时整个人舒坦不少，柔软的被褥也让她放下，阵阵困意袭来。

她闭着眼，声音迷糊地说："程程，你不要害怕，我今天晚上会一直在这里的。"

林延程凝视着她，十一岁的小少年脸庞上再次露出笑容。

月光下，他的眼眸里有微光闪动，那般真诚地说："谢谢你啊，曦曦。"

在岑曦没有进来时，他坐在床边发呆，觉得整栋房子都空了。

隔壁卧室里妈妈不在了，今晚也没有人给他热牛奶过来，明天早上也不会吃到她做的早饭，从此以后，她都不会出现了。

他第一次尝到孤独、害怕是什么滋味，他想了很多，却又好像什么都没想。

然后岑曦就进来了。

那一瞬间，她站在门口，月光照着她，好像故事书里的精灵。

第二天林老爷子像往常一样送他们去学校，不同的是到了学校以后，林老爷子叮嘱林延程好好学习，别分心。

以往爷爷都不会说这些，只会笑眯眯地送他们，偶尔会问身上的零花钱够吗。

林延程和岑曦往教学楼走，他浅浅地吸了一口气，抬头看向五楼的教室。

他们来得不算早，教室里的同学三三两两坐在一块，有的在聊动画片，有的在玩卡片，有的默默地坐在自己的位置里低头看课本。

他们之间的友谊程度是按座位远近排的，坐得近的自然而然就会成为好朋友。岑曦整个小学换过很多座位，有过很多玩得好的同桌，但没有特别好的女生伙伴。

林延程和谁都能相处得不错，只是年纪尚小的他们都还没遇到铁哥们般的友谊。

林延程缺课三天，班里的同学问过岑曦他为什么没有来，岑曦坦诚地和他们说了。大伙都非常吃惊，震惊过后那一张张小脸上露出了同情的神色。

所以林延程走进教室的时候，和他玩得不错的几个男生立马围了上来，谁也没提他家里的事情，只是以男生之间的相处方式，勾过他肩膀，兴奋地说："我已经收集齐一百零八将了，你缺哪个？我看看我有没有多，多的话送给你！"

林延程放下书包，笑了笑，加入了卡片讨论小组。

而岑曦坐到自己的位置上，开始临时抱佛脚地背英语单词。打开课本，她才发现昨晚等林延程写作业时都背过了。

她看着这些词语第一次觉得踏实安心，从前每天早上都忐忑不安，生怕早上记不住很多，默写不出被老师骂。

第一堂就是英语课，默写时岑曦再次体会到认真读书的好处，她写起来时特别自信，得心应手。

上完英语课，门口忽然出现了班主任的身影，他朝林延程招手，示意林延程过去。

岑曦正照着新得的贴纸画百变小樱，看到这一幕她停了笔，忍不住朝窗外张望了几下。她很好奇老师找林延程干什么，难道是他这几天功课落下太多，写的作业让老师不满意了吗？

岑曦装作要去上厕所，走出教室，路过正在对话的他们，只听到老师说："星期一让你爷爷来一趟学校吧。"

岑曦低下了头，心中隐隐不安着。班里一些顽皮的学生犯了事，老师常常说的就是这一句话。

她走到楼梯口，又假装上完了厕所回去，班主任已经走了，林延程一个人靠在栏杆上，望着远处的操场发呆。

岑曦小跑过去，拍了拍林延程的肩膀，吓林延程一跳，看到是岑曦后，他渐渐稳了心跳。

岑曦问道："老师找你干什么啊？"

"就是关于上建设中学的事情，老师想找爷爷谈一谈，因为前两天家长会爷爷没去。"

在林婉葬礼期间，学校正好举办了家长会。

岑曦恍然大悟："噢，吓死我了，我还以为你被老师批评了。"

"怎么会，我又没犯错。"

"那……你要去建设中学吗？"

虽然她之前问过，可是不知为何，她就是还想再问一遍，也许她没察觉到她心里隐隐约约有一个想要的答案。

林延程没像之前一样很快给出回答，这回，他有些踟蹰地说："不知道……"

岑曦抿了抿唇："其实红枫中学也还好啊。"

"嗯。"

"唉，不过也许你去了建设中学以后就能考清华大学呢？"岑曦撑着下巴，一脸的遐想。

其实她也不是很懂清华大学是什么，只是大人们常常说起，大约可能是世界上最好的大学吧。大学，好像是他们学习的终点。

岑曦叹了口气，自言自语道："程程，你说我以后会上什么大学呢？哎，你说我这次期末考试能考好吧？万一红枫中学都考不上怎么办？"

林延程安慰道："不会的，大家都会顺顺利利上初中的。"

"可我还是担心嘛……你说初中是什么样子呢？"

"学校比小学大，同学朋友也会多起来吧。"

"那我们是不是会更自由一些？是不是想吃什么就能吃什么？作业会变多吗？还会有寒暑假吗？"

岑曦嘀嘀咕咕继续说着，林延程浅浅笑着，他的目光落在岑曦的侧脸上。

八九点的阳光温和宁静，楼下花坛里的白玉兰早已盛开，给这座南方小城抹上一层淡雅的香气。

谁也不知道以后会是什么样子，即使老师说天下无不散之筵席，但他现在还不想和最好的朋友分别。

特别是他真正尝到了孤独的滋味以后。

周五下午最后一节是电脑课，所以对岑曦来说上完那节数学课就解放了，电脑课就是用来玩的。

他们大都家境普通，班里只有一两个同学家里有电脑，所以对于这种电子产品，小朋友们都非常喜欢和好奇。

老师教完课程后，留了十分钟给他们自由活动。

也许对成年人来说十分钟干不了什么，可是对于孩子来说，十分钟是漫长且珍贵的，哪怕游戏只能玩一个开头，哪怕画画颜色都来不及上，但自由的时间总是让他们兴奋。

电脑课的座位是按照学号排的，岑曦坐在第二排最后一张电脑桌，挨着墙壁。

她本来想玩挖地雷，但忽然想起林延程用电脑搜索抑郁症的事情，她这么想着，手不自觉地点开了浏览器。

她打字不是很利索，一边默默念抑郁症的拼音，一边敲打，最后点击搜索。

跳出来许多词条，她一行行往下看，最后点开了一篇博客文章，标题是：抑郁症折磨我五年，我决定和你们分享如何摆脱它。

她有很多疑惑。

她以为这是一种治不好的病，所以林阿姨自杀了。可是这个人说可以摆脱，那就说明治得好，如果治得好，为什么林阿姨没有再坚持一下？

她认认真真地读完了这篇博客文章，边上的同学睨了她两眼，直接地说："你为什么要看精神病的文章？"

岑曦急了："这不是你想的那种精神病！"

"怎么不是？我妈妈说精神病会杀人放火，碰到的话要赶紧跑。"

"这不一样！"岑曦撇撇嘴，忽然觉得这很难解释得通，就懒得和同学再说话了，自顾自地看起文章。

那篇文章大致意思就是抑郁症是一种现代人很容易得的病，如果一旦发现自己有那些很明显的特征要及时医治，要重视心理疾病，虽然这条路很艰难，但还是要努力活下去。

岑曦这才大约明白，这是一种很折磨人的病，有些人，比如林阿姨，她没能治愈。

她第一次知道，原来除了身体会生病以外，人的心也会生病。

这个周末岑曦起得挺早，吃完早饭就跑去找林延程玩。

每次一到周末，岑曦都会格外放松。她平常喜欢跑到林延程家和他一起看电视，无聊了，就拉着他跑出去玩，春天过家家，夏天钓龙虾摸田螺，秋天摘果子吃，冬天玩冰和烤红薯。

有时候她也会自己一个人玩，待在家里，拿苹果箱子、月饼箱子、磁带，给娃娃搭房子，翻箱倒柜找布料做衣服。

小女孩爱玩娃娃，蒋心莲每年都会给她买一个新的。他们这代人的工资慢慢上涨，从以前一个月一百多块到现在的一个月一千五百块，也挺不容易的。

蒋心莲该抠的地方抠，该花的也不会吝啬。比如偶尔给岑曦买个娃娃，岑曦十岁生日时她给女儿买了个十五块的会唱歌的小兔子娃娃；比如一个月带她去一次超市买零食。虽然生活越来越好了，但也不会惯着她。

而岑曦一直很羡慕林延程，因为林婉会做很多好吃的点心。

周末的早上林延程都会坐在院子里写毛笔字，这是他从小养成的习惯。岑曦跟着写过一段时间，但她实在静不下心，后来就画起了花花草草。

林婉当时还笑着说："曦曦画画很有天赋，以后要不要当个画家呢？"

岑曦得到夸奖很高兴，她也觉得自己画画不错，美术老师也一直夸她。

而此刻，岑曦想起当时的林婉，原本愉悦的心情忽然开始变得忧伤。这院子什么都没变，林延程也照旧坐在那儿写毛笔字，可是最初让他写毛笔字的人已经不在了。

岑曦看着林延程，心中五味陈杂，她快速走过去，重新扬起微笑，脆生生地道："早啊，程程！"

"早。"林延程认真地写完最后一个字，放下毛笔，看向她，"吃完饭了吗？"

"嗯。"

"等我一下，我把这个收拾一下，你今天想做什么？"

岑曦帮他拧墨水瓶盖子，试探着问："你呢？你想做什么？你想玩什么我都可以陪你玩。"

林延程不喜欢和她一起玩洋娃娃，她则不喜欢和他一起玩变形金刚，不过今天他想玩的话，她会愿意的。

可哪知，林延程说："你前几天不是说想去捡宝石吗？那就去捡宝石吧，这次你想用宝石做什么？"

岑曦一喜："我原本想再给娃娃做一个地板的，但不知道那边还有没有宝石，你说会不会已经被别人捡走了？"

"不会的。"林延程把写好的字放在水池上晾晒。

岑曦口中的宝石是五颜六色的陶瓷小方块，有的呈透明状，像水晶石一样。

在他们家附近的一条小路转弯口上有很多这种"宝石"，同时那个转弯口看上去很像垃圾堆。

他们第一次发现"宝石"是去小卖部买零食吃，当时岑曦看见这些石头一下子就挪不开眼了。而据林延程推测，那些石头应该是某户人家用来装修房子外墙的。

岑曦则不会考虑它们到底是什么，值不值钱，她捧着亮晶晶的石头，脑海里勾勒出许多东西，天马行空地说："程程，我想用这些装饰我的床，或者做一个笔筒怎么样？啊，我也可以把它磨成花的形状，到时候用来做项链。"

林延程看着自己的毛笔字想到岑曦的画，她的模仿能力很强，线条也很稳，从幼儿园到现在，她一直都是老师夸奖的那个，班里的美术第一人。

她真的富有想象力，而且画得一手好画。

上个星期劳动课做的风车，其实她做得也不差，甚至比他的更漂亮，只是女生可能在力量方面不如男生，所以修理得没有那么好。

林延程想着想着就笑了。

他把最后一块木头压在毛笔字边上，防止被风吹走，他对岑曦说："走吧，去找宝石。"

岔路口两边各有一家小卖部，是一对夫妻开的，这两条街也是他们从小活动范围的边界，再往外走他们是不敢的。

乡下长大的孩子没有被看管得很严，整个童年他们还是相对自由的，只要知会一声，就能满田野撒欢似的跑。

更因为陪在岑曦身边的人是林延程，蒋心莲格外放心。

周围邻里都深知林延程的脾性，他比同龄人要懂事，也更有主见想法。

岑曦跑过水桥，朝蒋心莲喊道："妈妈，我们要去南边小店玩。"

蒋心莲像往常一样在准备要带过去的午饭，也习惯了两个孩子到处跑，"哎"了一声答应了。

岑曦从自己的存钱罐里拿了一个硬币，随后似穿堂风一样，又溜出家门，从正门跑到小路上。林延程不紧不慢地走，正好与她会合。

早晨的空气清爽舒适，岑曦深深吸了一口气，随手折了根狗尾巴草把玩。

她想到小时候，于是用狗尾巴草撑住眼皮，朝林延程扮大老虎。

林延程也摘了两根扮大老虎，岑曦撑着腰说："我的眼睛撑得比你大。"

林延程笑了，取下咬着的狗尾巴草，开始做一个岑曦没见过的东西。

类似于九连环一样的东西，两个圈交叉在一起，拉动狗尾巴草秆子时两个圈会碰到一起。

岑曦好奇地问道："你哪里学来的？"

他把它送给岑曦："那天在操场上玩，施一峰教我的。"

岑曦立马丢了自己的狗尾巴草，新奇地摆弄这个圈。

他们穿过田边小路，转过石子大路，终于来到那个转弯口。

上头堆了很多东西，有碎瓷片、玻璃瓶、针筒，还有一堆新的"宝石"。

岑曦兴奋地叫了出来，拉着林延程跑过去。她蹲在"垃圾堆"面前，左挑右拣，有些"宝石"碎了，她不能要。

"程程，你说'宝石'除了做地板还能做什么？要不要把它粘在自行车上呢？还是我们可以用它下棋？用它来代替家里的黑白棋怎么样？我们自己发明一种玩法吧！"

"可以啊。"

林延程在她身边蹲下，看见岑曦圆不溜秋的眼睛里闪着光，真的像宝石一样。

岑曦把精挑细选的"宝石"塞到他掌心里："我口袋里装不下那么多，这些装你那里。"

林延程"嗯"了声，把它们装进外套口袋里。

心满意足的岑曦拍拍手，站起来，安排起下一个行程："走吧，我们去小店里买零食！"

"啊——"

她的笑容还没持续三秒，立刻僵住，大叫了一声，像弹簧一样跳到边上。

林延程被这尖叫声吓一跳，顺着她的视线一看，地上有一只肥大的癞蛤蟆，正旁若无人地优哉地散步。

岑曦欲哭无泪，撒腿就跑了。

林延程扑哧一下笑了，赶紧追上去。

两个人呼哧呼哧跑了老远，跑不动了才停下。

林延程边笑边喘，断断续续地说："它……它又不咬你。"

岑曦跑得喉咙干涸，她咽了咽口水，想起那只癞蛤蟆依旧一身鸡皮疙瘩。

她十分嫌弃地说："最讨厌癞蛤蟆了！"

林延程笑得肩膀都在微微颤抖，白净的脸庞上展露出久违的笑容，那样干净明亮，像今天的天气一样，温和清凉。

岑曦也跟着笑了，装作不满意地轻踹他一脚："有什么好笑的！"

林延程缓过气了，笑意满满地看着她，说："小蝌蚪就是癞蛤蟆生的啊，你为什么不怕小蝌蚪？"

"它们长得又不一样。"

"可癞蛤蟆也没有多恐怖啊。"

岑曦"喊"了声，往小卖部的方向走，林延程和她并肩走。

她理所应当地说："它长得很丑啊。"

林延程又笑了。

其实岑曦小时候不怕癞蛤蟆的，可不知道为什么，越长大越抗拒。但也不见她害怕其他虫子，毕竟前段时间她还徒手抓了一只老鼠。

岑曦家里的门缝有些大，很容易钻进一些蛇虫鼠蚁。蒋心莲在家里的角落里撒了老鼠药，前段时间岑曦徒手抓住了一只吃了老鼠药而奄奄一息的老鼠。

她提着老鼠尾巴跑去找林延程，两个人观看完了老鼠的死亡过程，最后把它埋了。

很奇怪，她什么都不怕，就怕癞蛤蟆。

两人你一句我一句，很快就到了小卖部。

小卖部里就一排货架，货架正面摆放着各色各样的零食饮料，反面是日常用品。

岑曦惊喜地发现，五毛钱一包的橘子水已经有了，只是老板没将它放在冰箱里。

她很口渴，也买不起其他饮料，干脆地拿了一包橘子水，又在各种各样的辣条间徘徊。

岑曦戳他："你要买什么啊？"

"你呢？你想吃什么？"

"辣条吧，但不知道买哪个。想吃鸡丝，但会很辣；想买豆条，可是真的又好想吃鸡丝哦。"

"那我买豆条，你买鸡丝吧。"

岑曦嘻嘻一笑："程程最好啦！"

林延程也会吃零食，但不像岑曦那样爱吃。他的零花钱和岑曦一样，每天一块钱。一块钱，可以在学校小卖部里买两包零食，多数同学也是一块钱一天。

他用不掉那么多，于是越攒越多，每次岑曦周末要去小店的时候，他就会带上一两个硬币。如果她没带够钱，或者她很想吃一样东西却没那么多钱的时候他就会给她买。

当然，岑曦很少会让他买，她宁愿借，然后再还给他。

所以他有时候会买岑曦想吃的，这样互相分享着。

两个人买完零食，习惯性地穿过一个小树林，来到石子路边上一个小屋旁边。小屋底下连接着一段很长的水管，里头会有水流过。

后来长大了岑曦才知道那是每年给稻田抽水灌水用的，而那间小屋也不是住人的，里头装的是抽水机器。

她最喜欢坐在这高高的水管台阶上，特别是夏天的时候，底下水流涌动，赤着双脚，垂荡着，水淌过双脚，凉爽又舒适。

岑曦握着油腻腻的鸡丝辣条，仰头塞了一口进嘴巴，手指上也是油光发亮。

林延程慢条斯理地嚼着韧性十足的豆条。

在两人的面前以及远方却是一望无际的田野和碧蓝的天空，麦田里白鹭探着脑袋在觅食，一阵风吹过，它们展开翅膀，齐刷刷飞上天际，又在另一片翠绿的麦田落下。

岑曦没来由地说："程程，你说人离开后会变成星星吗？"

林延程那句"应该不会"还没开口，她又说："昨晚我在阳台上看星星，我在找哪颗是阿姨，哪颗是外婆，你说，她们在天上还好吗？"

想起母亲，林延程眼眸暗了暗，但很快又明亮了起来。

岑曦晃了晃双脚，说："你很想阿姨吧？"

"嗯。我昨晚梦到妈妈了。"

"梦里她和你说话了吗？"

"没有。她在做粽子，嘴里哼着歌，我叫她，她好像听不见。"

"我也梦到阿姨了……"她吸着橘子水。

林延程温和地笑了笑："那她和你说话了吗？"

"有啊，她叫我不要哭，她说她现在住在一个亮晶晶的地方。亮晶晶的地方，那就是星星上吧？他们都说人走了会变成星星……我也不太懂，但我隐约觉得阿姨和外婆都在看着我们。"

岑曦的外婆是在她上幼儿园时去世的，得的癌症。那时虽然她还小，但也哭了一场。后来，她有一个想法，谁也没说，只告诉了林延程。

她觉得如果下雨了，那就是外婆在哭。而她也不能做坏事，因为外婆都会看见的。而到了晚上，外婆就会变成星星在夜空中休息。

林延程听她讲着，自然而然想起小时候她和他说的"如果"。

他改了口，说："会变成星星吧，她们都在天上看着我们。"

此刻晴空万里，只有明晃晃的太阳，但两个人还是不约而同地抬头看天。

岑曦说："每次这样想的时候，就会觉得开心一点。你现在有没有开心一点？"

林延程说有。

岑曦轻哼一声："骗人！"

"我没有骗你。"

"你就有！"

"我真的没有。"

岑曦忽然咯咯咯地笑起来："程程，你较真的样子好像那只大鸟哦。"

林延程被气笑了。

岑曦依旧笑个不停，她歪着脑袋，一脸烂漫地说："等我们以后老了，变成星星了，我们要住得近一点，我们还可以去找小王子，看看他的玫瑰花，我也想看猴面包树。程程，猴面包树到底长什么样子，为什么要叫猴面包树，树上真的有面包吗？"

前段时间老师给他们发了书刊订阅的宣传单，她以前都没有买过，因为蒋心莲觉得贵，但这次蒋心莲意外地同意了。

岑曦挑选很久，最后选择了《小王子》，因为这本书送贴纸。当然，她也很认真地看完了这本书，虽然有些看不懂，但她记住了有那样一颗很小的星球和从未听过的猴面包树。

林延程捡了一颗红砖石碎片，他在水泥台阶上给她画猴面包树，他曾在百科全书上看过这种树。

他说："它不会长面包，长得非常高非常大，好像长在很热的地方。"

"比房子还高吗？"

"比我们学校还要高。"

岑曦"啊"了一声："那不是可以在上面建房子，像故事里那种，住在树洞里。"

林延程说："南城没有这种树。"

岑曦想象着，可惜道："如果我有一棵猴面包树就好了。"

这个周末岑曦几乎一直和林延程黏在一块，也很难得主动说要写作业，以往她都是拖到周日下午才慢腾腾地写。

她很喜欢林延程家那间通风的屋子，这是林老爷子的旧屋，后门敞开时，清风阵阵，没有蚊虫，空气中还飘浮着后院松树的清香，很能让人静下心来。

她要写作业，林延程自然乐意，但更奇怪的是她说要先写作文。

要知道，每个周末的小作文是绝大部分同学都头疼的一项作业，林延程自己都是把它放在最后一项进行的。

这次是半命题的作文，简单的两个字：我想——

作文提示里写着，世界之大，未来无限可能，我想拥有一座花园，我想成为一名警察，我想学游泳，关于未来和过去，你想到了什么呢？

林延程问岑曦想写什么，她似乎心中早有想法，但遮遮掩掩说不给他看。

但他的好奇很快得到答案。

周一两个人骑车上学，路过河岸，河里的小蝌蚪已经开始长腿了，岑曦瞧了几眼就不再看了。再过一个星期，路上都是刚长出脚的小青蛙，车轮碾过去，噼噼啪啪，会碾死很多小青蛙，岑曦会浑身不自在。

林老爷子受班主任邀请，第一次以家长的身份踏入外孙的校园，以往都是林婉来参加的。

林老爷子来得早，班主任还没来，林延程让他去教室里坐一会儿，老爷子不肯，说打扰学生学习，一个人坐在教学楼西侧的小楼梯上。

岑曦一到教室就乖乖交作业给小组长。

她交之前又看了一遍自己写的作文，她隐隐期待着这次老师能表扬她，把她的作文朗读出来，她希望同学们能懂她写的东西。

课程一节一节地过去，林老爷子和班主任的谈话将近两个多小时，而忐忑的岑曦终于迎来第三节的语文课。

和以前一样，语文老师捧着一沓厚厚的作文本进来，让小组长上来拿本子发下去。如果没领到，那就有两个可能，一是写得太好等会儿老师要讲，二是写得太差等会儿老师要批评。

在岑曦的祷告中，她如愿地没有领到作文本。

语文老师是一名年近四十的中年男人，岑曦很尊重他，因为他从来不会戴有色眼镜看学生，也是因为他，五年级后他们每天要背很多额外的诗词和诗经，这让她有一种真的学到东西的感觉。

语文老师先是拿起两本作文本，口气平和地说："这次是谁，大家都猜到了吧？我已经懒得说了，来，自己上来把本子拿下去。"

班里两个男生自觉地上去拿了本子。岑曦觉得他们和普通学生有点不一样，但并不笨啊，可他们就是不学习。

语文老师说："你们的小学生涯快结束了，我忍不住再说一遍，学习从来都不晚，你们两个要想学还来得及。好，接下来，我要说一说写得比较好的几个同学。先说班长林延程的，题目很新颖，叫《我想拥有一棵猴面包树》。"

语文老师笑了，说："大家知道什么是猴面包树吗？"

底下的岑曦一抖，惊讶地看向坐在前排的林延程，她只看得到他坐得端正的背影和后脑勺。

语文老师继续说道："猴面包树一般生长在非洲，是一种非常高大的落叶乔木。关于这种树的描写解释，林延程写得很好。老师很喜欢他这段描写，他说，我想拥有一棵猴面包树，看牵牛花缠上树干，盛开出朝气美丽的花朵，做一截木梯通向树屋的二楼，开一扇圆形的窗户，想在星空最浩瀚的时候邀请爷爷和最好的朋友一起坐在树枝上欣赏，也许抬手还能触到星光，她会温柔地和我说：'今晚要做个好梦。'"

语文老师说："老师希望你们永远不要忘记想象，如果有人问你弯弯的月亮像什么，不要只单一地想到它像小船，它可以像扁豆，可以像羽毛，可以像一个人的眼睛。"

语文老师接着说："好，接下来我们说说岑曦的作文。说实话，老师教书这么多年，第一次看到有同学写这个主题，对于你们这个年纪来说，是很难得的。"

岑曦咬了下下唇，不好意思地低下头。

语文老师翻开她的作文本，说道："她的作文题目是《我想抚摸心脏》，听名字是不是不知道她要写什么？老师一开始也没猜到。岑曦这次写的主题是关于抑郁症，大家知道抑郁症吗？应该都不知道吧？虽然岑曦的作文里没有说得很全面，但她肯定做过功课。她也有这样一段话写得非常好。她说，这是一种无声无息的疾病，它会悄悄包裹住你，让你变得不能呼吸，看不清这个世界，感受不到阳光的温暖和鲜花的灿烂。大人们常说世界很美好，可是我见过流泪的妈妈、受伤的爸爸，这世界上还有很多令人伤心的事情，我们会把伤心的事情放在心里，请记得抚摸自己的心脏，不要让它变得太满。如果心满了，就没有多余的力量去欣赏这个世界的美好了。我希望每个人的心都不要生病，希望我最好的朋友能够笑口常开。"

教室里很安静，每次老师读作文的时候，大家都会很有默契地安静聆听。

岑曦从小到大作文写得都还可以，偶尔也被老师表扬，但从没有一次像现在这样让她心潮澎湃。

语文老师说："希望你们每次都能在这些优秀的作文中学到一点什么，好的文笔和想法，不会凭空出现，要学会去多观察生活，抒发真情实感。如果你愿意，也可以随时记录生活的点滴，写日记就是一种非常好的方式。所以，我要求大家买一个本子，在这个学期结束前，我们不写作文了，写日记，日记本每天都要上交。”

底下开始窃窃私语，而作文本也传回了岑曦手中，她看到作文尾声有老师给的五颗五角星，她轻轻抚摸着，不自觉地笑了。

她下意识地朝林延程的背影看去，正好林延程转过身也看到她，他朝她微微一笑，她有些不好意思，但也以笑回应。

下课后岑曦跑到林延程身边，把他叫出了教室。

走廊里同学追追打打，一片欢声笑语。

岑曦打量着他，别扭地说：“程程，你有不开心吗？”

林延程一脸茫然：“不开心什么？”

“作文……我没有和你说过。”

“你写得很好，其实我也想过写这个的。”

“那你怎么没写？”

“我更想写你的猴面包树，那我写了猴面包树你会不开心吗？”

岑曦脑袋摇得像拨浪鼓：“我很开心啊！我以为你不会记得的，可是你不仅记得，还把它写进了作文里，我超级开心的！”

林延程说：“我就是这么想的，所以我怎么会不开心。那你为什么要写抑郁症啊？”

岑曦变得支支吾吾。

林延程说：“是不是别的同学说什么了？”

她吃惊地抬眸。

林延程十分平静地说：“我听到过一些。”

岑曦并没有和同学说林延程的妈妈因为抑郁症去世，只是说了她去世，大家都很同情，可大家都住在一个镇上，林婉的事情有些人是知道的。

她听到过隔壁班的同学议论，说林延程的妈妈是个精神病，所以自杀了。不过两个班不怎么往来，所以传播得不是很广。

那天她在电脑课上查抑郁症，旁边的同学也都是那样理所应当地说精神病会杀人放火。

除了同学，身边的长辈也都是那么认为。

她又气又委屈，明明林婉那么好那么温柔。

所以她暗暗做了决定，要告诉大家抑郁症不是那样的，得了精神病也不会都杀人放火。

而作文一直都是岑曦的解语地，她会把不能说的秘密和想法都写进作文里，她不怕被老师知晓，她把作文看作一种传播信息的介质和唯一能大胆说出真实想法的地方。

林延程看着她惊愕的模样，认真地说："所以我很高兴，你写了这个病。我想，以后会有更多的人理解它吧。真的，如果你不写，我还打算下次写的。"

岑曦"嗯"了声，如释重负地笑了。她晃了晃林延程的手臂："能不能把你的作文给我看看？"

"那你把你的也给我看一下。"

"好啊。对了，晚上让爷爷带我们去超市吧，我想买一个好看的笔记本写日记。"

说到爷爷，林延程想起今天来见老师的爷爷，也不知道爷爷现在走了没有。

正想着呢，后头传来同学的声音："林延程！班主任让你去趟办公室！"

"好！知道了！"

林延程看向岑曦："我去办公室了。"

岑曦点点头，本想回教室，扭头却看见身后的同学异样的眼神，似乎还有指指点点的意味。

没一会儿，有同学从楼梯口气喘吁吁地跑来说："岑曦，语文老师让你去一下。"

偌大的办公室里，几乎整个年级的主课老师都在这里。林延程和林爷爷也在那里，班主任微微笑着，似乎交谈得还算愉快。

岑曦站在门口，礼貌地敲了敲门，随后走到语文老师办公桌前。

语文老师推了推鼻梁上的眼镜，一双细长的眼睛显得他很有书香气息，他放下手头上的作业本，双手合十搁在办公桌上，张了张唇，似在组织语言。

岑曦眨着眼，一脸单纯地等老师发话。

其实她也不知道语文老师找她干什么，猜测着是不是老师觉得她作文写得不错所以想和她聊聊？

七想八想的时候，语文老师开口了。他说："是这样的，刚刚下课后有几个同学过来找老师，他们和我反映，说你的作文是抄袭的。所以……"

语文老师话还没说完，岑曦猛地抬头，愣愣道："我没有。"

短暂的愣怔过后，一股委屈涌上她的心头，瞬间眼里溢出了泪花。

语文老师拍了拍她的肩膀："不要哭，所以老师找你来就是想问问你，老师愿意听听你的说法。"

语文老师的温柔与理解让岑曦觉得更为委屈，随着他们的长大，父母总会说你要是哭的话别人会笑话你，你是大孩子了，不能哭了。伴随着这种思想，岑曦一点都不想在那么多老师面前流泪，也不想等会儿被同学看到通红的眼睛。

可是心中的委屈越涌越满，一滴两滴，泪水啪嗒啪嗒落在地面上，她抬手抹了抹眼睛，吸着鼻子说："我没有抄别人的作文，都是我自己写的。"

"嗯，老师相信你。不过老师很好奇，你是怎么想到要写抑郁症的？"

岑曦抹着眼泪，有点不愿意说。

大家都知道林延程的母亲逝世了，但绝大部分人都不知道林婉为何逝世。隔壁班的流言也没有传得很广，属于小孩子之间的胡话，老师也不一定知道。

此刻林延程也在办公室里，她内心有点抗拒在他面前和语文老师解释，但也不想撒谎。

语文老师哄着："不能和老师说吗？"

岑曦咬着唇，偷偷瞥了一眼在右斜方的林延程，只见林延程也在看着她。

林老爷子正和班主任聊得火热，又是摇头又是点头，没注意到岑曦这边的状况。

岑曦收回视线，摇摇头说："我真的没有抄袭，关于抑郁症我自己在电脑课上查过，没有抄别人的。"

话音刚落下，身后忽然冒出一个声音："老师，岑曦没有抄袭，她写的是我妈妈。"

岑曦背脊一僵，转头看向林延程。

他一说话，办公室里的其他老师都被吸引了注意力，有的瞧几眼又低头忙自己的事情去了，有的静静观望。而班主任和林老爷子因为他的突然走开，终止了谈话，齐齐看向他们。

林老爷子这才注意到委屈巴巴的岑曦，"哎哟"两声，走过去，手捧着岑曦的小脑袋，心疼道："丫头这是怎么了？怎么哭了？哟，这位老师，这孩子犯事了吗？"

语文老师脑海里回荡着林延程的话，慢慢地从惊愕中静下来，说："你们两家是认识的？"

林老爷子说："这丫头住我隔壁，和我家延程从小一块儿长大。"

语文老师笑了一下，看看林延程再看看岑曦，对林老爷子说："没事，岑曦一直很文静很乖，从来没有调皮过。"

林延程说："老师，她真的没有抄袭，星期天我们一起写作文的。

我妈妈……是因为抑郁症去世的。"

关于这位三好学生的母亲病逝的消息，老师都略有耳闻，却没想到是这样一个情况。

语文老师点点头，安慰岑曦道："好了，老师已经了解情况了，你回去上课吧，好好听课。"

岑曦哽咽着，点头，飞快地跑出了办公室。

林延程望着她消失的身影，随着爷爷回到班主任那边。班主任安慰了几句，朝林延程问道："是因为妈妈的事情，所以不想去建设中学吗？"

林延程"嗯"了声。

"那行吧，今天老师说了那么多，还是没能讲动你。你也回去上课吧。"

"好，谢谢老师。"

林延程走后，班主任再次邀请林老爷子坐下，询问起林延程的母亲的事情。根据这种情况，和林老爷子讲述如何注重孩子的内心世界，特别是孩子上了初中到了叛逆期。

岑曦没地方可以去，而且马上要上课了，她又不想那么快进教室，就靠在中间大楼梯那边的廊檐下。

林延程一上来就看见了她的背影。

她望着天，偶尔吸一下鼻子，好像比刚刚好了很多。

林延程走到她身边，从口袋里掏出一根橙子口味的棒棒糖："喏。"

岑曦泪眼汪汪的："你去小卖部了吗？"

林延程将棒棒糖塞到她手里："没有。刚刚去办公室，老师的宝宝也在，那个小孩子硬要塞给我的。"

"哦……"岑曦把玩着棒棒糖，又看向天空。

林延程："不要哭了，你又没有抄别人的作文。"

"可他们为什么要说我抄作文？"她满肚子的不解。

林延程想了想说："可能是因为他们嫉妒了吧。"

从一年级到现在，班级里从没出现过这样的事情，为什么落在她身上，又为什么她被老师表扬了一次大家就要怀疑她？难道她永远也不配写出好作文吗？难道成绩不好的就该永远不好吗？

岑曦不开心地踢了两下走廊的墙壁，鼓着腮帮子说："那我以后每次的作文都要写得很好很好！"

林延程笑了起来："好啊。"

岑曦下了个决心，呼出一口气，眼神十分坚定。她要让那些看不起自己的同学刮目相看！

她一向情绪来得快去得也快，这么想着，这事情就算落幕了。

她忽然想到林爷爷，扭头问道："班主任叫你去干什么？为什么爷爷还没有回家？"

"噢，是问我去不去建设中学的事情。"林延程顿了顿，"上次回去以后，我和爷爷说我不想去，今天班主任把我叫过去想确认一下，我也和老师说不去了。"

岑曦惊讶地瞪大了眼睛："你真不去了啊？"

她之前以为他很想去来着。

林延程点点头："就去红枫中学读吧，我想和你们在一块儿……而且爷爷年纪大了，如果我去建设中学的话一个星期回来一次，不太好。"

岑曦脸上的泪痕都还在，可她一下子喜笑颜开，瞧不出半分刚刚还在难过的神色。

她晃着脑袋说："那以后我们可以一起骑车上学放学，我们还可以一起考高中。"

"嗯。"

丁零零——丁零零——

上课铃声响起，走廊里的学生一哄而散，撒腿跑回教室。

岑曦拉起林延程的手腕就跑："快点！"

林延程被岑曦拽得差点胳膊脱臼。不知道为什么，他总觉得岑曦力气比他还大。

岑曦回到座位，虽然边上的同学装作若无其事的样子，但她知道，大家都在偷偷打量她。

同桌趁着老师还没来，小声问："你还好吧？"

岑曦摇摇头说没事。

这场议论远没有停止，虽然没有一个人明面上说，但她能感受到背地里大伙的不相信。

和岑曦玩得好的几个伙伴替她愤愤不平，虽然她没说什么，但那种委屈不公的感受一直萦绕着她，直到午休的时候语文老师迈着大步伐，一脸严肃地走了进来。

他双手背在腰后，没了以往的耐心和温柔，厉声道："我要严肃地和你们说一件事。"

底下的同学都在写作业，可个个都把耳朵竖了起来。

语文老师说："提出质疑是好事，但不要被自己的偏见蒙蔽了眼睛。今天上午有同学跑来说岑曦的作文是抄的，老师说过会查清真相的。现在老师就告诉你们，岑曦没有抄作文，就是她自己写的，也有同学过来告诉我说看到岑曦上电脑课时搜索抑郁症。你再想想你们上电脑课在干什么？不去学习别人好的一面，你们认真读过她的作文吗？"

语文老师叹了口气："当别人有进步的时候我们要虚心学习，学习别人的优点。这件事情就到这里，我不希望下次还有这种事情出现。当然，抄作文的事情也不是发生一次两次了，我希望你们能够明白，抄作文没有任何好处，除了应付老师。你以为作文是不是抄的，老师就看不出来了？我就说这么多，你们自习吧。"

语文老师说完，风风火火地又走了。

岑曦装模作样地写作文，其实她都不知道自己在写什么，她总觉得这会儿有很多的目光都聚集在她身上。

吱——椅子与地面摩擦的声音。

岑曦顺着声音抬头瞥去，这一瞥让她突然紧张了起来。

因为林延程从座位里站了起来，他用那种平静温和的语气说："岑曦真的没有抄，前几天我妈妈去世了，我妈妈就是得了这个病，她写的是我妈妈。"

三言两语，教室变得格外寂静，甚至连笔尖划过纸张的声音都听起来有些刺耳。

岑曦看着林延程，忽然觉得这个和她个头差不多高的男生老气横秋的，他好似总是这样，做什么事情非常有规划，讲话也是大大方方。

她朝他笑了一下，他也朝她弯了一下嘴角。

他们知道，不用再说其他话了，教室里的同学其实都听到了，他们心中自有结果。

后来整个午自习，教室都处于一种诡异的静谧中，打破这种气氛的还是午自习的休息铃声。

岑曦也不知道具体是谁提出质疑的，她也不想知道，可当铃声响起后，她的课桌边多了道人影。

是他们的副班长，那女孩儿扎着两个马尾辫，眼睛又大又圆，她绞着手指，十分愧疚地说："对不起，是我向老师提出了质疑，我妈说做错了事情要道歉，所以，对不起！"

当副班长这样和她道歉时，岑曦反而觉得不好意思起来，笑着说："没事啦！"

那女孩儿也笑了。小孩子之间可能就是这么奇怪，没有太多心计和怨恨。

副班长说："我能看看你的作文吗？"

"可以啊！"

"谢谢。"

岑曦把作文本递给她，羞怯地说："那我可以看看你的作文本吗？"

副班长笑得十分灿烂："当然可以，我去给你拿。"

岑曦挪眼时看到林延程身边围了好几个男生，没有一贯的调皮捣蛋，那些男生脸上都浮动着温柔的神色，眼神也是那样真挚。

而林延程总是温和地面对所有人。

岑曦出神时副班长把作文本拿了过来，身边的同学都凑过来看，这个小角落爆发出嬉笑的打闹声。

就这样，在五年级的末尾，岑曦和副班长成了书友。

副班长从小看了很多书，岑曦受了这次作文的刺激，莫名开始想用功读书，特别是写作这一块，于是向副班长借了很多书。

什么《外星人》《十万个为什么》《女生小小》《马小跳》《鲁滨孙漂流记》《了不起的狐狸爸爸》。

她看得津津有味，副班长的书可比林延程的好看多了。

从岑曦认识林延程开始，岑兵不止一次地拿她和林延程做比较——

看看人家林延程，礼拜天早上一直在写毛笔字；看看人家林延程，没事就坐那儿看书；看看人家林延程，会下象棋、围棋。

林延程在她心里无所不能，但可能因为他就在身边，所以并不会有很大距离感。

岑曦小时候觉得光是学校里发的书就看不完了，而她也比较喜欢田野和河流，没有那种静下心来读书的心。再长大点，为了学习，蒋心莲给她买过一本作文选。

那本《小王子》算得上她人生拥有的第一本课外书，她十分爱惜。

林延程和她不一样，因为林婉爱看书的关系，他从小就看了很多书，带拼音插画的四大名著，简化的历史人物传记，林婉要求背诵的《唐诗宋词》《大学》《中庸》等。

他看的那些书，岑曦通通不喜欢。

林延程拉着她去学校图书馆借书，她也不愿意，觉得还书太麻烦，总是会忘记。生活中的其他事物比读书更吸引她。

但这次林延程很明显地察觉到了岑曦的变化。

她晚上会跑过去问他题目，会提前背诵诗句和单词给他听，还要求一起默写，到了周末虽然该玩的还是会玩，但她对写作业似乎没那么抗拒了。

她每晚写完作业都会看会儿书，第二天上学的路上兴奋地和他讲述书里的剧情。

林延程被她勾起了好奇心，问副班长借了以后也开始看，那些故事对他来说一点都不深奥，但莫名让人觉得很轻松。

不过喜欢看书本身就是一件好事。

他很高兴岑曦能喜欢看书。

● **Part.02 少女要努力发光**

6 月底他们正式结束小学生涯。

在夏蝉初鸣的明媚天气下，红枫小学的五楼空了，学生们捧着成绩单和暑假作业，撒欢似的奔跑。

没有人觉得这是一场离别，相反，大家都对初中生活格外向往。

暑假刚来时是扑面而来的新鲜感和自由，岑曦终于不用每天早起，也不用每天写作业。

她拉着林延程把想做的事情都做了一遍：在他家打游戏，把"坦克"打到第四十关，躺着看一下午电视，骑车去同学家玩，去树林抓知了，去河里摸田螺。

放纵了一个星期后，她开始觉得暑假有些漫长。

她真的好想开学，她已经迫不及待地想上初中了。

那个在老师的描述中好像大人的世界一样的初中。

7 月中旬，天气越来越热，但那时候还不像现在这样时时刻刻高温，一台电风扇几乎就能应付夏天。

岑曦盘坐在木质的沙发椅上，用勺子挖西瓜吃，吃完了就噗地把西瓜籽吐在盆里。

林老爷子每年都会种西瓜，夏天几乎每天都会给两个孩子切西瓜吃，一人一半，装在脸盆里，让他们端上楼边看电视边吃。

就岑曦这无拘无束的架势，别人不知道的还以为这是她家。

沙发椅有三张，那张最大的是岑曦的专属座位。

她吃饱了往后一靠，摸着肚皮说："好想开学哦。程程，你说初中到底什么样啊？"

这个问题从放假开始到现在，她不知不觉已经问了很多遍了，但林延程内心也有期待，所以两个人孜孜不倦地想象着，他也十分乐意和她一起想象。

林延程边嚼着西瓜，边说："大概大家都会骑车上学，班级会更多一点，教室也会不一样吧。"

"那操场会变大吗？"

"也许吧。"

"那上了初中是不是爸妈不会再管我们了？是不是会更自由一点？"

"应该会吧。"

岑曦往沙发椅边上一倒："长大真好，我好想快点长大，快点开学。"

"那你暑假作业写了多少了？"

"我英语写完了。"

林延程擦了擦嘴："可那是你放假前就写完的。"

岑曦"喊"了声，说："那我好歹也写完了一本。再说了，初中的老师会看我们的暑假作业吗？你说我们以前写的老师看了吗？总觉得他们根本没看。"

"初中的老师会看吧，他们对我们的第一印象可能就是检查这次的期末成绩和暑假作业了。"

岑曦想了想，觉得有道理，可她一点都不想写数学作业，数学很难的。

她嘿嘿一笑："程程，你能不能借数学作业给我抄啊？"

林延程："……"

每年都是这样。

岑曦喜欢拖到最后几天赶作业，每次都装哭来求他，并且，她每次都会发誓，开学了会好好学习。

这会儿，岑曦又故技重施："你放心，我发誓，上了初中我一定会好好学习的！"

见他不信，岑曦认真起来："真的，我上了初中真的想好好学习的，我不想再像以前一样了……"

说到这里，岑曦的神色暗了下去。

像以前一样，是哪样？他们心里都有答案。她不想再像以前一样被人当作差生，不想再被同学看不起。

林延程说："那就从写暑假作业开始，我们每天一起写怎么样？"

岑曦瞬间变了脸，哼一声："不想每天写作业，我前段时间那么努力，现在想休息。"

她就是不喜欢写暑假作业，暑假不就是用来玩的吗？

林延程思考了一会儿，决定今天不和她争论这个话题。

于是他扯开话题说："爷爷说河里有螃蟹，要去抓螃蟹吗？"

岑曦果然就被转移了注意力，她从沙发上跳起来，兴致勃勃道："好啊！我们去挖蚯蚓吧！今天不钓龙虾了，钓螃蟹！走走走！"

他们从小到大钓过无数次龙虾，运气好，直接能用抄子捕，因为河水十分清浅，龙虾能看得一清二楚。钓龙虾，是岑曦每年夏天必玩项目之一。

这条小河位于两家之间，两侧种着十几年的杨树，枝繁叶茂的树枝在高处交织，形成一片独有的阴凉地。

当初林延程第一次跟着岑曦钓龙虾的时候手足无措，看着岑曦熟稔地做钓竿起钓竿，心底暗暗佩服。

如今他也算得心应手了，比如去挖岑曦最不想碰的蚯蚓，用钢丝穿蚯蚓。

也就花了十几分钟，两个人做了七八个钓竿，竿子是由河边的芦苇做的。

垂竿完毕，岑曦跑去搬了两张小凳子过来，静悄悄地等待螃蟹上钩。

清风拂过芦苇丛，翠绿的长叶晃动，杨树上结的小果子啪嗒啪嗒掉落下来，它不会沉入河底，只会像小船一样漂浮着，到了秋天它会变成成熟的黄色。

岑曦双手托着下巴，看到掉落的小果子，玩心大起，随手捡起来，朝林延程丢过去。

"吃我一记子弹！Biu biu biu ！"

林延程不甘落后，收集了一捧果子后，也朝岑曦发射。

岑曦边笑边叫，到处乱窜。

跑累了，岑曦摆出停止的手势，气喘吁吁地在小凳子上坐下。她叉着腰，说："不玩了，你都把螃蟹吓跑了！"

"是你先打我的。"

"去年这时候你打了我，我没还手呢！"

林延程："……"

岑曦哼一声，去看钓竿，只见芦苇顶端的白线被拉得笔直，有什么东西在轻轻拉扯。

她把声音放低："快快，把抄子拿来！"

一手拿抄子一手握钓竿对岑曦来说是个难事，她没那么大力气，所以一定要两人合力完成。

起钓竿也是个技术活，不能吓跑水中的东西，要张弛有度，快速敏捷。

说时迟那时快，岑曦握起钓竿的瞬间，林延程快速用抄子接住，很顺利地网住了。

捞上一看，还真是螃蟹，个头还不小。

岑曦满意地把它放在提桶里。

转眼，日薄西山，岑兵夫妻一前一后回来了，林老爷子也从田里回来了，所有大人都对他们的行为见怪不怪，甚至会调侃两句，今天钓到多少。

岑曦很有成就地回答说："一桶不到！"

让林延程意外的是，岑曦把一桶螃蟹、龙虾都给了他。

换作以前，她会要求很公平地对半分。

岑曦说："给爷爷当下酒菜。"

她说得那么理直气壮，可他分明从她明亮的眼眸里看到了别的东西。

林延程说："谢谢……"

他哪里会不知道她，这段时间她一直都在考虑他的感受，给他讲故事书里好笑的情节，每天陪着他写作业，陪到直到不得不去上床睡觉，给他吃最好最大的那一半西瓜，每天想办法逗他高兴。

是她说，心情不好就看看故事书，里面的世界又开心又好玩。

所以他才去问副班长借书。

但这所有的一切都好像是两个人之间的默契，谁也没有说破。

岑曦笑起来，露出两颗小虎牙："那我先回家了，吃完饭再找你玩。你不要吃太慢，我们说好要去找萤火虫的！"

"好。"林延程温柔一笑。

岑曦后来没有抄到林延程的数学作业，他每天都会按时做完作业，她只会写写语文，到了8月1号的时候，红枫中学开始报名了。

其他年级都是9月开学报名，但因为他们是新晋初中生，所以老师有很多事情要提前交代。

顺带开了一次家长会。

这是岑曦和林延程第一次踏入红枫中学。在此之前，他们每天骑车上学时会路过它，它的大门连接着一条冗长的林荫道，往里走才是教学楼，里面的一切看起来神秘而富有成熟气息。

学校比小学大一些，教学楼有四五栋，让岑曦惊叹的是学校有车棚，挨着后墙的都是车棚。

眼睛看花的时候他们进入了最里面的教学楼，它看上去有些年头了，而他们六年级被分配在四楼，也就是最高楼层。

青水镇人口不算多，他们小学时一个年级才两个班级，到了初中，加上一些其他小学过来的学生，老师给分了三个班级。

幸运的是很多同学都是以前班里的，更幸运的是岑曦和林延程还在一个班。

他们的班主任是一位身材胖胖的中年男人，名叫王卫国，看起来还算和善，家长们簇拥着他，问东问西，他都笑脸相迎。

班主任告诉他们9月开学会有一场考试，这场考试会决定他们的分班。

也就是说，今天的班级只是临时组成的。

此话一出，大家都慌了。人总是对第一眼见到的人有依赖感，岑曦很想以后跟着这位老师，也不想和林延程分开。

可是她的数学怎么办啊？

报完名以后，岑曦重整旗鼓，又回到了五年级期末考试时的状态，她给自己定制了计划，要和林延程一样，每天都完成作业。

在她为分班的事情担忧时，林延程告诉了她一个事实。

他说："我听说这次老师不想弄快慢班，打算把三个班的成绩分得均匀些，所以才要开学考试。曦曦，还有一个事情，这次考试应该会决定学号，也会决定我们在老师心里的第一印象。"

岑曦觉得他真的太聪明了！

一年级时就是那样，期中考试后班主任重新排了学号，根据成绩决定了大队长、中队长、小队长，从此以后，整整五年，几乎没人能摆脱这种等级制度。

她太想在初中重新开始，想做一个被老师看重的学生。这一切都是新的，环境是新的，老师是新的，她还有努力的机会。

就这样，她整个8月都学得很认真，虽然她小学的基础没打好，很多地方都比较吃力，但努力和不努力总是不一样的。

为了能有一个新的开始，岑曦做了很多准备。

新学期新气象，书包、笔盒、笔记本、笔，这些都是必不可少的。

岑曦以为蒋心莲会像以前一样板着脸说不能买，谁知这次蒋心莲似乎比她还高兴，说改天放假了带她去镇上买。

此镇非彼镇，蒋心莲说的镇子是指他们那边的一条商业街，岑曦的外婆就住那个镇子附近，所以每次去外婆家岑曦都要吵着要去镇上玩。那里有好看的气球、好吃的美食，和清静的乡下完全不一样。

岑曦兴高采烈去找林延程玩，讲述着自己要买什么样的书包和笔盒。

六年级真的是个分水岭，她自己都没注意到，她已经开始有了审美和追求。

这不像小时候挑封皮的颜色，选一个笔筒那么简单，那是种越来越趋向于成人的自由，是所有小孩都期盼的自由。

岑曦自始至终认为，真正的长大就是从她拥有那辆自行车开始。

夜晚，林延程和岑曦躺在凉席上看星星。

据说今天是七夕节，天上会有两颗很亮的星星。岑曦听了以后跑来要和他一起看，于是他们就把旧凉席拿出来铺在露天阳台上。

就在前一刻，岑曦得到了蒋心莲的允诺，所以这会儿她说了一刻钟了还没说完。

女孩子总是比较纠结，她畅想着，问他："书包买粉色好还是蓝色好？上了初中应该不用铅笔了吧？笔盒买软的还是硬的？买多少笔记本合适呢？"

"那你喜欢什么颜色？"

岑曦忽地停住了，似乎这是个很难的问题。

她反问："那你喜欢什么颜色？"

"黑色吧。"

"噢，可我好像没什么特别喜欢的颜色。"

林延程望着天空，说："等你去了你就知道想买什么了。"

"那你呢？你想买什么样的？"岑曦侧过脑袋，眨着亮晶晶的眼睛看他。

"不买吧，我的书包没有坏。"

岑曦脸上的笑容慢慢敛了起来，她看到林延程平静的眼里有一丝空荡。

是啊，林婉走了，林爷爷不懂这些的，开学的新衣服、新书包没有人带他买了。

当然，她没有忘记自己对林延程说过的话。

岑曦抬脚，轻轻踢了下他的脚："我的书包也没有坏啊，但是别人都会买新书包的。书包不买，笔和本子你总要买吧。你和爷爷说一下，下次等妈妈放假了我们一起去啊，好不好？"

林延程看向她："一起去吗？"

"对啊，而且你去年的衣服肯定不能穿了，到时候让妈妈给我们买新衣服吧。"

"那……我明天和爷爷说一下。"

岑曦心满意足地笑了，伸了个大懒腰："为什么牛郎织女还没出现啊？"

"可能还没到时间吧。"

岑曦又踢了他一下："你再给我讲讲牛郎织女的故事吧。"

林延程看着星光闪烁的夜空，在这清凉的夏日夜晚，他忽然有种被庇护的感觉。

虽然不知道哪颗星星是母亲，但如岑曦所说，她一定在看着他吧，所以她让岑曦陪在了他身边。

他深吸一口气，开始缓缓地讲故事。

"在很久以前……"

岑曦以为这个暑假就会这么过去，但没想到在开学之际，家里发生了一件事。

晚饭桌上，岑兵忽然对她说："曦曦啊，爸爸要出远门，要很长一段时间才回来，你和妈妈在家要当心一点，晚上睡觉一定要锁门。你也要乖一点，不要让妈妈费心。"

啃着红烧鸡腿的岑曦一愣，脱口而出问道："爸爸你要去哪儿？"

"爸爸要出去做生意赚钱，就前面那家那个叔叔说可以带我一起做。"

"那什么时候能回来啊？"

岑兵喝了口酒："可能要一年吧。"

那岂不是她都要上初一了？是好久啊。

蒋心莲眼睛有点红，嘱咐道："你去了外面衣食住行自己要当心，有什么事给我打电话。"

岑曦默默地吃鸡腿，她第一次发现妈妈好像很不舍离开爸爸。她一直以为偶尔拌嘴的两个人没有那么深的依赖。

她听到爸爸要离开一段时间，并没有觉得难分难舍，反而松了一口气，好像这个家少了个定时炸弹，她再也不用担心什么时候会爆发一场矛盾，担心爸爸又提起陈年往事，跑去把奶奶臭骂一顿。

她喜欢和妈妈一起生活，她甚至觉得未来一年肯定特别安宁美好。

只是爸爸还是爸爸，她和妈妈一样，希望爸爸能在外面一切都好，也希望爸爸能做成生意吧，这样他们的日子就会越来越好。

于是，她满心向往的六年级在秋高气爽的9月正式开始，对她来说，是个真正的新开始。

正式报到那天，大伙都挤在楼下的白板前看班级分配。岑曦看到二班学号排第一的是林延程，她顺着往下看，终于在十三号的位置看见了自己的名字。

岑曦兴高采烈地欢呼，她和林延程在一个班级，但随即她又哭丧了起来，为什么她的学号是"13"啊！

"13"是个不太好听的数字，因为他们这边骂人都会骂：你是不是十三点？

林延程笑了笑，抬头去看岑曦三门功课的成绩，在学号名字后面有成绩和总分，还有年级排名。

前两天举行了一场入学考试，当时也没什么其他事情，就简简单单考了个试，岑曦说考得一般般，有些题还是不会。

不过白纸黑字都印着呢，岑曦这次三门功课发挥得比较稳定，平均85分以上，比五年级期末考试成绩好多了。

而且班里三十多个人，她排第13名，也算中上游水平。

岑曦听完林延程的分析，重新扬起了笑容，她甚至有点不敢相信，她竟然有一天也能挤进中上游。

她简直爱死这所初中了！

他们班级的教室就是当初报名的那间，班主任也是岑曦觉得面善的王卫国。

至于座位，老师还没来之前他们自个儿就先坐了，六列座位，不似小学两张课桌并一起的那种，都是单独的。

岑曦选择了一张靠窗的座位，窗外不是学校楼道，而是一望无际的田野和贯穿整个青水镇的五孝河，窗户开着，有秋天的味道飘进来。

林延程选择了她旁边那个位置。

正说话间，班主任走了进来，说很高兴成为他们的班主任，这是他带的第一届初中生，然后又说："座位就先这样坐吧，以后可以慢慢再调整。男生现在跟着我去领书，女生等会儿准备发书。"

男生一走，教室少了一半人，也变得安静许多。女生之间的交往不像男生那么大大咧咧，总是小心翼翼，一拍即合。

岑曦扒着窗户，百无聊赖地数外面的树。

突然，坐她后头的女生轻拍了下她的肩膀，她吓一跳，扭头就看见一张自信的笑脸。

岑曦知道她，是小学隔壁班的班长，成绩好的同学总是名声大噪。

那女生勾了勾齐耳的短发，笑着说："我叫李星雨，你叫什么呀？"

岑曦有些不敢相信，她这是要和自己做朋友吗？

岑曦愣了一下，立马欢快地回答道："岑曦，我叫岑曦。"

李星雨皱眉："哪个 cen？哪个 xi 啊？"

岑曦翻出自动铅笔，在课桌上写下名字。李星雨"哇"了一声："你名字的笔画好多啊，'岑'这个姓我从来没听过哎！"

"是吧，我也觉得笔画好多，我其实一点都不喜欢自己的名字。"

"哈哈哈，可是很特别啊。"

岑曦看着眼前这位爽朗的女孩子，不自觉地笑起来。她说："我希望我叫岑一，这样考试时就不用花那么长时间写名字了。"

"哈哈哈哈哈哈哈！"

说说笑笑间，男生们相继而来，捧着一沓沓新书，崭新的油墨味道立刻填满了教室。

李星雨说："咱们去帮忙发书吧！"

"嗯！"

就这样，岑曦的初中生涯正式开始，她有了一个很合拍的同性朋友，林延程又坐在她身旁，更美好的是有男生和林延程成了铁哥们。

那男生也姓林，叫林州，坐在林延程后面，性格和林延程完全不一样，简直像是说相声的投胎，幽默风趣，又自带搞笑属性。

听说他以前在外地读小学，跟着父母一起回来的。

性格外向的林州很是自来熟，搬书时就和林延程勾肩搭背。

林延程脾气好，也很高兴新学期开学多了个朋友，聊了几句，发现两人很有共同话题。

而岑曦和林延程都能明显地感觉到，这种友谊和小学时期的不一样，虽然还没有经过时间的考验，但当他们决定成为好朋友时，它就已经变得坚硬无比。

初中和小学不一样的地方还有很多，比如上学要更早一些，还有早自习，课间十分钟似乎很短暂，只够用来买水和上厕所，老师普遍喜欢提前到教室或者拖堂，书包比以前重许多，课程表上多了几门新鲜的课。

它看起来严谨而匆忙，像车水马龙的大都市。

那些曾经大家争抢着的卡片如今都没人玩了，女生也不会去走廊里跳橡皮筋，大家更乐意利用课余时间在座位里休息一会儿，或者完成一些作业。

或许这就是长大吧。就像他们爱吃甜食，可大人们总说太甜了吃不下。有一天他们也会变得不爱吃甜食吧。

岑曦背着新书包，穿着新衣服新鞋子上下学，也比以前有恒心，她每天都很认真地做功课，虽然刚开学作业量不是很大。

她每天晚上都会和林延程一起骑车回家，在一次回家路上，她偷偷告诉林延程，她想当一次班干部。

前两天，班主任提了要选班干部，这和小学时又不一样，不仅仅是班长、副班长、中队长之类的。它详细地分为学习委员、体育委员、宣传委员、生活委员、纪律委员、卫生委员、团支书等。

林延程说："你可以去和老师说。"

岑曦很别扭："这种事怎么说？看老师决定吧。"

星期一的时候班主任趁着每周一下午的班会课交代一些琐事和安排

干部，他念名字时岑曦的头快垂到课桌上，可到底也没有她的名字。

林延程依旧是班长，而成绩优异的李星雨是副班长。

岑曦既失落又羡慕，但她心里清楚，哪里轮得到她做班干部呢。

但是班主任又说："我不太清楚你们的优点和才能，目前只能凭成绩来安排班干部，希望有才华和能力的同学多多表现，下学期咱们可以重新安排班干部。初中生活是很美妙的，它能教会你们很多东西，老师希望你们在努力学习的同时也能有其他收获。"

岑曦慢慢抬起头，震惊、激动、喜悦，这些情绪萦绕在她心头。

而让岑曦更意想不到的是，下午的语文课她被表扬了。

语文老师是一位干净利落的中年妇女，她讲话喜欢停顿，还喜欢眯眼睛。

语文老师站在讲台前，双手背着，说："从写作业就能看出一个人对学习的态度，这次我着重表扬几名同学，听到名字的同学上来拿卷子。"

岑曦本来都没在意，可当老师念到她名字时，她有些措手不及，很不好意思地上台领了卷子，卷子上有个大大的"好"字。

正欣喜着，语文老师发完卷子，走到她身边，拿起她的卷子说："其中，岑曦的作业写得最好，她几乎每一道题都写得很认真，我希望你们以后的作业能有她这样的质量。"

下课后，岑曦拉着林延程讲个不停，她窃喜地说："其实我没有写得多认真，我只是习惯……"

林延程喜欢看她笑，她一笑他也会跟着笑。

旁边林州转着书，对岑曦说："你卷子借我抄抄呗，我得重写！"

岑曦哈哈大笑："我才不借。"

李星雨十分鄙夷地看了眼林州，林州"啧"一声："'流星雨'你啥眼神啊？你看不起我啊？"

李星雨翻了个白眼。

"你信不信我拔了你的头发！"

"你信不信我踹了你的椅子？"

这两人像冤家一样。

岑曦还沉浸在被表扬的喜悦中，林延程叫她的名字说："曦曦，班会课上老师说要出黑板报，让我和宣传委员一起负责，我打算让你一起参加。"

岑曦的眼神一下子亮了，差点没扑到林延程身上，她惊喜地问："真的吗？"

林延程弯了弯嘴角："真的，你画画那么好，黑板报一定会很漂亮的。"

没上初中之前岑曦都不知道有黑板报这回事，印象里记得的类似于这项活动的大概就是二年级时布置三角台，幼儿园时剪纸花布置教室。

在一面黑板上绘画写字，大概是很多小朋友的梦想。谁没有在小时候玩过假扮老师的游戏呢？捏着一支粉笔在墙上写写画画，模仿着老师的工作与语气，好似个大人。

岑曦对画画谈不上多喜欢，但比起读书，她更喜欢玩，画画也是玩的一种，她仿佛有绘画天赋，从小就画得不错。

所以她很有自知之明，那么多班干部里，似乎和课本不沾边的她才有资格去争取。

这次如果她做得好，可能会得到老师的赏识。

出黑板报的一共有四个人，除了林延程和她外，还有李星雨和宣传委员。

宣传委员是岑曦的小学同学，叫蒋慧，从小成绩不错，长得很白，脾气也很好，岑曦挺喜欢她的。

三个女生很有默契，两个中午就构建出了框架，但其实几乎都是岑曦的主意，她指定哪里写字哪里画画。蒋慧和李星雨听岑曦的就好了。

林延程更多时候是充当一个工具人角色，递粉笔，接黑板擦，拿三角尺。

那期黑板报的主题是新学期新气象，文字内容班主任让他们去办公室的电脑上查找。

林延程拿上本子和笔就去了办公室。

午间，王卫国正在喝茶批作业，得知林延程要查资料，主动给他让座，笑呵呵地说："电脑会用吧？你自己搜吧。"

林延程点点头，很规矩地找资料。

王卫国边喝茶边和其他老师聊天，有个老师看着林延程颇为羡慕地说："年级第一在你班上，你运气怎么那么好。这是找什么资料？"

王卫国答道："孩子们出黑板报，找点资料。"

那个老师"噢"了声，视线掠过王卫国看向林延程，说道："听说你从小练毛笔字，写得可好了，老师这边有个青少年书法比赛，想参加吗？"

林延程抬起头，停下在抄写的笔，目光似乎在询问。

老师接着说道："比赛时间好像在下个月。国庆后，县里有个十岁到十三岁青少年的毛笔字比赛，每个学校可以报五个名额，我这儿还缺一个呢，正巧看到你。之前听你小学老师说你写得可好了。"

林延程从小到大其实没参加过什么很正规的比赛，小学的赛事都局限于学校，这无疑让他很心动。

他点头说："可以参加。"

老师乐了："那你下个星期一给我一幅你写的毛笔字，可以写一首诗词，不要单纯地抄写。"

"好，那纸张有要求吗？"

"纸张是统一的，我下午才拿到，拿到了给你。"

林延程"嗯"了声，低头继续抄写资料。

班主任聊了十来分钟后走到他边上，随口问道："出黑板报的一共几个人啊？"

"加上我，一共四个。"

"班里如果有写字写得好的，画画好的，可以叫来一起弄，不然得弄好久。"

林延程正好抄写完一段，他说："岑曦画画很好，李星雨和蒋慧写字很好看。"

班主任来了兴趣："岑曦？我知道这个姑娘，名字挺特别的。"

"嗯，她画画很好。"

"好好好，那我等着看啊。"班主任笑了几声，又和别的老师搭上话道，"看来我们班人才济济。"

其他老师开玩笑说："那你和我换几个。"

"这不行。"

办公室里笑作一团。

岑曦是在下午那老师给林延程送纸的时候才知道这事的。

下课后前后左右的同学都围上来，问林延程那是什么，特别是林州，坐在桌子上，转着书，吵着要瞅瞅。

得知林延程会写毛笔字后，他手上的书"啪"的一声就掉地上了，拍了拍林延程的肩膀说："你技能怎么这么多啊？"

岑曦闻言，颇为自豪地说："他会的可多了呢。"

那时林州还不知道他俩的关系，直呼："哟哟哟，你还挺了解他。"

岑曦想也没想说："我们住一起的啊。"

李星雨瞅着两人："你们不像兄妹啊，姓都不一样。"

林延程把书法纸收好，解释道："是邻居。"

"哦，怪不得你们总是同时到学校。"李星雨戳岑曦。

当天晚上回家，路上只有他们两个人骑着车，两侧是田野，稻谷金黄一片，映着夕阳，麦浪一阵又一阵，像极了电影画面。

岑曦毫不掩饰地说："程程，我好羡慕你哦，可惜我不会写毛笔字。你说小时候我妈为什么不送我去学点才艺呢，什么钢琴啊、书法啊、舞蹈啊。如果我学了，现在是不是会更优秀一点？"

林延程是真觉得岑曦变化挺大的，又或者其实岑曦骨子里就是带着冲劲的，到了适当的年龄爆发了。

还没等他开口，岑曦又自顾自地说："算了，我本来也不喜欢写毛笔字，我用圆珠笔写字都不好看。我就不是搞这个的料。"

说到底，她羡慕的是他能去参加比赛。

岑曦像只松鼠一样，鼓着腮帮子，自我否定的她有些落寞。

林延程侧着头看她，岑曦一向不怎么隐藏情绪，她的眼睛很清澈，总是能清楚地看到她的想法。

林延程说："但你很有设计能力。"

听到这句，岑曦满意地笑了，明知故问道："你指的是什么啊？"

"黑板报，你整体框架都规划得很好，很协调，蒋慧和李星雨就做不到，我也做不到。"

岑曦乐开了花："真的呀？"

"真的啊，而且今天我和班主任提起过，他很喜欢有才能的学生。"

岑曦心跳都快了一拍："不会吧……"

林延程："真的，而且指不定以后有黑板报比赛呢。"

岑曦眼里满是闪亮的光芒，落日披在她身上仿佛一件温柔而璀璨的战衣。

很多事情，只要岑曦愿意，她就会全心全意，很认真地把它做好。

而他能做的就是给她信心。

黑板报一个月换一次，同理，一个月评比一次。

岑曦几个人花了十来天的午休和课间休息时间才出完黑板报，她每天最期待的事情就是上数学课时班主任走进来看到慢慢完工的黑板报做出点评。

她发现这个微胖的中年男人似乎真像林延程所说的那样，他喜欢有才能的学生。

他不止一次地夸奖岑曦他们做得好，画的图案很漂亮，字也写得很好。

所以原本她最讨厌的数学课反而成了最爱。

10月份的黑板报评比因为国庆假期而往后挪了几天，放假期间岑曦几乎每天都要和林延程提一次黑板报，她做梦都等着评比。

他们这个初中人不多，每个年级只有三个班级，都是在一层楼的，上学放学瞥几眼就能看到别班的黑板报，林延程留意过其他班级的，不偏心地说，真的没有自己班级的好。岑曦把边角细节都处理得很好。

评比那天，每个班级的宣传委员都拿到了教务处发的打分表格，从六年级到初三，除了自己的班级其他的都需要打分。

岑曦觉得打分是件很酷的事情，但可惜她不是宣传委员。

她坐在座位里，看着一个个前来打分的人，其他同学会凑过去偷瞄分数，她不敢。

她拿着笔假装在做题，假装不在意，但耳朵其实竖得老直。

林延程怎么会不知道她，不过这也是她少见的忐忑。

他看着岑曦的侧脸，午间的微风从窗外飘进来，她耳边的碎发轻轻浮动，她的脸颊有些红晕，时不时咬一下下嘴唇。

林延程又想起小松鼠了，他忍不住扬起嘴角，但他什么都没说，转过头继续做题。

林州性子热络，每来一个打分的，他就挨着人家说："打高点呗，我们的这么好看。"

一般宣传委员都是姑娘，听到这话几乎每个都会憋着笑，出于对陌生班级不熟悉的羞涩感和同学主动搭话的友善。

林州不断地在教室门口报分数："9.8分，另一个给的9.7分。"

满分10分。

岑曦想不听也难，不过还好，分数不算低，她陡然松了口气。

比分名次在三天后出来，那天，正好林延程的书法比赛结果也出来了。

学校一共有五栋楼，三栋是教学楼，六年级被安排在老教学楼，一栋只有他们六年级。而公告板在他们前面那栋楼。

那栋楼一楼是教师办公室、教务处和美术教室，走廊两侧的墙壁便是公告板。学校事务的通知，调课，都会写在上面。

红色塑料壳的圆形吸铁石下面是一张灰色的A4纸，上头清清楚楚地印着每个年级黑板报的名次和平均分。

果不其然，岑曦的班级是第一。

岑曦和林延程是最早看到的，他们早上一起到校，停完自行车去教学楼时就看见了。

应该是昨晚老师临近下班时贴的。

虽然岑曦隐隐就猜到会是第一名，但没有比尘埃落定更让人兴奋的了。她觉得这是一个起点，从迈入初中开始，一切都在变好，而她也会拥有更多的第一名。

她什么也没管，直接扑上去抱住林延程，背着厚重的书包跳了起来。

"程程，真的是第一哎！我是不是很厉害！"

她双手牢牢地勾着他的脖子，马尾随着她的晃动甩到他脸上。

林延程下意识地伸出双手虚拢住她，怕她摔跤。

他笑着说："对啊，你本来就很厉害。"

岑曦松开他，认真地说："我要我们班以后都是第一名。"

"整整四年吗？"

"对。"

林延程点点头："我觉得你应该可以的。"

岑曦不知道四年多长，她只是想守护这份荣誉。

岑曦乐得合不拢嘴，她扯了下他胳膊："走啦，去教室了。早上第一节是语文课，要默写，我想再背会儿课文，等会儿我背给你听怎么样？"

"路上不是背过了吗？"

"我好像又忘记了……"

第一节语文课上，语文老师就带来了林延程书法比赛的结果。

语文老师习惯性地眯起眼睛，有些自豪地说："林延程，来拿下你的荣誉证书。老师恭喜你，拿到了第一名。"

岑曦看得眼睛都直了，那本荣誉证书是红色丝绒的，印着金灿灿的字，看起来比林延程拿过的所有奖状都高级。

语文老师说："这次县里有两个第一，你们是并列第一，我们语文组的老师都很为你骄傲。书法这个东西需要时间积累，以后也要坚持。我建议其他同学也培养一门兴趣，等你们长大了工作了就会发现，有一个兴趣能给自己加分不少。"

岑曦挺直着背脊，坐得很端正，她想，自己是有兴趣的。

后来岑曦长大后回忆起来发现，她坚持得最久的事情就是决心守护黑板报第一名和林延程。

六年级的第一个学期，他们班的黑板报都稳居第一。

后来几次的黑板报中，班主任教岑曦画角花，教她怎么更好地布局。

岑曦能从班主任的眼里清楚地看到他对自己的赞许和欣赏，即使她的成绩偏中等。

她觉得眼神骗不了人，因为她总是能从林延程的眼睛中看到他对她的包容和友好，他像家人一样，真心实意地偏爱她。

这半年是岑曦上学以来最有成就感的半年，她被老师赏识，她的成绩不再吊车尾，她最讨厌的数学也不再那么讨厌，她的语文因为坚守习惯越来越好。

2008 年的新年是她过得最自在的新年，家里没有无缘无故发火的爸爸，长辈们问起成绩，她也终于可以抬起头。

年前要采购年货，以往这都是林婉的活，她会打点好一切——买好糯米粉给林老爷子做发糕，把春联灯笼都张贴悬挂起来，再做一些腊肠和猪头肉。

今年的新年空荡了许多。

林老爷子是个粗人，不在乎这些仪式，还是林延程提出要买春联的，他说因为妈妈喜欢这些年味儿。

他不太记得清很小的时候的事情了，但总有那么几件是深深存在脑海里的。

比如没有来到青水镇前，过年的时候妈妈总喜欢自己剪窗花贴窗户，还喜欢买梅花枝条插花瓶，还会亲手做蛋糕给那个人过生日。

他的生日正好是春节。

林婉是个注重节日氛围的人，她愿意温柔地给身边人惊喜和付出。

如果像岑曦所说，她现在是天上的一颗星星的话，他希望妈妈看到今年过年家里是她喜欢的模样。

林老爷子都依这个外孙，早上想骑着自行车载林延程去买，正巧被蒋心莲看见。

蒋心莲得知后说："我带延程去吧，我骑电瓶车快一点。你年纪也大了，哪能带人啊。"

林老爷子笑笑，说麻烦蒋心莲了。

他给了林延程一百块钱，林延程本不想拿，但他想了想，先收下了。

林延程自己戴好帽子和围巾，去岑家，蒋心莲也准备就绪了，让他上车。

林延程抬头望了眼二楼，问道："曦曦还没起床吗？"

"醒了，饭都给她端到眼前了，就是不肯起床，不愧是懒猪转世。"

林延程笑了下。

青水镇的集贸市场不是很大，就在红枫小学边上。从前这儿只有一家华联超市，去年才新开了家农工商超市，两栋三层楼的老楼房对立着，一楼是杂货店、理发店、服装店、修理店等。

蒋心莲要去菜场买菜，问林延程要买什么。

林延程摘下帽子，问道："阿姨，您今年还做猪头肉吗？"

"不做了，你叔不在家，弄这个怪吃力的。"

"那灌肠呢？"

"这得提前很久做，要风干的。"

林延程不是很懂做菜，以前都是林婉做，现在她走了他才发现爷爷其实也不怎么会做菜。

这大半年吃得都很简单，爷爷会炒花生米当下酒菜，会炒鸡蛋，会用电饭锅炖个汤。因为做菜的不足，爷爷总是会给他买很多零食弥补。

他不是很爱吃零食，觉得很浪费钱，提了多次后爷爷就少买很多了，但还是会买，因为爷爷说："可曦曦丫头爱吃呀，这小丫头……"

林婉去世后的很长一段时间他都没什么胃口，上了初中后他才慢慢地缓过来，接受了她不在的这一事实。

他想，平常就算了，过年的话至少稍微吃得好一点吧。

爷爷都快七十岁的人了，为了这个家还在努力挣钱，他想为爷爷做点什么。

蒋心莲像是看出了林延程的心思，笑着问："你想做菜啊？"

林延程"嗯"了声："蒋阿姨，您能教教我吗？"

蒋心莲怜爱地摸了摸他的头："阿姨当然乐意啊，我们延程啊……太懂事了……"

蒋心莲想到早逝的林婉，喉头哽咽，可怜了这么乖巧的孩子。

林延程扬起微笑，他能感受到蒋心莲对他的好。

其实这一点，岑曦还是像蒋心莲的，母女俩都是心软感性的人。

两个人逛菜场，蒋心莲报了几个菜名，经过筛选，林延程最终决定做个四菜一汤。

他记得爷爷买了猪蹄、鲫鱼、土豆，那么可以做土豆猪蹄汤、红烧鲫鱼。现在只要买一个素菜，一个凉拌菜，一个荤素搭配的。

蒋心莲给他推荐的是，炒青菜、凉拌鸡丝、洋葱炒肉。

比较容易上手，怎么做味道也不会太差。

这些菜他一共花了二十块不到。

买完菜，他又去杂货店买了两张福字和一对春联，年前的物价总是很昂贵，这三样就花了三十块。

林延程算着账，攥着剩余的五十块，和蒋心莲说："阿姨，我想去鞋摊看看，爷爷的鞋都不暖和了。"

蒋心莲叹口气，心尖都颤了，领着他过去。

暖鞋一律三十块，林延程觉得可以接受，但蒋心莲给他使眼色，把鞋子放了回去，作势要走，说："太贵了！"

老板连忙叫住他们："大姐，那你说你出多少？"

蒋心莲："十五块。"

老板摇头："这不行，都亏本了！"

"那我们去别的地方看。"

蒋心莲带着林延程走了几步，老板说："二十块行不行？"

见他们没反应，老板说："算了算了，十八块，大姐，只能十八块！"

蒋心莲这才应了。

林延程看得有些目瞪口呆，觉得这也太离谱了，这双鞋居然十八块就能买到。

买完鞋，蒋心莲打算回去了，但林延程叫住了她，说："阿姨，我想去趟书店。"

镇上只有一家书店，私人开的，很小的格局，书也都是有些年头的。

蒋心莲想着这孩子是爱看书，没多问，载着他就去了。

林延程左挑右选，拿了一本长条形的册子。

书花了十五块，不能还价。但林延程觉得很值，因为这是岑曦很想要的黑板报图册。

蒋心莲带着林延程回到家时，岑曦还赖在床上，站在楼下都能听见二楼的电视机声音。

蒋心莲放完东西，叉腰对着楼上喊道："还不起床？妈妈要来晒被子了！"

岑曦长长地"噢"了声。

林延程收起图册，听着岑曦的声音不自觉地笑起，他拎上大包小包回家。

林老爷子不在家，应该是去老街那边剃头去了。

林延程把新买的鞋放在了门外，正对着太阳，这样晒一晒会更暖和。他放好买的蔬菜肉条，从裤袋里掏出早上爷爷给的一百块，跑上二楼，塞在了爷爷的枕头底下。

整理完一切，林延程拿上图册，去了岑曦家。

因为蒋心莲要晒被子，岑曦磨磨蹭蹭地起了床，穿着她最讨厌的高领毛衣，恹恹地坐在大门口晒太阳。

她好几天没洗头了，头发乱糟糟的，随意扎了个马尾。

林延程已经见怪不怪，小的时候蒋心莲会强迫她洗头，长大了就管不了她了，岑曦过冬的原则就变成了坚持一天不洗头就是胜利。

岑曦瞧见了林延程，揉了揉眼睛，问道："你写完毛笔字了啊？"

林延程双手背在腰后，一步步挪过去，在她旁边的小凳子上坐下，他点点头说："刚刚去镇上我买了四根烟花，晚上要一起放吗？"

岑曦的眼睛瞬间一亮："真的啊？那有没有买划炮啊？还有飞毛腿

和仙女棒！"

"没有，我问了，只有烟花。"

在买福字和春联的杂货铺里有卖烟花，可惜没有小时候玩的划炮，只有烟花。

他和岑曦都喜欢放烟花，玩鞭炮，但蒋心莲觉得烟花贵不愿意给岑曦买，那时候林婉也不愿意给林延程买，因为觉得危险。

所以小学时的寒假他最喜欢和岑曦去小店，一盒小鞭炮五毛钱，能玩一上午。

好像是自四年级开始吧，小店里逐渐不卖这些了。

岑曦看着林延程，问道："那你买烟花我妈没说你？"

"没有啊。"

"果然，别人家的孩子做什么都是对的。"

林延程："……"

"我听妈妈说你要学做菜啊？"

"嗯，等会儿阿姨忙完了就去我家教我。"

岑曦手肘撑在膝盖上，手掌托着下巴，她说："我也要去！我帮你一起贴春联吧！"

"好啊。"

可能因为林延程的姿势很怪异，岑曦好奇地瞅着他背在身后的双手。

"你藏了什么啊？"岑曦眯眯眼，"不会是巧克力吧？"

林延程嘴角弯了弯："你猜。"

岑曦来劲了，从小凳子上跳起来，扑过去伸手就抢。

林延程笑了起来，左躲右闪，喊道："别赖皮！"

岑曦双手围住了他，脑袋靠在他肩膀上，形成一种她拥抱他的姿势。她眼睛往上瞟着，手使劲地勾他手里的东西。

林延程闻到她脸上的香味，她可能刚洗完脸擦了面霜，是那款绿色的蘑菇头孩儿面，淡淡的奶香。

但她的头发……

林延程别过脸，深深吸了一口气，投降道："我给你，我给你。"

闻言，岑曦放过了他，她摊出手掌，一副"你给我上交"的模样。

林延程把黑板报图册递给她，双眸打量着她的神情变化。

不出所料，等岑曦看清楚后，她惊讶地张大了嘴，尖叫了起来。

岑曦双手把图册拥在胸前，原地跳了好几下，不可思议道："程程，你哪里弄到的？借的吗？可是好新啊……"

"我买的，你的新年礼物。"林延程望着她。

岑曦惊讶得下巴都要掉了："你哪儿来的钱啊？"

他们上六年级后，蒋心莲每个星期给她十五块生活费，三块钱是午饭钱，可以买一个超大饭团和一瓶冰红茶，她还爱吃零食，根本省不下钱。她知道林延程的，和她一样的生活费。

而且林延程和她都是没有压岁钱的。

这本十五块的图册实在太贵重了，她从来没有收到过这么贵的礼物。

林延程不急不慢地讲道："上次的书法比赛，有一百块奖金，临近期末时才发的。"

"真的？你怎么都没和我说啊？居然还有奖金。"

他笑道："我想给你和爷爷一个惊喜。"

岑曦在他身边坐下，小心翼翼地翻着图册，问道："你给爷爷买什么了啊？"

"买了一双鞋。"

岑曦珍惜地抚摸着页面："那你呢，你给自己买了什么？"

林延程顿住了。

岑曦没听到回答，抬头看他："算了算了，那你想要什么？等我下次拿了奖金，我给你买。我看林州买了根腕带，戴着很好看，你想要吗？"

林延程摇头："我没什么想要的。"

"腕带不好吗？林州那个似乎还是名牌的，我看到上面印着Nike。"

"我不用。"

"那好吧。哎，这幅画好好看啊！"岑曦靠过去，把摊开的图册凑到他眼前。

林延程的视线却落在她的鸡窝头上，他说："曦曦……"

"嗯？"

"今天天气不错，洗个头吧……"

岑曦正兴奋着呢，恶作剧般地伸着脑袋往他脸上凑："不洗不洗就不洗。"

她就喜欢闹他。

林延程被她气笑。

忙里忙外的蒋心莲正好出来倒水，见到女儿理直气壮地说不洗头，嫌弃道："还不洗头，都油得可以炒菜了，就你这邋遢样，以后谁敢要你！"

岑曦大大咧咧道："我以后要去当尼姑的，程程要去当和尚的。"

蒋心莲："那你去当，我还省事了。你俩一起长大的，咋就差别这么大？你看看延程，每天都干干净净的，还知道给爷爷做菜，你再看看你，邋遢鬼。"

岑曦朝妈妈吐舌头。

蒋心莲还在絮絮叨叨，岑曦拉起林延程，快速从后门溜走了。

其实 2008 年的春节并不是每天都像这天阳光灿烂，没多久，一场雪灾席卷了南方。

南城的地理位置还算好，雪虽下得大，但不似其他地方那么严重。

岑曦从未见过这么大的雪，到处是白茫茫的一片。

早上起床后，她发现妈妈已经在楼下铲雪，顺带还给她堆了个雪人。她难得不赖床，三两下穿好衣服，快速跑下楼。

她抓了几把雪后，狂奔向林延程家。

白雪总是能轻易地激起小孩子的玩兴。

林延程正在二楼扫走廊的雪，岑曦在他家楼下喊道："程程，快下来玩啊！"

岑曦戴着红色的围巾，脸蛋红扑扑的，讲话时嘴里哈着气，那双圆溜溜的眼睛比白雪更纯净透亮。

她不停地朝他招手。

林延程应了声，把扫帚放一旁，小跑下了楼。

他家楼梯口是有单独的门的，直接通向院子，不需要经过厨房或者其他房间。

他一下楼就被扔了个雪球，正中他的脸。

岑曦乐得就差在雪地里打滚了，说："你好笨哦！"

林延程抹了把脸，不甘心地也抓了一把雪，揉成球，低低道："曦曦，你完了。"

岑曦才不怕他呢，他才不会真的打疼她，可就是下意识地逃窜起来。

"林延程！你也完了！"她一边逃，一边大放厥词。

两个人的雪球肆意地在空中交汇，宽阔的院子里都是深深浅浅的脚印。

"啊——"忽地，岑曦大叫一声。

只听见"砰"的一声，她直接扑倒在雪地里，摔了个狗吃屎。

林延程心一跳，扔了手里的雪球，赶紧跑过去扶她。

岑曦哭丧着脸，摇晃了下脑袋，还呸了几下，一身都是雪。

她噘嘴："好痛哦……都怪你！"

林延程见她没摔伤，心安了，帮她拍去身上的雪。

岑曦看着他，眼神一点点变坏，突然将他一推。

林延程猝不及防地往后倒去。

岑曦随手抓起一把雪往他身上扔，刚刚还愁眉苦脸的她瞬间变得笑嘻嘻："你笨死了！"

林延程："曦曦……你完了。"

他快速爬起来，发起攻击。岑曦像被点了笑穴，乐和个不停，嘴里还大喊着不要，动作却毫不手软。

闹腾够了，岑曦气喘吁吁道："要不我用雪把你埋起来吧！就像电视里用沙子埋人一样。"

林延程无语。

岑曦："那你埋我吧。"

林延程："衣服会弄湿的，会感冒的。"

"也对哦，等会儿要被妈妈骂。你快起来啦，我们去堆雪人，我看妈妈堆了个好大的，我们要堆个更大的，我去找树枝当雪人的手臂。"

林延程不慌不忙地拂去身上的雪花后，他像是突然想起了什么，说："曦曦，你吃早饭了吗？"

岑曦睁着水汪汪的眼睛，有些茫然，迷糊道："我忘了。"

林延程："我煮了瘦肉粥，你要喝吗？"

"不用啦，妈妈肯定烧好了，我回去吃好了。"岑曦摆摆手，笑意满满地说，"我只是好久都没看到这么大的雪了。程程，我去吃个饭，很快哦，等会儿堆雪人！我真的很快回来哦，一会儿！"

说完，她撒腿跑了，边跑边喊妈，邻里街坊都能听到她的声音。

林延程看着地上她摔出的雪坑，没忍住，笑了起来。

岑曦以为别人都和自己一样，度过了一个玩雪的寒假，直到六年级第二学期开学。

其实岑曦对于六年级第二学期不抱什么期望的，她以为班干部评选是一年一次的，意味着她初一才有机会。

而在第一学期的相处中，她和班主任已经很熟，也知道班主任真的欣赏她，这已经和以往不大相同了，她很满足。

有时往往就是这么凑巧，不去想的时候它就会来。

第二学期的第二个星期，班主任在班会课上调整了班干部，班长、副班长不变，因为班级里成绩最好的就是林延程和李星雨。

而成绩也同样优异的蒋慧卸任了宣传委员的职位，班主任让她当学习委员外加语文课代表。

岑曦既期待又紧张，又觉得自己不该奢求，不然落差太大会很失望。

当班主任念到她名字时，她紧绷得都不敢抬头看，只听班主任说："岑曦担任宣传委员。大家也都看得到，上个学期我们班的黑板报一直是第一名，其中岑曦的功劳最大。大家没有意见吧？"

底下大家都坐得很端正，没人发声，表示默认。

为了表示尊重大家，班主任每宣布一个班干部都会询问一下大家的意见。

班会结束后，岑曦故作矜持地坐在座位不动。

这其实不是一件多么了不起的事情，也不会有人专门跑过来说恭喜你，但岑曦莫名觉得有很多同学在看她，她脸都烧红了。

李星雨戳她背脊，喊她一起上厕所，她这才动身。

下楼梯时，岑曦问李星雨："星雨，这期的黑板报主题什么时候出来啊？"

李星雨思考了下："应该快了吧，不然都要月中了。"

"对啊，我怕到时候来不及。"

"你是宣传委员哎，你去问老师嘛。"

这句话好像戳中了岑曦的要害，她迟疑地问："你觉得我当这个宣传委员好吗？"

李星雨瞥岑曦一眼，一副"你在说什么"的表情。

她说："你不当谁当，你本来就很适合。"

岑曦笑了："那……我们上完厕所去问老师黑板报的主题吧。"

"可以啊，不过我站在办公室门口等你就好了。哈哈哈，我不想进办公室。"

那天，岑曦整整一天都沉浸在自己是个班干部的喜悦里，她觉得自己好像终于不那么普通和碌碌无为，好像终于能够赶得上一点点李星雨和林延程。

这是很奇怪的一种思想，她从前从未有过。

从小到大，林延程多优秀啊，可她觉得他优秀就优秀呗，周末的时候两个人还不是一样玩得很开心。

但这半年的相处里，她的想法变了。

从小一起长大的林延程成绩优异，是班长，自己新交的朋友也很优秀，是副班长，班里最优秀的两个人是她最好的朋友，这让她有了压力，她想做一个配得上他们的人。

如果能一起闪闪发光，那就真的太美好了。

也是从这学期开始，县里开始向每个学校发放优秀作文月刊，上头的作文都是县里初高中学生的作文，取材于月考，期中期末考的优秀作文。

语文老师会拿出一节课的时间单独给他们讲里面的优秀作文。

岑曦的作文一直写得不错，上学期两次考试成绩都不低，但很遗憾，里面没有她的作文。别说她了，他们红枫中学一篇都没有。

等到这学期期中考试时岑曦写得格外认真，她很想登一次作文集。

但她觉得这比当上宣传委员更难。

周末和林延程一起写作业时，她看了林延程的作文本，她觉得林延程没有她写得好。

这一点，林延程是承认的。

也许小学时看不出很大的差距，而老师的重点也在于培养他们的写作习惯和用词造句。初中就不一样了，800字的作文讲究架构和体裁，再是好的遣词造句。

林延程总是不如她细腻，富有感情。

在岑曦犯愁时，林延程说："作文集上六年级学生的作文很少的，大多是初二初三的，我们可能还写不出他们这么有深度的文章，等我们上了初二初三一定可以的。你的作文经常被语文老师读，这就意味着你已经是预备选手了。"

"初二初三？那还有好久好久哦。"

林延程说："很快的，你看，这学期已经过半了。你忘了吗，去年这个时候，春天的时候，我们还在每天骑车上小学。可现在我们的自行车都不新了。"

被林延程一说岑曦才发觉，时间是过得好快。

每当这个时候岑曦总是能明显地感受到什么是长大。

她一点点脱离过去，更清晰地看清这个世界，掌握其运转的规律。

不出意料的是，岑曦还是没有登上这次的作文集。

但她对这次作文集印象深刻，深刻到长大后无意间还是会想起那些字里行间展现的画面。

如果不是作文集，她可能永远都不知道2008年的冬天，这场雪灾多严重，严重到夺去了很多人的生命。

里头有三篇作文写雪灾，两篇都是怀念父亲的。

他们的父亲都是警察，在执勤期间帮助他人时意外身亡。

语文老师告诉他们："为帮助人民付出牺牲的都是英雄，英雄应该被铭记，他牺牲了自己和家庭，他舍小爱而取大爱，甚至都没能给妻子儿女留一句话。文末写道：'我一定会努力读书，保护好妈妈，成为一个有用的人。'老师想说，也许你们的爸爸妈妈不是警察，不是这类有危险需要冲在前面的人，但他们也是你们的英雄，因为他们小心翼翼地呵护着你们成长。现在正是你们成长的关键时刻，千万不要误入歧途，一个人不幸，一个家庭就会不幸。青春的成长时刻总有许多诱人的东西，但那些你们以后都会拥有的，只有时间不可逆，做好当下的事。"

这番话在岑曦脑海里回荡了许久，因为在她和林延程打雪仗，为雪兴奋的时候，正有人付出生命。

这是十二岁的岑曦第一次真实地感受到什么叫作牺牲，她为这些英雄动容，又心疼写作文的学生。

她很难不联想到林延程。

因为林婉的忌日快到了。

就像那个写作文的学生永远不会忘记这个冬天一样，她也永远不会忘记去年的 5 月。

林婉的忌日办得很简单，因为没有什么特别亲近的亲戚，就只在林老爷子和林延程家里摆祭台祭拜。

岑曦过去帮着一起折了很多金元宝。

她和林延程都没有哭，反倒是笑着聊起林婉生前的很多事情。

岑曦告诉林延程，有次他在睡午觉，她来找他玩，正好撞上林婉，林婉悄悄地带她去了镇上。那时是夏天，林婉给她买了好贵好贵的可爱多，并让她不要告诉林延程，说这是秘密。

林延程听了后觉得妈妈是真宠岑曦。

烧金元宝的时候，岑曦说："程程，林阿姨是个很好很好的人，你以后也要成为很好很好的人。"

自从他们上初中后，思想课啊、班会课啊，所有老师都会有意无意地教育他们不要误入歧途，不要被网吧、小混混迷住。

岑曦跟着蒋心莲出门，蒋心莲总是在街上碰上熟人，然后停下车在路边讲个半天，她被迫听八卦。

谁谁谁家儿子沉迷老虎机，谁谁谁家女儿跟着混混跑了。在大人的世界里，单亲家庭总是不好的，他们的眼光是带有歧视的。

后来岑曦就反驳蒋心莲，她说林延程就不会，即使他现在没有爸爸妈妈，但林延程以后就不会变坏。

蒋心莲叹口气，觉得世事难料的同时，也期盼着林延程能争口气，出人头地，好叫那个人渣父亲后悔，叫林婉安心。

反正岑曦就是觉得林延程不会，她十分放心。

可不知怎的，今天这个氛围，她忍不住像老阿姨一样，叮嘱起林延程。

林延程觉得岑曦又长大了一点，她说话的时候语气软软的，又很认真真挚。她的口吻不是要求，而是信任，仿佛他以后一定会成为她口中

"很好很好"的人。

林延程凝视了她许久，轻声答道："那你也要成为很好很好的人。"

岑曦笑盈盈地说："那当然啦，以后我的作文也会被刊登，我会考一个不错的高中。"

岑曦的"以后"很短，其实考高中对她来说都是很遥远的事情，却是她目前唯一能联想到与自己有关的，比较关键的大事件。

林延程笑着，黑漆漆的眼睛看着岑曦，瞳仁里倒映的是岑曦无忧无虑的样子。

草长莺飞，很快迎来暑期。

岑曦的期末成绩还算不错，她和林延程对答案的时候很懊恼有几道题错了，明明可以做对的，就是粗心。

但蒋心莲笑得很开心，觉得女儿进步非常大。

她夸奖完岑曦，说："爸爸妈妈没文化，不能教你功课，全靠你自己。咱们只有考上高中大学以后才会有出路，到时候妈妈就算是砸锅卖铁也会送你上大学的。"

岑曦不明白什么是出路，又为什么要砸锅卖铁，这不是电视里才有的情节吗？

她不愿意多问，因为"好好学习"这几个字她都听腻了。

于是这个假期，她理直气壮地要蒋心莲给她买肯德基吃。乡下地方哪有肯德基，要去坐一个小时公交车到城里才有，但蒋心莲为了奖励女儿，还是带她去了。

肯德基的东西很贵，蒋心莲一天工资不过七八十块，她买了一个儿童餐给岑曦，里面有她想要的阿童木玩具。

岑曦没舍得吃汉堡包，是电视上放了无数遍的鳕鱼堡。她把它带回了家，和林延程对半分。

林延程没来青水镇前，吃过肯德基，那时并不觉得稀奇，但现在肯德基推出了很多新品，有好些他都没吃过，比如这个鳕鱼堡。

他只咬了一口尝了下味道，其余都给岑曦了。

一是他不是很贪吃的人，二是这是岑曦喜欢的，是她心心念念的。

他不知道自己什么时候养成的习惯，好似习惯了什么都让给岑曦，她开心的话整个世界都会明亮起来。

林延程这一刻忽然意识到，原来，他们一家都很宠岑曦。

原来，宠人和被宠都是幸福的。

六年级的一整年是岑曦学生生涯里最轻松和最有成就感的一年，算得上她人生的一个转折点。

让她感到轻松的很大一个因素是这一年里只有她和母亲相依为伴生活，没有了父亲就等于没有了定时炸弹。

但这个暑假，岑兵很突然地回来了。

那是8月中旬，热烘烘的，岑曦待在林延程家看电视，手里捧着冰凉的可乐。

林延程家最近把卫星电视换成了有线电视，信号比原来的好，频道也多，岑曦变得更黏他家了。

电视里放着《喜羊羊与灰太狼》，画面不会卡顿，不会变模糊。

岑曦知道这部动画是给年龄更小的小朋友看的，但她就是被迷住了，觉得怪有意思的。

林延程很想回顾下《铁甲小宝》，但岑曦一点都不喜欢这个动画，她霸占着电视机，一点选择权都不给他。

看久了《喜羊羊与灰太狼》，林延程也开始觉得有点意思。

他笑岑曦和懒羊羊一样，岑曦的第一反应不是生气他说她好吃懒做，而是大喊着说："我才没有'便便头'！"

吵吵闹闹又带着点慵懒的夏日午后，岑曦听到家里好像有动静。

她停止了吃薯片，把电视静音，仔细听了下，问道："程程，我家里是不是来人了？妈妈回来了？可现在才两点啊。"

林延程也听到动静了："不知道啊，去看一下吧。"

两个人跳下藤椅，穿上拖鞋跑到阳台上，向东边张望，只见岑曦家后门敞开着，那无疑是家里有人回来了。

岑曦家后门口挨着水池，只见有个身影在那儿洗洗刷刷，像是个男人。

岑曦一愣："那是我爸爸吗？"

男人穿着白色的POLO衫，露出的半截手臂粗黑苍劲，看着轮廓像是爸爸。

岑曦踩着塑料拖鞋，飞一般地跑回家。

家里的吊扇嗡嗡转着，前后门都开着，清凉的风来回穿梭。蒋心莲正在给岑兵洗衣服，而岑兵刚刚洗了把脸后拿上衣服去河里洗澡了。

岑曦抹了把汗，问道："妈妈，爸爸回来了吗？"

"嗯。"

岑曦掐指一算，原来爸爸差不多已经走了一年了，那他现在回来了，有给她带礼物吗？

岑兵的行李躺在地上，岑曦走过去，翻了一下，什么都没有，只有换洗的衣物和枕头。

她有点失落，但又觉得这是正常的，爸爸怎么会想到给她带礼物呢？

她一转身正巧视线撞上桌子上的瓶瓶罐罐，是三罐带有刻度的半透明容器，边上还有几包软趴趴的东西，是袋装的洗洁精，印着品牌的商标。

岑曦拿着容器问："妈妈，这是装洗洁精的吗？"

蒋心莲似乎心不在焉，直到岑曦把东西拿到她面前，她才回过神说："对，应该是装洗洁精的。"

岑曦觉得好玩，剪开了袋装的洗洁精灌入瓶子里。

这看起来很高级，和超市里卖的不一样。

灌完后她把瓶子摆放在水池上头，这个角落好像因为这一瓶东西亮了起来。

她满意地看着自己的杰作，屁颠屁颠地又跑去了林家，喊林延程过来看。

林延程一开始不愿意去她家，他隐隐觉得岑叔刚回来，就这么冒失地去别人家里很打扰，但拗不过岑曦，被拽了过去。

岑曦有点小自豪地说："这是爸爸带回来的，我觉得这个可以当浇花的瓶子哎，这样一捏水就滋出来了。"

岑曦拿空瓶装水，对着林延程滋。

还好林延程躲得快。

岑曦咯咯咯笑起来："是不是很好玩？"

林延程无奈。

但岑曦也不敢太造次，毕竟这是爸爸带回来的，万一有别的用途呢，要是她弄坏了弄丢了，说不定会挨骂。她不是很想看到爸爸发脾气。

玩了会儿，岑曦把东西放回原地，拉着林延程继续去看动画片。

这一天岑曦还没察觉出什么异样，只是觉得长时间没见到爸爸，一起吃饭的时候有点尴尬，不知道该说什么。

晚饭桌上，一家人都沉默了很久，最后是岑兵深叹口气，愤愤道："那狗杂种，近邻也骗，我从前对他多么好，有什么赚钱的事情都会想到他！"

岑曦不知道爸爸在说什么，安安静静地听着，安安静静地吃菜。

蒋心莲说："谁能知道他这是骗人。"

岑兵："这事弄得我里外不是人！王祥满那边我怎么说得过去！"

蒋心莲不说话，但岑曦能感觉到妈妈很忧愁。

其实这段对话夫妻间已经说过很多遍，但事情砸在头上，心里的愤怒挥之不去，忍不住一说再说。

岑曦觉得这是大人的事情，她不知道到底发生了什么，也没有人郑重地和她解释，所以吃完饭她该干什么就干什么去了。

到了第二天晚上，吃完晚饭，蒋心莲跟岑曦说她和爸爸要去周家，让岑曦一个人在家乖点。

岑曦不明所以，但她肯定不会乱跑啊。

后来的第三天、第四天晚上都是这样，她开始好奇起来，而岑兵的脾气越来越冲，家里的谈话主题似乎只有一件事，那就是那位姓周的男人欺骗了爸爸。

岑曦知道这个姓周的男人，就住河岸那边，走过去不过五分钟。他有两个子女，一个男孩儿一个女孩儿，女孩儿比她大几岁，男孩儿是和她同岁的。但因为不是一条街道的，所以小时候他们几乎不会一起玩，只有那么寥寥几次。

那个男孩子叫周雄，现在在岑曦的隔壁班。

白天的时候，岑曦问林延程："他为什么要骗爸爸，他们每天晚上去干什么啊？"

林延程其实听爷爷说起过，而且就最近几天岑兵对着街坊邻居宣泄的内容来看，周家真的太过分了。

林延程不知道岑曦能不能懂，但他还是尽量简单地说："周雄的爸爸骗你爸爸去搞传销，骗了你爸爸很多钱。"

"传销？什么是传销？"

林延程："听爷爷说传销好像就是实际赚不到钱，但骗你说能赚钱，然后让你先掏钱，而你拿出的钱其实再也拿不回来了。"

岑曦似懂非懂地"哦"了声，她托着下巴，把这几句话在脑海里过了几遍，不由得问："那他为什么要骗我爸爸啊？"

"因为他利用你爸爸对他的信任啊。就好比，你很相信我，我和你说'曦曦走吧，我带你去换糖果'，你会跟着我去，对吗？"

岑曦点点头："对啊。"

林延程说："等你跟我走了以后，我说想要买糖果，你得先把自己有的糖果拿出来，这样才能换取更多新的糖果，你会愿意把你自己的给我，对吗？"

"会啊。"

"可你有没有想过，我拿了你的糖果，再也不会给你新的糖果，与此同时，你也得不到原来的糖果。"

岑曦有些懂了："这样的话，我会很生气你骗我的，好朋友怎么可以骗人！"

"你爸爸就是这样一个情况。"

"可是为什么啊？我们家和他们家无冤无仇的，关系似乎还可以的。"

林延程："我不是和你说过吗，大人的世界比较复杂。"

他们的想法、恩怨，绝不会像是老师教给他们的一样。

岑曦长长地叹口气。

后来岑曦跟着蒋心莲去了趟周家，终于知道了他们每晚去干什么。

河岸上的人家吃完晚饭都来了，带着椅子凳子，在周家院子里坐满了，像听戏一样，听岑兵一个人吼着，声讨着。

那位罪魁祸首坐在那儿一声不响。

她看见周雄坐在一边，一脸茫然。

岑曦其实能听懂父亲的每句话，但她装作听不懂，玩了会儿就自己回家了。

后来有一个晚上，岑兵让她不要再和周雄玩，在学校里遇见也不要说话，说他父亲就是败类，不要脸，一辈子别和这家人搭话。

岑曦沉默不语。后来她悄悄地和林延程说，她觉得周雄没有错，他的父亲做错了事情，但他没有，但是她又能理解父亲的气愤。

林延程让她不用考虑那么多，本来他们和周雄也不太熟，从小也不是一个班级。

岑曦听完，觉得也是，话没经大脑地说："也对，反正有你就够了。"

林延程笑了，问她："那如果有一天我欺骗了你呢？"

岑曦下意识地就觉得不会，这个问题不成立。

她挥着拳头，凶巴巴地说道："你敢！那我就把你像灰太狼一样打飞！打飞了你也不用回来了。"

岑曦瞪着眼睛，明明是凶悍的语气，但丝毫没有威慑力。

林延程脑海里骤然闪过一个词语。

可爱。

岑曦生气的时候好像有点可爱。

其实上初中后，大家都肉眼可见地在变化。

初一开学后，大家的气质变了不少，稚嫩的脸庞好似稍稍长开了些，有的男生都有胡子了，像春笋一样，个子也忽然拔高。

林州的变化就很大，他剃了个很潮流的发型，穿上名牌运动装后，整个人清爽又矜贵，像一富家公子似的。但一开口就不行，那吊儿郎当的语气总是惹得李星雨翻白眼。

李星雨说还是林延程正常点，正常的发型，正常的讲话语气。

岑曦顺着她的话打量林延程，林延程的发型一直是这样，剃得短短的，干净利落。他的脸好像比以前更有轮廓了。

随后她发现林延程好像也长高了，他比林州还要高一点。

她惊呆了，不对比不知道，一对比吓一跳。

岑曦问李星雨："为什么男生长这么快啊？我们长得也太慢了吧。"

李星雨说："女生哪有长很高的，那都是少数。再说了，等我们那个来了……就不会长很多了。"

岑曦没听懂："那个是哪个啊？"

"就那个啊……"

"哪个啊？"

"那个啊！"

"啊？"

李星雨无语，懒得再和岑曦说，她神秘地说："反正你以后会知道的。"

晚上放学回家，岑曦突然想起这个话题，问林延程："今天你听到我和星雨说话了吗？她老是说那个那个那个，到底是什么啊，我们会来什么啊？你来了吗？"

林延程是听到了这段对话的，当时他也不太懂。和林州去上厕所时，他随口一说，林州夸张地问他："不会吧，兄弟，那个你也不知道？"

后来，林州给他科普了一下。

这种生理上的事情莫名让人难以开口，林延程听到岑曦的问题时差点踩空脚踏板。

他组织了下措辞："我想我们男生应该不会来。"

岑曦觉得这不公平，说："星雨说等我们来了以后就不会长高了，凭什么你们男生没有啊？"

林延程："……"

"到底是什么啊？好烦哦，为什么你们都知道？"

"嗯……你以后应该会知道的。"

"可我不想长不高，能让它不来吗？"

"应该不行吧……"

岑曦气馁："那它快点来吧，我想看看它到底是什么。"

"……"

与此同时，岑曦发现大家都有新衣服穿，看起来精神奕奕，而她还穿着去年的衣服，袖口都有些短了。

她开始后悔没让妈妈带她去买衣服了。

小时候买什么衣服总是蒋心莲说了算，岑曦也没有什么审美，但很奇怪的，到了这个年纪似乎什么都水到渠成般地发生。

她开始在意自己的头发，衣服搭配，羡慕别的同学打扮得很好看。

回去后，岑曦磨着蒋心莲给她买衣服，于是在国庆假期时蒋心莲带她和林延程去买新的秋衣。

岑曦的都是蒋心莲自己挑的，买了两套，白色柔软的毛衣和深蓝色的修身牛仔裤，还有一件黑色外套和黑色休闲裤。

蒋心莲本想让岑曦买粉色的，但岑曦执意不肯。

小孩子才喜欢粉色呢，他们班上没有一个女生喜欢粉色。

蒋心莲知道孩子大了，有想法了，就随她了。

每一件岑曦都试穿了，她臭美地发现自己好像穿什么都还可以，问林延程好不好看，林延程也总说好看。

岑曦站在全身镜前打量着自己，小时候脸蛋总会发红长斑，这一年下来似乎不会再变红了，小雀斑也淡了很多。

她从前不觉得自己是长得很好看的类型。

班里有很多女生都很好看，李星雨是耐看型，越看越漂亮；蒋慧是小家碧玉的温婉清秀；范朵馨是鹅蛋脸，有一双楚楚动人的眼睛。

而她五官都普普通通，还有点婴儿肥，看起来很显胖。

说到胖，岑曦觉得自己长肉了，毫无节制地吃了一个夏天的零食，她肚子出现了一层小肥肉。

这让她陷入烦恼之中，转头问林延程："你觉得我胖吗？"

林延程不知道话题怎么会跑到这上面来，他扫了一眼岑曦，说："你不胖啊。"

"你骗人。"

"我没有。"

岑曦暗自郁闷："你知道什么呀……"

"可你真的不胖啊，你很瘦，隔壁婶婶不是一直都说你瘦，让你多吃点吗？你看，你的手腕比我细多了。"

"真的呀？可我长肉了……"

"我们在发育，长肉是正常的。"

岑曦觉得有道理，以前她一直这么吃也没长胖啊，现在肯定是因为发育。

她满意地、乐呵呵地看着镜子里的自己："那你觉得我好看吗？"

林延程下意识地点头："好看。"

"那你觉得班里最好看的女生是谁啊？"

林延程认真地回忆了遍班里女生的模样，他发现好像自己从没有好好审视过她们的样子。

他说："感觉都差不多吧。"

岑曦敛了笑，想踹他。

"那你还说我好看，你就骗人吧。"

"我觉得好看是因为我只了解你一个。曦曦，一个人好看不好看性格占很大的部分。"

林延程说得很认真，岑曦知道他没有说谎，这就是他心里的真实想法，但她就是想和他唱反调。

岑曦："你好啰唆哦，你的意思是我只有性格美？"

林延程觉得自己再说下去可能要被打了，他干脆不说话。

岑曦气死了，捶他："那你说，我哪里最好看？"

"眼睛……"他脱口而出。

"是吗？"

"你的眼睛像小鹿一样，和一个明星的眼睛很像。"

岑曦听到明确的表扬才喜笑颜开。

很久很久以后，林延程才知道，自己年少时成功地躲过了一场危机，靠着他真诚的赞美。

轮到林延程时，岑曦很用心地给他挑选，男生的衣服大多偏运动风，清爽干净。

林延程觉得衣服穿着舒适就好，不用太花花绿绿。

岑曦相中了一套黑白相间的套装，她拿着衣服放在林延程身前比画。

她问："你觉得好看吗？"

林延程看着镜子点头："挺好的。"

"那就这套吧，我看看价格哦……要一百块哎，你觉得可以吗？"

"有点贵了，要不再看看别的吧。"

"可是很好看啊！很适合你！"

林延程思考了会儿："那我去试穿一下吧。"

岑曦欢快地点了两下头，把衣服从衣架上取下，塞给他。

蒋心莲看起了其他衣服，都是她喜欢的连衣裙。岑曦转头的时候正好看到蒋心莲的脸，她能清楚地从妈妈的眼睛看到妈妈有多喜欢那件连衣裙。

岑曦凑过去说："妈妈你也去试试吧？"

蒋心莲翻了翻吊牌，摇头说："妈妈有衣服，不买。"

"可是很好看啊，你穿上会很好看的。"

蒋心莲轻轻叹气，说："家里存款空了，妈妈不能乱买东西。"

岑曦对于自己家的经济情况没有概念，也不懂空了到底是怎样一种空。

印象里，她从不觉得家里有多穷，多缺钱，她的生活虽然没有很富足，但和其他小孩子一样过得很快乐，巧克力、牛奶、薯片，越长大妈妈越不吝啬。

所以此刻她体会不了蒋心莲的深思熟虑和忧愁，她天真地说："那下次买呗，下次我们来街上把这条裙子买下来。"

蒋心莲笑笑，摸摸她的头。

话落，林延程从试衣间走了出来，他看着岑曦，问："你觉得好吗？"

岑曦跟个马屁精似的，拼命点头说好，蒋心莲也说不错。

但林延程还是有些踌躇。他的预算是一百五十块买两套，这一套就要一百，超出他的计划了。

虽然衣服确实穿着很舒服。

蒋心莲看得出林延程在犹豫什么，这两个孩子确实相差很大，自己家女儿真是什么都不懂，而延程有很多事情懂得太早。

蒋心莲现在也帮不了他什么，没办法豪气地说阿姨给你买。

她说："要是真喜欢就买吧，阿姨帮你砍砍价？"

林延程想起蒋心莲神一般的砍价技术，点点头，笑着说："谢谢阿姨。"

最后，靠着蒋心莲放大镜般的眼睛找出了这衣服线头有松动，还了老板十五块钱。

其实岑曦想要林延程买这套衣服有自己的小心思，她觉得这套衣服和她新买的很搭，这样他们穿着相似的衣服走出去很酷的，像双胞胎一样。

她憋不住心事地在回去的路上告诉了林延程。

林延程总觉得哪里怪怪的，岑曦却说："怪什么，小时候我们都穿一样的内裤哎！就那个屁股后面有猪尾巴的，你不会忘了吧！"

林延程："曦曦……嘘。"

这是在公交车上，别人都听见了。

岑曦拽着扶手，使坏地贴近他的脸，笑嘻嘻地小声说："你害羞了啊？"

林延程抬手捂住了她的嘴，用眼神示意她，不许闹。

林延程的手上带着淡淡的肥皂清香，他是个餐前餐后都会好好洗手的人，指甲里从不会有泥巴，永远是干干净净的一双手。

公交车上人挤着人，他们靠得这样近，岑曦眨巴着眼睛，不自觉地就被林延程的眼睛吸引了。

她现在还是很喜欢林延程的眼睛，多好看的双眼皮啊，睫毛也很长很密。

不过她的小鹿眼也很好，因为林延程说好看，他不会骗她的。

而且他真的长高了好多，她看他都需要仰头了。

紧接着她发现，林延程好像不只是眼睛好看，他的五官都很好看，挺鼻薄唇，面容清隽端正。

他的眼球是黑曜石一般的颜色，黑得发亮，带着淡淡的柔软光芒。

他的皮肤也比她的要好，冬天不会发红，也不会粗糙。

如果问班里最好看的男生是谁的话，她会说是林延程。她一点儿都不喜欢其他男生闹腾耍猴的模样。

岑曦看得入迷，呼吸温温软软的，就这么洒在他手心，很痒。

林延程被她盯得耳根莫名发热，拿下了手，看了她几眼，低低道："不要说了哦。"

岑曦噘嘴，笑着"喊"了声，用口型说：小猪内裤。

不久后，岑曦终于知道李星雨说的"那个"是哪个了。

学校给初一的学生安排了一节生理卫生课，男生女生分开上。

先去的是男生，女生先待在教室里自习。

岑曦盯着他们离开的方向，心中好奇不已。

为什么要男生女生分开呢？去多媒体教室干什么呢？是看电影吗？

大约过了十五分钟，他们回来了，走廊上都是男生说话的声音，有稚嫩的，有低沉的。

林延程第一个进班级，他走到讲台前说："女生们去一下多媒体教室，我们班是右边第一列座位，其余两列是隔壁班级的，不要坐错。李星雨，你负责一下。"

林延程走到座位时，岑曦戳他的手臂："哎，你们去干什么啦？要带纸笔吗？"

林延程低头翻作业本，说："不用带，只是上个课。"

"上课啊……"岑曦不乐意了。

李星雨催岑曦别磨蹭了，岑曦郁闷地跟上李星雨的步伐。

多媒体教室里来了两个没见过的女老师，讲台上还放着两箱东西，老师们进进出出在清点着什么。

李星雨拉着岑曦坐在第一排。

学生到齐后，教务处主任关上了教室门，走了，只留下两个女老师，其中一个短头发的老师打开了 PPT，幕布上印着：女生生理小知识。

短发老师十分和蔼地说："今天让同学们来这里是为了让大家更好地了解自己的身体，同学们不要羞涩，等会儿有什么不懂的可以向老师提问。首先，大家一定发现了，我们女生呀，到了十一二岁身体发生了变化，最明显的就是胸部会变大。"

另一个老师配合地点着PPT，幕布上是一张动画版的女生胸部图片。

岑曦感觉教室氛围很凝固，似乎这个话题让所有女生都抬不起头，包括一向风风火火的李星雨。

她觉得这有什么的，她们不都开始穿小背心了吗，就和妈妈身上穿的一样啊。

短发老师又说："胸部变大的过程中呢，我们有时会觉得胀痛，这是正常的现象。如果有这个情况，那么同学们千万不要感到害怕，如果实在不适，请记得及时告知父母。除了胸部，有的同学也一定来了月经了。"

短发老师顿了顿说："月经，顾名思义，就是每个月女生一定要经历一次的东西。简单来说，就是我们每个月会流血，当然，这并不是真的血，这是我们子宫内膜崩溃、脱落后产生的。它会在我们的青春期来临，这意味着我们长大了。当它来临时，我们需要卫生巾、护垫，我们把它粘在内裤上，请记得一定要勤换，不然会滋生细菌。"

说着，短发老师从箱子里拿出一片卫生巾，拆开演示。

气氛更奇怪了，大家似乎要把头埋到地里去。

如果能说话，岑曦想说，这没什么呀，她从小就见妈妈用这个的。

她从前看卫生巾广告，不懂为什么总是要倒一些蓝色的液体在上面，问过蒋心莲这是什么，蒋心莲似乎不愿意好好回答，但也不乱说，只说是来月经时用的。

她问什么是月经，蒋心莲说你还小，长大了就知道了。然后她就没再问了，因为这和她没什么关系。

讲完女生的，老师又讲起了男生，告诉她们人是怎么有小宝宝的，这和月经有什么关系。上完生理知识课，老师还给每个女生发了一包卫生巾和一个小册子。

岑曦没太听懂，但大约知道男生和她们一样，也有类似的成长变化。

她可喜欢这本小册子了，虽然上面印着广告语和商标，但紫色的页面好好看，每一页都带有边角花。最后一页还有洗面奶、护肤品小样。

岑曦从来没用过洗面奶，所谓的护肤也就是涂婴儿面霜。

这一刻，她真的觉得自己是个大姑娘了。

岑曦回到家，迫不及待地和蒋心莲分享了今天的生理课。

蒋心莲是个很传统的女人，月事和性教育都让她觉得难以启齿，但学校里既然上了课，她也愿意稍微说几句，更多的事情她想等到女儿真的来了再叮嘱。

岑曦分享完，在晚上的时候认认真真洗了个脸，柔软的泡沫揉在脸上，她觉得每个毛孔都在变美丽。

她从前看过蒋心莲买的护肤品，什么芦荟洗面奶、海藻泥自制面膜，她也偷偷用过，但总归不适合她。

现在她是个大姑娘了，洗面奶是学校里正儿八经发的。

洗完，她涂了护肤水和乳液，像《家有儿女》里的刘梅一样，睡前护肤，拍拍拍。

完了后她美美地去写作业。

写到一半的时候，电话机突然响了。

她家一共两部电话机，一部在一楼客厅的桌上，一部在她房间里的床头柜上。

她家的电话很少有人打的，上了初中她和班里女同学交换电话号码后，电话才变得多一些。

她以为是李星雨，接通后才发现是个中年男人。

男人的声音很亲和，她知道，应该是爸爸的朋友。她说："你找我爸爸吧？他在隔壁房间，现在好像睡了。我把他手机号给你，你打他手机吧。"

这似乎很合男人的心意，他连忙说好。

给完手机号后，岑曦挂了电话继续做作业。

没一会儿，她听到隔壁房间的爸爸接了电话，她觉得打通了那就好。

岑曦正抄写着古诗词，房门却突然被推开。

岑兵怒气冲天地冲她大喊道："谁让你把我的手机号码给他的！你为什么要给他！"

岑曦心里"咯噔"一下，怔怔地看着父亲，眼睛不自觉地湿润了。

岑兵大口大口地喘着气，整个人怒火中烧，他一边质问着岑曦，一边握着手机用力地向地上砸去。

"我摔了它！看谁还能打我电话！你知道他是谁吗？你把手机号码给他，你知道我听到他的声音能一下子惊醒吗？"

岑兵的手机是绑定家里电话的电信手机，小小的一个，摔在地上却发出刺耳的破碎声，仿佛是寂静深夜里的一次山峦崩塌。

岑曦哆嗦了一下，握笔的手微微颤抖。她不敢看岑兵，低下头，紧紧盯着这首唐诗，眼前的字很模糊。

她的眼泪快要掉下来，但她吸了吸鼻子，睁大眼睛，努力不让眼泪落下来。

岑兵还没发泄够，自顾自地大喊着。

颤抖过后，岑曦抵在作业本上的手渐渐握成拳头，她倔强地一声不吭。

"好了！你说女儿干什么！她什么都不知道！"隔壁房间传来蒋心

莲的声音，她的声音也带着淡淡的怒气，实在听不下去岑兵这么吼女儿。

岑兵烦躁地抓了抓头发，在岑曦房间门口踱步，听到蒋心莲的话他稍稍冷静了一些。

岑兵找回了些理智，但还是硬声硬气地说："你知道他是谁吗？他是爸爸最不愿意面对的人，爸爸以前一直叫他来家里吃饭的那个王祥满叔叔，你记得的吧？我回来后手机号码都换了，就是为了躲他。你知道爸爸被河岸上那狗贼骗吧，爸爸当时以为要发财，拉着这个叔叔一起去了，害他也被骗了十来万，你说爸爸哪有脸面对他？家里有的四万多块钱都给了他，再多的我也拿不出来了，只能躲着他。"

岑兵说完，声音渐渐正常了下来。他看到女儿闷不吭声的样子，知道女儿生气了。

他自己的女儿什么脾气他最清楚，从小到大其实很倔，看着乖巧，但拧的时候谁也拉不动。

他忽然后悔了。

岑兵叹口气："爸爸真的不知道怎么面对他。所以以后你再听到这个声音直接挂断电话就好。我明天就去把家里的电话号码换了。你听到了吗？"

岑曦艰难地从喉咙里发出一声"嗯"。

岑兵看了她几眼，往自己房间走，走了几步又折了回来。

岑曦刚松一口气，听到他折回的脚步声，立刻维持原样不动。

岑兵站在她房门口，说："刚刚是爸爸不好，爸爸不是故意的，但你要体谅爸爸，爸爸的心里有多愧疚，多难受。你不要生爸爸的气，快点写完作业睡觉吧。"

他说完给她关上了房门。

岑曦再也忍不住地哭了起来，眼泪啪嗒啪嗒掉在作业本上。她连忙拿纸巾擦，还好没有掉在水笔写过的地方，不然字就洇湿了。

她擦干眼泪，继续做作业，但脑海里回荡的全都是刚刚岑兵的话。

她讨厌爸爸发脾气，她不知道这些事情，她不是故意的，他凭什么责怪她。

他不小心拖累了别人，又为什么要选择逃避呢？不是从小到大，大人都教育他们要勇敢面对吗？为什么大人自己不那么做呢？

● Part.03 最特别的人

这一晚，岑曦睡得并不好，早上起来眼睛又红又肿，她洗了好几把脸还是没用。

六点十五分，林延程在她家门口等她，拨了两下自行车车铃。

岑曦磨磨蹭蹭地推着自行车出来，手上拎着两个奶黄包和一袋纯牛奶。

林延程都是在家吃好再出门的，林老爷子习惯早起，就会给他准备好粥和咸菜。林延程现在会做菜了，有时晚上会多做一点，第二天早上就着粥吃。

以前岑曦的早饭也是蒋心莲准备的，但有一天岑曦要蒋心莲不用再那么早起床了，她说给她买好牛奶和小面包就行。

蒋心莲笑着问岑曦为什么，岑曦说因为妈妈很辛苦，她现在自己一个人可以了，不用妈妈再那么早起来了。

岑曦知道蒋心莲上班的时间比他们上学晚，但为了她还是每天很早起。她想让妈妈多睡会儿，她也能按照自己制订的时间规划走。

初秋的天亮得还是挺早的，昨晚起了雾，道路两侧雾茫茫的，骑一会儿额前的头发就湿了。

林延程一开始没注意到岑曦的异样，直到她吃完了早餐，她还是一言不发，他就觉得不对劲了。这和她以往的状态不一样，以前她每天早上都有很多话，叽叽喳喳的，但今天她诡异地沉默。

林延程也发现了她红肿的双眼，一看就知道她哭了。

他在心里猜测了很多，比如她做不出题目急哭了，没问蒋心莲要到想要的东西气哭了，偷偷看煽情节目感动哭了。

林延程叫她的名字："曦曦。"

岑曦从心事中回神："嗯？"

"你怎么了？"

岑曦撇嘴："没什么。"

她不愿意说，林延程也没问了。

没过三十秒，岑曦主动开了口，说："我想不通……"

"想不通什么？"

"程程，你觉得我爸爸是个怎样的人？"

"你爸爸挺好的啊。"

"你能不能别客套？"

林延程打量着她："你和你爸爸吵架了吗？"

岑曦想起昨晚岑兵火冒三丈的样子，顿时委屈又涌上心头。

她把事情和林延程讲了一遍。她不理解爸爸的逃避，也不理解他冲动的责怪，她不喜欢爸爸的脾气。

关于岑兵，林延程接触得不多，岑兵总是很早就出去工作了，晚上回来吃完饭就睡觉了。偶尔闲着，他会和林延程说几句话。

岑兵对他倒是很客气，总是不吝啬地赞美他，夸他将来肯定有出息。

但两家住那么近，林延程还是耳濡目染一些岑家的家事，他发现岑兵是个热血而冲动的人，岑兵有些属于他这个年纪的男人的自尊和骄傲，不喜欢闷着藏着，有火就一定会发。

岑曦也曾隐隐和他透露她不太喜欢岑兵的想法，但她其实心中是关心岑兵的，毕竟是自己的爸爸啊。

林延程说："我想你爸爸应该也后悔凶你的，他不是还和你道歉了吗？或许你和他好好谈一次？告诉他你的想法，比如你不喜欢他这样发脾气。"

岑曦哼一声："他才不会改呢，一个人的性格怎么可能改得掉。"

林延程说："曦曦，我想你爸爸在这件事上是做错了，但世上没有人是完美的，我想他应该也有很多感动你的地方吧。我觉得有句老话说得很对，家家有本难念的经。你看我啊，我爸爸……我记得他当时决绝的样子，但我也记得很小的时候他温柔地笑着教我读书。"

岑曦很少听林延程提起他爸爸，反正她不喜欢他爸爸。

岑曦问："那你讨厌他吗？"

林延程说："讨厌大于喜欢吧，因为他犯了原则性的错误。曦曦，我记得你以前要个书桌，你爸爸周末就给你做了一个，还涂了油漆。你有次掉河里，你爸爸二话不说就跳下去救你，他急得都哭了。他肯定是爱你的，对不对？"

岑曦听他这么一说，脑海里闪过许多和爸爸在一起的画面。小时候岑兵总是骗她咬他脚趾，还让她骑马。她要养小兔子，一向不喜欢动物的岑兵也允许了，还给小兔子做笼子。

可能像书中写的一样，父亲是深沉的。

可岑曦忘不掉岑兵发火的样子，有时候冲动之下的言语更伤人，但这次，她决定原谅爸爸。

岑曦闷闷道："我就是不喜欢他乱发脾气，还老是骂奶奶，虽然……奶奶也有错。我一点都不喜欢家里吵吵闹闹的。程程，如果我爸爸像你就好了。"

"这是不能改变的，那我还希望我爸爸能像你爸爸一样一心一意呢。"

岑曦知道他爸妈离婚是因为他爸爸外面有人，这么一对比，她觉得自己爸爸至少在婚姻方面是忠诚的。

岑曦看着林延程，雾气下他的脸庞漾着水一样的温柔，只是多少有点落寞。

她略有歉意地说："我不是故意让你想到你爸爸的。你放心，你以后长大了一定会是个好爸爸的。你脾气那么好，生的小孩也一定是个好脾气。"

这畅想得有点久远了，林延程拉回她的思路，说道："所以你不要不开心了，家人之间有争执都是正常的。"

岑曦笑了起来，红肿的眼睛一扯，有点紧绷。她放松地说："程程，还好有你！我真的太喜欢你了！"

在空旷清新的田野小路上，她不惧怕被别人听到，自顾自地诉说着对林延程的感激。

林延程知道她的"喜欢"是什么喜欢，但听到的一瞬间心跳还是不可抑制地快了一下。

这一天林延程有些心不在焉。

他不知道自己为什么会心跳加快，这是从前不会有的。

他和岑曦靠得再近，说再亲密的话的时候都有，就说前段时间她说的小猪内裤吧。

那是一年级左右，林婉给他买了带尾巴的小猪内裤，他洗澡的时候被岑曦看见了，吵着也要，林婉就把新的送给了她。

那时候真的什么都不懂，她还让他把外裤脱了给她看小猪内裤，她也脱了自己的，两个人就玩游戏，看看谁能拽到对方的猪尾巴。

事后，他被林婉教育了一顿。

林婉告诉他，男孩子和女孩子都不能随便脱裤子，也不能给别人看。

他觉得奇怪，因为很多次他洗澡的时候岑曦都会闯进来，那会儿他还是光溜溜的呢。

林婉说，所以啊，你要告诉曦曦，你洗澡的时候她不可以再进来了，你们已经慢慢长大了。

后来他其实还是和岑曦有很亲密的时候，比如一起睡觉啦，打雷的时候躲一床被子里，两个人玩叠罗汉，背着对方跑，她甚至会霸道地躺在他腿上睡觉。

就在六年级的第一个学期，她还因为黑板报得了第一名开心地拥抱了他。

他们其实很少会拥抱，岑曦兴奋的话会握住他的双肩摇晃，所以那次，他知道岑曦是真的开心，开心到要用最亲密的举动来缓解。

当时他并没有觉得哪里奇怪，第一反应是怕岑曦太兴奋不小心摔倒。

岑曦是个藏不住心事的人，小时候大人总喜欢问你喜欢谁谁谁吗，岑曦总会当着他的面说我喜欢程程，我要和程程结婚。

结婚对那时的他们而言是关系好的证明，是永远不分开的证明。

再长大一点，岑曦也总会说程程你太厉害了吧，你太好了吧，我真喜欢你，她还会问他喜不喜欢她。

他当然喜欢啊，和她在一起总有那么多新花样玩，她笑起来那么开心。

他们从小一起长大，这些都不稀奇。

可是今天整整一天，他的耳边总是会响起岑曦的声音。

他只要稍微侧过点视线就能看到岑曦的脸，她认真地听老师解题做笔记，时不时捋一下耳边的碎发。她午休时会趴在桌子上眯一会儿，好像做了梦，会笑会皱眉，睡醒后水汪汪的眼睛里一片迷茫，怪傻的。

其实傻乎乎的是他，这一天他实在太傻了。

是因为他们和以前都不一样了吗？

这一年多他们也实在变化太大了。

那天岑曦问他班里哪个女生最好看时，他是真不知道，感觉她们都差不多。

而岑曦的好看不单单是外表，他了解她的为人，知道她是多么善良温暖。

她穿上新衣服的时候很好看，她出黑板报的时候很好看，她上体育课奔跑的时候很好看，其实就连她不洗头的时候也很好看。

更何况现在的岑曦长大了很多，附近邻居都夸她出落得像个大姑娘了，她扎着一个黑亮的马尾，春夏时露出纤细的脖颈，她的一颦一笑都灵气十足，那双圆溜溜的眼睛天生会说话，每次她看着他的时候都让他不忍拒绝。

岑曦……很可爱，不是吗？

10月中旬时学校发出了一个关于舞蹈比赛的通知，全校每个班级都要参加，舞蹈形式不限，人数必须四人以上。

这个项目自然而然落到了宣传委员岑曦头上，岑曦先定了人数，六个人，三男三女。

班主任给他们筛选了几个舞蹈，经过大家的投票，最后选择了比较唯美的扇子舞。

比赛是在一个月以后，时间是比较紧迫的，岑曦和班主任商量过后，向几个副课的老师请假用来排练舞蹈。

加上还要出黑板报，岑曦有点分身乏术。

六个人里没有林延程，其实岑曦最开始叫的人就是林延程，但是他不愿意，林延程觉得自己肢体不协调。

虽然岑曦很想和林延程一起跳，但软磨硬泡就是没说服他。

就因为这件小事她气得三天没和他说话。

林延程知道岑曦的脾气，来得快去得也快。晚上放学路过小摊，他买了几串烤里脊肉就把岑曦哄好了。

岑曦边咬着油腻腻的里脊肉，边气鼓鼓地说："有什么不协调，林州都能跳好呢，你为什么不行？你不想和我做搭档吗？"

林延程说："我是班长啊，得看着点班级的，你把李星雨、蒋慧她们都叫走了，上自习课谁管啊？要是声音很大会把主任招来的，到时候班主任要被批评的。而且我真的不擅长跳舞，你忘啦，幼儿园跳舞我总是跳得最差的那一个。"

想起幼儿园时他笨到跳舞都摔倒，岑曦扑哧笑出来，哼一声说："反正你现在想跳也来不及了，人都定好了。哎，对了，这个周末你也来学校啊，我们打算上午跳舞，下午出黑板报的。"

"可出黑板报我其实一直也帮不上什么忙啊。"

岑曦瞪他："你到底来不来？"

"来。"

"这还差不多。"

不知怎的，林延程隐隐觉得岑曦很依赖他，她做什么都喜欢拉着他一起，但也可能因为他是她的挡箭牌。只要报上他的名字，蒋心莲一般都会放行。

"为什么一定要我去啊？"林延程问。

岑曦理所当然地说："你要陪着我啊。"

林延程笑了下，她理所当然的语气怪让他开心的。

周末的学校很安静，和门卫大爷打了声招呼他们就进去了，几个人约的九点，不过他们两个来得最早。

岑曦虽然有时候迷迷糊糊、大大咧咧，但她是个很有时间观念的人，她不喜欢别人等她。这一点，林延程觉得自己和岑曦很像。

他们借用了老教学楼里的空教室，那间教室只有一张乒乓桌，将它挪到边上就能空出一大块地方，足够他们编排练习舞蹈。

岑曦准备着磁带，说："我们已经把前面两节练得不错了，等会儿我们跳给你看呀。"

林延程靠着乒乓球桌，说了声"好"。

"我们还商量着要买适合跳扇子舞的衣服呢。你说别的班级会不会统一服装，还是大家就随便穿穿？"

"我觉得应该不会有班级花很多钱去购置衣服吧，毕竟不是县级的比赛。"

"可我想买……我就怕那两个男生不愿意，衣服还挺贵的。"

岑曦倒带倒着倒着卡住了，她拍了几下收音机，林延程见状走过去帮忙。

岑曦瞅着他手里的磁带说："这儿，这儿，用手指转一下吧。"

倒腾了一会儿，林延程说："好像不太行。"

正说着话，其他人陆陆续续到了。

林州看见林延程，意外地"哟"了声："兄弟，你也在啊。"

岑曦见磁带还弄不好，着急了，对林州说："你还贫嘴呢，你会弄磁带吗？"

"我哪会啊。磁带坏了今天就不练呗，出去玩得了。"

李星雨和蒋慧凑过来看，林延程觉得女生心细，保不准就修好了，让位给她们，和林州他们聊起了天。

说起昨晚的那场篮球比赛，男生们兴致高昂，林州一口一个牛。

岑曦见磁带修不好就很烦躁，白了他们一眼。林延程注意到她恶狠狠的眼神，拍了拍林州的肩膀，说："咱们小点声。"

过一会儿，蒋慧转过头说："磁带坏了，录的音乐没了，怎么办？"

她说这话的时候看着林延程，好像下意识地觉得林延程有办法。

林延程看向岑曦，岑曦的嘴巴都快噘到天上去了。他忍住了笑意，说："那只能换个磁带重新录歌了，你们谁在教室有磁带？我们可以去镇上网吧录。"

林州说："我有，开学发的英语磁带我放在课桌里都没拆呢。"

李星雨呛他："怪不得你英语那么差。"

"'流星雨'，你闭嘴。"

蒋慧犹豫道："林延程，去网吧好吗？万一被老师抓到……"

林延程说："去网吧是最快的方法，我会和老师解释的。"

蒋慧看着他，点了点头。

一伙人浩浩荡荡出发了。

岑曦紧皱的眉头终于松了，下楼梯时蹦蹦跳跳，结果踩空了一脚，伴随着"啊"的一声，脚一崴，直接滚下了楼梯。

一行人都愣住了，吓了个半死，赶紧围上去扶岑曦。

林延程的脑子空白了几秒，冲向岑曦时心跳快得不得了。他小心握着岑曦的胳膊，慢慢搀起她。

"摔哪儿了？"林延程着急地问。

岑曦"咝"了好几声，疼得说不出话来。

这天气，岑曦只穿了条薄牛仔裤和衬衫毛衣，她觉得膝盖和手肘那里火辣辣地疼。

缓了好一会儿，岑曦慢腾腾地卷起裤腿，果然，膝盖摔破了皮，血红血红的。

林延程扶起她，把她的手臂架在自己肩上。他说："你们先去，我扶岑曦到教室里坐着吧。"

林州说："网吧我带你们去。"

岑曦不想耽误事，让他们快去快回。

蒋慧说："那我去药店买点药吧。"

李星雨把身上的二十多块钱给了蒋慧，说："再买点红药水吧，得消消毒。"

岑曦觉得太不好意思了，她摔一跤，害得大家这样。

分工完，大家都快速地下楼办事。

林延程瞧她一瘸一拐的样子，轻声问："还有哪里疼？要我抱你上去吗？"

岑曦不想他那么担心，笑着说："屁股疼哎，不过没事，过一会儿就好了。"

"那我抱你。"

"你抱得动吗？"

"试一试吧。"

林延程去勾岑曦的腿，使点劲，勉强能把她横抱起来。

岑曦勾着他的脖子，腾空的那一瞬间她心都提起来了，生怕再摔一次，但林延程抱得很稳很牢，让人挺安心的。

上了几级阶梯，林延程出了点汗，这天气一动就会出汗。

上了一层楼梯，林延程小心翼翼地把岑曦放下来，他微微喘着气说：

"我还是扶你上去吧。"

岑曦用拳头狠狠地砸了下他的胸膛："我有那么重吗？"

林延程笑："有点。"

"你讨厌！林延程！"

噼里啪啦一顿小拳头伺候，林延程也不躲，只是看着她笑。

岑曦像打在了棉花上，最后哭笑不得地呐喊道："我才八十五斤！你还抱不动！那你试什么试！"

林延程："那我背你吧。"

岑曦又给了他一拳："不要！我要自己走上去！"

"好……慢点，来。"

闹够了，林延程搀着她慢慢上楼。

到了教室，他拉了张椅子给她坐，一坐下岑曦就"哎哟"一声叫了出来。

她揉着屁股，说："怎么坐啊，真的疼。"

林延程脱了自己的毛衣，对折，垫在椅子上。他低声道："这样呢？好一点没有？"

岑曦抿唇笑，看着他，点点头。

林延程毛衣里头穿的是一件黑色的T恤，纯黑的，就胸口有一个标志。岑曦觉得他穿黑色怪好看的，会衬得他皮肤白一点，高高瘦瘦的，特别有精气神。

林延程蹲在她面前，轻柔地卷起她的裤腿，刚刚来不及细看，只看到她膝盖上磨破了一块，现在仔细一看，确实蛮严重的，流了血，血都有点凝结了。

他抬眸："还很疼吗？"

"比刚刚好一点，我这儿也疼，是不是也摔破了？"

岑曦指了指自己的胳膊。

林延程握着她的手腕，慢慢地帮她把毛衣外套脱下来。还好岑曦里头穿的衬衫袖口比较宽松，可以直接卷到臂膀那里。

手臂比膝盖好一些，只是一侧摩擦出几条血痕，稍微破了点皮。

岑曦给自己的手臂呼气，忍不住抱怨："我为什么会滚下楼梯啊，今天真不顺，我等会儿还能跳舞吗？"

林延程拿了他们之前买的矿泉水，拧开，握住她的小腿，斟酌着往她膝盖上倒。

他说："你走路不是老喜欢蹦蹦跳跳吗？小时候你的门牙不就是这么磕的吗？骑自行车也是，以后别这样了，太危险了，万一你有什么事，我怎么和你妈妈解释。"

清凉的水流过伤口，缓解了不少疼痛感。

岑曦看着他，"噢"了声。

林延程拉过她的手臂，倒水。

他的动作很轻柔，目光注视着，像是在用心地做一道题目。

岑曦歪了歪脑袋，忽然觉得林延程真可靠，一直都是那么可靠。

林延程注意到她的视线，和她对视了一眼，他心口忽地一跳，立刻挪开眼睛。

他想起那天在公交车上她也是这么看他，或者说，岑曦的目光总是那么袒露直白，毫不避讳，但她的眼神又是那么单纯。

岑曦晃了下脚："哎，水都倒完了，等会儿喝什么啊？"

林延程拧紧瓶盖，起身，把瓶子扔进垃圾桶。他说："等会儿我去买吧。"

"你带钱了吗？"

"带了。"

"多少啊？刚刚星雨给小慧二十块呢，是帮我买药水的，等会儿小慧来了问问她价格吧，把钱给她们。"

林延程从运动裤的口袋里掏出钱，数了数，说："我带了二十五块。"

"你带了这么多啊？"

"我怕你想去超市。"

岑曦一愣，又傻傻地笑起来，撒娇般地说："你怎么那么好啊……"

她的声音从小就是清爽又甜腻腻的，很讨长辈们的喜欢，总是让人忍不住心软几分。

林延程别过头，看向窗外的风景，低低"嗯"了声。

话落，蒋慧正拎着药袋子推门而入，她一路小跑过来，满头的汗，喘着气连话都说不全。

岑曦好过意不去，林延程接过袋子，熟稔地拿药水给岑曦擦。

岑曦说："等会儿你去外头小卖部里买点饮料，行吗？我回去把钱给你。"

林延程知道岑曦的意思，说："好，那你想喝什么？"

"李子园，巧克力味的。噢……"

林延程顿了下，隔了几秒又继续轻轻地上药。他看了眼蒋慧，问道："蒋慧，你想喝什么？我给她擦完药就下去买。"

蒋慧抹了把汗，回道："矿泉水吧。"

"好。"

擦完红药水，林延程给岑曦贴上纱布，创可贴太小，遮不住膝盖的伤。

蒋慧坐在窗边吹风，看着他俩，只觉得林延程的动作未免太熟练了些。

弄完了，林延程收拾了一下，还给岑曦穿上了毛衣外套。五楼的风凉快又大，吹久了会着凉，而岑曦从小就是很容易伤风感冒的类型。

随后他揣上钱就下楼了。

岑曦后知后觉，等林延程走了才想起他的毛衣在自己屁股底下，他难道不会冷啊？

蒋慧关了半扇窗，闲聊似的问："曦曦，你是不是经常受伤啊？"

"还好吧，就小时候比较容易受伤吧。你怎么知道？"

"我看林延程的动作很熟练，你们不是从小一起长大的嘛，他一定做惯了。"

"因为小时候顽皮，很容易就碰伤磕伤，林延程他妈妈有个医疗箱，他就会给我涂药。"

蒋慧笑，软软道："林延程对你真的很好哎……你们……"

岑曦站起来，活动了一下，好像屁股没那么疼了，她扭了两下腰："嗯？什么？"

蒋慧摇摇头："没什么啦。"

岑曦忽然想起药钱："对了，你花了多少钱啊？"

"十四块吧，我身边钱不够，从雨雨那里挪了七块。"

"等会儿林延程回来了，我让他把钱给你。我今天没带钱，早上走得急。"

"你们关系真好。"

"肯定啊，我和林延程穿一条裤子长大的。"

林延程出了校门过桥时正好遇到林州他们回来，四个人吵吵闹闹，整条街都是他们的声音。

他问了才知道，原来是李星雨觉得林州居然和网吧老板那么熟，肯定经常去，她小嘴叭叭的，两个人就呛起来了。

不知从什么时候开始，林延程觉得这是家常便饭了。他和岑曦坐在他们两个前面，感觉每天背后都像在打仗。

李星雨急得面红耳赤，吼林州："那网吧里有好几个混混，你还常去，你你你，你爸妈都不管你吗？"

林州觉得烦："'流星雨'，我都说了几遍了，我就只是去打游戏，玩几把就回家了。"

"打游戏打到你每个星期一都问我要作业抄吗？我以前一直觉得你只是不爱学习，现在觉得你是自甘堕落。"

林州无语，怎么自甘堕落都出来了。

林州懒得再和李星雨解释，和林延程说："你要买水是吧，我和你一起去。"

李星雨听到这话气呼呼地直奔教室，头也没回，另外两个男生默不作声也往学校走。

林州没想真和李星雨吵，但她不饶人，解释了也不听，只沉浸在自己的世界里，觉得他好像马上变成一个坏学生了。

在小卖部里，林州询问林延程的看法："你觉得李星雨是不是脑子有坑？"

林延程无奈，拿上岑曦爱喝的李子园，说："我觉得她的潜在话语是怕你考不上高中，关系好才担心你吧，换作别人，就李星雨的性格，她都懒得管。"

"照你这么说，我还得谢谢她？"

林州买了瓶脉动，喝了半瓶，还是觉得烦躁。

林延程问他："我给你们买水，陈涛他们我买冰红茶了，李星雨平常喝什么？刚刚忘记问了。"

林州瞥了眼货架："那个茉莉清茶吧。"

他记得李星雨似乎喝了一个星期的茉莉清茶了，也不知道这味道淡淡的，有什么好喝的。

林延程拿上饮料去结账。

回去的路上，林州想起岑曦，问道："岑曦还好吧？"

"没事了，刚刚给她上过药了。"

林州想到个有趣的话题，笑了声，问道："哎，你说，你要去网吧的话岑曦会骂你吗？"

林延程试想了下，说："她可能比我更容易陷进去吧。"

"也对，还是岑曦好玩，她要是会打那个游戏，一定会和我配合得很好。"

"林州，你别拉着岑曦玩，她现在好不容易成绩稳定了，一玩成绩肯定下滑得很快。"

林州眯了眯眼睛，调侃道："行吧行吧，岑曦家教这么严，我可不敢拉她一起打游戏。"

林延程没那么迟钝，知道林州什么意思。他看了眼林州，说道："你别胡说，岑曦听到了会不开心的。"

林州乐了："我哪里胡说了？你不喜欢岑曦啊？"

十月的天还是微热的，涌动着暖风，大中午的，能把人吹得心发麻。

林延程抿了抿唇，说："没有。"

林州懒得戳穿他，附和说："没有就没有呗，反正我挺喜欢岑曦的，逗起来蛮好玩的。"

林延程后来没再继续这个话题，他知道林州这个人和班里的同学个个都处得不错，喜欢很多人。

或者说其实很多同学都很喜欢林州，林州性格开朗、能言善道，经常逗得班里的女孩追着他打，他就喜欢这样逗别人玩。

林延程不知道女生有没有讨论过类似的问题，但他们男生偶尔会私下打趣地问你是不是喜欢谁谁谁。林州这人逮谁就问，仿佛这是件很有趣的事情。

在此之前，林延程也被问过这个问题：你是不是喜欢岑曦啊？

当时他就觉得此喜欢非彼喜欢，于是好好和他们解释了他和岑曦的关系，让他们不要乱起哄，岑曦很反感这种，她真生气的话会很难哄的，怕是一百根烤里脊肉都哄不好。

岑曦假生气的时候很好哄，她愿意顺着你给的台阶下，她倔强的时候宁愿自损一百也不会向你低头。

她骨子里的倔脾气其实有点像岑兵。

10月一晃而过，岑曦每个周末都和他们来学校排练舞蹈，几个人围在一起喝汽水啃辣条，特有气氛。

关于服装的安排，经过协商，他们向学校道具那边借了，因为视频里的衣服他们买不到。

在舞蹈比赛前的一个星期岑曦拿到了服装，是仙气飘飘的白绿色长袖裙子，男生的是改良版古装衣服，精简干净。

她把衣服带回家让蒋心莲清洗，千叮咛万嘱咐要小心点，洗坏了要赔钱。

岑曦在这一个星期里几乎没有睡过一个好觉，她每晚都会想象比赛那天的样子，想象一系列有可能发生的坏事情，连做梦都是比赛。

她也不止一次地和林延程感慨中学的美妙，一边在意学习成绩，一边培养学生的兴趣，这让一些平凡的学生也找到了自我价值。

比赛那天已经是 11 月中旬，南城逐渐陷入初冬，早晚温差较大，中午的时候如果阳光充沛，还是挺暖和的。

舞蹈比赛就定在中午一点开始，从初三先开始，这样算下来岑曦他们年级估计得到三点左右。

班主任为他们请了下午课程的假，让他们再排练一遍，到时候还要提前去换衣服。

他们已经排练过无数遍，搭档之间都非常有默契。

班主任不仅夸他们节奏好，舞姿优美，还开玩笑说男生是来衬托女生的，绿叶衬红花。

岑曦美滋滋的，她觉得自己又开拓了一项技能，是不是将来能当个舞蹈家呢？

时间一点一滴地过去，马上就要轮到他们班级了。

六个人换上衣服，都有些兴奋，提着裙摆挪去比赛场地。所谓的比赛场地就是音乐教室，空间够大，方便播放音乐。

午后阳光透过窗户洒进音乐教室里，一排老师坐在桌前，背对着阳光，老师前面的空地就是表演者的舞台。

现在是下课时间，音乐教室外面围了一群人，正在里头表演的是初二（3）班。

岑曦紧张得手心直出汗，她看见李星雨喝了很多水，忍不住笑李星雨，明明之前李星雨说有什么好紧张的，一副无所谓的样子，现在却喝那么多水。

林州瞧着李星雨，笑了声，说："你可别紧张到踩我脚，这个月我的鞋子都快被你踩烂了。"

李星雨说："踩烂更好，看你怎么去网……"她话没说完，因为这里有老师，被老师听见那就真的害了林州了。

林州抛着手里的扇子，似不经意地讲道："我这个月没去过。"

李星雨白了他一眼，转过去背对着他。

岑曦扒在窗口看着里头的舞蹈。她有些不自信了，初二的这个班级未免太强了吧，六七个姑娘拿着啦啦队的花束，音乐那么有节拍，她们跳得那么青春洋溢。

边上还有人说这个班级的舞蹈是自创的。

岑曦有些丧气了，她一直以为他们班的舞蹈会是最棒的，是奔着第一名去的，可现在好像人外有人。

正沮丧着，她左肩忽然沉了一下，有人拍了下她的肩膀。

"程程！"岑曦一转头就看见了林延程，"你怎么来了？"

林延程晃了下手里的马甲袋，笑了下说："我买了点饮料。反正下节课是音乐，教室没了，我看完你们比赛和你们一起回去。"

岑曦努努嘴："你看，她们跳得很好对不对？和她们比起来我们显得好幼稚啊。"

"各有各的好吧，她们也确实比我们大一级啊。"

"唉……"岑曦继续扒着看。

林延程站在她身侧，目光落在她的衣服上。

这件衣服他也看过很多次了，岑曦总是忍不住拿着它在他面前晃悠，说有多喜欢这件衣服。当时他没觉得，现在看的话，好像确实挺好看的。

至少很适合岑曦，岑曦的个子在班里不算矮，也不是瘦得干瘪的类型，是个体态均匀的小姑娘。

林延程想起之前看的那部古装片《欢天喜地七仙女》，而岑曦现在就像小仙女一样。

一曲完毕，轮到岑曦他们上场了。

岑曦上场时还嘟嘟囔囔着紧张，她恳求般地看着林延程，林延程安慰地说他在这里等她，而且班主任也在，大家都相信他们能跳好。

其实当音乐响起的那一刻岑曦就不紧张了，她什么也不想，任由身体随着音乐起舞，按照以往排练般地进行着。

岑曦不敢看评委老师，也不敢看班主任，她往前看，一排窗户外面挤满了学生，可唯独林延程的形象最清晰。

阳光照在他侧脸上，勾勒出少年清隽的脸庞，他目不斜视地注视着她，微微笑着。

岑曦忍不住也弯起嘴角。

他们跳的是周杰伦的《青花瓷》，歌曲一出，整个音乐教室仿佛被镀上了一层江南细雨般的温柔。

林延程看他们练习过很多遍，却没有一次像现在这样让他觉得惊艳。

岑曦的每个动作都温婉有力，连眼神和笑意都是柔软的，她的手臂、腰肢、脖颈、宛若游龙。

四分钟的舞蹈结束，他们六个人鞠躬后离场。林延程看到岑曦越走越快，直到她走到他面前。

岑曦大大地松了口气，林延程把插好吸管的牛奶递给她，她吸了一大口后笑盈盈地看着他问道："我没跳错吧？"

"没有，你们跳得很好。"

岑曦想起评委老师赞许的眼神，她朝李星雨他们几个问："刚刚老师都给我们鼓掌了，而且老师都笑着，我们会得第一吗？"

林州喝着水："管他得第几呢，反正我们已经努力了。"

班主任和评委老师聊了两句后走过来，笑得合不拢嘴，说："都辛苦了，你们跳得很好，我问老师要了录像，拿到了我们放给班上同学看看。快去换衣服吧，把脸洗一下。"

"好。"几个人齐声回答。

一伙人往教室方向走去。

岑曦边走边看向林延程，忍不住再次问道："我们真的跳得好吗？啊，对了，衣服好看吗？我还涂了粉呢，还有口红，看出来了吗？"

林延程指指她的嘴角："花了，擦一擦吧，有纸吗？"

"花了吗？我这衣服哪儿来的纸啊。"岑曦擦着嘴角。

李星雨走了几步见岑曦不在，回头朝他们两个招手："快点啊！"

"噢，来了！"

岑曦刚跨出去一步就被林延程拉了回来。

"怎么了？"

林延程看了下周围，慢慢贴近岑曦，站在她身后，他咳了两声，说："你裙子红了。"

岑曦一头雾水："我口红弄裙子上了吗？哪儿啊？"

林延程："曦曦……可能，你那个来了。"

"哪个啊？啊……不会吧！"岑曦有些后知后觉，还有些兴奋，"真的吗？我我我，裙子后面都是吗？啊！怎么办啊！"

岑曦拨弄着裙子看，林延程让她别乱动，他脱下运动装的外套递给她。

"你穿上吧，应该正好能遮住。"

岑曦把牛奶塞给他，麻溜地套上他的外套。

林延程的外套很宽大，正好能遮住她的屁股。

岑曦伸手摸了摸："多吗？怎么办呀？这衣服还要还给老师的，会不会洗不掉啊？"

"我就看见一点点，先去找李星雨吧。"

岑曦望向前头的李星雨，叫了几声她的名字。

李星雨一路小跑过来，见林延程的外套被岑曦穿着，她打量了下两人，问道："怎么了？"

林延程拿着岑曦刚喝过的牛奶，不自在地晃了下牛奶，说："我先回教室了，有事喊我。这个牛奶你还要吗？"

岑曦摇头。

等林延程走了，岑曦羞涩又欣喜地和李星雨说："我来那个了！"

李星雨下意识地瞅她后面："你弄衣服上了啊？"

"好像弄了一点，你有卫生巾吗？"

"应该带了，我去教室给你拿，你去厕所等我？"

"那你快点啊。"

岑曦提起裙摆往厕所方向走，还好现在是上课时间，没什么人，不然还真有点尴尬。

学校的厕所是老建筑，墙上还都是爬山虎，遮蔽得这儿常年凉爽又阴森。厕所里头不是马桶也不是蹲坑，左右两侧各有一排厕道，由水泥瓷砖砌成一个没有遮挡的隔间，冲水需要跑到最里头的隔间拉水箱。好在这里通风好，基本没什么异味。

岑曦觉得厕所地板脏，不想往里走，怕弄脏了裙子，就站在门口等着。

太阳有些阴了，气温明显开始下降，11月的天有些冷飕飕的。

岑曦刚跳完时很热，现在冷静了便觉得发冷，她抱着手臂搓着。

　　还好有林延程的外套，而且他的外套上有一股淡淡的洗衣粉香味，很干净的味道。

　　大约过了五六分钟，李星雨急匆匆跑来，从口袋里掏出一片卫生巾。

　　李星雨说："这衣服不好脱吧，我帮你提着。"

　　"啊？那……"

　　"我不看你。"

　　岑曦不好意思了，这怎么当着别人面弄啊。

　　李星雨："哎呀，那我转过去行了吧，等会儿你的裙摆掉坑里，看你怎么办。"

　　"好啦，好啦。"

　　岑曦择了第一个厕位，站在边上，撩起裙子，有些紧张地脱下裤子，上面一摊红色，是真的来月经了。

　　虽然这是她第一次使用卫生巾，但并不陌生，很快就整理好自己。

　　岑曦说不清这是什么感觉，有点别扭，她好像被贴上了一枚隐形的大人标签，这让她感觉不错。

　　李星雨帮她看后头，仔细看了一圈，说："还好，不是很多，其实不仔细看也看不出，你怎么发现的啊？"

　　"林延程告诉我的啊。"

　　"你们俩真是……"

　　岑曦挽上她的手臂："走啦，去换衣服，这个衣服穿着好冷。"

　　"你不还有件外套吗？"

　　"哦，对哦，我得快点把外套还给林延程，这么冷，他万一感冒了，我估计也会中招。"

　　李星雨："……"

　　回到教室，这节语文课已经进行了一半，岑曦走到座位上时轻轻把外套推给了林延程。

　　他只穿了一件毛衣，搁在桌上的双手看起来冻得有些发僵。

　　岑曦不知怎的，也觉得冰冷起来，她坐在位置里脚趾都要蜷缩起来。

　　怎么会这么冷呢？

　　林延程不动声色地穿上外套，继续听课做笔记，过了会儿，余光里瞥见岑曦趴在桌子上，似乎精神萎靡。

　　他侧头瞥了眼，岑曦侧身背对着他，一手捂着肚子，一手在写字。

　　下课铃响起，岑曦记录下老师布置的作业后像泄了气的皮球直接倒在桌上，动也不动。

李星雨轻轻推她："你还好吧？"

"嗯。"

林州不明所以，担心道："岑曦怎么了，肚子疼？发烧了？要不要去医务室啊？"

李星雨遮掩道："她大概吃错东西了吧。没事，休息会儿应该就好了。"

"那行。哎，延程，走啦，去小卖部了。"

林延程看了几眼岑曦，从座位上起身，和林州下楼了。

林州比完赛后肚子有点饿，跳舞体能消耗大，忍了半节课终于可以买面包吃了。每个课间小卖部都人来人往，林州买了个一块钱的红豆沙面包。

他以为林延程不会买东西，谁知道他挑了包草莓味的牛奶。

现在天气冷了，老板把冰柜撤了，换成了热水，里头温着牛奶，这牛奶只要五毛钱一包，便宜又好喝。

林州很少看到林延程买零食，顶多是体育课后买饮料喝，什么干脆面、辣条，他好像都不太喜欢，也是难得看他喝牛奶。

林州随口问道："怎么想起买牛奶？"

林延程挑了一包最烫的，说："给岑曦。"

林州一口面包呛在喉咙里，咳了老半天。

回到教室时，岑曦还趴着，整个人恹恹的，脸色苍白，眉头紧锁。

林延程走过去，把热乎乎的草莓牛奶塞她手里。他轻声说："还有一节课就放学了，再忍忍？"

岑曦有气无力地"嗯"了声。

林州瞧着，心里有了点数，说："要是很不舒服，那明天请个假呗，作业和笔记我们都帮你留心着。"

岑曦勉强笑了笑。

最后一节课下课铃响起，整个教室一下子松懈了，各自准备回家。

林延程帮岑曦收拾书包，岑曦快痛哭了，细声道："程程……好痛……比打针还痛。我不喜欢它……"

林延程又担心又觉得好笑，他还记得下午岑曦知道自己来这个的时候的表情，仿佛中了彩票一样。

一转眼，她就变了。

林延程一手提着她的书包，一手搀扶起她："能走吗？等会儿还能骑车吗？"

岑曦摇摇头："肚子一会儿疼一会儿不疼，好累。"

林延程想了想："那我载你回去吧。"

"嗯……那我的自行车怎么办？"

"明早让你妈妈送你，或者我再载你一次。"

"好。"

两个人慢腾腾地出了教室，林延程让她在原地等他，他把车骑过来。

他的自行车前面和侧边都有车篮，正好放两个书包。

岑曦坐上他的后座，不免担忧："你行吗？"

他从来没载过她，这是第一次。

林延程说："应该没事吧，我会小心点的，你抓紧。"

学校里的人七七八八走得差不多了，河岸两侧的路上行人也很少了。11月的天已经逐渐黑得早，朦朦胧胧的天边夹杂着几丝霞光，还能拉出人的影子。

岑曦双手抓着他的衣服，肚子疼得快要摔下去。

她带着哭腔说："我好讨厌这个……希望它下次不要来了。"

明明一开始没什么感觉的，突然就冷了，突然就疼了，还越来越疲惫乏力，骨头都要酥掉。

林延程："你再忍忍，十五分钟我们就到家了。"

嗒——自行车碾到一块石子儿，颠簸了一下，岑曦一颤，下意识地抱住林延程的腰，生怕滚下去。

"你别骑石头上啊，我差点掉下去了。"岑曦委屈道。

"哦……我会小心点的。"

岑曦觉得这样抱着比之前的姿势省力，干脆不撒手了，她把脑袋也靠了上去，这样就更省力了。

她又闻到林延程身上的味道，淡淡的香味，像阳光般温柔舒适。

她蹭了蹭，闭上了眼。

林延程能很清楚地感受到岑曦的脑袋靠在他后背上，很痒，很重，又很轻。

而圈住他腰的这双手让他的呼吸都开始小心翼翼。

夕阳都快被时间淹没了，晚风送来微冷的空气，但他觉得有点热，耳根子要烧起来了。

这一路稍显漫长，两个人都没讲话，岑曦偶尔会发出细细的吃痛声，林延程则像是在脑海里放了一部电影，杂乱无章却处处都是岑曦的身影。

两个人到家时天有点暗了，林延程把车停在路边，扶着岑曦回家。

蒋心莲和往常一样在做饭，没注意到女儿的异样，直到岑曦喊了声妈妈后她才发觉，而林延程已经走了。

岑曦不好意思地说："妈妈……我……来那个了。"

蒋心莲让她上楼，说卫生间有卫生巾，等会儿煮红糖水给她喝。

岑曦回到房间，躺在被窝里，整个人还是发汗发冷，她询问蒋心莲为什么会这么疼。

蒋心莲叮嘱道："女孩子来了这个后不能吃冷的辣的，要多喝点热水，也和个人体质有关。"

岑曦想着是不是这段时间辣条吃多了。

蒋心莲觉得这不是什么大事，也没想给岑曦请假，让她好好休息会儿，明天送她去上学就是了。

岑曦自己也不想请假，至少目前班里还没有女生因为这个请假的，而且明天数学课要上新内容，缺一节课就会缺很多东西。

岑曦一躺躺到晚上九点，迷迷糊糊睡了一觉后爬起来写作业，背书默写之类的，她打算放弃了。也许明天早上就不疼了，那她早起十分钟背单词就好了。

写着写着她忽然想起林延程下午塞给她的草莓牛奶，热乎乎的，窝在掌心里很舒服。

他是怎么知道女生来那个要喝热水的呢？

而那边的林延程也在奋笔疾书地写作业，林老爷子的作息很规律，睡得早起得早，这会儿，已经进入梦乡。房子隔音一般，林延程还能听见爷爷的打呼声。

林延程有点心疼爷爷，因为爷爷不是经常打呼噜的人，他知道人只有疲惫的时候才会打呼噜，自从林婉去世后，爷爷一个人养他确实太辛苦了。

他每天早上起床上学时，爷爷早就动身去了镇上，把种的农作物卖一卖，卖完回来了趁着天色早再去地里割草播种施肥，每天晚上都笑呵呵地和他聊天。

隔壁的爷爷奶奶都开始享清福了，可他的爷爷还在为他奔波。

而他能做的只有把书念好，这是他唯一的出路。虽然从前林婉常常告诉他，读书有时不是为了名利，是对自身的一种修养，但他现在觉得读书是他唯一能给爷爷好生活的路。

十点半关灯上床，林延程躺在被窝里又把单词过了遍才合上眼。

空闲下来后他想到岑曦，不知道她还疼不疼，明天能去上学吗？

林延程侧了个身，黑夜里，他轻轻地呼吸着，从岑曦下午肚子痛开始担心到晚上放学。

这是他第一次骑着车载岑曦，他自然有些紧张，怕摔了岑曦，怕跌到河里，怕握不住龙头乱晃。

可这种紧张都比不上岑曦双手抱住他腰的瞬间。

岑曦跳舞时纤细的手臂轻柔地扭动，连指尖都是灵动的。她有一双白皙修长的手，跳舞时很好看，握着粉笔时也很好看，像干净的拂尘，能拂去所有污秽。

他就被这样一双手环绕着。

她牢牢地抱着他，双手交错，若有似无地抓着他的衣服，手腕那一截放松地压着，他抬腿踩踏板会碰到她的手臂。

而她的脑袋靠着他后背，她没有任何压力地、充满依赖地倚靠着他。他喜欢岑曦对他依赖。

他就这样被岑曦禁锢在自行车座位上，紧张忐忑地骑了一路，大气不敢喘，大动作不敢做，生怕惊扰了她。

想着想着，林延程入了梦。

梦里还是他骑车载岑曦的画面，只是岑曦穿的是跳舞的仙女裙。

清晨，林延程吃完早饭匆匆赶到岑曦家时，岑曦已经在门口等着了。

岑曦背着书包踢了踢石头，说："还以为你自己走了呢，刚想去你家找你。"

林延程低低地说："起床晚了点。你要我载你去吗，还是你妈妈送你？"

"你载我吧，我总要把车骑回来的。"岑曦看了眼自己家的院子，"妈妈好像送我也来不及，走吧。"

林延程"嗯"了声。

岑曦这次没有抱他的腰，也没有抓他的衣服，很稳地坐在他后头，叽里咕噜地在背英语单词。

林延程："你还疼吗？我看你的脸色好像比昨天好很多。"

"是没那么疼了，但肚子还是不舒服，总感觉没有力气，很累。程程，我觉得这比老师说的难受多了，不过我从没见过妈妈这么不舒服过，妈妈好像总是很忙很有力气。"岑曦顿了顿，轻声道，"我觉得……妈妈真辛苦。"

林延程好像也没见过林婉这样，除了发高烧。

林延程说："也许长大了会好点。"

岑曦叹口气："也许吧。哎，忘记问你了，你昨天干吗给我买热牛奶啊？你怎么知道要喝热东西？"

"我看你抖着，觉得你冷，就买了啊。"

"哦，我妈说女孩子来这个要多喝热水，你今天还给我买吗？"

"你想喝就买。"

岑曦笑了："我自己买，才不要你的……你想喝什么，我今天给你买吧。"

"我不用。"

"今天有体育课，你要打篮球吧？我给你买脉动吧。"

林延程不知道岑曦为什么硬是要给他买饮料，但推托太多岑曦会不高兴，就随她吧。

其实岑曦的原因很简单，她没有办法理所当然地只享受他对她的好。

朋友之间，总是要相互付出友谊才能长久。而且林延程那么那么好，她没有理由不报答。

虽然好像林延程从不要求得到点什么。

下午体育课，练完双杠后就自由活动，女孩子喜欢躲在阴凉的地方聊天，男孩子几乎都扎堆在篮球场上。

岑曦靠在李星雨肩上休息，聊了以后才知道原来李星雨也会疼，没办法，只能忍着。

岑曦觉得自己也得忍忍，别那么明显，显得很矫情。

那边女孩子们在聊星座，岑曦听了一耳朵，问道："什么是星座？"

那边有人回答说："就十二星座啊，学校里发的那个洗面奶册子上有的，你几月份生的？"

岑曦来了兴致："我 3 月 22 号，李星雨是 2 月 22 号，我们是什么星座啊？"

那女孩对着表格看，说："那你是白羊座，星雨是双鱼座。"

"那 4 月 29 号的呢？"岑曦问。

"金牛座。"

"让我看看，让我看看。"岑曦起身，凑了过去。

小册子上有关于星座的详细介绍，说白羊座热情冲动，双鱼座多愁善感，金牛座温驯抠门。

岑曦觉得这不准，林延程哪里抠门了，他明明从小到大都很大方的，不过温驯倒是真的。怪不得他脾气那么好，原来是金牛座啊。

李星雨也凑过去看，目光停留在狮子座上，双鱼座和狮子座似乎不搭。

女生们兴致勃勃地讨论着星座，下课铃响起都没察觉，还是男生们收了球，齐齐走来，动静太大，才把她们从星座的世界中拉回来。

林延程上身脱得只剩 T 恤，明晃晃的阳光照在他身上，他的额发都湿了。他拨了拨头发，不知和林州在说什么，笑得很开心。

岑曦朝他们招手："哎！"

林州抬了抬下巴，说："你的小伙伴在叫你呢。"

等他们走近了，岑曦迫不及待地说："我们刚刚在看星座，你们知道你们是什么座吗？"

两个男生摇头。

岑曦说："程程是金牛座，上面说金牛座的人抠门，哈哈哈！"

林延程："我抠门吗？"

"你不抠门呀，可大方了，不过除了这一点其他的真的很像你哎！哦，对了，我要给你买水的，走啦，去小卖部。你们去不去啊？去就快点！"

岑曦拉着林延程走了，留下林州和李星雨面面相觑。

林州挠了下后脑勺："那……那我是什么星座啊？"

李星雨："狮子座。"

"那……"

李星雨好像不想和他说话，说完就往小卖部方向走。林州真是一头雾水，他又哪里惹到她了？

女孩子真是奇怪。

体育课后的小卖部总是人山人海，林延程看着岑曦使出九牛二虎之力挤进了人群，吆喝着老板来瓶脉动。

这拼命的样子一点都不像身体不舒服的人。

他忍不住笑了下。

岑曦不就是这样吗，从小到大总是活力无限，一点小事就可以让她亢奋起来，她十分愿意向别人展现阳光活力的一面。

岑曦付了钱从人海里蹿出来，举着一瓶脉动朝林延程挥手，小跑过去。

岑曦贴心地把里头的保护膜撕掉，盖上盖子，递给他，笑着说："快喝呀。"

林延程一手拎着衣服，一手握着饮料，他微微仰头，清凉的饮料灌入喉咙，整个人都舒畅了。

岑曦抬眸望着他，林延程喝水的时候喉结一动一动的，莫名有点好看。

身后有两个学生在追逐打闹，闹得正欢，没注意到他们俩，其中有一个直接撞上了岑曦。

岑曦正看得出神呢，被人一撞，猝不及防地撞上了林延程的胸膛，整个人贴到了他身上。

林延程下意识地伸手扶，但手僵在半空中没碰岑曦，与此同时他被水呛到了。

岑曦抓着他两侧的衣角站稳，不满地朝后看。那两个学生连声道歉，道完歉又追着跑走了。

岑曦揉了揉额头，看向不停咳嗽的林延程："你没事吧？我给你拍拍。"

林延程摆摆手，瞥了眼她的胸口，他转过身，背对着她，继续干咳。

他咳到脸发红。

完了，他又一口气喝了小半瓶，仿佛这样才平静下来。

岑曦轻轻地给他拍了两下背，等李星雨从小卖部出来后，她拉上李星雨对林延程说："那我们先上楼了。"

林延程点点头。

林州瞧着两个人离开的背影，不解道："我今天有哪里惹到'流星雨'吗？她干吗老给我脸色看啊，真是郁闷。"

上课铃很快响起，是学生们比较喜欢的地理课。如果地理老师心情不错的话，会让他们上自习，这就足够解决一门课的作业了。而且体育课后上一堂轻松的课真的惬意。

男孩子们刚打完球都热得很，教室窗户开着，风来风往，吹散教室里的热气，但林延程没有打开岑曦靠着的窗户。

不出十分钟，男孩子们安静下来了，心静自然凉，一个个传着眼神示意坐边上的关窗户。

林延程也套上了外套，正集中精力解数学题。

岑曦翻译完了诗词，托着下巴看语文卷子的文章，有些故事还挺好看的。

地理老师坐在讲台边上，拿着今日的报纸翻看。

安静久了，难免会有些小躁动，林州那边的笑声未免有点大。岑曦扭过头看去，看见林州和几个男生眉飞色舞地用眼神交流着什么，发出暗戳戳的笑声。

林州拿笔戳了戳林延程后背，递给他一本书。

林延程接过，发现书中间夹着书签，林州压着声音说："就看那一页，快看。"

林延程看了眼书名：《琉璃公主与冷王子》。

他翻到夹着书签的一页，视线划过文字，慢慢地，他的眼神就变了。

林州坏笑着说："好看吗？"

林延程合上书，还给他，没回他。

岑曦全程把他们的举动看在眼里，那本书一看就是课外读物，正巧她无聊着呢，也很久没看闲书了。

岑曦朝林延程扔了个纸团，上面写着：刚刚那本是什么，我也想看。

林延程浅浅呼了口气，写上回复：没什么好看的，你想看书等会儿我们去图书馆，我借书卡带了的。

岑曦：可那本是什么书啊？封面花花绿绿的，好像挺好看的。而且林州笑成那样，是笑话书吗？

林延程：不是，你别看。

岑曦：我要看！你帮我从林州那里拿过来。

这张字条飞过去后，林延程没有回她，直接把字条往课桌里一塞继续写作业。

岑曦瞪他，揉了个纸团扔他，林延程不为所动。

岑曦没办法，写了张字条扔给林州，林州看向她。

岑曦用口型讲：我要书！

林州回复：书不是我的。

岑曦：借我看看嘛，还有十分钟下课，就看一会儿，我太无聊了。

岑曦看见林州朝蒋慧的方向窜动，她估摸着那书是蒋慧的。

林州重新拿到了书，正想抛给岑曦，却被林延程截和。林延程对林州轻声道："不要给她。"

林州立刻懂了林延程的眼神，点点头，一副兄弟了然于心的神情。

岑曦冷漠地看着林延程，用这种眼神盯他盯到下课。

下课铃一响，岑曦就扑了过去："林延程！你为什么不给我看，书又不是你的！"

林延程被她摇得桌子都快翻了，他不知道怎么解释，只好说："不好看。你想看的话，我们现在去图书馆。"

林州憋了一节课，实在忍不住了，放声大笑，说："蒋慧，你这本书实在。"

蒋慧低着头，露出尴尬的笑。

后排的男生都心领神会。

岑曦的好奇心被他们激发到了极点，直接朝蒋慧喊："借我看一下！"

"蒋慧，别给她看。"林延程说。

"哦哦哦……"男生们发出起哄声。

"哦个头啊！"岑曦板着脸。

岑曦不理他们了，坐在座位上找下节课要用的书籍。

林延程看着她，欲言又止。

今天十根烤里脊肉能哄好吗？

其实那本书就是本很普通的言情小说，但那一页的内容有点过。

林延程一目十行地浏览过去，脑海里已经有了挥之不去的画面。

他觉得不适合岑曦，比起这样，他宁愿岑曦生他的气。

放学回去的路上，岑曦一直憋着，一句话都不想和他说。

从前都是她在讲他在听，难得这个傍晚，林延程有意无意地提了很多话题。

从李白到杜甫，从哈利·波特到变形金刚，从上次测验到快来临的期中考。

岑曦终于忍不住了："你好啰唆哦！"

林延程弯了下嘴角："前面是小摊，要吃烤里脊肉吗？"

岑曦闻到香味，肚子正好有点饿了，但她别过脸，不回答。

林延程说："我给你买吧。我身上还有五块钱，熏肠也可以给你买。"

岑曦有些心动了，哼了声。

林延程继续说："骑快点吧，后面有一拨人呢，他们先到的话，我们得等很久。"

岑曦放弃挣扎了，闷闷道："我想要吃炸脆骨。"

"好，都行。"

吃饱喝足后，岑曦心情舒畅了，看林延程也顺眼多了。

她还是好奇那本书的内容，拐进小路后追问林延程："到底是什么书嘛，干吗不给我看！难道是黄书啊？"

林延程没有说话。

岑曦以为他默认了，嘴里的里脊肉差点呛进喉咙里。

她睁大双眼，惊讶道："不会吧……"

"不完全是，就是稍微有一点。"林延程这时候还不知道这种书统称是言情小说，"就是个爱情故事，然后里头的主人公这段戏比较……"

"哦，怪不得你们男生看得那么起劲。"

"我没有。"

岑曦"喊"了声："我看你看的时候眼睛都直了。"

林延程："……"

"你们男生都色色的。"

果然……

岑曦又说："可是给我看一下又怎么了，刚刚一节课我满脑子都是那本书，好奇死我了。"

林延程："我觉得它不适合你，反正你现在也知道了，别问蒋慧要了，看别的吧。"

"爱情故事我家也有啊，妈妈从厂里拿回来好几本《故事会》，我不是还给你看过嘛，有什么好看的，不是这个出轨就是那个离婚，无聊。"

林延程觉得蒋慧那本书好像和《故事会》里的不一样，他也说不清哪里不一样。

不过只要岑曦不再追着要就好了。

2008年就这样结束在有焰火燃烧的寒冬里，这一年岑曦保持着黑板报第一名的成绩，舞蹈比赛拿了全校第二，学习成绩稳步上升，期末作文拿了年级第一，就是可惜她依旧没有登上作文集。

学校给上一年成绩优异的学生颁发了奖金，分三个等次。林延程毫不意外地拿了一等奖，当然，岑曦连尾巴都没挨到。

而一等奖足足有三百块，这对岑曦来说是笔巨款，她幻想自己明年也能拿个奖，这样她的小金库就饱满了，但这好像是天方夜谭。

问起林延程对于奖金的安排，他想了半天说存起来吧。

岑曦觉得他真无趣，无欲无求的，笔盒里永远是那几支黑色水笔，一个笔袋用两年，笔记本也是最普通的那种。如果她拿到奖金的话，她想买几本好看的笔记本，想买个MP3。

岑曦省吃俭用已经存下三十块钱了，可一个MP3最起码得两百块吧。

岑曦暗暗发誓，下次期末考要考进前十，这样应该能得个三等奖。

2009年的开端如往年一样，秉持着新学期新气象的标语开始。蒋慧带来的言情小说打开了全年级女生的新世界，大家好像都陷入了这种神仙般的故事里。

女生们开始互相传递言情小说，岑曦几乎一个星期看一本，每天最开心的事情就是写完作业看小说。

看多了她开始憧憬大学生活。书里的大学世界有学生会，有唯美的天台，女生可以披头散发，一不小心就会遇见那个不可一世、掌握着资本力量的低调男主角。他会及时出现在女主面前，不动声色地化解她的尴尬，比童话书里的王子还王子。

岑曦有时躲在被窝里看得激动得直蹬腿，有时偷偷抹眼泪，第二天上学的时候都要和林延程一顿解说。

不看言情小说的林延程从岑曦嘴里听了几百个故事。

岑曦大约从书中明白了爱情，爱情就是会脸红会心跳加快，两个人相互靠近的过程是那么美妙，在一起后牵手接吻都羞得让人脚趾蜷缩。

这个春天，岑曦迎来了"爱情"。

一部台湾偶像剧火遍全国，岑曦只是周末闲着无聊看了一集就不可自拔，男主有长长的刘海，细长深邃的眼睛，和女主角意外凑一起，捆绑着，渐渐产生了爱情。男主角乍一看她觉得一般，可越看越顺眼，到最后她觉得世界上怎么会有这么帅这么完美的人！

日有所思，夜有所梦。一晚上，岑曦做了很多关于他的梦，梦到自己和他手牵手一起散步，然后她被老师批评，但他奋不顾身地站出来保护她。梦到他来她家找她，给她唱歌听，林延程却不让他唱，不让她和他靠近，因为他是陌生人。

岑曦醒来后气得牙痒痒，觉得是林延程破坏了美梦。

早上去学校时，她把气撒在了林延程身上，林延程想着是不是她来那个了，所以心情不好，但过了半天岑曦还是不理他。

他忍不住了，问道："你怎么了？"

岑曦气哼哼地说："讨厌！都是你，要不是你，他都要和我跳舞了。"

"嗯？"

"我做梦啦，梦到他来找我。"

林延程握着龙头的手一紧："谁啊？"

岑曦红着脸说："我喜欢的人啊！"

林延程不咸不淡地说："是我们班的吗？"

岑曦奇怪地看着他："什么我们班？"

"隔壁班？"

"什么隔壁班？"

林延程皱眉："高年级的？"

岑曦无语："你在说什么啊？"

"你不是有喜欢的人了吗？不是我们学校的吗？"

岑曦扑哧笑了声，转而又很不好意思地说："不是我们学校的……"

林延程忐忑地等她的回答。

岑曦哎呀了几声，像豁出去一样地说："我昨天看了个电视剧，里头的男主角，就是他。他真的好帅哦……我做了很多关于他的梦，梦里我可开心了，但是你说他是陌生人，不让我和他玩，气死我了！"

林延程沉默了很久，干巴巴地问道："你喜欢他啊？"

岑曦用力地点头："程程，世界上为什么会有这么帅的人啊！我以后要嫁给他！"

"他是明星，你怎么嫁啊？"

"那又怎么样，电视剧里的女主角也是普通人啊，她和他就在一起了呢。我不管，反正我要嫁给他！"

林延程注视着她，岑曦脸蛋红扑扑的，带着少女的青涩腼腆，却又热情勇敢地说要嫁给一个人，瞳仁里都是光芒。

还好是个遥不可及的人……不然他可真嫉妒。

岑曦喜欢上那个男主角后，就把剧中所有的歌曲用文曲星录音，把歌词认真规正地抄写在最喜欢的笔记本上，看到贴纸海报都会买。

周末是岑曦的生日，李星雨来岑曦家玩，两个姑娘约好晚上一起睡觉。

这是李星雨第一次到岑曦家，岑曦兴奋地拿出自己所有好东西招待她，还把林延程叫过来玩，三个人坐那儿看电视聊天。吹了两个气球放着，仿佛在开派对。

岑兵回来后没多久也给家里装了有线电视，岑曦最喜欢看某个卫视台，这是个让人快乐的电视台，那部偶像剧也会在下午重播。

蒋心莲给岑曦买了生日蛋糕，李星雨让岑曦点蜡烛许愿，岑曦不太愿意，觉得太尴尬了。她从小到大都没吹过蜡烛，一般都是买了蛋糕直接吃，唱生日歌什么的实在煽情。

但李星雨一直让岑曦点蜡烛，岑曦拗不过她，随意插了几根。岑曦不是很敢用打火机，就让林延程点。

啪嗒啪嗒几声，细长的蜡烛燃起火苗。

李星雨说："你闭上眼睛。"

岑曦"啊"了声："这也太……"

"快呀！"

岑曦抿着笑，闭上眼，连带着用手捂住了脸。

李星雨说："你许愿呀，许完吹蜡烛。"

岑曦内心煎熬地许下一个愿望：我要嫁给他。

许完，岑曦睁眼，一口气吹灭了蜡烛，她实在是憋不住了，笑得倒在一旁。

这个仪式怪肉麻的。

李星雨从身后拿出生日礼物，还伴随着自己配音的"噔噔噔噔噔"。

岑曦一喜："呀，你还买礼物了？"

"对呀，你快看看。"

一个小方盒子，用浅蓝色的纸张包着，上头还有一个蝴蝶结。这算得上是岑曦人生中第一份很正式、包装精美的礼物。

她都有些舍不得拆了，小心翼翼地用剪刀划开胶带，保留最完整的包装纸。

盒子里头装的是一个水晶球，会发光会下雪。

那时候送水晶球是很流行的事情，这种玻璃罩子里的唯美世界女生都喜欢，像极了言情小说和偶像剧里的定情信物。

岑曦捧着水晶球，觉得自己是女主角，可惜这是李星雨送的。她感慨道："星雨，如果这是他送我的就好了，这样我就是女主角了。"

李星雨笑，用手指点她："你追星追疯了吧。"

岑曦也笑，晃着水晶球给林延程看："好看吗？"

林延程点头："好看。"

李星雨吃着蛋糕，问林延程："你不会没准备礼物吧？"

岑曦和林延程认识那么多年，从来没有送过对方什么生日礼物。3月她生日他们一起吃蛋糕，4月他生日他们再一起吃蛋糕，这已经很开心了。

林延程送过岑曦最贵重的东西就是六年级的黑板报图册，那本图册后来被派上很大的用途，岑曦也一直保存得很好。为了感谢他，岑曦陆陆续续给他买了一些小东西，比如她想买个挂件，她就买一对，送他一个，买水笔也会买两支。

岑曦想，就算林延程没有准备礼物她也不会觉得失落和不开心的，因为她知道，林延程对她的好都是在日常的一点一滴里，他已经足够让着她，护着她了。

岑曦刚想开口说没关系，林延程却抢先一步说："准备了，但我没拿。"

李星雨说："你准备了什么呀？"

林延程起身，说："我现在回去拿，等我一会儿。"

岑曦笑了："你真的准备了呀？"

林延程弯了弯嘴角，漆黑的眼眸里流淌着温柔，他点点头，快速地小跑回自己家。

李星雨笑眯眯地看着岑曦，说："虽然我不是你喜欢的偶像，但林延程可以呀，他是男生哎，你可以当他的女主角。"

岑曦一口汽水差点喷出来："你瞎说什么呢。"

李星雨说："你们俩感情这么好，不如以后在一起好了，以后回娘家也方便。"

岑曦咽下汽水，摆摆手说："不可能的。"

"怎么就不可能了？"

电视台的广告结束了，开始了偶像剧的重播。

岑曦盯着屏幕，乐呵呵地说："反正我是要嫁给这个人的。"

李星雨鄙夷地看向她："做什么梦呢。"

岑曦兴奋地摇晃她的手臂："快看，这一集他们要接吻了！妈呀！"

李星雨用手肘戳她："哎，我认真地问你，你不喜欢林延程啊？"

岑曦沉浸在电视剧里，脱口而出道："喜欢啊。"

李星雨惊了。

岑曦后知后觉地转头看向她，连忙解释道："你干吗老问这么奇怪的问题，我和他从小就认识哎，感情本来就很好，我的喜欢不是那种喜欢，我和程程也不会变成男女朋友的……嗯……反正就不可能吧。我现在也只喜欢他一个人。"岑曦说到最后指了指电视屏幕，她现在只喜欢电视剧里的男人。

房间门口，林延程往后退了一步，深吸一口气，平复了下心情和呼吸。

他等了一分钟，然后装作刚到的样子，急匆匆地进屋。

听到脚步声，两个姑娘同时转头，只见林延程手里拿着一个不大不小的盒子，不像李星雨还用了礼物纸包装，是最原始的东西的包装。

岑曦一眼没看出这是什么，只觉得这好像不是一般小女生喜欢的。

可等他走近点，把东西递给她，岑曦一眼就认出了。

"啊！"岑曦激动地跳起来，"不会吧！"

林延程凝视着她，微微笑了下："你要试一下吗？我买的那天店主给我试过的，挺清晰的。"

李星雨凑过去："什么呀？ MP3 吗？"

林延程摇头："不是，是小型收音机。"

岑曦迫不及待地拆开包装，小心翼翼地从盒子里拿出收音机，外壳是漂亮的青绿色，耳机是干净的白色，上面还有一小块显示屏，显示电台频道。

收音机的外形和 MP3 很相似，也只有戴上耳机才能听。

"怎么开呀？这个是调音量的吗？"岑曦问。

林延程走到她面前，低着头，握住收音机，按下旁边的一个键。他目光微抬，看了眼岑曦，随后又下移到收音机上，脸上的笑容有些支撑不起来了。

他轻轻地问："能听见吗？"

岑曦扶着耳机，点头："能，声音很清楚。"

"嗯。"

岑曦睁着圆溜溜的眼睛看着他，欣喜地说："程程，你怎么那么好！这个多少钱啊？如果太贵的话……"

林延程："不贵，就三十五块。"

"那也有点小贵了。"

"你忘了啊，我拿了奖学金的。"

"我会好好珍惜的！谢谢你，你最好啦！"岑曦摘下耳机，揪住他的衣袖轻轻摇晃。

她有点不好意思，很想收下收音机，又不知道怎么表达自己的谢意，只好撒娇般地这样做。

林延程扬了下嘴角，以微笑示意，没再说什么。

岑曦马屁精似的给他奉上蛋糕："喏，给你一块最大的，樱桃也给你。"

"你吃吧。"林延程用叉子叉起樱桃，递到她嘴边。

他知道，岑曦最喜欢吃蛋糕上的樱桃了。

但这次岑曦却摇头不要，推着他的手，把樱桃推回他嘴边。

李星雨："……"

岑曦连电视剧都没心思看了，坐在边上拨弄着收音机。

天知道她想要这个东西多久了。

她前一阵子想要 MP3 是因为李星雨有一个，是李星雨表哥不要了给李星雨的，她看李星雨每天放学路上都戴着听歌，羡慕极了，觉得这样好酷。而她本身就很喜欢听歌。

可惜她的文曲星里只有拿回来时自带的两首歌，林俊杰的《一千年以后》和梁静茹的《小手拉大手》，她从不喜欢这两首歌到听到入迷，仅仅是因为她只有这两首歌可以听。

她家没有电脑，林延程家也没有，她根本没办法去下载。

而且 MP3 比文曲星要小很多，随身携带很轻便。

但 MP3 实在太贵了，她估计存钱存到初三才可以勉强买一个。所以当她第一次在学校外的小商品店看到长得很像 MP3 的收音机时，她几乎想立刻买一个。

但收音机价格也不便宜，大概二十块到三十块之间。

而她也只不过是偶尔和林延程提起，说她想要个 MP3，但是好贵，说小店里的收音机不错，她要存钱买一个，说她想晚上一边写作业，一边听歌。

他居然真的给她买来了，颜色还是她喜欢的青绿色。

关于颜色，岑曦从前没有喜欢的颜色，她觉得什么颜色都很好看。但是上了初中，开始流行写个人资料，每次写到喜欢的颜色、食物，她都要想很久。

久而久之，女孩们好像一定要有个自己喜欢的东西，是非常明确的那种。

李星雨喜欢星空般的紫色，蒋慧喜欢天空的蓝色，岑曦当时琢磨了半天选了绿色，因为绿色是非常清新的颜色，是春天的草地，是夏天的绿荫，充满生机。

林延程喜欢的是黑色，他说黑色干净。

岑曦捧着收音机美滋滋了一天，没发觉这天林延程的脸有点黑。

自从收到收音机后，岑曦每天上下学都会戴着耳机，因为还要和林延程说话，她就只戴一只。她最喜欢听本地频道的 707.7，这个电台总是会放最流行的歌曲。

有一次她还听到了她偶像的歌曲，登了榜首，她觉得这也能被她听到，这就是缘分。

林延程都有点后悔送她收音机了，万一她哪天音量开太大，骑车没听见喇叭，出了事，他就是罪魁祸首。

他反复说了多次，岑曦总是说：“可我们一直都在一起啊，你会看着我。”

林延程有点生气了，严肃地说：“我们会一直在一起吗？我们总有一天要分开的。”

岑曦愣住了，她似乎没想过这个事情，弱弱地说：“会吗？可我觉得……我们不会的。”

林延程耿耿于怀她生日那天和李星雨说的话，但他知道自己没有理由生气，所以他只能一个人生闷气。听到岑曦这样理所应当地认为他会一直在的时候，他郁闷了。

可自始至终都是他一个人的纠结，多思。

很快，林延程就不生气了，他甚至有点害怕。

4月初的一天，岑曦忽然被班主任叫去了办公室，她没想太多，屁颠屁颠就去了。

她和班主任关系很好，她能清楚地感觉到这个老师很器重她，所以一般找她都是有重要的事情。

午休时刻，办公室里却没其他老师，班主任正在电脑前弄什么，见到岑曦来了，说："把门关上。"

岑曦关门，问道："老师您找我是什么事情呀？"

班主任关了电脑，双手合十搭在办公桌上，酝酿了会儿说："老师有个事情问问你。"

"嗯。"

"你知道年级里有谁谈恋爱吗？"

岑曦蒙了："啊？我不知道啊。"

"老师倒是听见一些，就二班的班长和那个男孩子，施老师都把他们家长请来了。"

岑曦没回话，也不明白老师和她说这个干吗。

班主任接着说："老师能理解你们长大了，对异性产生好感，但是你们年纪太小了，现在谈恋爱只会耽误学习耽误未来，等你们上了大学就没人管了。学生，还是以学为本，对不对？"

"嗯。"

岑曦有点心虚。难道是因为她最近一次的小考没考好，班主任觉得她追星不好？

班主任："所以啊……老师现在是把你当朋友，用心地在和你对话。老师就是想问问你，你和林延程……"

岑曦的心"咯噔"一下，惊愕地抬眸。

班主任见到她这副神情，温和地说："老师只是问问，你诚实地说就可以了。因为之前有老师和我反映你们关系太好，我也观察了很久，看见你总是给林延程买水喝，拉手之类的。所以……"

"没有，我和林延程是好朋友，我们从小就认识了。"

"这个老师知道。哎，你不要讨厌老师，只是老师不能让你们走弯路。你小学时成绩虽然一般，但上了初中后一直很努力，现在成绩一直维持在班级前十，画画也那么棒，再努力点可以考个不错的高中的。而林延程从小就很优秀，他无疑是要上重点中学的。你们千万别在这时候分了心，到时候要后悔一辈子的。既然你说没有，那老师就相信你，但记住了，别分心，老师很看重你们的。"

岑曦脑瓜子嗡嗡的，分不清班主任到底是相信还是不相信，这番话是责怪还是鼓励。

她装作听明白了的样子，茫然地走出办公室。

这天，岑曦一节课都没听进去，她把班主任的话反复揣摩，得出一个答案，班主任就是在怀疑她和林延程，然后告诉她，现在断了吧，不然他也会像施老师一样要求他们请家长。他很器重她和林延程，但只找她谈话，因为她好下手吗？

可她真的没有啊。

给林延程买水是因为他给她买了收音机，她回报他而已。拉手，他们什么时候拉手了？她顶多就是拽着他手腕跑而已，还不是因为林延程太磨蹭。

他们从小就是这样啊，凭什么长大了就不可以了？凭什么一男一女在一起玩就是别的东西？

岑曦忽然有点讨厌班主任了。

当晚，林延程要打扫卫生，岑曦破天荒地没等他就自己先回家了。

第二天早上岑曦也是慢了十几分钟才出门，她精神不太好。

林延程终于忍不住问起，岑曦倒是没隐瞒，全盘托出昨天班主任找她说的话。

林延程打量着岑曦的神色，她恹恹的，说这事的时候很不耐烦，很不开心，也没正眼看过他。

随后的几天岑曦都没怎么和他说过话，上体育课也不会拉着他去买水，放学路上骑得很快，一心只想回家，仿佛一秒钟都不想和他多待。

这样的情况差不多持续了大半个月，林延程也煎熬了大半个月。他一直试图找话题和岑曦聊天，但岑曦总是很敷衍，课间不是在睡觉就是在做作业。

林延程第一次觉得手足无措，他不知道怎么哄岑曦。

4月下旬的一天，林延程沉不住气了。晚上放学回家，岑曦又不等他想先走。

林延程按下她的书包，低沉地说："你等我一起走。"

岑曦打了个哈欠："可我想早点回去嘛，你要打扫好久，还要倒垃圾。"

林延程转身面对岑曦，凝视了她好一会儿，说："你以后都不想和我一起上下学了？"

岑曦揉了下眼睛："啊？"

"岑曦。"

他字正腔圆地叫她的名字，带着点淡淡的恼怒。

林延程一般不会直接叫岑曦的大名，除了发卷子发本子这种正式场合，私下课间他都是一口一声曦曦，不掺其他语气。

可现在他一个岑曦，喊得她的困意都没了。

岑曦和他对视，她发现他脸色有点难看。

他穿着黑色的连帽卫衣，黑色衬得他更肃穆郑重。

岑曦轻声问道："怎么啦？你不开心啊？"

林延程："我问你，你以后是不是都不想和我一起上下学了？平常也不打算和我讲话了？"

岑曦皱眉："你在说什么啊？"

"我知道班主任的谈话让你不高兴了，可是我们心知肚明没有这回事，我们只要做好自己就可以了。还是你打算要一直这样和我疏离？"

岑曦眨巴着眼睛，习惯性地咬上食指，回想了一番最近两人的相处。

她说："我怎么没和你好好说过话，我们不一直是这样吗？"

"不一样，和以前不一样了。"

"哦……可你也说过我们总有一天会分开的啊。"

林延程滚了滚喉结："我那时乱说的。"

岑曦："哦。"

哦是什么意思，没了吗？

这一天的谈话不了了之，但林延程细心地发现岑曦有所改变了，会像从前一样和他讲一些笑话，讲最近她的烦心事，讲她喜欢的偶像，但却少了以前的热络。

这种状态持续了很久，久到林州和李星雨都发现了异常。

打篮球的时候林州还问起，林延程虽然郁闷，但还是没把班主任找岑曦谈话的事情说出去，只是说岑曦最近有点不想理他。

林州乐得哈哈大笑，他笑林延程居然也有这一天，与此同时可以证明，女孩子都是无理取闹的，莫名其妙就会生气，还很记仇。

林延程想着岑曦也许会和李星雨谈心。在一次学校举行的班长会议后，他追上李星雨的步伐，酝酿了半天终于鼓起勇气询问。

李星雨的表情很耐人寻味，半晌，她慢悠悠地说："指不定过两天她就好了，你再等等吧。"

林延程不明所以。

4月29号那天，林延程生日，是周五。林老爷子一大早就去镇上买了生日蛋糕。

林延程觉得这是个不错的机会，他在早上去学校的路上邀请岑曦晚上放学后吃蛋糕，说特意让爷爷买了水果奶油蛋糕，上面会摆很多樱桃。

岑曦开心地说："真的呀？会有很多吗？"

林延程看到她笑，心情一下子轻松了。他如释重负地说："对啊，你可以都吃掉。"

岑曦"扑哧"一下笑了出来："我才不要吃你的蛋糕！哼！"

林延程哄道："晚上你会来的，对吗？"

岑曦骑得飞快，把他甩在身后，只留下一句："看心情喽。"

这天岑曦似乎格外快乐，林延程看到她上课都在抖腿，手撑着下巴，眼睛里闪烁着光芒。他不知道她在开心什么，是因为她今天可以吃到很多樱桃吗？

那他和岑曦是不是要和好了？

中午吃饭的时候，林延程问岑曦要不要一起去，岑曦拒绝了，说她和李星雨要去校外吃汉堡，不吃食堂。

林州拍拍林延程的肩膀，眼神示意他算了，女生可难哄着呢，去晚了食堂没座位。

完了，林州还朝范朵馨喊道："'花朵儿'，给我们占个座位！谢了！"

范朵馨扎着两根辫子，瞪他一眼："不帮！"

林州："求你了！求求你！林延程，快，走了。"

李星雨瞧着林州的样子，目光别到一侧，拉了拉岑曦："走吧。"

林延程还想再说些什么，但被林州拖走了。

等这两个男生走了，两个女生快速地从教室门口回到座位旁，捣鼓着什么。

范朵馨虽然嘴上说着不帮，但还是给他们占了两个座位。

林州如愿以偿地吃到大排饭，林延程却心不在焉，脑海里想的是等会儿要不要给岑曦带串骨肉相连。今天食堂难得有炸串卖，食堂的可比小摊上的干净好吃多了。

蒋慧坐在林延程边上，问道："林延程，你和岑曦吵架了吗？"

林延程回过神："没有。"

"真的吗？我看你最近和岑曦都没怎么说话。"

林延程叹口气，没说话。

别人都看出来了，岑曦还不觉得，她就是故意疏远他吧。

蒋慧说："要不要我帮你去和岑曦聊聊？"

林延程惊讶了下，摇头，说："不用，我自己去就好。"

蒋慧低下头，细细地"嗯"了声。

吃完饭，林州想拉着林延程去打球，但林延程拒绝了，他想回到教室等岑曦回来，再和她说说话。

他回到座位上，整理了下桌上的练习册和书本，在课桌里掏本子时却摸到个小纸袋子。

大约两个手掌大小的黑色礼物袋，封口有一个粉色的蝴蝶结，包装袋上还印着一句淡淡忧伤的话：摩天轮转了一圈，而我想了你一年。

林延程心跳不自觉地快了起来，他隐隐觉得这是岑曦送的。

他急促地拆开袋子，摸出一个软绵绵的东西。

是一个白色打底，类似于古代人用的荷包，上面绣着一个女孩和男孩，他们开心地笑着，脚下还有一只睡着的小猫咪。这东西还可以拉扯带子收缩，似乎可以当作钱袋子。

林延程捏到里面有硬硬的小卡片，他扯开带子，拿出卡片。

因为可能买不到可以放进去的小卡片，所以用的是美术老师发的硬画纸，剪成长方形，再对折。

上面写着祝福语：

祝程程永远笑口常开，百事可乐！

你最好的朋友曦曦奉上

林延程捏着卡片，低低地笑了。

原来岑曦今天这么开心是因为给他准备了礼物啊，她一定很期待他收到礼物的样子吧。

岑曦回到教室时，从窗口就开始盯着林延程看，他在写作业。

岑曦走近时，林延程注意到了，他没有抬头，余光里却一点点地看着岑曦靠近。

可岑曦像是什么都没发生一样，回到座位后开始写作业。

林延程觉得有必要表达一下自己的感谢，叫了声她的名字，光是一声名字岑曦就知道他要说什么。

岑曦冲他眨了眨眼睛，说："我要写作业了，晚上再说呗。"

林延程懂了，扬了下嘴角，点头。

一整个下午林延程都心情不错，比以往更加卖力地写作业，他要争取在学校多做一点，这样周末就有更多的时间去找岑曦玩。

晚上放学时，他故意放慢速度收拾书包，等着岑曦。岑曦正在订正最后一道题，她咬着笔杆子愁眉不展。

过了一会儿，岑曦似乎拗不过这道题，放弃般地往后一仰，瞥见林延程正安静地看着她。

岑曦傻傻地笑起来："哎，你收拾好了就和我说嘛，杵着干什么。"

林延程明知道她会和自己一起回家，却说："我怕你不打算和我一起走。"

岑曦伸腿踹他："那你自己走吧。"

"哦，那我走了。"他装作要走的样子。

岑曦从座位上跳起来，一把扯住他的书包："林延程！你找打啊！"

林延程被她拽得左摇右晃，控制不住地笑了起来。

岑曦狠狠地在他后肩上拍了一下："烦死了你！讨厌！"

岑曦三两下收拾好书包，推搡着他："走啦！我还要去小店那边看看有没有新海报。"

林延程始终笑着，他觉得他和岑曦好像回到以前了。

周五要比其他日子放学早一点，学校门口的小摊围着的学生也会多一点。

岑曦要了根熏肠，然后美滋滋地在橱柜前翻海报，果然，老板娘又进了一批新的。她挑了两张，一块五一张。

林延程倚在水桥栏杆上等岑曦，他看着岑曦一脸满足地从小店里出来，嘴边还留着熏肠的油。

他从车篮里拿出纸巾，递给她一张。

岑曦随意地擦了擦，跨上自行车，乘着风前进。

她一侧的耳朵塞着耳机，听着电台歌曲。

林延程觉得无所谓了，她想怎么样就怎么样吧，他会替她看好一切的。

岑曦整个人都要被这春风灌醉了，她听着电台里安静舒缓的歌曲，一如既往地觉得周五真美好。她下意识地看向林延程，对上林延程如春风般温暖的眼神。

她笑了下："你看我干什么，看路呀！"

林延程转过头，酝酿了会儿，说："那礼物……我很喜欢。"

岑曦瞥了他一眼，把耳机音量调小了点。她昂着下巴，哼哼道："这礼物可是有代价的。"

"啊？"

岑曦眨巴着眼睛："哎呀，不知道是谁阴阳怪气地问我是不是以后都不理他了。"

林延程知道这说的是他，可是这和代价有什么关系。

岑曦："我花了快一个月的时间做这个东西，每天还要写作业，挤压了所有时间去做，每天晚上都弄到很晚，白天困得要死。某人却以为我故意不理他呢。没办法，我还要花点时间去哄某人，想办法讲笑话给他听，让他觉得我没有不理他。"

林延程懂了，岑曦说的代价就是他这段时间的着急和烦恼。

他一瞬间都想通了。怪不得她课间不是在写作业就是在睡觉，她从前都不睡觉的。而且她每天精神也不太好。原来，周末不理他也是因为在做这个。

他一直以为是班主任的谈话让她故意疏远他，让他忧愁了很久。

林延程不禁看向她："曦曦……"

"哈哈哈，程程，这段时间你是不是很煎熬呀？"

"你说呢。"

岑曦笑够了，软绵绵地说："那你现在别不开心了，我知道你误会了，可是我不能告诉你真实情况，不然就没有惊喜了。不过你真的好好笑哦。"

"哪里好笑了，我这段时间都没睡好。"

"我看着你每天小心翼翼地看着我，想要讨好我，有点好笑。"

林延程有点委屈地说："那天班主任找完你，你就开始不理我了，我也不知道为什么班主任只找你不找我，我怕你因为这件事以后都不和我说话了。"

岑曦歪了下脑袋："我为什么要不理你啊？你好奇怪哦。我为什么要因为班主任的误会而不睬你。"

林延程本来不想说，但觉得此刻把心里的想法告诉岑曦也挺好。他把以前一个阿姨和蒋心莲互相称亲家从而导致她讨厌那个阿姨的事情讲了一遍。他认为，岑曦不喜欢被捆绑，不喜欢别人起哄这种事情。

岑曦听完哈哈大笑，但心尖上却泛起了涟漪。她知道林延程是个细致的人，但没想到他这么为她着想。

她是很讨厌妈妈和那个阿姨之间自说自话的样子，也讨厌同学拿她和林延程起哄开玩笑，但她不会讨厌林延程。

岑曦弯着亮晶晶的眼眸，说："班里没有人起哄我们啊，就算有，我是会觉得不舒服，但是我不会讨厌你。程程，你是我……嗯……最喜欢也最特别的人，对，最特别的人。"

不是亲人却堪比亲人，他给予她的是父母给不了的。

河岸两侧的野花开得很浓密，空气中带着暖暖的香气，水杉树下他们的影子被夕阳拉得老长。

岑曦骑着车，讲话有点喘，但这不妨碍她说话时愉快的口吻和笃定的想法。

林延程忽然很喜欢自己的生日，在永远这样温暖惬意的春日。

最特别的人。

他想，就算以后岑曦喜欢上别人，但他也愿意做她最特别的人，默默地、安静地注视着她。

岑曦叫他，把他拉回了神。她笑眯眯地说："那你觉得这个图案好看吗？有没有很像我和你？你还记得奶奶以前养的小猫吗？我觉得那只猫也很像它，就买了这个。"

这段时间她憋坏了，天知道她有多想和林延程分享每一天做这个的感受，但只能硬生生忍着，现在终于可以光明正大地说了。

林延程微微笑着，说："很好看，你做得也很好看。图案也是你缝的吗？"

"当然啦！你不会不知道这个吧！这是最近很火的十字绣呀，我看其他女生都在做这个。这个超难，要自己用笔画格子，数格子，还要对照图纸，我眼睛都要弄瞎了！有几次我恨不得把它撕碎，比数学题还难……而且……"岑曦朝他伸出一只手晃了晃，"而且我老是被针扎，痛死了！"

林延程知道岑曦从小就怕痛，尤其是打针时，虽然她每次打针都装作很勇敢的样子。

岑曦怕他觉得愧疚，连忙又说："不过做完了很有成就感的。哎，那你会用这个装钱吗？老板娘说它可以当钱袋。"

林延程虽然很感动，但是当作钱袋的话……

林延程咳了下说："我会好好保存的。"

岑曦握着龙头，朝他歪过去，作势踢他一脚："你别以为我不知道你在想什么，不想用就不想用嘛！讨厌！"

林延程笑了："别闹，曦曦，危险。"

"不理你了！我先走了，你来追我呀。"岑曦铆足了劲，一溜烟地往前骑，少女的身影几乎要融化在春风里。

岑曦回到家时，岑兵还没回来，这让她有点意外。平常这时候都是爸妈在餐桌前等着她吃饭了。

蒋心莲菜烧得差不多了，在灶台前擦擦弄弄。

岑曦随口问道："爸爸怎么还没回来，我能吃饭了吗？"

蒋心莲背对着她，岑曦不知道妈妈是什么神色，但蒋心莲一开口，岑曦就知道妈妈不开心了。

蒋心莲略带怒意地说："你爸要去朋友家吃饭，不回来吃了。"

岑曦没说话。

蒋心莲嘀咕道："让他回来吃，偏要去朋友家，总是和狐朋狗友勾搭在一块，喝喝喝，有什么好喝的。"

岑曦默默盛了半碗饭，快速吃完，然后试探性地问："妈妈，今天程程生日，我去找他玩一会儿，行吗？"

蒋心莲点了点头："早点回来，等会儿洗脸洗脚。"

岑曦乐了："好，一会儿就回来！"

● Part.04 后知后觉的喜欢

这天晚上岑曦快入睡时岑兵还没回来，她起来上厕所时听到妈妈房间里的电视还开着。她扒在门口张望，看见蒋心莲已经合上眼了。

岑曦想帮她把电视关了，却把浅睡的蒋心莲吵醒了。

蒋心莲迷迷糊糊地问："是不是你爸回来了？"

"没有。"

"都几点了，还不回来。"蒋心莲摸到手机，看了眼手机上的时间。

岑曦关了电视，回自己房间，房门还没关上，就听见蒋心莲的手机响了。

不知怎的，岑曦有种不好的预感。

她听着蒋心莲的呼吸声，转而焦急地说："好好好，我就过来，你们先送他去，我把证件都带过去。"

蒋心莲慌慌张张地起身，穿衣服，找东西。

岑曦站在房门口轻声问道："妈妈，你要去哪儿啊？"

蒋心莲从橱柜的抽屉里翻出社保卡、身份证，她咬牙说："你爸出车祸了，我去医院，你自己在家别乱跑，把门锁好。"

"为什么会出车祸啊？"

"还不是因为喝酒。喝喝喝，就知道喝，和他说了多少遍了，晚上少喝点，不要总去和别人吃饭喝酒，说也说不听，固执得要死。"

岑曦看着蒋心莲忙里忙外，想帮忙，但不知道自己能做什么。

她记得如果住院的话好像要带盆、毛巾之类的。

岑曦小声地问："妈妈，要我帮你找袋子把脸盆装起来吗？"

蒋心莲说："不用了，明天我再回来拿。我先打个电话给杨民，他家有车，让他送我去一趟医院。"

岑曦没了声，回到床上，钻进被窝里。

她睁着眼，望着黑乎乎的天花板。

没过多久，她听到有车声，蒋心莲关了楼下的门，大喊道："曦曦，妈妈走了。"

岑曦探出头，大声地"噢"了声。

车子开走后，这个人烟稀少的角落又恢复了宁静，外头有蟋蟀和青蛙的叫声，有春风拂过油菜的唰唰声，但岑曦心里很不安宁。

但好在她再也不会害怕一个人在家睡觉了。

第二天中午岑曦在林延程家看电视时，蒋心莲回来了，岑曦奔回家，询问着岑兵的情况。

蒋心莲的神情比昨晚轻松，她说："你爸手骨折了，再过段时间就回来了。你一个人在家要乖点，家里的小馒头应该够的吧？要是没饭了就去你奶奶家吃。妈妈把下个星期的饭钱给你，给你五十块够了吧，缺什么自己买。"

岑曦惊讶了下，五十块，好多钱。

不过听到岑兵没有很严重，她也放心了。

岑曦捏着五张十块钱，看着蒋心莲楼上楼下跑，有点心疼，也就是这么一晚，蒋心莲的眼里布满了血丝，憔悴得很。

可蒋心莲一直把她当小孩，岑曦也怕自己会添乱，她只能把地上的包裹查看一下，帮着看看妈妈有没有遗漏什么。

或许她还能做一件事，那就是自己一个人在家时要让蒋心莲放心。

蒋心莲收拾完又风风火火走了。

岑曦也跑回了林延程家，吃着昨晚没吃完的蛋糕，看着属于午间的音乐小盘点。

林延程问她爸爸的情况，岑曦把蒋心莲的话复述了一遍。林延程松了一口气，把薯片递到岑曦面前，说："那现在可以放心了？"

岑曦点点头，但还有些心不在焉。

岑兵很快出院，回家之后偶尔会串门散步，岑曦跟着一起，听了几番才知道原来岑兵的手腕里镶了一块钢板。

她还是有些心疼父亲的，毕竟受了伤。

在饭桌上岑兵也提起过那次车祸，他挺愧疚的，说以后不喝酒了，多亏了蒋心莲的照顾，拍马屁似的赞扬蒋心莲。

但蒋心莲不买账，睬也不睬他。

岑曦觉得这是个意外，以后不要再这样就好了，妈妈也确实辛苦了。

那时岑曦不知道这到底是怎样一种辛苦，直到她无意听到蒋心莲和朋友打电话，或在蒋心莲带她去镇上买吃的碰上熟人聊天说起时，她才明白妈妈对父亲的真实看法。

蒋心莲从来不会主动和她说自己的想法，关于母亲的思想活动，岑曦都是旁听来的，蒋心莲好像也觉得岑曦是小孩听不懂，其实不然，岑曦都懂。

岑曦听到蒋心莲说在医院那段时间她几乎没睡过一个好觉，她累得都要晕倒了还要给岑兵按摩，他还不体谅她。现在出事了家里又空了，她停了一个多月的班，他还要休息很久。好不容易把前面的债还完了要存点钱，可就是存不到。蒋心莲又说，这也不能都怪岑兵，当初岑兵也是为了赚钱才被骗。

岑曦觉得蒋心莲既怨恨岑兵但又能理解他，这两者也不矛盾。

岑曦听多了也学会了理解父亲，理解父亲的暴脾气，理解他的固执和不听话，但同样，这也不妨碍她讨厌他的脾气。

岑兵在家休养的三个月，闲得发慌，没事又和奶奶吵了起来。

岑曦听够了，也听腻了。

岑曦从小就听岑兵骂奶奶和别人搞姘头生下了他，让他走出去被别人指指点点。

他恨这个女人，用这种方式生下他，让他没有脸面做人。

小时候岑曦不能理解，但她现在有些懂父亲的怨恨和郁结。只是她实在太讨厌这种家庭氛围了。

所以一到周末她就赖在林延程家，把电视声音开得老大，她想屏蔽那些庸俗的争吵声。

三个月一闪而过，岑兵开始干活以后就正常了很多，就会比较少提这些陈年旧事。

岑曦和林延程也踏着时间的脚步上了初二。

他们进行了重新分班，还好他们几个还在一个班。但班主任换了，王卫国去带新的预备班。

虽然岑曦因为王卫国误会她早恋而小小地讨厌过他一会儿，但岑曦还是很感激他的。如果不是他的赏识，她或许不会发光发亮，也不会有自信，数学成绩就更别提了。

突然换班主任让他们班哀声连连，大家都舍不得王卫国，也舍不得两年处下来的情谊。

新的班主任是三十出头的年轻男人，也姓王，叫王信，他讲话带点口音，是北方人。

岑曦不知道这班主任是什么性子，她发现自己已经习惯了被王卫国欣赏，她害怕王信不能给她同等的荣耀，她怕自己从此黯淡了下去。

9月教师节，班里好多同学去给王卫国送了贺卡，他们都只给王卫国送了，同在数学组的王信看在眼里。

初二又是一个分水岭，增加了物理这门新课程，副课被削了一半，课程表上密密麻麻的都是主课，下课连说个笑话的时间都没有。

老师们开始抓成绩，顾不了学生的兴趣培养。

岑曦虽然还是宣传委员，但她觉得王信不太喜欢这些，可她发过誓，要四年都拿黑板报第一，为此她还是很卖力。

时间久了，岑曦发现王信最喜欢的两个学生是林延程和坐前排的一个小个子男生，他总是夸那个男生聪明，那个男生的成绩也在突飞猛进。

岑曦有自己的骄傲，她不想自己太差。但物理真的好难，比数学还难，她最讨厌串联并联的题目，也讨厌什么速度时间。

林延程花了好几个周末的时间还是没教会她，岑曦抓狂得要放弃。

林延程不允许她自暴自弃，强制性地给她周末补课。

林延程说："如果你的名次太落后，宣传委员就轮不到你了。"

这话燃起了岑曦的斗志。这个班干部位置是她最后坚守的阵地，如果失去了，她会觉得自己无药可救了。

恶补了一个冬天，岑曦的物理勉勉强强能考个80分。

期末总结的时候，岑曦意外得到了王信的夸奖，王信说她很尽职，班级黑板报一整个学期都是第一，真的很棒。

除此之外，王信还自费买了很多很好看的笔记本颁奖，什么优秀奖、勤奋奖、才艺奖。

岑曦有幸得到一个才艺奖。当她捧着厚厚的笔记本回到座位时，她开始喜欢上这个老师了。

不是因为他开始赏识她，她才喜欢，而是她忽然明白了一件事情。

王卫国虽然很好，但王卫国对学生不够平等，他很偏向岑曦等人。但王信不是，他公平公正地看待班里每一个学生，努力发现每个人的优点，就连差生他也一直都在鼓励，他不放弃任何一个学生。

也许她不再是老师最喜欢的那个学生，但就应该是这样，大家公平地争取被赏识的机会。

升上初三的9月，岑曦给王信送了贺卡，她在里面说了些心里话，她想这位王老师会懂的，懂她不是在拍马屁，而是在真诚地感激他。

岑曦觉得自己是有多幸运才能碰到这么多很好的老师，还有林延程，他像半个小老师一样紧紧地抓着她。

时间真是过得太快了，一转眼岑曦曾经向往的初中生活已是最后一年。想当初他们还是趴在地上打卡片的小屁孩，如今林延程的个头都比她高一大截了。

岑曦眼眸下垂，视线落在林延程握笔的手上。她从前没发现，现在仔细一看才发觉，林延程的手指白皙修长，手背上有微微凸起的青筋。岑曦脑海里浮现出小说里对男主角的描写，她觉得林延程的手挺符合的，骨节分明，白皙有力。

林延程已经做完了一道简答题，他抬起眼皮，看了一眼岑曦，说："不做作业了？已经两点了，等会儿我们还要把英语卷子做完。"

岑曦伸手戳了下他的手背："哎，你现在多高啊？"

"一米七七吧？"

岑曦睁大眼睛，差点从凳子上滚下去："你已经这么高了吗？"

林延程："你没看到隔壁班的唐豪吗，他都一米八五了，打篮球都打不过他。"

"你们男生为什么长这么快？"

"那你最近有量过吗？"

岑曦从桌上抬起头，哼哼唧唧道："我长了一厘米，现在有一米六。"

林延程无情戳破："你不是一米五八吗？"

岑曦在桌下踢了他一脚："你好烦哦。一米六和一米五八差很多吗？"

林延程笑："难道你是传说中的'差不多先生'吗？"

岑曦被气笑，一顿小拳头挥上去。林延程稍稍往边上躲了一下。

岑曦："林延程，你讨厌死了！你就是找打！"

她探过去半个身子，挥着拳头，噼里啪啦落在他背上、肩上、胸膛上。手用上了，脚也用上了。

林延程放下笔，双手去接岑曦的拳头。

他用双腿夹住桌下岑曦乱踢的脚，双手握住岑曦乱挥的手腕，把她按在原地，动也不能动。

岑曦扭了好一会儿，发现怎么都挣脱不开他的束缚，不敢相信地叫了起来。

"啊啊啊！林延程！你什么时候力气变这么大了？"

明明从前他都打不过她的。

林延程嘴角噙着笑，说："那我让你一双脚。"说完，他松开了她的双脚。

岑曦噌地站起来，像老牛耕地一样，使着蛮力顶向他，但只是原地踏步，她的双手被他牢牢固定着，挣脱不开。

林延程笑得肩膀都在抖，岑曦的样子太滑稽了。

他说："那我再让让你？"

"不要！我可以！"

岑曦抬头望天，奋力蹬腿，还是压不过去。

"不闹了，做作业了？"

"嗯……"

林延程放开了她，岑曦揉着手腕，呼哧呼哧地喘气。

她想退一步转身回到自己位置上，没想到脚跟绊到了长凳凳脚，眼看着要往后倒，林延程手疾眼快地将她往自己这边拉。

但被他这一拉，岑曦不受控制地扑进了他的怀里。

她惊魂未定地趴在他肩头，大口大口地喘气。

初冬，两个人都穿得挺厚，薄款羽绒服和厚大衣紧贴在一起，揉出饱满的、充满冬日温暖的亲密感。

岑曦大衣帽子上的毛轻轻划过林延程的鼻尖，他浅浅地吸了口气，耳边是岑曦急促的呼吸声，软绵绵的。

隔了几秒，岑曦回过神了，她发现自己和他靠得很近，她闻到除了他身上洗衣粉外的一种味道，淡淡的干燥的阳光味道，是一种她讲不清的味道。

岑曦动了动，一脸无措地从他身上弹开，像大脑被抽空了一样。

林延程别过视线，手不自觉地摩挲了下。他过了会儿说："没弄疼哪里吧？"

岑曦愣愣地看向他，她的灵魂终于回来了，她摇摇头。

林延程："那做作业吧。"

岑曦木讷地坐下，乖乖拿起笔。她随便划拉了几下，忍不住偷偷看向林延程。

这天她发现，林延程身上有种很独特的味道，一种她很喜欢的味道。

初三的第一学期悄然而过，期末考试岑曦考得一般，比起以前她觉得自己退步了。不过让她意外的是林延程这次把语文考砸了，他作文分数偏低。

领取成绩报告时，岑曦不见他有什么其他神色，他很镇定。

岑曦问他："你这次考了年级第三哎，你不担心吗？"

林延程说："这次作文我确实写得不好，当时下笔的时候也有预感。不过我觉得一切还来得及，至少知道了作文是我的短板，还有时间去补救。"

岑曦想，对啊，年级第三也很好了，反正总归是上重点中学的苗子，哪像她，高中都不一定考得上。

她气馁极了。

林延程说："你这次英语考得挺好的，就是物理、化学拉低了分数。现在放寒假了，正好我把这个学期的课本给你过一遍吧，你不懂的地方一定要说，把基础打好了，下个学期的学习你就轻松了。"

林延程觉得岑曦想法变了很多，可能是因为真的长大了吧。

回去以后林延程把她的卷子仔仔细细地看了一遍，把岑曦不懂的知识点拎了出来，整理出几页纸。第二天老早就把岑曦叫起床，在冬日的晨雾中，拉着岑曦开始恶补。

他想和岑曦走在同一个节奏上，一起经历高中、大学，一起接受好的教育。

岑曦连续起了十来天早床有点憋不住了，寒假都不能睡懒觉，真的痛苦。

她祈求林延程给她放一个周末休息一下，但遭到了林延程的无情拒绝。岑曦拧巴起来，和他置气。

林延程随便她怎么闹，就是不肯放过她。他已经制订好了一整个寒假的进度表，每天都有新的知识点要帮她复习巩固，同时也是帮他自己复习一遍。

岑曦拗不过他，只好乖乖地跟着学习。

她真是奇了怪了，明明林延程平时都很听她话的，她只要撒个娇，闹一闹，他就会妥协。但这次她有点不敢造次，一直看他的眼神行事，鬼知道她在怕什么。

林延程把她的性格摸得一清二楚。岑曦这人有一腔热血，有冲劲，但很容易消散，一到寒暑假她就会放松，一定要有人拉她一把，赶着她，催着她。

但他也怕时间久了岑曦真的烦他，生他气，所以过年的时候他给岑曦放了半天假，还给她买了一堆零食。

岑曦很享受地看了一下午电视。

也就是在这天深夜，岑曦的爷爷去世了。

岑曦迷迷糊糊听到奶奶在楼上喊父亲的名字，她一下子惊醒，意识到可能是爷爷出事了。

她跑到隔壁房间把岑兵和蒋心莲叫醒。

岑曦下楼跑去小屋里，看到爷爷躺在床上一动也不动，奶奶一边哭着，一边找出新鞋给爷爷穿上。岑曦拍了下奶奶的背，以示安慰。

他们打开了家里所有房间的灯，岑超家也都开了灯，村里瞬间灯火通明。

岑曦睡不着了，坐在一楼看着大人们忙活。

岑曦的爷爷其实病了很久了，一开始还能走走，后来就直接躺在床上起不来了。前一阵子岑曦还看见他起身到后面的小路上走了走，当时她以为爷爷要好起来了，现在看来那可能是回光返照。

虽然从血缘上来说他不是岑曦的亲爷爷，但岑曦也是跟着他长大的，小时候经常和他一起打牌，给他掏耳朵。她那时不懂父亲和奶奶的恩怨，就觉得爷爷就是爷爷啊，是她的爷爷。

但要说有多亲密，倒也不至于。只是岑曦觉得小时候很美好，奶奶很好，爷爷也很好。

慢慢地，家里来了很多人，岑曦帮着给他们倒热水喝。

这么冷的天，都不容易。

蒋心莲让岑曦上去睡觉，岑曦不愿意。她不是很喜欢妈妈老是把她当小孩，她已经初三了，她可以为他们做些什么，也可以为爷爷守夜。

但他们好像都不需要她。

林延程听到动静，穿好衣服匆匆赶来。他看见岑曦坐在餐桌边上，眼眶有点红，捧着杯热水喝，静静地看着大人们忙进忙出。

岑曦想得出神，都没注意到林延程走到了她面前，发现他后她吸了吸鼻子，说："你怎么也来了？"

林延程搓了搓手，在她边上坐下："我听到哭声，大约猜到了。我来陪陪你。"

"你喝热水吗？我烧了很多。"

"好啊。"

"要茶叶吗？"

"不了吧，白开水就好。"

岑曦把两个一次性杯子叠在一起，然后倒了大半杯水，她说这样握着不烫手。

林延程接过，多瞧了几眼她的眼睛。他说："你今晚不打算睡了吗？"

岑曦手托着下巴，撇撇嘴："不知道呀，感觉也睡不着了，就是好冷啊，这么坐着几分钟就冻脚了。"

"那你去楼上，待在被窝里，你的冻疮好不容易今年没长。"

"再过会儿吧。"

岑曦低下头，手指抠着桌布。

林延程没说话了，静静地陪着她。

后来到了后半夜，一切安顿好了，岑曦才慢腾腾地上楼去睡觉，她知道明天会有更多的人来，她需要休息一下然后打起精神。

这场丧事并不安宁，葬礼第二天岑兵和岑超他老婆大吵一架。

当时岑曦正在和林延程带小孩，亲戚家一个小朋友，五六岁，就是不肯跟着妈妈走，抱着岑曦的腿说要和姐姐一起玩。岑曦没办法，就开始带起了小孩。

岑曦不是很喜欢小孩，她觉得太吵话又多，和小孩子沟通很累。但只要小孩子站在她面前，她就自动化身成和蔼可亲的大姐姐，看起来很有心思和小孩子相处。

她也不知道自己为什么会这样子，但她坚定地认为自己就是不喜欢小孩子。

林延程则和她不一样，他很喜欢小朋友，他能轻易被小朋友的动作言语逗笑，岑曦光看他的眼神都觉得他的爱意和温柔满了出来。

她觉得这样的林延程有点可爱。

正笑着，突然传来男人暴怒的呵斥声，交杂的还有女人尖锐的辱骂声。

岑曦心头一跳，想着是不是爸爸又和岑超他老婆吵起来了。她走到后窗朝他们那儿望，听了会儿后，确定了，是他们在吵。

后来葬礼快结束时，听蒋心莲和别人讲起，她才知道发生了什么事情。

蒋心莲说亲戚都说那女人不好，野蛮得很。岑兵就气那女人说他野种，别人说三道四就算了，自己的大嫂都这么说自己。

岑曦才知道原来在这个事情之前，虽然他们和岑超一家已经不太往来了，但爸爸还是把他们当作家人的。

而那个女人看不起爸爸，是从骨子里看不起他，看不起他们这个家。

但岑超还是好的，到底是自己兄弟，看在兄弟面子上退几步好了。

岑曦默默记着大伯好这一点，偶尔看见也会叫一声大伯，她觉得不叫人不礼貌。虽然她堂姐从来不会叫岑兵。

这次岑兵真的怒了，后来一次晚饭桌上他和岑曦说："你爷爷这事已经办完了，以后只有奶奶这桩事。那家人我们不要往来了，没有道理可讲的。你知道了吗？"

岑曦默不作声地点头。

她后来把这个事情和林延程讲了一遍，林延程说合不来就不合，不用勉强。

岑曦说："我不喜欢她那样说我爸爸，她怎么能看不起我爸爸？"

就因为她家事故不断，没钱，就这样看不起吗？他们不是亲戚吗，为什么一点情分都不顾？

岑曦忽然理解父亲为什么这么热切地期盼她能出人头地。

这个寒假岑曦不再喊累了，憋着一股气，默默地早起晚睡，每天认真刷题，还会主动问林延程题目。

她暗暗下决心，她一定要考上高中，要比堂姐好。

进入中考的三个月冲刺阶段，每个人都铆足劲刷题，上个厕所都急急忙忙，而平时最喜欢的体育课也不能放松休息，大家都在忙着练习体育考试的内容。

4月时迎来体育考试，总分30，分双杠、篮球或者足球，还有800米。

大家苦练很久，特别是双杠，女生力量差，能完成一套标准的动作实属不易。

这是岑曦第一次感受正规考试的氛围，1分或者0.5分的差异有时都可能改变一个人的一生。

岑曦觉得自己的双杠很稳，但她担心自己的足球。她本身就不喜欢球类运动，在篮球和足球之间选择了足球，因为篮球还要三步上篮投篮，太难了。

考试定在周六，学校为初三年级包了大巴，考试地点是一所本地技校。

在大巴上班主任给他们加油打气，说："大家放心，只要你不做得太差，没有老师会恶意扣分。老师给你们买了香蕉还有红牛，等会儿谁饿了就来拿，老师在这里祝大家都考个好成绩。"

学生们默默听着，大家既兴奋又紧张。

岑曦在大巴上听着《电台情歌》，脑海里一遍遍过着踢足球的流程。突然，面前多出一根香蕉。

林延程和她都是坐在靠窗位置，他把香蕉从座位和窗户的宽大缝隙里递过去。他侧着头，说："吃吗？"

岑曦浅浅地吐了口气，接过香蕉。

岑曦："老师给你的？"

"嗯，班主任把东西放我这里了，他怕同学不好意思去问他要。"

岑曦剥开，咬了一口："那其他同学你不给了？"

林延程笑了下："我让林州帮忙递了。你早饭都没吃多少，趁着还早，吃点吧，红牛要吗？"

岑曦摇头："不喜欢喝那个。哎，星雨，你要香蕉吗？"

李星雨正在闭目养神，闻言，她瞥了眼前面到处递香蕉的林州。她闷闷道："不要，我继续睡了。"

岑曦怕打扰李星雨休息，就没继续和林延程讲话了，塞上耳机继续听歌，一点点地啃着香蕉。

她其实不怎么喜欢吃香蕉，今天为了考试连香蕉都吃了，所以一定要考好点啊。

她可不想做往年因为一两分与高中失之交臂的倒霉范例。

到了场地大家很快分散开来，每个人考试的顺序不同，除了他们学校外，还有很多别的学校。从上午到下午，安排得很满。

真上场的时候岑曦没那么忐忑了，她先去了双杠考试，那里有学校里的体育老师，她认识他，他不认识她。但有熟人在，让岑曦增加不少信心。

然后她按部就班地完成足球和800米的测试。

结束的那一刻她有些不敢相信，这就完了吗？他们苦苦训练好几个月的体育考试就完了吗？她生怕遗漏了什么，跑去找李星雨核对。

可李星雨还有800米没跑。

岑曦就跑去找林延程，林延程正在考篮球。篮球场边上围了一圈姑娘，岑曦看见她们互相窃窃私语，还露出和四月天一样带有浓浓春意的笑容。

岑曦走近点，挤进人群，林延程站在篮球场对面，在为上场做准备。

他穿着黑色的运动长裤和白色T恤，在一排男生里格外显眼，因为他很高，整个人散发出来的感觉很干净清爽。

岑曦听到边上的女生压着嗓子尖叫，还有人激动地跺脚，她们猜测着那个穿黑色裤子白色T恤的男生是谁。

岑曦愣了两秒，心想她们说的是林延程吧。

边上的女生盘着丸子头，穿着现在很流行的黑色紧身小脚裤，还有宽松的T恤，手上挂了好几串五颜六色的手链，看起来很潮流。

女生捧着手机笑着说："等会儿等他考完了，要不要上去要QQ啊？好帅哦……"

岑曦忍不住多看了女生几眼，这样穿好好看啊，对比之下她好土。

岑曦今天穿了件白色的娃娃领衬衫，为了方便跑步她下半身穿的运动裤，看起来很不搭。

她想，对哦，为什么她们不穿运动裤呢，跑步不难受吗？

突然，女生们默契地"啊"了几声，岑曦回过神，朝篮球场上望去，林延程上场了。

每个人有三次机会，一定要有一次完成连贯的运球，三步上篮，投篮，进球，不然分数就悬了。

岑曦一点都不担心林延程的篮球，她记得从小学开始他们男生就捧着个篮球打了，初中后他几乎每节体育课都会和林州打。

但岑曦没有一次好好看他打过，她都是瞥几眼，知道他在打篮球就够了。谁让她一点都不喜欢球类运动呢。

可这次她不禁和场边的所有女生一样，静静地等待他完成所有动作。

林延程拿到球后拍了几下，他走到起始点，在裁判吹响哨子前的一秒，他转头朝岑曦的方向看去，微微笑了下。

岑曦惊讶地眨了眨眼睛，他怎么知道她在？

但她很快举起手朝他挥了挥，笑眯眯地回应他。

哨声响起，林延程开始运球，他动作很稳，一路运到中场，快准狠地三步上篮，篮球稳稳地落进篮筐里。

场边的女生齐声"哇喔"了声。

岑曦看着眼前的画面想起上次她和他打闹，他是力气大了好多呀，连他投篮时伸出的手臂都那么有力量感。

明晃晃的阳光落在他身上，他似乎会发光一样。

也怪不得女生们会尖叫了，他真的很帅啊。不同于以前的帅气，现在的他是个快一米八的大男孩了，跳起扣篮时 T 恤边往上卷，露出精窄的腰腹，散发着属于少年的气息。

好像是……很容易令人怦然心动的帅。

林延程追回弹跳而走的篮球交还给裁判老师，他笑着和裁判老师聊了几句后就朝岑曦小跑而来。

她似乎被太阳晒热了，嘴巴干干的，心跳也有点快，就这样木讷地站在原地，眼看着他越来越近。

林延程微微喘着，随手拨了拨有些湿漉漉的头发。他说："你都考完了吗？"

"对呀，我……哦，对，我就是怕我粗心遗留了什么，想来找你们问问，咱们真的只考双杠、球类运动和长跑对吧？"岑曦抬头望着他，望着那双黑漆漆又亮闪闪的眼睛。

"对啊。你有纸吗？"

岑曦从屁股口袋里摸出一包纸："喏。那我们现在去大巴那边集合吗？不知道其他人考完了没有。"

"那我们过去等吧。"

岑曦点点头。

走了几步路，岑曦朝后望了一眼，她看见刚才那群女生正在目送他们离开。

岑曦捏着半包纸玩，戳了下林延程的腰："哎，程程。"

"嗯？"林延程正在抹汗。他跑完 1000 米再去打的篮球，浑身是汗。

岑曦："刚刚你打篮球时有没有听到女生尖叫啊？"

林延程："……"

"我才发现原来你很受欢迎啊，为什么我们学校就没有女生为你尖叫呢？"

"不过你刚刚打得真的不错，而且你是不是又长高了？我现在看你都仰得脖子疼。"

"刚刚还有女生想要你 QQ 呢，不过我想你没有 QQ 啊。"

"你居然那么受欢迎……"

林延程不知道岑曦在纠结什么，兜兜转转就是这几句话，像是问他又像是在喃喃自语。明明其他男生上场时也会有欢呼声，就和看篮球比赛一样，他有时也会激动地为球员加油。

在回去的大巴上，岑曦托着下巴看风景，她有些闷闷的，讲不清到底是哪里不对劲。

到校时正好中午，岑曦肚子饿了，想去镇上买豆沙面包吃，但她发现她的自行车车胎坏了，瘪瘪地立在那儿。

她更加烦闷了，为什么每次好事和坏事都要一起发生。

她没办法，推着自行车去镇上的小铺子里修。她已经是这间铺子的常客了，她这辆自行车车胎总是坏。

修车师傅说今天要修的车很多，而且岑曦的车扎到钉子了，这轮胎不能再补了，得换一个。

岑曦蒙了，问道："那下午能修好吗？"

修车师傅说："来不及，反正是周末，明天让你妈载你来拿吧。"

"那换一个要多少钱啊？"

"十五块。"

岑曦兜里只有五块钱，说："那明天来的时候再付钱行吗？"

"都行都行。"

林延程让她上车，他今天带她回去。岑曦不情不愿地上了车，他问："要去买面包吗？"

岑曦嘴硬道："不吃。"

林延程不知道岑曦又怎么了，不过还好，岑曦每次都会把不开心写在脸上。

虽然她说不吃，但他还是把她载到了面包店。

岑曦挑了一个豆沙面包和一个虎皮卷，正好一共三块钱。林延程说请岑曦吃，岑曦非常有骨气地拒绝了。

林延程默默地买了瓶酸奶放车篮里。

他现在载岑曦很熟练了，多亏了岑曦不争气的车胎，每次车坏，都是他带她上下学。

岑曦坐在后座啃面包，吃饱了，她心情好了点。

林延程掐着时间，把酸奶往后递。岑曦心情好了就没骨气了，哼唧一声接过。

林延程问她："你为什么不和我讲话？"

岑曦一边吸着酸奶，一边说："等你有了QQ有的是人要和你聊天。"

林延程摸不着头脑，不解地问："你在说什么啊？"

岑曦也觉得自己无理取闹，她盯着路面，闷声道："没什么。"

刺——林延程左脚着地，突然刹了车。

由于惯性，岑曦撞在了他的后腰。少年的背脊硬邦邦的，那么结实，岑曦揉着额头，埋怨道："你干什么呀。"

林延程稳着自行车下车，撑起靠脚，一手握着后座的杆子，一手握着龙头。他站在岑曦面前，微微弯腰。

"曦曦……"

"干吗？"岑曦还像个小朋友一样坐在后座上，幼稚地喝着酸奶。

"我哪里让你不开心了？你说清楚，不然我真不知道。"

林延程说得很认真，低低的嗓音混着春风的温柔。

岑曦瞄了一眼他的眼睛就不敢看了，她往后靠了点，试图拉开和他的距离。

个子高，手长了不起呀，和她靠这么近。

"嗯？"见她不回话，林延程又逼近了点。

岑曦的脸轰地红了。

她的鼻息间都是林延程的味道，明明男生运动完应该都是臭臭的，但林延程身上是干燥的阳光味，又是那股她喜欢的味道。

岑曦咽了下喉咙，伸手推他："哎呀，我没不开心嘛，我就是太累了，对，太累了，不想说话嘛！"

林延程眼眸弯起："真的？"

"嗯嗯嗯！"

"你快上车，回家了，回家了！别人都看着我们呢！"

林延程笑了笑，忍住了想抬手摸她脑袋的冲动："那我骑快点，你下午睡一会儿吧，明天咱们再补课。"

岑曦咬着吸管，含混不清地"噢"了声。

日子就这么慢慢流逝，4月中旬他们迎来一模考试，岑曦考得中规中矩。5月初的时候又迎来了二模考试，岑曦差不多还是这样。

两次模拟考差不多可以预判他们的中考成绩。

5月上旬，学校发了关于南城的中专技校填报学校手册，厚厚的一本，各种学校都有。岑曦翻看了很久，想着要不去一个中专好了，但她也只是想想。

很快，他们要填志愿。学校为此特意开了两次家长会，班主任分析了每个学校的录取情况。

王信是这么评价岑曦的：她只要再努力一点，也许能上个次重点中学。

县里两所重点中学还派了老师来学校做演讲，给学生推荐自己的学校。

在他们这儿，很多家长认为第一和第二中学差不多，只是一个离他们近，一个离他们远一点而已。

坐在多媒体教室里，老师放着PPT，介绍这个学校有多大的场地，有什么设备，有多少社团，娱乐体育学习同时抓。

岑曦觉得这就是小说里的学校呀，还有社团，去了社团会不会碰到很帅很帅的男主角？

岑曦被介绍蛊惑了，回教室的路上她兴致勃勃地说要去这个学校。

林延程不由得发笑："高中应该很忙碌的，我觉得没有那么多时间给你娱乐。你看咱们初二初三的时间安排，所有副课轮流被抢。你觉得只有三年的高中会有很多空闲时间吗？"

岑曦被他当头一棒，但她仍然贼心不死，嘟囔着就要去。

林延程说："那你去这个学校的话我也去好了。"

岑曦跳起来："你开什么玩笑呢，你要去南城中学的，这两个学校能比吗？"

"那你为什么不和我一起去南城中学呢？"

"我考不上的，五百六十多的分数线哎，平均一门只扣十来分，我怎么可能做得到。"

林延程想了想，说："可南城中学比这个学校面积大，还有体育馆，听说食堂便宜又好吃。"

岑曦："来不及啦，要是初二就给我介绍学校的优点，说不定我还拼了老命搏一搏呢。"

林延程轻轻道："我就是想和你靠得近一点。"

他说得很自然，但岑曦的心跳不可抑制地快了起来，她下意识地抬头看向他。

林延程朝她笑了笑，她别过脸，看向远处。

正式填志愿时，岑曦填了县里排名第三的高中，这是和南城中学靠得很近的学校，也是她目前有把握能考上的。

林延程以为她会填离家近一点的中学，因为班里和她成绩差不多的学生都填离得近的。

那天在林延程家做作业，两个人坐在前后通风的一栋老楼房里，后院的松树翠绿坚韧，春天的风阵阵徐来。

林延程问起志愿的事情。

岑曦在简答题上画上一个句号，她盯着卷子，不紧不慢地说："因为我想离家远一点。"

林延程看着她沉默了很久，试探性地问："因为你家里的事情？"

"嗯……差不多吧。"她抬头，看着林延程说，"你知道吗，我爸随便什么话题都能扯到奶奶身上，他恨她，我知道。他的委屈和难受我也都理解，可是我不想再听那些事情。上次爷爷去世的事情，他几乎发泄了一个月。但我不能和他说你不要讲了，因为爸爸真的被气到了，他很难过。"

她心疼父亲，但不想再听他没完没了地抱怨。

林延程"嗯"了声："那你妈妈同意你去那么远的高中吗？"

"同意呀，只要我考得上。"

"那以后……"

岑曦握着水笔戳橡皮，她接上他的话，说："如果我考上了，那以后我们又要一起上学放学了。虽然不是一个学校，但我们周末可以一起回家。"

林延程浅浅地笑着，点了点头，说："那现在是不是要最后努力一把？还有一个月，曦曦，我们再努力点吧。"

岑曦也笑："当然喽，我一定要考上高中的，得争气呀。"

6月，他们正式迎战中考。

上完最后一堂课，大家各自整理课桌，黑板上的倒数计时被抹去，最后一期黑板报的主题是背水一战，相逢终有时。

当老师说下课时，大家都没有动，大家都没有以往听到下课铃的兴奋和蠢蠢欲动，因为是最后一次，所有人都无比珍惜。

任教的老师带过很多届学生，经历过很多次分别，但每次都会有酸涩感。

王信给他们发完准考证，叮嘱完考试注意事项后，哽咽道："老师年纪轻，你们是我带的第一届毕业生。这两年我们一起经历了很多，老师也跟着你们一起成长。就两年的时间，我们班的男生个头都比老师高了，女生留起了头发，有的还打了耳洞。你们别以为老师什么都不知道。你们毕业了，老师管不着了，但我以过来人的身份唠叨一句，高中生活绝对是人生不一样的经历，用文艺点的说法就是，这是无以复加的美丽。最后，希望大家金榜题名，考试顺利！同学们，再见！"

岑曦端正地坐在座位上，王信的一番话让她热泪盈眶。

六年级和初一，因为王卫国的赏识她一点点进步，那两年她过得多姿多彩。遇到了王信，她开始重新审视自己，顿悟更多道理。她还记得王信因为同学犯错，被校长批评，在班会上他写了封感悟信，念给全班同学听。当时李星雨觉得王信太小题大做，但岑曦觉得他是个好老师，只有好老师才会这样反省自己。

这天，大家都听得格外认真，仿佛多看一眼老师和同学就能多拥有一点回忆。

中午的时候学校给大家发了毕业纪念手册。

前些日子大家因为不舍得离开学校和同学，纷纷在窗帘上留下自己的名字和祝福语，被学校发现后要求学生把窗帘带回家清洗。

后来学校就告知大家，学校会发毕业纪念手册，每个人都可以留下自己的相关信息。王信给自己留了一本，让每个学生都填了。

岑曦把手册给了周雄填，她在周雄的手册上写了这样一句话：大人的世界我们不懂，但我们只是我们。

岑曦初二初三时和周雄同班两年，几乎没怎么讲过话，但她觉得他其实是个不错的人，毕业了，就祝福吧。

岑曦把第一页留给了林延程，第二页是李星雨，因为他们是她很重要的人。

岑曦本来很开心地想写林延程的第一页，但发现他的第一页被蒋慧写了。那种闷闷的不快情绪又来了，她不情愿地写了第二页。

傍晚，她载着一车篮的书摇摇晃晃回家，又暗自不高兴了一路。

林延程以为她是伤感离开了学校，和同学分别，所以情绪低落。

岑曦见他一句话都不说，更不高兴了。快到家的时候，她憋不住地喊住他。

岑曦问："你的第一页为什么不给我写？"

林延程不明所以："什么第一页？"

"纪念手册！"

"那个啊……第一页怎么了吗？"

岑曦气鼓鼓地说："我的第一页都给你写了，你的为什么不给我留着？"

林延程："那个啊……我本来没打算让同学们写我的。"

"为什么啊？留下大家的信息喜好不好吗？"岑曦奇怪地看着他。

林延程弯了下嘴角，说："我如果有需要看你的纪念手册就好了。"

岑曦踢了下脚边的石头："可你不想知道我的个人资料和喜好吗？"

"我知道啊，嗯……岑曦是1995年3月22号生的，是热情开朗的白羊座，毕业于红枫小学、红枫中学，她最喜欢绿色，喜欢吃蔬菜，最喜欢土豆，她最喜欢的歌手是周杰伦，最喜欢的偶像是——"

岑曦愣了，眨巴着眼睛看他。

林延程说了一半没再说了，好笑地看着她："你刚刚是因为这个不开心吗？"

岑曦觉得自己好像又无理取闹了，她嘴硬道："我没有不开心。"

"嗯……你没有。"

岑曦对上他戏谑般的目光，哼了声，推着自行车小跑回了家。

林延程看着她有点可爱的背影，笑意更深了。

虽然毕业纪念手册上的第一页不是岑曦，但他心里的第一页永远会是岑曦。

中考前一个星期，岑曦发现除了她和林延程感到紧张兴奋外，他们的家长亦是如此。

蒋心莲和岑兵包了朋友的一辆面包车，打算那天接送他们，而从来不轻易请假休息的这对夫妻，都把中考那两天的时间空了出来。

蒋心莲说要去给女儿加油打气。

林老爷子付了一半车钱，打算和他们一起去。

这让岑曦和林延程不由得亢奋，更加下定决心要认真对待每一道题，要考个好成绩。

考试那两天突然下起了倾盆大雨，给炎热的六月携来几丝凉意，清新的空气让人头脑更加清醒。

家长只能在学校外等待，岑兵把面包车停在马路边，千叮咛万嘱咐："我们就在这儿等你们，考完出来不要迷路了。"

岑曦点点头，钻进了林延程的伞下，两个人并排朝考试学校里走。

岑兵看着两个孩子的身影，忽然笑道："林叔，延程这小子有一米八了吧？小伙子还有得长呢，你孙子真是人中龙凤。"

林老爷子笑呵呵地说："哪里的话，哎，也都靠他自己，我给不了他什么，还好他从小就很懂事。算是对得起小婉了。"

蒋心莲说："你孙子以后铁定是清华北大的料，你以后有福享了，我们家曦曦……"

林老爷子说："岑曦这丫头机灵得很，以后也会有出息的。"

校门还没开，学生们有的站在廊檐下，有的还躲在车里，林延程环顾下四周，斜对面有个文具店。

他说："要不要去文具店逛逛？还有一刻钟才开校门。"

岑曦心里在默背古诗，心不在焉地点头。

这家文具店规模挺大，一切应有尽有。

林延程对岑曦说："我们再检查一遍吧，身份证、准考证、2B铅笔、橡皮、水笔。如果笔不够我们现在买还来得及。"

虽然他们出发前和在来的路上已经检查好几遍了，但岑曦还是听话地又检查了一遍，她一样一样地数着小包里的东西。

检查完，林延程说："不打铃不交卷，考完我在二栋楼下等你。"

因为岑曦自始至终低着头，林延程自然而然地在说话时会弯腰，凑近她。岑曦眼珠子左右瞟着，额头上仿佛还遗留着他胸膛的温度，热乎乎的。

林延程盯着她："听到了吗？"

岑曦点点头。

林延程觉得她有点奇怪，是因为太紧张了吗？还是发烧了？

他担心地问："你不舒服吗？"

岑曦往后退了几步，深吸一口气说："我没有不舒服，就是觉得有点闷热，太紧张了……你别管我，让我再背一会儿古诗吧。"

林延程："那到时间了我喊你，你背吧，你也可以背给我听。"

"不用了，我默背吧……"岑曦捏着笔的试用纸，细声回答。

"好，那我就在这儿。"

"嗯。"

过了会儿，岑曦平静了，她透过架子笔筒之间的缝隙去瞄林延程。

林延程双手抱臂靠着墙壁，侧脸望着外头的雨。阴天的关系，他的皮肤看起来比平常要白一些，一双黑眸映着雨帘，像雨珠落在荷花缸里，宁静沉稳，又如雨中摇曳的荷花一样，带着微微的夏日柔软。

他是很好看，但和岑曦看过的小说里的男主角不一样。他没有不可一世的脾气，没有挥金如土的气魄，没有连跳几级的天才头脑。但岑曦觉得他比那些都要好。

林延程身上的干净味道比所谓的香水要好闻，他温柔的眼眸比摇篮曲还要柔软。

考试正式开始后，岑曦反而不紧张了，她终于知道什么叫用平常心对待。

但这次语文卷的古诗默写比往年有难度，有的诗句岑曦听都没听过。而作文选题角度也略显刁钻。

岑曦差不多提前二十分钟写完，她把所有答案检查完后已经差不多要交卷。

她也不知道自己有没有考好。

出考场后遇到很多同学，大家很默契地没有对答案，打了声招呼就顺着人流走了。

外头依旧风驰雨骤，林延程如他所说的一样，在二楼楼下等她。岑曦一眼就从人群中看见了他，他的长相和身高实在是醒目，也不乏有别的女生多看他几眼。

岑曦小跑过去，憋了会儿，问道："你觉得怎么样？"

林延程一只手撑伞，另一只手轻轻拉她的胳膊，和她对调了位置，因为岑曦那边风雨大。

他说："和平常差不多。别想了，下午要考数学，我们现在只要想数学。"

也对，老师说考一门就忘掉一门，不要去纠结。

回到面包车上，大人们也都不问，高高兴兴地带着两个孩子去吃顿好的。

下午要两点才开考，吃完饭他们躺在面包车的后座上休息。

面包车里岑兵和林老爷子在驾驶座位和副驾驶座位上，正睡得香，蒋心莲在他们前排，很久没声音了，应该也睡着了。

他和岑曦坐在最后一排。

岑曦背着背着公式，渐渐支撑不住，往玻璃窗的方向倒去，"咚"的一声她迷迷糊糊醒了，然后坐正，继续闭眼休息。

林延程正在解一道数学题，全神贯注，没注意岑曦，直到她歪倒在他肩膀上。

林延程的心仿佛也被"咚"了一下，他侧头看向岑曦。她合着眼，纤长浓密的睫毛仿若夏夜扑扇翅膀飞舞的蝴蝶，她轻轻地呼吸着，细软温宁。

他调好电子手表的闹钟后，放下了那道数学题，慢慢合上眼，打算也休息会儿。

闹钟响起时，岑曦惊坐起，蒙蒙道："我错过考试了吗？"

一车的人都惊醒："什么？现在几点？"

林延程肩头一松，缓缓睁开眼，笑了笑说："没有错过，现在一点二十分，我们要准备进考场了。"

岑曦抓了抓头发，大松一口气："吓死我了！"

林延程捡起落在座椅上的橡皮圈递给她："把头发扎一下，我们走吧。"

岑曦随手扎了两圈，拿上考试用具就下了车。

她反复背着数学公式，直到进考场前才放下。

岑曦惊喜地发现给她监考的是王卫国，但她没有搭话，也没有表露出情绪。她觉得这是不是天意，派一个熟悉的老师来监考，她会觉得很安心，很有安全感。

卷子一发下来，岑曦一头扎进去，做数学题不比语文，根本没空给她乱想的机会。

王卫国收完卷子，在岑曦路过时说："我刚刚看了你的题，你做得不错。"

岑曦乐了，她迫不及待地下楼去找林延程，告诉他她的监考老师是王卫国，告诉他她最头疼的数学似乎考得还不错。

林延程替她开心地笑了。

岑曦也笑了，她有点不好意思地说："程程，你肩膀酸不酸啊？"

她曾经在旅游大巴上让蒋慧靠着睡过觉，她当时忍了好久，可累可酸了，但她又很想让蒋慧好好睡一会儿，煎熬了许久。

林延程开玩笑说："还好是左边，不然我可能没力气写简答题了。"

岑曦拍了下他的背脊："讨厌！"

第二天的考试如约而至，英语和物理、化学，岑曦也发挥正常。

家长们都默契地不问情况，岑曦倒觉得不必那么夸张。休息了两天，岑曦主动和林延程对试卷的答案，大多数题目她都还记得。

两个人一核对，岑曦心里大约有了数。

如果今年分数线提高很多那她可能栽了，如果和往年差不多，她应该能行。

比起自己的成绩岑曦更在意林延程的分数，要知道，他们学校每年能上南城中学的也就寥寥几个。如果林延程考上了，她也会为他感到骄傲。

7月上旬，中考成绩出来了。查询电话一直占线忙碌，拨了一下午岑曦才查到自己的成绩，538分。

居然有538分，她的预想是530到534分左右。

去年第三中学、星辉中学的分数线是536分，如果今年录取分数变化不大，那么她就可以稳稳地进入星辉了。这所学校和林延程的南城中学只有两条马路的距离。

岑曦猛地从床上跳起来，欣喜地叫着，狂奔向林延程的家，大喊道："程程！程程！林延程！我538分！"

林延程也刚刚查到自己的分数，他听到岑曦的声音，从房间里走到阳台上。岑曦在楼下手舞足蹈着，他微微笑了下。

骄阳似火，夏日烈焰般的光芒照在她身上，却还是不及她的笑容明媚。

岑曦望着他，说："你呢？你查到了吗？多少？"

林延程说："579分。"

岑曦嘴巴瞬间张成鹅蛋，她愣在原地，脑海里飞速地算他平均每门的成绩。他们中考总分是630分，30分是体育分。语数英三门450分，物理和化学加在一起算一门，150分一门。那么他四门平均只扣了五六分。

数学的最后一小问就有5分，英语的作文和翻译很少会做到全对，语文的作文是扣分大项，物理、化学容易扣细节分。

岑曦震惊之余，越想越觉得好笑，亏他之前还说什么听天由命，一口一个不知道，原来是"闷声发大财"啊。

她既兴奋又生气，噔噔噔跑上阳台，挥舞着拳头作势要揍他。

"你怎么偷偷考这么好！你还说考得一般……"

林延程看着她叉腰假装抱怨的模样笑了。

岑曦嘴角快翘到了天上："那你考南城中学稳了！指不定你这次是我们中学的第一名，以后回去看老师，学校都得给你铺红毯的那种。"

两个人相视一笑，岑曦靠在阳台栏杆上，舒服地伸懒腰。

岑曦穿着一套卡通短袖睡衣，蓬松柔顺的头发随意扎在一侧。她的皮肤在阳光下白如雪，圆溜溜的眼睛眯起时像月牙，连伸个懒腰都那么可爱。

林延程注视着她，嘴角勾了勾。

他顺手去拾她头发上的落叶，岑曦伸在半空中的手就僵在那里，一点点地慢慢放下，她看着林延程，只觉得天气越来越热。

林延程把树叶扔到一旁，说："要吃雪糕吗？昨天爷爷新买了一箱。"

"吃！我们进去吧。"

"那你去坐一会儿吧，我下楼给你拿，巧克力味的是吗？"

"嗯！"

岑曦看着他的背影深吸一口气，用手扇着脸。

分数线很快跟着出来，他们都考上了自己预想的学校。还被岑曦说中了，林延程是红枫中学的第一名。

去红枫中学拿毕业证和录取通知书时，王信拉着林延程聊了很久，岑曦在一旁陪着。

王信说："上了高中也不能放松，这三年至关重要，熬过三年一切都好了，别分心。老师也挺意外你这次考得那么好，好像咱们学校都没出过这么高的分数，之前有个女孩好像考过575分，你刷新纪录了啊。"

林延程谦虚地笑，王信高兴地拍了拍林延程的肩膀，看着岑曦又说："你这次也考得挺好，到了星辉中学要好好努力，不懂就要问，不要自己憋着，没有老师会不喜欢问问题的学生的，别害羞。"

岑曦点点头。

王信最后说："手机买了吗？给老师留个联系方式吧，以后有空我们可以聚聚。"

林延程找了张纸，写上他和岑曦的手机号码。岑曦惊讶林延程居然已经背出她的手机号码了，手机才买了几天啊。

和王信告别后，两个人没有立刻离开学校，在操场上坐了会儿，他们在等李星雨和林州。他们前脚刚出办公室，后脚他俩就来了。

李星雨和林州是同路，这四年也都是一起上学一起放学。

岑曦靠墙坐在树荫底下，百无聊赖地拨弄着人工草坪。她望着学校的建筑，草坪、操场、香樟树，叹了口气。

林延程看着前方，也若有所思。

岑曦说："时间过得好快呀，我们就要离开这里了。"

"嗯。"

"你说高中是什么样的啊？哎，对了，高中是不是要住宿？"

林延程："应该吧，我也不清楚，到时候看学校安排吧。"

"我怕与室友处不好关系，万一有人要害我怎么办？"

林延程笑了出来："人家无缘无故干吗要害你？"

岑曦推他一下："哎呀，我就是想象一下嘛。"

说笑着，林州和李星雨朝他们快步走来。

这两人不知道又在争什么，李星雨气得踢了下林州的小腿，林州原地嗷嗷叫。

岑曦嘟囔道："怎么又吵上了呢？"

林延程意味深长地笑了下，说："你不用管。"

李星雨走近后说："你们好了吗，好了我们就走吧，王帅说他们已经到街上了，公交车还有二十分钟来，走了。"

林州揉着小腿，抱怨道："你下手也太狠了吧，你不能温柔点啊，学学蒋慧她们行不行？"

李星雨拉起岑曦的手，头也不回地往校外走。

岑曦小心地问道："怎么了，你们怎么了？"

李星雨不爽道："他说要复读，我说他复读也是这样子，他就说我看不起他。我还就是看不起他了，初三一年他在干什么，我说了多少遍了，他自己不放在心上，现在要复读，他读得好吗？"

"什么，林州要复读？他不是考上了吗？"

"他觉得这不是他的水平，他要上南城中学。"

岑曦思忖了会儿："其实林州挺聪明的啊，如果复读好好努力的话还真有可能。"

李星雨别过脸，闷声道："我就是讨厌他说了也不听，现在亡羊补牢。"

岑曦："你这么生气也没必要。"

李星雨一口气哽在喉咙，她看着岑曦，似乎快要哭了。

岑曦："星雨，你没事吧？"

李星雨深吸了几口气，摇头。

林州把事情和林延程说了一遍，抱怨女孩子无理取闹。林延程看着前头的两个姑娘，想了半晌，对林州说："你去好好说一下吧，李星雨是不是……哭了？"

林州闻言看去，李星雨在抬手擦眼睛。

他心里"咯噔"一下："不会吧！"

"曦曦！"林延程叫住了岑曦。岑曦转头，看到林延程朝她招手。

岑曦小跑过来后，林州一瘸一拐地走到了李星雨身边。

岑曦奇怪地看着他俩，伸手指向他们，说："他们干什么——"

话说到一半，林延程抓住了她的手，轻轻往下压，低低地说："让他们自己去解决，我们不要管。"

林延程的手掌干燥温热，轻轻地握着她。

岑曦的视线落在他们交握的手上，好似他手心的温度通过她的皮肤一路直达心脏，烫得她心跳起伏不已。

她手指微微动了下，林延程回过神来，立马松开了她的手。

他想说些什么，但无论说什么都好像在欲盖弥彰。

岑曦抬起刚刚被他握住的手，握成空心拳搭在胸口位置，很不好意思地侧过脸。

林延程滚了滚喉结，抬起手抵在嘴边轻咳了下。

两个人站在公交站台的右侧，把左侧留给林州和李星雨。岑曦没听清他们在说什么，只是林州这样低声下气的模样更是少见。

岑曦也只是匆匆瞥了几眼他们，她觉得她自身难保。

为什么林延程的掌心那么烫，为什么他抓住她手的时候她大脑像一下子放空了，为什么她都出汗了。

这也不算牵手吧。

她上次和林延程牵手是什么时候？好像是五年级时一起放学回家吧，老师规定要手牵手下楼，出了校门才可以松手。那时候没有人会在意对方的手怎么样，反倒会比谁力气大，要把对方握到疼，握到求饶为止。

上了初中后男生和女生会自动避嫌，没有什么过多的肢体接触，除了打闹时，那种架势恨不得一脚把对方踹上外太空。

哦，不对，有次她不小心扑到他身上，他握住了她的手，当时好像他的掌心也是这样烫。只是当时她的注意力几乎都放在了他衣服上的味道这一块。

那天她闻到了一种只属于林延程的独特味道。

岑曦不由得开始回想，她是什么时候开始这么容易脸红，为什么林延程能轻易让她脸红，耳朵发烫。

好像也是从那天开始吧。

好像就是从那天开始她变得有时候不敢看林延程的眼睛，不敢和他挨得太近，因为她会闻到他身上的味道，他的热量似乎会将她包围。而他那双漆黑的眼眸看着她时总是那么温柔认真，多对视几眼就会陷进去，像黑洞。

但好在初三第二个学期他们都忙着刷题做作业，很多时候她都来不及思考这是为什么。有时候为了掩饰她内心的波动，她会故作凶悍去打他，就像以前一样，假装欺负他。

不过她是狗吗？为什么她会对林延程身上的味道那么敏感，又为什么以前不觉得呢？假如林延程身上的味道她不喜欢她还会这样吗？假如他很臭呢？也不会，林延程可爱干净了，他才不会臭。要臭也是她臭，那她臭的时候他会讨厌她吗？

想到这儿，岑曦嗅了嗅自己的衣袖。还好，蒋心莲新买的洗衣粉很香，她闻起来还不错，而且她也没有狐臭之类的。

而且她以前也没有很臭吧，她虽然懒，但还是会把自己洗干净的。当然喽，洗头发是件很麻烦的事情，她才不喜欢每天洗呢。

她乱七八糟地联想了很多，比如小时候她洗林延程的头玩，他被水刺激到睁不开眼但也一声不吭；比如小时候的林延程身上有股淡淡的奶香，她一直觉得是他每天喝牛奶喝出来的；比如两个人打闹，她总是胜利的一方。

很奇怪，明明所有的一切，他看起来都是输方，但她从来没觉得他弱。他好像一直默默站在一旁，她倒了他扶一把，她哭了他安慰她，她生气了他由她发泄。比起她的胡作非为、无理取闹，他看起来实在太懂事了。

也许正是因为这样，边上的邻居拿他们做比较的时候她从来不会生他气，因为他就是这样很好很好的程程呀。

岑曦又想到中考，如果不是他，她大概考不上高中吧。

她抬眸，悄悄打量身边的林延程。

林延程手里捏了四个硬币，正在等公交车来。两块钱一个人，四个硬币，正好是两个人的车费。

岑曦好不容易平静下来的心又起了涟漪。

那边的林州似乎把李星雨哄好了，两个人没有走过来，就站在那儿等。

岑曦想起刚刚林延程说的话：让他们自己去解决，我们不要管。

为什么不能管，星雨是她最好的女生朋友啊。

岑曦揉了揉太阳穴，她觉得自己做数学题都没那么多问号。

四十分钟的车程后，四个人到达聚餐地点。

王帅订的餐厅是他小舅舅开的，小舅舅还给他们打五折。大家都是学生，没什么钱，点了一桌菜两百多块，大家平摊下来大约十五块。

岑曦身边有五十块，是蒋心莲给她出去玩用的。岑曦还是很感激妈妈的，毕竟有好多同学的家长都不准他们出去。

但蒋心莲却说："这又没什么，你们有自己的世界，只要不要乱跑乱花就好，这也当作是你考上高中的奖励！"

当然，还有一个很关键的因素就是有林延程看着她。岑曦觉得他简直就是她出去玩乐的最佳挡箭牌，林州和李星雨也拿他当过好几次挡箭牌。

大包房里的圆桌正好坐了十五六个人，王帅客气地招呼大家。

岑曦拆着碗筷，觉得这儿真高档呀，桌布上的花纹都那么富丽堂皇。

她摆放完碗筷，规规矩矩地坐着，凑到李星雨那儿，小声地问："你好点了吗？"

李星雨眼眶有点微红，但她戴了眼镜，不仔细看的话看不出。

她叹了口气，说："我没事了。"

岑曦笑了下："开心点嘛，今天是散伙饭。"

"嗯。"

菜上得差不多的时候，王帅说："快吃呀，别等了，吃吧。"

岑曦笑了，觉得大家好像一瞬间成了大人，客气热情地应酬。

但不同的是，他们只是小大人，吃了几筷就哄笑起来。

大家聊了很多从前的糗事，尴尬事，心里话。

林州点了几瓶气泡饮料，包装酷似啤酒，实则不是。

男生们好奇心重，个个都倒了一杯尝了起来。

岑曦也尝了，觉得味道像小时候喝的橘子汽水。

聊了几句，大家起身，纷纷举杯干杯。

林州用筷子敲了敲碗边，说："来，为我们的四年干杯！这几年，我们班很和谐，虽然总会有吵吵闹闹，但真的很开心！以后各奔东西了，希望大家也不要忘记彼此！来！"

碰杯声音清脆地响起，是四年落幕的声音。

岑曦喝了口饮料后下意识地看向林延程，他面容平和，抬起的下颌线条流畅，饮料滑进喉咙，他的喉结滚动着，有种淡淡的清隽少年气。

明明喝的不是酒，她却有些发酵。

林延程注意到岑曦的目光，放下杯子笑了笑，轻声问道："怎么了？是想吃炸丸子吗？我给你夹吧。"

岑曦支起右手，手背贴着脸，试图给自己降温，她"嗯"了声。

饭桌上的人"哦哦哦"了几声，很明显，他们在起哄他们。岑曦脸更烫了，她放下筷子，说要去趟厕所。

林延程看了几眼她的背影，平静道："别起哄了，等会儿闹得不开心。"

"岑曦那么大度，不至于的。"

岑曦回来后神情倒是没什么异样，但饭桌上所有人都在打量她。岑曦摸了摸脸："我脸上有东西？"

大家笑着摇头："没什么。"

吃饱后男生们闲着无聊，提议玩会儿游戏。说这个空瓶子转到谁，谁就要在"真心话"和"大冒险"之间选一个。

岑曦之前在电视上看过类似的，但一次没玩过，她跃跃欲试。

陈涛把玻璃转盘中间的饭菜腾空，拿了个瓶子搁在中间，说："我转了哦，等会儿谁也不许耍赖。"

岑曦倒是很希望转到自己，可惜那瓶子转了几下都没有指向她。

她是真没运气，无论干什么好像总差一点运气，也许是中考把她的好运都吸走了吧。

玩了一圈，大家都选择"真心话"，就林州选择了"大冒险"，说是要当场选一个女生比赛扳手腕。岑曦又觉得很可惜，林州没选她，选了范朵馨。

大家闹腾腾地观看扳手腕比赛时，李星雨面无表情地出去上厕所，差不多结束了，她才回来。

结果是范朵馨赢了。岑曦觉得是林州在让范朵馨，不过男生嘛，这样看起来挺有风度。

陈涛说最后转一次，然后就散场，都三点了。

岑曦的希望再一次落空，最后一轮空瓶子转到了林延程身上。

林延程选择了"真心话"。

饭桌上，大家像得了咳疾一样，咳个不停。林州的眉毛都要飘到天上，大家无一不在暗示陈涛好好问，要问一个劲爆的问题。

陈涛拍拍胸脯，一副了然于心的模样，他坏笑着问道："请问，你喜欢什么样的女孩子，请具体描述她的外形、性格、特点。"

男生们激动得拍桌，又是一阵"哦哦哦"。

岑曦听到这个问题也很好奇，虽然她自认为自己很了解林延程的，但是，他喜欢什么样的女孩子呢？她好像从来没问过他，如果要她猜，她觉得她猜不准。

他会喜欢什么样的呢？

不知为何，她甚至有点不想听，她也想去上厕所了。

这么忐忑着，就听林延程缓缓说道："嗯……长头发的,性格温柔点的，会做手工吧。"

所有人都蒙了,林州用手指叩着桌子："我觉得是假的，接受惩罚吧！"

林延程说："真的。"

有人笑着，打趣道："我咋觉得你说的是蒋慧呢？"

岑曦猛地抬起头看向坐在林延程另一边的蒋慧。

蒋慧的脸就在那一瞬间红成苹果，她长长的马尾垂在一侧，细发柔软。她极其不好意思地低下头，快要把底下的桌布扯烂。如果她是辆火车的话，现在两只耳朵铁定吱吱冒热气。

在岑曦眼里蒋慧是很温柔善解人意的类型。

蒋慧很细心，出黑板报时能打点好一切，注意所有细枝末节，温柔体贴地照顾他们。讲话时的声音轻柔如涓涓细流，她会很认真地聆听别人说话，用那好听的声音安慰开解别人。在班里，她是男生们不敢轻易开玩笑和胡闹的女生，女生们也是，大家都很喜欢她。

蒋慧上劳动课的手工也总是被老师拿来表扬，当初岑曦给林延程绣的福袋也是蒋慧提的意见。这几年十字绣很流行，蒋慧自己绣了很多，挂件卡包之类的，岑曦见了很喜欢，所以当时她就跑去买了福袋给林延程做。

而且蒋慧长得很好看，她戴着银色细边的眼镜，皮肤像牛奶一样，五官小巧而柔和，是小家碧玉型的美女。

岑曦愣愣地看着满脸通红的蒋慧，好看的人连脸红都别有一番滋味。

是这样的吧，林延程形容的是蒋慧呀。

岑曦脑海里忽地闪过很多从前的细节。怪不得出黑板报时林延程总是和蒋慧一起去老师办公室查资料，怪不得他总是夸蒋慧字不错，怪不得他收作业总喜欢先问蒋慧要她那一组的，怪不得毕业纪念册的第一页是蒋慧，怪不得今天坐在他右边的是蒋慧……

他原来喜欢蒋慧这种类型的吗？他为什么从来没和她说过，那蒋慧呢，也喜欢林延程吗？

岑曦看着林延程的侧脸，目光一点点变暗，她转过头去，沉默着。

林州笃定林延程说假话，吵着要让林延程喝了最后一杯，但林延程坚持说自己没必要撒谎。大家面面相觑，最后林州打了圆场，说饶他一命。

林州说："那我们真的要散了，最后干一杯！来！"

岑曦不情不愿地站起身，随手拿起果汁，食不知味地抿了口。

走出饭店，三点多的天还热烘烘，街上车水马龙，人川流不息。大伙在饭店门口的香樟树下告别，最后就剩他们四个人坐408路公交车回镇上。

下车后，岑曦和李星雨他们告别，说有事手机联系，反正想见就能见。

在他们告别的工夫，林延程已经把她自行车的环形锁解开了。这把环形锁他们从五年级用到现在，他们的车永远是绑到一起的。

岑曦掂量着锁说："反正以后也不用骑车了，锁给你吧，我不要了。"

她把锁往他车篮一扔，推着自己的自行车，没等他，先走了。

林延程赶紧骑车追上去，他打量着岑曦的神情，问道:"又不开心了？"

"又？我很容易不开心吗？"

"没有。"

"你现在会说谎了。"

"……"

林延程沉默了片刻："为什么要给我锁？你不用了吗？"

岑曦敷衍道："对啊。"

"可这是你妈妈买的。"

"哦，那你还给我。"

"曦曦。"

岑曦突然想起硬币，她一边骑车，一边从前车篮里打开书包。她掏出四个硬币，精准地丢进他车篮里。她说："这是车钱，还你。"

林延程现在百分之百确定她不开心了。

"我们要分这么清楚？"

岑曦："不然呢？亲兄弟明算账。"

林延程："我做了什么让你不开心了，你告诉我，行吗？"

他的语气有点严肃，岑曦的脾气被唬走了一半。她看了他几眼，闷闷道："没有，你没有。"

林延程试探着问："那是因为大家散了，你觉得难过吗？"

"对啊，所以我现在不想说话，可以吗？"

"嗯。"

岑曦忽然好讨厌此时此刻的自己，无理取闹又作天作地。

林延程做错什么了吗？没有。

他和以往一样，温柔体贴地照顾着她，耐心地询问她。

她为什么要这样对他，她为什么要那么过分。

岑曦越想越委屈，忍了一路，回家后狂奔到自己房间，锁上门，一头扎进被窝里。她觉得热，腾出一只手开电风扇，强风混着闷热的空气，让她的眼角湿了又湿。

她想不通自己哭什么，难过什么。

这有什么大不了的，林延程为什么不能喜欢蒋慧。蒋慧长得好看成绩又好，林延程长得帅，成绩好，性格好，他们真是郎才女貌，天生一对。

如果他们在一起的话，他肯定会很温柔地和蒋慧说话，问她疼不疼，问她要喝什么饮料，给她买喜欢的礼物，耐心地教她功课，也许会亲昵地骂一句小笨蛋。

想到这儿，岑曦哭得更凶了。他都没有对她说过小笨蛋……

不，她无所谓，她一点都不在意。

岑曦抹了抹眼泪，从床上爬起来，把林延程送她的东西都找了出来。

小时候玩的溜溜球、卡片、五毛钱的劣质香水瓶、两元钱的杯子、好看的笔记本、收音机、黑板报图册，她通通装在了袋子里。

明天她就还给他，从此一刀两断，她绝不做他们爱情路上的绊脚石。

收拾完，看着满满一袋东西，岑曦又哭了。

她好嫉妒蒋慧，明明林延程只是她一个人的林延程，为什么蒋慧把他抢走了。

岑曦这才发觉原来很早之前她就开始讨厌有人和她分享林延程了，那次考体育，那群女生为他尖叫，想要他联系方式的时候，她就觉得不开心。明明他从来都是她一个人的，她一点都不想别人发现他的好。

可是她怎么可以做电视剧里那种恶意拆散别人的女配角。

这晚，岑曦哭到大半夜，迷迷糊糊睡着后还做了噩梦，梦到林延程搂着蒋慧对她说："你离我们远点吧，你很碍眼。"

清晨，她从梦中惊醒，出了一身虚汗，回荡在脑海里的只有她大胆的挽留。

她在梦里对着林延程说："程程，我好喜欢你，我不想走！"

岑曦红肿的眼都睁不开，脑袋也昏昏沉沉，但梦里遗留的心跳感还在。

原来这就是……喜欢啊。

原来她喜欢林延程。

这天岑曦醒来后在床上躺了很久，她连午饭都没吃，不断地追溯过去的点点滴滴。

是什么时候开始喜欢他的呢？为什么自己笨到现在才发现。她又喜欢他什么呢？这是喜欢还是只是小说里所说的占有欲。

她脑海里断断续续冒出很多问号和想法。比如她真的喜欢林延程吗？她会脸红心跳，会嫉妒吃醋，不管是占有欲还是其他情绪，她觉得这就是喜欢的一种。她想和林延程像以前一样说说笑笑，想以后一直在一起。

好似她从没有思考过将来有一天会和林延程真的分开，她一直觉得他们会一起读高中，上大学，在一起工作，然后可以串门吃饭，散步逛街。

林延程对她而言是无所不能的存在，是她可以毫无保留地信任依靠的人。

她喜欢林延程默默地站在她身边，喜欢他温柔地看着她，喜欢他看似平淡无奇的惊喜。

在他那里完全不用担心被曲解，不用害怕有争吵，不用隐藏自己的天马行空。

这么好的他，这么完美的他，却不可能是完全属于她一个人的。即使她哭一晚，即使她嫉妒，可又能怎么样，长大了总是会慢慢有自己的世界，那些空缺的位置总会有人把它填满。

她注定只能站在好朋友这个位置。

她又想，原来林延程喜欢长头发温柔的，会做手工的话应该就是贤妻良母型吧。他那样温柔耐心的人和这样的女孩子在一起大概一辈子都不会吵架吧，他们一定会营造出一个很好的家庭氛围，会把孩子教育得根正苗红，会很惬意舒适地过一辈子。

而她一点都不温柔，她的脾气像岑兵，冲动又急躁，头脑不聪明，做事还不周全。她也不喜欢留很长的头发，总觉得长长的头发夏天太热，冬天洗头太烦，所以她扎起的头发只有小半截。她不会做饭，手也没那么巧。

她真的浑身都是毛病，和她在一起的话人生也会变得糟糕吧。

岑曦陷入了自卑中，郁郁寡欢了一整天。

下午林延程给岑曦发 QQ 消息，问她要不要来他家一起打游戏。

岑曦对他说是因为分别而难过，他真信了。岑曦因为难过朝他发点小脾气他觉得这是正常的，不然她还能朝谁发脾气呢？

他想，过一晚她总归好了吧。毕竟她的脾气总是来得快去得也快，像一头毛茸茸的小狮子，可爱又有点凶悍。

他用初三发的奖学金买了一副手柄和一张游戏光盘，里头有几百个游戏。在等成绩的这段时间岑曦一直在和他闯关打游戏，坦克游戏卡在了第 37 关，岑曦很想闯过去。

这是他特意买来和岑曦玩的，毕竟这个暑假没有作业，是可以好好放松一下的假期。

也是他每天能见到岑曦的一个契机。

他以为岑曦一定会来，于是事先准备好了冰激凌、汽水和薯片。

但隔了很久岑曦都没有回他消息，他给她发短信也没回。

林延程想着她会不会在睡午觉，但她很少睡午觉的。

他拨了电话过去，被直接挂断了。

这让林延程担心起来，直接跑去了岑曦家。他站在楼下喊她的名字，又是等了好久岑曦才打开阳台门冒头。

她头发乱糟糟的，状态看起来不太好，最奇怪的是她戴着蒋心莲的墨镜，硕大的墨镜几乎遮住了她半张脸，像往眼睛上贴了两个鹅蛋。

林延程忍着下午一两点最毒辣的阳光，温和地问："不来打游戏吗？"

岑曦不说话，只是摇头。

"那为什么不回我信息？"

岑曦抠着手指，咽了咽喉咙，开口道："没电了吧……"

明明就不是这样。

林延程："你下来。"

"不要……"

"那我上来了。"

岑曦家楼下的门是不锁的，一推就开，林延程经常来往，早就熟门熟路。

岑曦叫起来："不要！你不要进来！"

林延程的脚步就僵在那儿，他盯了她一会儿问道："你身体不舒服吗？"

"嗯……昨晚没睡好，我想睡觉了。"

"你戴墨镜干什么？"

"看电视剧哭了，眼睛肿，难看，不想给你看……"

林延程心中有了数，叮嘱道："晚上不要熬夜看电视。那你睡吧，如果觉得热睡不好就来我家吧，我给你开空调。"

"哦。"

"那我走了？"

"嗯。"

岑曦站在阳台上目送他离开。

林延程的背影挺拔如树，夏日蝉鸣不断，他站在阳光下却像是荷塘里清凉的水，温柔的语气盖过了蝉声。

岑曦慢腾腾地回了自己房间，一头倒在床上。

她想不通，为什么他要对她这么好，是习惯吗？是他这个人的性格就是如此，他对别人也是这样好的。

岑曦想着想着，眼眶又湿了。

岑曦连着躲了好几天，她把自己关在房间里看悲伤的韩剧，借着电视剧她哭了一遍又一遍。

她从来没有觉得这么委屈难过过，眼泪仿佛决堤了一样。

林延程每天都会找她一次，她不知道怎么面对，她怕自己忍不住和他置气，然后他一定会追问她怎么了，她没有勇气说是因为他喜欢别人。

为了不让他发觉，后来岑曦装模作样去找他打了几次游戏，她不吃零食也不喝汽水，一门心思只想着闯关闯关闯关，连话都不太和他说。

好在林延程本来就不是个话多的人，安安静静地陪她玩。

但她不如以前活泼、朝气，林延程觉得她有心事，可他不知道该怎么问。他和林州聊天的时候提到这个事情，林州说："女孩子有心事是正常的，哪个女孩没有秘密，你又不是她闺中密友，少问，省得岑曦打你。"

林延程想，是啊，他们长大了，到时候不在一个高中会有更多秘密的，他不能要求岑曦时时刻刻都开心快乐，也不能要求她什么都得和他说。

综合他最近的观察来看，估计是岑曦看多了苦情剧。岑曦本就是个容易被感染的人，之前她看言情小说的时候也是这样哭，也是这样闷闷不乐。

在这种专注又憋着闷气的情况下，岑曦的游戏通关了。

她正好找了个不来玩游戏的借口，通关一个游戏后她想休息一下，打算去李星雨家住一个星期。

岑曦问李星雨喜欢一个人是什么样的感受，李星雨说不知道。岑曦还问她，如果你喜欢上了一个人会去告白吗？就假设她喜欢上了林州好了，告白失败了连朋友没得做的那种。

李星雨说她死也不会喜欢林州。

而那边林延程把手柄和光盘都收了起来，在这一个星期里把《三国演义》又看了一遍。

岑曦不在的时光过得很慢，很枯燥。

以往的夏天，这时候他们在钓龙虾，在摘野花，在吸着可乐看电视，偶尔一起去地里帮爷爷摘西瓜，岑曦还会模仿猪八戒在地里啃西瓜。

林延程看书的时候会突然想到岑曦，然后忍不住地笑出来，真的是忍不住。

可当他联想到上高中后的情景，他就有点笑不出来了。

岑曦离开他也会过得很好吧，她性格开朗，很容易交到朋友。她一直对未来有种憧憬，憧憬能遇到帅气冷酷的学生会会长，她如果喜欢了别人……

可他不能把她困在身边一辈子的，喜欢一个人应该是给她自由，尊重她的意愿，以她的快乐为重。

岑曦会喜欢什么样的男生呢？像她偶像那样的吗，有着长长的刘海，细长深邃的眼睛，张扬又不失礼貌，或者说比较会唱歌的吗？

他经常想，如果那天啤酒瓶转到岑曦就好了。

● Part.05 攻略林延程计划

　　岑曦从李星雨家回来后依旧不知道怎么面对林延程，他经常发消息让她去玩，她敷衍了几次后觉得这样总不是个办法。

　　她只能每天开导自己，告诉自己不要瞎想，朋友还是要做的。

　　而她每次上线时总是能看到林延程在线，蒋慧也是。流量多贵啊，他居然能一直开着网络登录着QQ。如果不是在等待着什么，又何必这样。

　　日子一天天过去，8月的天气也愈来愈热，离开了电扇空调仿佛要窒息。岑曦电视剧一部接一部地看，还翻出了小时候买的动画光盘，放在VCD机里循环播放。

　　临近七夕时班级群里热闹了起来，大家纷纷刷情人节快乐，说那天空间里肯定有很多腻歪的话。

　　岑曦也不知道平日里看起来挺正常的人，怎么到了网络上就特别多愁善感，女生们像是经历了痛彻心扉的爱情，男生们像是度过了无比凄惨的童年。空间里都是他们五花八门的心情记录和爱情故事转发。

　　岑曦还是喜欢转发一些笑话，多有意思。

　　林州在群里问那天有什么活动。

　　岑曦心想，能有什么活动，又不是他们应该过的节。

　　大家也纷纷说没有。

　　林州说：要不去林延程家玩呗，岑曦也在，他家没什么人。

　　岑曦在屏幕这头轻轻挑了下眉，她打了几个字又删了。

　　林延程：都可以。

　　林州：有谁要去啊？

　　群里一伙人都举起了手，蒋慧@岑曦，问她：你在家吗？

　　林延程说：她在的。

蒋慧：那我也来吧，我还没去过岑曦家。

岑曦直接退了QQ，这是拿她当借口吗，明明就是他们两个人想见面。岑曦不喜欢这样的蒋慧，拿她当靶子。但她又觉得自己的想法太自私，蒋慧是什么样的人她还不清楚吗？蒋慧从前就说过想来她家和她一起玩的，而且平日里蒋慧对她们多好啊。

嫉妒真的会让人变坏。

岑曦扔了手机，强制自己看电视剧。她才不要理会他们，也不要自己七想八想，变成自己讨厌的样子。

晚上岑曦在院子里浇花。岑曦的爷爷去世那年她家铺了水泥地，硕大的面积让整个房屋看起来干净又整洁。岑兵给她造了个花坛，她在里头种了很多花。虽然更多时候是蒋心莲在打理。

她听到水桥那边有脚步声，不用想也知道是谁。

林延程看到岑曦在浇花，她穿着草莓图案的白色吊带睡裙，白皙的手臂如藕节，晚风涌动，空气中夹杂着月季花清淡的香味。

岑曦在不知不觉中越来越好看了。

林延程敛了敛目光，叫她的名字。

岑曦没看他，直接问："干吗？"

"你有看QQ吗？林州他们说明天来玩。"

"是吗？我没看，他们来干什么？"

"无聊吧，想再一起聚一聚。大概来五个人，明天早上我去镇上买点吃的吧。你想吃什么？酸奶要喝吗？"

岑曦背对他："不用了，你可以问问蒋慧他们要吃什么。"

"我问了，他们都随意。"

岑曦咬了下唇，深吸一口气："哦。"

林延程走近点，目光落在她光滑的肩头上。他说："明天……你别穿睡衣。"

"要你管。"岑曦倒光矿泉水瓶里的水，又跑去水龙头那里接水。

"别闹。"林延程顿了顿，说，"那明天等他们来了我叫你。"

"都行。"

林延程微微笑了下："那明天早上我买草莓味的酸奶了？"

岑曦很喜欢喝一个牌子的酸奶，但因为价格偏贵，她总是一杯一杯地买。

岑曦心头微动，但又恼怒自己这种不争气的贪吃。她也知道自己不该对林延程发脾气，挣扎后，她尽量平静地说："我不喝，你别买。"

林延程抬手抚了下她的脑袋："明天我会买的。我先回去了，我把家里打扫一下。"

他只是轻轻摸了两下，像是安抚又像是宠爱。

岑曦就这么僵在那儿，好半天她才慢慢直起身子，转过去望向林延程回去的方向。

第二天上午十点多林州他们到了，岑曦听到他们说笑的声音和自行车碾过小石子的声音，林延程家一下子热闹了起来。

李星雨把车停在了岑曦家楼下，她喊岑曦。岑曦也不知道自己在纠结什么，听到李星雨喊她后，关了电视下楼。

李星雨问岑曦讨水喝，她好奇地看着岑曦，问道："你怎么啦，一脸不情不愿的，不去林延程家？我想吹空调，太热了。"

岑曦小声道："我就不去了吧，你们玩吧。"

李星雨被水呛到，说："你干吗啊，我就是为了找你玩才来的。而且林延程买了很多东西，还说要一起做菜。"

岑曦："我想看电视嘛，今天《神雕侠侣》大结局。"

"他家又不是不能看，走啦。"李星雨拉过她的手，把岑曦拽了过去。

林延程看见岑曦穿了T恤短裤，他笑了下，从冰箱里拿出酸奶，刚想给岑曦拿过去，蒋慧惊喜地"呀"了声。

她问道："我可以喝一杯吗，我最喜欢这个了。"

林延程愣了下，碍于客气，他把手中的酸奶递给了蒋慧。

岑曦面无表情地拉着李星雨上楼打游戏，李星雨说："我们就这样上来不好吧。"

"我都走惯了，没什么的。"

林州提着一袋饮料也上了楼，喊道："打游戏不叫我啊？"

李星雨口是心非道："谁要和你打游戏。"

"我很牛的好不好，来，哥哥教你。"

李星雨狠狠拍了他一掌："哥你个头。"

岑曦把手柄插好，递给他们，主动让位。她坐在一边默默喝饮料，而楼下的欢声笑语不断地飘进她耳朵。

岑曦拿过小狗枕头，倒在枕头上，心不在焉地看着屏幕上的游戏画面。

这个小狗枕头上有林延程的味道，是他洗发水的味道，淡淡的薄荷味，这让岑曦更加心烦了。

她愤愤地给了小狗枕头一拳。

没一会儿，楼下的王帅喊道："要不要去钓龙虾？我穿好了钩子。"

林州用胳膊肘捅李星雨："去不去？"

李星雨瞥岑曦："去不去？"

岑曦闭上眼："我眯一会儿，你们去吧。"

林州笑说："昨晚没睡好啊？"

"嗯。"

"行，那你睡吧，我们走了。"林州在游戏里把李星雨杀死，"好了，走了。"

就差一点，李星雨就赢了。李星雨握拳，追着他打，两个人打打闹闹地下了楼。

房间里没人了，终于清静了。岑曦睁开眼，听着楼下的动静。

这会儿林延程和蒋慧在干什么呢？一起做饭吗？他是不是会很贴心地给蒋慧卷袖口？是不是会担心蒋慧切到手从而不让她碰刀？是不是会用指腹轻轻拭去蒋慧脸上的面粉？

"曦曦？"

正当岑曦幻想的时候，门口传来林延程的声音。

岑曦有些意外，没好气地说："干吗？"

林延程走到她身边，蹲下，轻声问道："林州说你在睡觉。你不舒服吗？肚子疼吗？"

岑曦脸红，他以为她来那个了吗？

"没有，我没有不舒服。"

"哦，那喝吧，我把酸奶给你拿来了。"

他手里握着四杯草莓酸奶。

岑曦说："干吗拿这么多？"

"你一杯不够喝啊。"他笑。

岑曦踢了他一脚。

林延程笑着给她插好吸管，递到她面前。他说："我要下去做午饭，你要帮我吗？一个人有点忙不过来。"

岑曦吸了一大口，试探地问："其他人呢？"

"他们都去钓龙虾了，就我一个人在忙。"

"蒋慧不是会做饭吗？"

"是吗？你真不下去帮我？"

岑曦也不知道自己怎么了，一口甜甜的酸奶，他的几声轻声细语，她的心好像就软了下来。

她从沙发上爬起来，含糊道："那就帮一下吧。"

岑曦给林延程打下手，这才发现林延程不知何时开始已经有了精湛厨艺，他围上围裙的样子看起来熟练又和谐。

林延程说自己是在这初中四年里慢慢学会的，因为爷爷很辛苦，而且以后上高中上大学总要自力更生。

岑曦咬着手指看他，他真是个大男孩了，烟火气息下的他看起来能肩负起很多东西。相比之下，她还是衣来伸手饭来张口的小公主，家里的家务她都不用操心，只管每天上下学，任性地去做自己想做的事情。

每当她想帮着洗碗的时候，岑兵总说不用你帮忙，你把书读好就行了。

久而久之，岑曦就不太会主动揽活了。

可像林延程这样，他不会感到疲惫吗？

岑曦心疼地看着他，装作不经意地问："高中读书会很忙，那你还要自己洗衣服烧饭，不会很累吗？"

林延程正在给鸡翅裹面粉，说："吃得苦中苦，方为人上人。"

"人为什么非要吃苦，我不喜欢这句话。"岑曦凑上去，"我来裹吧，这个我会。"

林延程笑了下，拂去手上的面粉，洗了个手，开始起油锅。

他说："因为没有选择，所以只好这样勉励自己。"

岑曦仔细地给每个鸡翅裹上蛋液和面粉，她扯开话题道："怎么样，我裹得是不是很均匀？"

"嗯，不错，你放锅里吧，沿着边放，不然油很容易溅出来。"

"这样吗？"

"算了，我来吧，你站远点。"

"没事呀，我可以的，我来放！"

岑曦吊着鸡翅的边，慢慢放入油锅里，热油吱吱吱地响，迸溅而出。

岑曦"啊"了声，像装上了弹簧，弹跳而起。

林延程迅速盖上锅盖关火，一把拉过岑曦的手："烫到了？哪里？"

本来手背上被烫到的皮肤火辣辣地疼，但他握住她手的时候好像所有感知都集中在他们触碰的地方。

一个人的眼神骗不了人吧。

他那么紧张那么担忧，原本温和平静的神色都沉了几分。

她对他来说至少还算得上重要的存在吧？那蒋慧呢？如果是蒋慧他也会这样紧张吧？

岑曦凝视着他，轻声说："我没事……"

林延程把她拉到洗手台边上，打开水龙头给她冲手。他低低地说："你别弄了，我来吧。"

"可我真的没事。"

林延程说："你去楼上擦点药吧，我自己做饭就好了。嗯？"

岑曦没说话，乖乖上楼去擦药。

她真笨呀，只会帮倒忙，换作蒋慧就不会这样吧。

擦完药，岑曦下楼，坐在厨房的藤椅里看林延程忙前忙后，她越发觉得自己糟糕了。她只会添乱吗？她平日里最讨厌电视剧里那些帮倒忙的人了，却没想到自己也成了这样的人。

林延程炸完鸡翅看了眼岑曦，她蜷缩着身子躺在藤椅上，若有所思。

"曦曦？"

岑曦回过神："嗯？"

"在想什么？"

"没什么啊。"

林延程端着炸鸡翅走到她面前，把竹筷子递给她："尝一个？你自己裹的鸡翅。"

岑曦没用筷子，直接用手抓了个啃，林延程侧身抽了几张纸巾给她。

"怎么样？"他问。

"咸淡正好，挺好吃的，就是有点烫。"

"那还要吗？"

"不要了吧，我都吃了他们吃什么。"

林延程笑笑，伸手摊在她面前。岑曦刚想把纸巾和骨头给他，但转念一想，自己怎么能这么依赖他，使唤他，他们以后顶多就是朋友而已。

岑曦从藤椅上爬起来，穿上拖鞋，走到垃圾桶那儿丢垃圾。

林延程打趣她："今天怎么那么勤快。"

岑曦："我以后也是要独自生活的，还要嫁人，总不能真的懒到骨子里吧。"

林延程在洗菜，水流哗啦啦作响。他看着新鲜嫩绿的菜叶，眼眸动了动，笑着问："那你想嫁什么样的人啊？嫁给你偶像吗？哎，帮我从冰箱里拿点蒜。"

岑曦装模作样地在冰箱里找蒜头，说："不然呢，当然嫁给他那样的啊。"

"嗯……"

岑曦握了一把蒜头："要我帮你剥吗？"

"好。"

岑曦在长凳上坐下，她用余光打量林延程。她呼吸了几口气，尽量自然地问："那你呢？你要和什么样的人结婚啊？像你那天说的那样，嗯……长头发，温柔和会做手工的吗？是温柔吧？我没记错吧？"

嗯，很好，多说几个问句就不会显得她有别的情绪，显得她没有对这件事有多上心。

林延程却愣了下，说："也不是。"

岑曦脑袋嗡了一下，转头看向林延程："什么不是？你那天不就是这么说的，有人还说蒋慧就是这种类型的，我觉得——"

"曦曦。"林延程打断她。

"嗯？"

林延程关了水龙头，说："这和蒋慧没关系。"

岑曦"哦"了声："是吗？我以为……"

"我那天说的是我妈妈。"

"啊……"

林延程说："我不知道该怎么回答，所以按照我妈妈的样子描述了一遍。"

岑曦震惊地看着他。她迅速回忆了遍那天的情景，当时林延程确实小小地思考一下，隔了会儿才给出这个答案。可是分明描述得也很像蒋慧啊。

岑曦干巴巴地道："这样啊……我还以为你对她……"

"我没有。"

岑曦嘟囔："可是你总喜欢和她一起查黑板报的资料啊。"

"那是因为你和李星雨都不愿意去，而且每次查资料的时间很紧，内容又多。"

"那你也总是夸她字好看，还喜欢作业先收她那组的。"

"她和李星雨的字确实都很好看啊，而且蒋慧那排总是最先收齐的，我当然先去收她那组的啊。"

岑曦："那……那……"

林延程滚了下喉结："曦曦，你……"

"什么？"

他别过目光，继续洗洗弄弄，说："你在意啊？"

岑曦像撒谎的小孩被戳破一样，忽然大声说道："我在意个屁啊，我还生怕你以后娶不到老婆呢。再说了，蒋慧本来就很好，你喜欢她也是正常——"

"曦曦。"他再一次打断她，"我没有……"

岑曦压下心中的雀跃，若无其事地说："没有就没有嘛，也亏你想得出，按照林阿姨来描述。那……你想过你喜欢什么样的女孩吗？"

林延程浅浅地吸了口气，背过身，开始切菜。他说："想过。"

"什……什么样的啊？"

"嗯……开朗活泼一点的吧。"林延程听见刀落在砧板上，咚咚咚的，仿佛他的心跳。

岑曦的指甲抠进蒜头里，说："哦……这样啊……"

林延程一刀一刀地落下去，但始终没有等到岑曦的后续。

厨房里油烟的刺啦声很大，大热天的，里头的气温不断上升，气氛也随之变得让人坐立难安。

岑曦瞄了他背影好几次，欲言又止。

什么叫开朗活泼的啊，没有更具体点的吗？

那头的林延程抬手揉了揉眉心，他内心期盼岑曦再说点什么，但又怕。

他一直小心翼翼地维护着他们的关系，生怕岑曦发现他的心思后，尴尬地逃避他，最后连朋友都没得做。这是他最勇敢的一次了吧，可惜岑曦好像没有领悟到。

而且她刚刚也是一副很愿意把他推给蒋慧的态度。

她对他应该只是好朋友的想法吧，可她好像又很在意他和蒋慧的关系。

林延程深深叹了口气，埋头做饭。

而站在门外听了一会儿的蒋慧吸了吸鼻子，努力笑着，却怎么也笑不出来。

她觉得如果这时候下一场雨，那可真是一部狗血偶像剧。

后来真的下雨了，临近傍晚的时候，下起了雷阵雨，来得突然去得也快，下过雨后的夏天清凉不少。

大家收拾东西准备回家，雨天路湿滑，林延程提醒他们路上小心。

岑曦陪李星雨去她家推自行车，李星雨奇怪地看着她，说："你怎么突然心情那么好，还哼起了歌？龙虾吃饱了就满足啦？"

岑曦双手背在后头，蹦蹦跳跳地说："雨过天晴，心情当然好。"

"有毛病哦。"李星雨用手指点了下她的脑袋，"像怀春了一样。"

岑曦乐呵呵地往边上倒，又像不倒翁一样弹回来。她说："哪个少女不怀春，你没有呀？"

李星雨耳根一烫，以为是岑曦看出了什么，她结巴道："什……什么啊？"

岑曦摇摇头："没什么呀，就今天天气不错。"

那边的人早就走得七七八八，只有林州在路上等李星雨，但还剩了一个人。

蒋慧把桌上的垃圾倒入垃圾桶后，鼓起勇气和林延程说："林延程，我有事情想和你说。"

林延程和林州挥手道别，他看着蒋慧点头："你说吧。"

"去……去屋里说行吗？"

"行啊，走吧，我正好要去扫地。"

蒋慧急了，拉住他的手腕，又不好意思地松开。她吞吞吐吐地说："那那那就在这儿说吧，反正结局都一样。"

"嗯？"

过了片刻，两人从屋里出来，蒋慧的眼眶红红的，林延程神色没什么变化。

岑曦正在大马路上朝李星雨大喊着再见。

林延程望着她，不由得无奈一笑。

这个夏天悄然而过，记录了最深的夜，最亮的星，最悸动的风，最飘摇的雨。

9月军训过后，岑曦和林延程分别开始了正式的高中生活。

岑曦的学校前身是南城中学，后来南城中学搬新校区，这儿就成了星辉中学。学校里有室内体育馆，有荷花池，有羊肠小道，比红枫中学大多了。

因为距离青水镇太远，蒋心莲给她报了寄宿，一年六百块。于是岑曦有了五个室友，都是在军训中相处过的姑娘，热情开朗，寝室氛围很好。

新学期刚开始，总是忙得不可开交。

岑曦忙着适应生活，布置寝室，晚上还会和室友去街上溜达一会儿。城里夜晚的街道是那么璀璨繁华，所有东西仿佛唾手可得。

但大半个月过去，岑曦开始怀念红枫中学外的小街道，虽然只有一家文具店、两家私人汉堡店，但好像怎么走都不会腻。不像现在，街上店铺很多，可不会再有进去的欲望。

刚开学课业不是很繁重，每天下晚自习后回到寝室，岑曦都不知道该干什么，玩手机，上QQ却没有可以聊天的人。

李星雨和林延程都上了南城中学，这是全县最好的中学，管理相当严格，不允许学生带手机，不允许寝室放置过多杂物，不允许随便外出。这是第一个周末回青水镇时林延程告诉她的，因为她责怪他不回她消息。

岑曦和林延程约好每个周五一起坐公交车回家，而李星雨家在城里买了套房子，供她读书，所以李星雨不用像他们一样每个星期都回家。

岑曦曾以为高中会累到每天凌晨两点睡觉，但她的高中课程安排和初三的差不多，作业量甚至都没有初三的多。唯一的负担就是几门都要好好学习，不像初中，只用学语数英物化。

岑曦又陷入了地理、历史、政治的折磨中，她还担心起高二会增加的生物。

9月底月考后，岑曦有点闷闷不乐，因为林延程并没有和她分享这个星期的日常。

林延程先从自己学校门口坐车到十字路口，然后去岑曦学校门口等她，两个人再慢悠悠地穿过街道去总车站坐车。

林延程手臂上挂着她的校服外套，她说热，一见面就扔给了他。

林延程说："你在想什么？"

"嗯，月考了，你们有月考吗？"

"有啊，前几天考了，今天老师们把卷子讲解了一遍。"

岑曦踢了块小石子："那你考得怎么样？"

"不怎么样。"林延程说。

岑曦鄙夷地看他："我才不信，你肯定考了第一。"

林延程整理了下她的外套，摇头说："我考了第九。"

岑曦惊愕地张大嘴："第九？不会吧，你退步了吗？"

"班里其他同学都很厉害。"林延程浅浅地吸了口气，像安慰自己一样说道，"人外有人，天外有天。我们班第一名是全省第三十九名，真是太了不起了。"

上高中后才发现厉害的人真多。岑曦深深叹口气，瞄了眼林延程。他穿着南城中学的短袖校服，他的校服是干净的白色，很好看，哪像她的，是红白混色，说不出来的丑。

今天也不是没有开心的事情。比如今天是周五，她终于见到了林延程，他们要一起回家，然后周末又可以一起做作业。

她可以一直看着他。

这样一想，岑曦放松了许多，嘴角不自觉地上扬，脚步都轻快了起来。

走了几步路，岑曦忽然叫了一声，瞪大眼睛说："糟了，我的外套好像忘在教室了，我打算带回去让妈妈洗的。"

林延程看着她呆呆的模样笑了笑，晃了下手中的外套："在我这里。"

"怎么会在你那里啊？"

"你给我的啊。"

他手上挂着她的校服，而她随手扔给了他，他们的互动还是像以前那样自然又亲密。

"我自己拿吧。"岑曦突然有点不自在起来。

林延程奇怪地看着她，说："不用了，我拿吧，你不是说热吗？"

"哦……那你拿吧。"

岑曦心底有种莫名的窃喜。

大概是要转秋了，傍晚没有了夏日时的闷热，阳光一缕缕消散时温度也随之下降，人挤人的公交车也没那么让人窒息了。

假如他们运气好，能在总车站占到两个位置，运气不好就会像咸鱼一样被挤着。

岑曦以前坐公交车不喜欢站着，她一点都不喜欢左摇右晃，但现在变了，她喜欢和林延程并肩站在一起。

那天他说他不喜欢蒋慧，她雀跃了很久，但仔细想想的话，那也不代表他会喜欢自己呀。林延程长得是帅，可好像和李星雨一样没什么情商，也许他根本不懂什么叫喜欢一个人。

所以她要不要趁着他还没有春心萌动，快速出击，断掉他其余后路？

失败了的话她就会失去他，但如果一直无所为，她就是一直在失去他。

她是个喜欢勇往直前的人，所以她的大脑不断驱使着她，让她努力争取自己想要的。

也许她一点都不贤惠，功课也普普通通，但她可以学啊，她可以像湘琴一样努力啊。

湘琴都可以和直树在一起，她以后为什么不能和程程在一起。

所以在开学之初，岑曦利用晚自习空闲时间定制了一个一百天计划。她要在一百天内学会烧三个菜，期中考试要进班级前十，改掉自己急躁的脾气，要在一百天内吸引到林延程。

关于吸引林延程又分三个计划：第一，让自己变好看；第二，贴心温柔地对待他；第三，故作柔弱，激发起男生的保护欲，让他默默发誓要永远陪着自己，不离不弃！

这些是她从网上搜索来的，很多人都说有用，于是她打算对林延程进行试验。如果不行，她还看到有别的方案。

所以她今天特意穿了周三晚上新买的衣服，是吊带露肩的短袖上衣，能完美地露出精致的锁骨和迷人的肩头，显瘦遮肚子，清爽的颜色和图案会衬得人很精神明亮，这比较符合他所说的开朗活泼。

公交车上人群拥挤，岑曦一手握着扶把，一手勾了下头发，等待着等会儿的大转弯，每次转弯她都会站不稳。

眼看着要转弯了，她连方向都调整好了，但谁知道大马路会蹿出一只猫，司机急刹车，岑曦往前扑，倒在了另一所高中的一个男生身上。

岑曦恶狠狠地瞪了那男生一眼，男生木讷地眨了两下眼。

站在岑曦身侧的林延程抓住她的书包，把人拎直。

还没站稳，司机又来了个大转弯，岑曦又往左边倒，如愿以偿地靠进了林延程的怀里。

林延程视线往上抬，熟练地扶正岑曦。

岑曦揉了揉额头，故作娇嗔道："吓死了……呢。"

林延程："……"

男生："……"

岑曦咬了下唇："我可不可以抓住你的衣角啊？"

"你抓吧。"

"哎，程程，你这里有根头发，你别动，我帮你拿掉。"

"……"

林延程低头瞥了眼她，又快速移开视线。

不知为何，他觉得最近的岑曦有点怪怪的。

是因为上了高中交了新朋友被影响了吗？还是说女生都会有这个时期？

今年她还剪了刘海，松松软软的，看起来确实比之前更可爱更好看，也有大姑娘的味道了。

最致命的是，岑曦的衣品变了，她不再喜欢运动套装，也不喜欢带卡通图案的衬衫 T 恤。

就像今天的这件衣服，他之前就没见过。

这件衣服起初看到觉得没什么，但是动作如果大一点，领口那里就有点危险。

想到这儿，林延程弯了点腰，靠近岑曦说："车里开了空调，等会儿会冷，要不你把外套穿上吧？"

岑曦眼里有光在波动，她笑了下："好呀。"

他脱下她的书包挂在自己身上，把外套递给她。岑曦趁着车未停下，三两下穿好。

林延程又说："把拉链拉上吧。"

岑曦噘起嘴："你要求真多！"

看着她不耐烦的表情，林延程却觉得，这才是他熟悉的岑曦。

岑曦的这种怪异一直持续。

比如她突然想学做菜，周末缠着他教她，浪费了一筐的青菜后，她终于炒出了一盘勉强像样的青菜。

她也忽然开始熬夜秉烛学习模式，和当时中考差不多，每个周末都学到很晚，有什么不懂的就会跑来问他。要知道，岑曦以前是很不喜欢主动问问题的。

虽然他自己功课压力也很大，但难得岑曦有这么认真的时候。况且如果高一把基础打好，到了高三也会相对轻松一些吧。他至少得和岑曦上一个地方的大学，这么想着，他重新规划了自己的时间，给岑曦腾出一段补课时间。

他以前会和岑曦在一楼的老房间里做作业，因为冬暖夏凉。但上了高中后他不去那间屋子了，因为不够安静，相比之下还是二楼自己的房间更适合读书。

岑曦倒是比较喜欢楼下，但她尊重他，在他书桌旁搬了张椅子，安静地坐在他旁边听他讲题。

他以为岑曦只是心血来潮，毕竟每个学期开头她都特别认真。

但有一天她忽然问他："程程，如果我一直这么努力，我们能考上同一个大学吗？"

这让他颇为吃惊，随之而来的还有一丝悸动。她想和他上一个大学？她是不想和他分开吗？

他问出了自己的疑问。

岑曦突然有点娇嗔，咬了下手指，眨巴了两下大眼睛，支支吾吾："因为……因为……哎呀，我不知道啦！"

他因为忍笑太用力咳了起来。

他不禁问她："曦曦，你最近怎么了？是看了什么电视剧吗？"

这是他唯一能解释她"性情大变"的原因。

岑曦不明所以："嗯？我一直都是这样的呀。"她故意拖着尾声。

"曦曦，你别这样说话，听着让人怪害怕的。"

岑曦的脸就一点点地垮了下来，气鼓鼓地说："你个呆子！"

她卷起书本就跑，走到门口又喊了声："呆子！"

林延程觉得这台词很耳熟，有一天突然想起，孙悟空不就是这么喊猪八戒的吗？啊……岑曦是重温了《西游记》吧。

她为什么能这样可爱？

岑曦努力了一个月，但可惜林延程像个呆子一样，完全不明白她的心意和付出，有时候还一直笑她。有什么好笑的嘛，虽然……虽然他的眼神那么宠溺，那么让人心动。

关于林延程，他是她心底的秘密，私密到李星雨她都没告诉。但她的丧气却被室友们一眼看了出来，大家纷纷笑她就把"暗恋"两个字刻在脸颊上了，完全是一副吃不到天鹅肉的焦急样。

后来一次寝室谈心中，岑曦坦诚地说出了自己的小心思。

大概是因为她们都不认识她以前的同学，和她以前的生活完全无关，她才会这样放心地全盘托出吧。就像李星雨，她反而没办法直截了当地告诉对方。

室友们很羡慕她和林延程深厚的感情，并且很想看看林延程到底长什么样子。因为在岑曦的描述中他完美得像书中的男主角。

他个子高，长得俊，脾气又好，关键是成绩还是拔尖的。

岑曦也和她们说了自己的计划，大家觉得挺靠谱的，他们从小一起长大，有感情基础。再说了，岑曦长得又不差，是她们寝室的一枝花，像一朵洁白纯净的茉莉花。

于是岑曦有了个外号，小茉莉。

室友们说不外乎三点：美丽，撒娇，纯洁。电视剧和小说里的男主角都逃不过这三个要素，而她那位温柔的竹马哥哥应该也一样。

室友们还给岑曦出了很多主意，比如来"大姨妈"时说自己冷，盖多少被子都冷，然后握着他的手说："这里好暖和。"比如假装在他的床上睡着，踢开被子，发出女生特有的呢喃声，激发他的保护欲。比如像电视里那样喝咖啡，把奶油沾到嘴边，一脸无辜地看着他。

岑曦想象了一下这些场景，不禁摇摇头，打了个寒战。

10月下旬时林延程和林州约了打篮球。自从上高中后他们几乎没联系过，突然有一天林州发消息让林延程陪他打会儿篮球。

镇上新建了个公共篮球场，傍晚时分会有很多学生去打篮球，因为红枫小学和中学的篮球场不对外开放。

周五放学回去的路上，林延程和岑曦提了这个事情，因此他这个周末不能教岑曦做菜了。

岑曦失落了会儿，但忽然想到这是个很好的机会啊！

室友和她说过，男生都喜欢打篮球时女生送水和欢呼，这可以满足他们的虚荣心。

这次周末打篮球是个很好的试验机会，正好，她又新买了条裙子。

岑曦在公交车上正筹谋着，肩膀却突然被几个女生撞了下。那几个女生排队下车，纷纷说："小茉莉，天鹅肉要好好吃哦。"

"小茉莉加油哦！"

"小心有其他癞蛤蟆哦！"

女生们嘻嘻笑笑地下了车。

岑曦看着她们强行憋笑，默默地朝她们挥了个拳头。

还不是因为她们吵着要看林延程，她才让她们在校门口等的，谁知道她们还跟上了车。

岑曦掏出手机在寝室群里发消息：小心周一打你们哦！

女生们：那我们要向天鹅哥哥告状，他的小青梅一点都不温柔！

岑曦气笑了，关了网络，把手机塞进书包里，真是懒得理她们。

林延程问："那几个是你同学吗？"

"啊？没有啊。"

林延程点点头。

岑曦晃了下他的袖口："那你明天去打篮球我能去吗？"

林延程勾了下唇："那边很无聊的，你真要去？"

"去呀，我顺便去镇上逛逛吧。我也好久没见林州了，不知道星雨去不去。等会儿到家了我问问她。"

"行啊，我和林州约了下午一点，我们十二点半出发。"

岑曦睁着水灵灵的大眼睛说："我的自行车好久没骑了，应该没气了，你明天可以载我吗？"

"可以啊。"

岑曦抿唇一笑，娇娇地说："谢谢程程！"

林延程怔了下。

第二天岑曦换上新裙子，是一套水手服类型的裙子，她下了很大决心买它。因为街上没人穿这个类型的，也实在太过招摇，但她可以周末在家里穿啊，只有林延程看得见。

现在很巧合的，正好可以在他打篮球的时候穿。岑曦还是挺满意这套衣服的，穿上后像啦啦队的。

她特意绑了个高马尾，抹上粉饼和润唇膏，照了又照后，轻巧地下楼。

林延程在楼下等她，他正和林州在打电话，说一会儿就到。

挂断电话，他回头正好看到岑曦。

他喉咙一紧，视线由上而下，盯着她看了好一会儿。

岑曦还是很满意他的反应的，她若无其事地走到他身边，说："走吧。"

林延程："曦曦……"

"嗯？"

"这样穿会不会冷啊？"

"不会啊，今天挺暖的。"

"裙子会不会有点短啊？"

岑曦坐上后座，拍了下他的背："你好保守哦，百褶裙都这样的啊。"

林延程沉默了会儿，脱下自己的外套朝后递："你遮一下吧，万一起风。"

岑曦心头一暖，接过外套，把下半身盖得严严实实的。

"好啦，可以走啦。"

"嗯，那你坐稳。"

这一路林延程心不在焉，内心觉得幸好他们学校平日是要求穿校服的。

到达篮球场时，林州已经在那儿了，他投了个三分球，回头，看到姗姗来迟的人。

篮球落地，咚咚咚——

林州眯了眯眼，双手叉腰，问道："林延程，你后头这是谁啊？"

岑曦："……林州！"

林州："我天！曦曦？"

林州揉了揉眼睛，确定这不是幻觉。

他不可思议地说："曦曦，你是去韩国一日游了吗？我从前怎么没觉得你这么好看。"

岑曦解下腰间林延程的外套，挥起就朝他甩过去："我本来就很好看！"

林州笑着说："行行行，是是是，你本来就好看！"

岑曦踹了他一脚。

林延程赶紧分开两人，对岑曦说："你去那边坐吧，有长椅，别抬腿……"

看在林延程的面子上，岑曦放过林州，上一秒她还瞪着眼，下一秒就乖乖地看着林延程点头，轻声说："我去帮你们买水吧，就小店那边，一会儿就回来。"

林延程从口袋里掏出二十块钱，岑曦推开："我有钱啦，不要你的。走啦！"

林延程想把钱塞她口袋里，但她这衣服哪里有口袋，他只好塞进自己的外套口袋里，再把外套披在岑曦身上，叮嘱道："还是把外套穿上吧，想吃什么自己买，在这里待一下午很无聊的。"

岑曦温婉一笑："知道啦！"

林州看着林延程，忍不住笑道："喂，不至于吧，岑曦又不是三岁小孩，要目送这么久？"

林延程摇摇头："不是。"

"不是什么？过来啊，打篮球了。"

林延程看着篮球场上的另一拨人，他和林州说："今天为什么这么多人？"

"周末呗，学生都来了。"林州"啧"了声，"我说，你这神情，不会是在吃醋吧？怎么，不愿意让别的男生看岑曦啊？"

林延程被戳破心思，他没回答，接过篮球，投了个三分球，球撞在篮板边上，没进。

林州："不过岑曦怎么变化那么大，我都没认出来，她是不是还化妆了？曦曦上了高中没男生追吗，这么好看，搁我现在复读的学校整个一校花啊校花。"

"没有吧，没听她提过。"林延程说。

"我看是有人追她，她都不知道吧，就她那情商。"林州拍了拍林延程的肩膀，"不过她情商低是好事，至少没那么轻易被别人追走。不过你没什么打算吗？"

"什么打算？"

"拜托！兄弟，你不做点打算，岑曦迟早是别人的。"

林延程笑了下。

他对岑曦怎样，周围所有人都看得见，感受得到，可是为什么岑曦就不能发现呢？他还能怎么做呢。

林州："要不要兄弟给你支儿招？"

"不用。"

"真的，我不害你。等会儿打篮球你把上衣脱了，我给你让球，你就负责投篮和耍帅，女主看到打篮球厉害的男生都没抵抗力，然后打完你跑去问她要水喝，和她凑近点，她保证心跳加快！"

林延程："岑曦不吃这套的，她本来也不喜欢体育运动。"

"你怎么知道她不吃这套？"

"她只会觉得我在耍流氓。"

"那……我还有，那你晚上载她回家，骑很快，我看电影里都这样做，女主都会抱住男主的腰，然后就产生火花了。"

林延程淡淡一笑："别出馊主意了，打球吧。"

"你们……真是的。"

"你和李星雨有联系吗？"

林州以为话题到此结束，没想到林延程反将一军。

林州挠了下脑袋，含糊道："就那样呗。"

"她在我隔壁班，我们班挺多男生都向我打听她。"

林州憋了会儿，问道："真的假的？"

"真的。"

"她不就那样，居然有人看上她。"

"李星雨挺好的啊。"

"好个屁，脾气臭，身材平，傲慢又清高。"

林延程夺走了林州手中的球，背身一个投篮，林州叫道："趁我分心，不够人道！"

男生之间不似女生，他们的真实想法都透露在玩笑话中。

岑曦跑到红枫小学外的小卖部买了三瓶不同口味的脉动，她怕他们肚子饿，还买了小面包，又怕自己无聊，买了几条水蜜桃口味的硬糖。

这套衣服的回头率是高，她走在路上行人都要回头看几眼。她觉得很不好意思，她不喜欢这样被别人看。

岑曦买完饮料跑回篮球场时，两个大男孩正打得酣畅淋漓。

10月下旬的秋意已很浓，午后阳光不算热烈，是个出汗也会觉得舒服的季节。

岑曦把买的东西放在长椅上，掏出手机给他们拍了张照，但她摄影技术很差，好几张都照糊了，拍了老半天才拍到一张清晰的。

她把照片用彩信发给李星雨，配上文字：让你不来，我现在都没人聊天。

李星雨：早知道就来了，这儿的喜酒真无聊。

岑曦：下次呗，我等会儿问问他们下个星期打不打。

李星雨：看情况吧，马上又要月考了。

岑曦：那等你们考完我们聚餐呀，我好久没见你了。

李星雨：OK！

她合上手机，抬头，他们刚好结束一轮，朝她走来。

岑曦捧起脉动，笑盈盈地看着林延程："你要哪个味道？"

林延程挑起原味，岑曦递给他后才转向林州。

林州玩味地看着她："曦曦，好歹我也是你四年的好兄弟吧，能不能公平点，人家也要原味的！"

岑曦随意拿了瓶拍到他怀里："爱喝不喝。"

林州："这么区别对待？干啥，你们偷摸在一起了？"

"咳咳咳！"林延程被呛个正着。

岑曦脸瞬间红成水蜜桃，她踢了林州一脚："你瞎说什么！"

她又看向林延程，伸出手后又缩了回来，试探地问："我给你拍一下？你没事吧？"

林州咕噜咕噜喝了小半瓶，勾着嘴角，给林延程狠狠拍了一下后背，他说："没事儿，他就是觉得你的水太好喝，猴急了，喝呛了。"

岑曦瞪他："你找抽啊？"

林延程摆摆手："我没事，别闹了。"

岑曦瞥了几眼林延程，觉得他汗淋淋的样子也很帅。她不好意思地看向别处，脚尖踢了两下地，说："你们下个星期还打球吗，星雨说等下次月考完了我们可以一起吃饭。"

林州："都行吧……"

岑曦："你在复读哎，你到时候确定有空吗？"

"有啊，现在才第一学期，我是人，要休息的。"

林延程咳了下，低低地笑着："曦曦，那就等我们月考完吧。街上不是开了家小食吧吗，我们可以去那里吃。"

岑曦眼睛一亮："对哦，那里看起来东西很好吃，那就定那里了哦。"

正说着，有个男生忽然跑过来，挠着后脖颈，说："我们缺两个人，要不要和我们一起打？"

林州说："行啊，那就正好分队比一场呗。"

林延程拧上盖子，把水递给岑曦："那我去了。你就坐这儿，别乱跑，这是我手机，你可以玩小游戏。"

岑曦接过这两样东西，乖巧地点头。

林州吹了个口哨，小跑进了球场。

岑曦倚着长椅，解开林延程手机的密码。他的手机密码是2217，她问过林延程为什么要用这几个数字，他说随便定的。

林延程手机里很干净，照片就几张，界面图片是最原始的图，铃声也是初始的，要不是通讯录里有一些联系人，这手机看起来像是刚买的。

他们的手机是一个型号，里面的东西也都一样，但林延程的比她多一个小游戏，她当时可羡慕了。可她不喜欢黑色，所以没和他换手机。

如果将来有一天他有了喜欢的人，他一定不会像现在这样随意地把手机交给她吧。

他在学校肯定很受欢迎吧，毕竟他是那么耀眼。

岑曦盯着QQ图标蠢蠢欲动，如果她偷看的话他应该不会发现，可是这样有点过分，怎么可以看他的隐私。

经过挣扎，岑曦还是没有打开他的QQ。

她捧着手机想了半天，最后打开了他的短信箱，在发件箱上编辑了一条短信，打完后存进了草稿箱。

岑曦放好手机，球场上正打得火热，岑曦目不转睛地盯着看。她还是懂一点的，关于犯规比分算法之类的。

换作以前她会觉得无聊吧，但现在她觉得每一秒都很幸福。

她的程程在阳光下闪闪发光。

这场友谊赛他们这队赢了，因为林州的球技出神入化。男孩子们总是很容易打成一片，两三个小时相处下来，都能开玩笑了。

夕阳下沉，起风了，少年们纷纷套上衣服，打算回家吃饭。

岑曦见他们走来，立刻坐直，满脸笑意地看着林延程。她忍不住拍马屁道："程程！刚刚你们打得好好呀！超棒的！"说着，还竖起了两个大拇指。

"累不累？渴不渴？喏，我给你拧开了。"岑曦贴心地奉上水。

林延程接过水，把剩余的半瓶都喝完。

岑曦继续夸："程程，就你刚刚那个扣篮，超帅的！"

林州："扣篮的是我。"

岑曦："……是吗？"

林州笑了下："曦曦。"

"嗯？"

"你今天怎么了，糖吃多了，嘴巴那么甜？你不会有事要求林延程吧？"

"我本来嘴巴就很甜啊，我经常夸程程的啊，他学习好我会夸，得了第一名我也会夸。"

"那你怎么不夸夸我？"

岑曦："你是我的谁啊，我干吗要——"

林州笑意更盛："哟哟哟，得了，我是比不上程程，程程可是你的那谁呢。"

岑曦脸一热，不知所措地看向林延程。林延程咳了声，说："好了，别吵了。收拾一下回家吧。"

林州和他们不同路，三个人打了招呼后分别。

林延程撑着自行车，等岑曦上来，岑曦把外套系在腰间后坐上了后座。

岑曦甜丝丝地说："程程，你下次可不可以教我打篮球啊？"

"你要打篮球？"

"今天看了以后觉得挺有意思的，等我学会了，我们可以在你家打啊，在你家二楼栏杆那里绑个篮筐就可以。"

林延程迎着晚风，微微弯了嘴角。他说："那下个周末我教你吧，我去同学那儿借个篮球。那你还学做菜吗？"

"学啊，边学做菜边学打篮球。你……会嫌我烦吗？"

"不会啊。只是曦曦……"

"嗯？"

"我们这样的话周末就没办法好好做作业了，马上又要月考了，考试为重怎么样？"

岑曦笑了："好啊，那先复习功课吧。你理科那么好，明天你能教教我化学吗？这个星期老师讲的几个知识点我有点不懂。"

她确实有点马屁精附身，林延程还是不能适应。

可谁能想到岑曦还停不下来了，夸他篮球打得好，夸他功课好，夸他骑车都那么稳，夸他性格好。

林延程听得都不好意思了，这仿佛都不是他了，是神吧。

刹那间，林延程想起一件事，他打断她绘声绘色的马屁之旅，说："曦曦，刚刚一起打篮球的一个男生想要你的联系方式，你要给吗？"

曦曦愣了下："谁啊？"

"我把我的手机号给他了，如果你想给的话，我就发给他，就过来叫我们一起打篮球的那个。"

"没印象……"岑曦咬了下唇，"你觉得我要给吗？"

林延程故作不经意地说："我觉得没必要。"

岑曦嘴角上扬："那就不给吧。"

过了一会儿，林延程又说："刚刚那些男孩子都盯着你看。"

"啊？那我下次不穿这个了。"

"曦曦，我不是这个意思，只是现在要入秋了，晚上很冷，裙子太短会很容易感冒的，夏天穿就没事。"

岑曦"扑哧"一声笑出来："林延程，你好烦哦！"

今天是怎么回事，林延程觉得她连"烦"字都说得甜甜的。

于是这晚他失眠了，翻来覆去地想最近岑曦的一举一动。

与此同时，煎熬的还有岑曦。

她洗完澡躺在床上玩手机，脑海里循环着白日里的一幕幕。她喜欢林延程递给她外套的贴心，喜欢他不准她把联系方式给其他男生的霸道，喜欢他笨拙地叮嘱她别感冒。

然后——

"阿嚏！"

这晚，岑曦发烧了，因为白天穿太少。

第二天岑曦量了体温后显示 39.3℃，被蒋心莲数落了一顿，说她不看看什么天气乱穿衣服。

岑曦也觉得有点丢脸，但还是抱着寻求安慰的心情给林延程发了消息。

她仿佛林黛玉附身一样，隔着屏幕都能感受到她的娇弱。

林延程收到 QQ 消息后，立马奔向她家。此刻的岑曦正坐在客厅里，脸蛋红扑扑的，乖巧地等着蒋心莲收拾完东西带她去医院。

蒋心莲因为停工一天要换班很是心烦，又因为女儿生病眉头就没松过。

林延程蹲在岑曦面前，用手量了下她的体温，确实烫得要命。

岑曦头晕眼花，但还是对着他笑，气若游丝地说："程程，我明天还能上学吗？"

"应该不行，请假休息吧。"

"那今天你要自己坐车去学校了……"

"嗯，你们打算去哪个医院，人民医院还是中心医院？"

岑曦："人民医院吧，比较近。"

林延程看了眼忙东忙西的蒋心莲，想了会儿说："阿姨，要不今天我带曦曦去医院吧，挂完水后我会把她送回来的。"

蒋心莲愣了下，摆摆手说："你还要读书呢，没事，阿姨带她去就好了。"

"可是阿姨，曦曦估计最少得挂三天水，你工作忙，反正我今天也没事，不会耽误读书的。"

蒋心莲烦忧的就是工作，前不久她刚跳槽到这个厂子，三班倒的机制。偶尔有事走人，能和同事调个班，但连续走个两三天就只能请假。这样的话钱就少了好几百，岑曦看病还得花不少。

有时候，生活真是一团毛线，理都理不清。

蒋心莲挣扎后还是拒绝。

林延程说："阿姨，我们都长大了，可以自己处理的。我之前都是自己去医院的，我会把曦曦照顾好的。"

岑曦看着母亲烦心的模样觉得很抱歉，说："妈妈，我和程程去吧，我自己可以的。"

蒋心莲看着他们，心头热了下。

是啊，他们都长大了，个子比她还高，也许懂得比她都多。

她沉默了会儿，说："延程，你知道怎么看病对吧？"

林延程点头。

蒋心莲把医保卡、身份证、本子都装在一个袋子里，递给林延程，叮嘱道："挂急诊，然后去付费，排队去找医生，有什么不懂的就去找护士。你们俩的手机都有电吧？有什么事情一定要给我打电话。还有，这是一千五百块，应该够了，不够的话就给我打电话。如果要住院的话也要给我打电话，下午到家了也要告诉我。"

林延程认真地听着，收好东西，说："阿姨，我知道了。"

蒋心莲看了几眼林延程，轻叹口气，又看向岑曦，说："曦曦，你怪妈妈吗？"

岑曦傻乎乎地笑着："不怪呀，我可以自己看病的。"

蒋心莲摸了摸她的头："你们再看看还需要带什么，我去打电话问问杨民，看他还有多久到。"

岑曦记得这个杨民，之前岑兵出事时也是打电话让他来接送的。

林延程也摸了下岑曦的头，轻声道："那我回去收拾点东西，一会儿就来？"

"嗯。"

岑曦坐在小凳子上，侧身靠墙，她的脑袋疼得要炸开，像一团糨糊，拧不动，转不动，但又莫名觉得开心。

可坐上杨民的车后她就崩溃了，汽油味再加上颠簸的路段，她几度想吐，有气无力地靠在一边，像被夺走了半条命。

林延程焦急得不知所措，他很想帮岑曦分担痛苦，可是无能为力。

他看着脸色惨白的岑曦，眉头也紧锁，只能反复问她要不要喝点水，要不要靠他身上。

岑曦难受得谁都不想理睬。

到了医院门口，下车后岑曦呼吸到新鲜空气才慢慢缓过来，虚着步伐跟林延程进医院。

林延程能体会现在岑曦的无力和难受。他伸手搂住岑曦的肩膀，支撑起她，低声说："走慢点吧。"

岑曦昏昏沉沉地"嗯"了声。

周末的急诊大厅总是人满为患，林延程把她安置在走廊长椅后，跑去挂号付费，一切手续办好，他陪着岑曦等叫号。

护士台给她量的体温和在家里量的差不多。

等了半个多小时，终于轮到他们了。医生简单检查后，给岑曦开了药水。林延程付费完，又扶着岑曦上二楼取药挂水。

正是换季时分，发烧的人不在少数，治疗室里还有很多小孩，那针扎进去时哭声响彻天际，林延程看着都觉得不忍心。

轮到岑曦时她紧紧抓着他的衣袖，低头不看扎针。

林延程知道她很怕打针，但每次都装作很勇敢的样子。

他轻轻抚摸她的后脑勺，希望能缓解她的紧张。

岑曦"哐"了声后放松了，放开了他。

两个人寻了个角落位置，林延程把吊瓶挂在支架上后在她身边的空位上坐下。他望了眼四周，确定有挺多空位后从书包里掏出作业，打算做两张卷子。

岑曦很累，靠着墙壁就睡了过去。

林延程每隔十分钟就会看一次吊水瓶。

治疗室里是中央空调，没办法自己调温度，林延程轻轻触碰了下岑曦的手，很冰冷，他把外套脱下来盖在她身上。又琢磨了会儿，从抽纸包里抽出一小半的纸巾，他放在掌心里焐了会儿，垫在岑曦挂水的那只手腕下。

岑曦在护士给她换药水时醒了过来。虽然睡得不怎么舒服，但整个人比之前好了不少，不再有恶心想吐的感觉，眼前的世界都清明了很多。

她揉了揉眼睛，睁眼就看见林延程平静却严肃的脸庞，他仰头看护士换水，确认滴管正常和名字正确后才有了一丝放松。

他垂眸时正好和岑曦对上眼。

岑曦朝他笑了下："几点了？"

林延程看了眼手机："十二点过十分，饿了吗？要不要我去给你买点吃的？"

岑曦摇头："就这一瓶了对吧？"

"嗯，估计还要一个小时。"

岑曦看着他摊在腿上的试卷和书本，惊讶道："你刚刚一直在做作业吗？"

"嗯，快做完了，这样晚自习的时间正好用来背书和预习。"

"我是不是耽误你了？程程……"岑曦愧疚极了，因为她的不懂事，弄得蒋心莲为难，也打乱了林延程的学习计划。

林延程笑了笑："没有，在家做和在这里做是一样的。反倒是你，生病了，功课会落下一截，等休息好了可要头疼了。"

说起这个，岑曦蓦然想起这个周末的作业她才做了一半，最头疼的八百字作文都没写呢。

她恹恹地塌了肩膀："看情况吧，如果明天早上体温正常的话，我就抓紧把作业做完，然后回学校去。"

林延程在卷子上写下最后一道题的答案，他合上书本和草稿纸，说："我们下个星期月考，你们也快了吧。下个周末我也正好考完，帮你复习一下吧。你别急，先养病。"

岑曦哼了声："还不是你挑起的话题。"

"我只是希望你别忘记了正事，要给自己定制好计划，不然到时候手忙脚乱，我又不能时时刻刻和你联系。毕竟初三时有个小朋友作业做着做着就气急败坏地哭了起来，就和那边打针的小朋友一样。"

岑曦抬眼望去，三四岁的男孩因为扎针哭得一脸眼泪鼻涕。

她恼羞成怒道："你讨厌！"

林延程不逗她了，起身帮她重新把衣服盖好，又去摸她额头测温度。

他问："有没有比刚刚稍微舒服一点？"

"好多了。"

"手冷不冷？"

闻言，岑曦看向自己挂水的手，下面垫了一打柔软的纸巾。她心尖一暖，弯着眼眸问道："你垫这个怕我冷啊？"

"嗯，我看别人都带毛巾垫，我没有，只好用纸巾给你垫一下。"

"你之前自己来的吗？我怎么不记得？"

"大概初二时吧，我又不经常生病。"

岑曦凝视着他，一时不知道该说什么。

是有这么一次吧，他晚上突然不舒服，第二天请假去医院了。她以为总归是林爷爷陪他一起去的，原来是他一个人去的啊。

相比之下她一点都不独立，从小到大生病都是蒋心莲带她去医院的，就像今天一样，她什么都不用做，只要坐着，自然有人带领她。

刚刚他在急诊大厅里跑来跑去，有条不紊的样子哪像是他们这个年纪的孩子该有的。

从前林婉在的时候他也是家里的宝贝，不用学做饭，不用一个人看病，不用没商没量的自己计划好一切。

她的程程凭什么要一个人承受这些啊，凭什么要做大人们都喜欢的懂事孩子，又凭什么还能如此平静温柔地说出这些。

岑曦看着身上的外套和手腕下柔软的纸巾，眼眶热了。

她轻轻地吸了口气，咽下心头涌上的酸涩感，别开眼说："你是笨蛋吗，你不冷吗？我有外套的。"

林延程笑着说："你挂水会比较冷，我没事。"

岑曦扯下腿上的外套，塞进他怀里："反正我不要，你穿上。"

林延程不明白她为什么又生气了，怔怔地看着她。

岑曦恨铁不成钢地握上他的手："你明明就很冷啊，掌心比我的都凉。你穿不穿？"

岑曦的手柔软细腻，带着一丝温热。林延程看着她焦灼的眼神，只觉得那丝温热通过掌心一路流淌到了心窝上。

他扬着笑容说："嗯，等会儿我就穿，等你这瓶水挂一半时，好不好？"

离开医院之前，岑曦上了趟厕所，出来时听到林延程在打电话，他点头说："嗯，我们现在打算回家，没什么问题，医院给配了三天的药水，明后天还要来。"

林延程见到岑曦，把手机递给她，用口型说：是你妈妈。

岑曦接上电话，向蒋心莲汇报了情况。

两个人坐公交车返回，周末的公交车一如既往地拥挤，从医院站上车差点连落脚的地都没有。

虽然感觉比早上舒服很多，但岑曦仍没什么力气，腿发软，浑身又干又热。

林延程圈着她，尽量不让别人挤到她。

他问岑曦："要不要我让别人给你让个座？"

岑曦摇头："车上都是老爷爷老奶奶，我年纪轻，站得住。"

林延程知道她会这么说，而车上也确实老年人居多，怎么好意思让老人家给年轻人让座。

但看着岑曦摇摇欲坠的模样，他心疼。

林延程左手抓住前门凸出的一截栏杆，右手握住竖着的栏杆，把岑曦围在自己身前。

他凑到她耳畔，说："要不你靠着我，眯一会儿？"

岑曦摇摇头："我没事的。"

林延程坚持："要站四十分钟，你吃不消的。"

"那好吧……"

岑曦瞄了几眼车厢里的人，确定没人看他们以后，她把脑袋靠上了他的胸膛。

林延程的外套敞开着，他胸膛的温度是那么清晰，上头还有她最喜欢的味道——洗衣粉的香味混合着他独特的阳光味。

岑曦今天没扎头发，柔顺黑亮的长发披散在肩头，遮住了她一半的脸。

从他的视角看，只能看到她的头顶，说不上来的毛绒感，像个小动物。

岑曦的头发又是什么时候变这么长了，好像挺久没剪了吧。

岑曦在三年级前都是短发，因为蒋心莲觉得给小姑娘扎头发太麻烦，后来她羡慕同班小姑娘的长发，回家后闹了一通，蒋心莲才允许她留长发。

再长大点，岑曦自己又不愿意留很长的头发，觉得夏天热死了，冬天洗头麻烦死了。可她又不喜欢短头发的自己，于是一直保持着中长发，短俏的马尾衬得她精神奕奕，活泼可爱。

现在她为什么要留头发？

不过长头发的岑曦也很好看，微卷的发梢透着几分少女的温柔慵懒。昨天她扎着高高的马尾，穿着蓝白色的百褶裙制服，像是动漫中走出来的女孩。

这样美丽的岑曦确实能让篮球场上的男孩频频回头。

那男孩提出想要岑曦的联系方式时，他很想替岑曦拒绝，但很快，他意识到自己是没有权利做决定的。林延程用了点心思，把自己的手机号给了那个男孩，说等会儿替他问。如果同意了，到时候可以给他发短信告知岑曦的联系方式。

谁知道岑曦会把决定权交给他。

这是不是说明她在意他的想法，是不是在她心中他是占有一席之地的？

岑曦的性格，做什么都明目张胆，什么都掩藏不住。

他忍不住开始观察岑曦的神情。不知道是不是发高烧的原因，她脸蛋红得格外夸张。

她刚刚突然生起了气，当她握上他的手他才后知后觉地明白，原来岑曦是在心疼他，心疼到她眼眶都红了。

接下来的时间他都忍不住地在笑。

当他提出要不要靠着他的时候，岑曦没有拒绝，完全信任他，依赖着他。

他终于有自信去相信，岑曦心里也有他。

后面那两天是蒋心莲带岑曦去的医院，星期二的下午岑曦返校，烧已经退得差不多了。

落了一天半的功课，岑曦赶前赶后终于补了回来，但效果总不如上课时老师当场教授得好。

上完晚自习回到寝室，姑娘们洗漱完上床，大伙迫不及待地询问岑曦和林延程的发展。

仿佛午夜茶话会一样，大家拿了点零食上床，边吃边唠嗑。

岑曦吃完药爬上床，抱着被子，干咳了两声说：“一个个提问，不要急！”

看这架势，那就是有进展喽？大伙眼神飘了起来，连连起哄，被住隔壁的宿管阿姨拍门让她们安静点。

姑娘们同时：“嘘——”

“我先来！一号床提问！”

岑曦：“一号请问！”

“林哥哥有没有很喜欢你的小制服？”

“有。”

一号“啊”了声，倒在了床上。

“二号床想提问！”

岑曦：“二号请问！”

“林哥哥没有捏着你的下巴低声说，小东西，故意诱惑我？”

寝室哄堂大笑，岑曦砸了个抱枕过去。

岑曦说：“他才不是这种调调的人。”

“那他是哪种调调的人啊？哎，好好说，你们到底到哪一步了啊？”

岑曦双手捂脸，很不好意思地说：“星期天那天从医院回家，他让我靠着他……”

“啊啊啊啊！”

“哇——”

“真的假的？”

“那林哥哥的胸膛温暖吗？是不是很烫很热？”

“又不是油锅，烫什么啊？”岑曦说。

“哈哈！”

笑完过后，女生们异口同声地问：“然后呢？还有呢？”

岑曦想了会儿说："还有大概就是有男生想要我的联系方式，我问他要不要给，他说没必要。"

"他真这么说？"

"对啊。"

室友："我听完你的描述，觉得他对你有意思。"

岑曦："可是他从小就是这样的，一直都是很细心温柔的，万一只是种习惯呢？"

"我的妈呀，世上哪有这种男生，你赶紧把他拿下吧，不然我要坐不住了。"

"不许！你们通通都不许打他的主意！"岑曦竖起食指，一个个指过去。

"行行行，那说认真的，你下一步打算怎么办啊？"

"下一步啊……"岑曦屈起食指抵在下巴下面，"我先想想下个星期的月考吧，我想这次考进前十的。反正我的一百天计划还有一个多月，实在不行就开始下一个一百天计划。这次月考我要是没考好，他会很愁吧。他一直牺牲自己的时间给我补课，我不能让他失望的。哎，你们不知道南城中学有多变态，就他在他班级也不过十来名，而且——"

话还没说完，岑曦的手机振动了起来。

她惊讶了下，都快十一点了，谁会打她电话？

拿起手机后，她的惊讶变成了惊喜。

"你们不要说话！"岑曦说。

室友们心领神会，但有一个要求，开扩音。

岑曦比了个"OK"，小心翼翼地接上电话，打开扩音，说："喂。"

那头的林延程声音很轻很低，他关心道："今天觉得怎么样？体温正常了吗？明天还要去吗？"

"不用了，我中午就回学校了。你们学校不是不允许用手机的吗？不是寝室都屏蔽信号了吗？"

"嗯……我不在寝室里。"

"啊？那你……"

"我在外头，不能多聊，我得马上回去了。曦曦……"

"嗯？"

"晚上把被子盖好，别让发烧反复，把不懂的题目做个记录，我周末给你讲。知道了吗？"

黑夜混着他磁性温柔的嗓音，岑曦的心都要化了，她十分乖巧地说："知道啦，那你赶快回去吧，不然被发现就不好了。"

"嗯。那晚安。"

"晚安！"

挂了电话，岑曦用手背贴了下脸颊，烫得像油锅，就差吱吱冒气了。

寝室里的姑娘起哄道："曦曦……知道了吗？那晚安！曦曦！晚安！"

"曦曦、曦曦、曦曦、曦曦，晚安！"

"晚上要把被子盖好哦，别让发烧反复！不然我会心疼！"

岑曦捞起枕头朝她们砸过去："讨厌，你们！"

这晚因为林延程的电话岑曦做了一整晚的美梦。

醒来后她把梦里的内容记录在日记本上，又忍不住回想昨晚林延程说晚安时的嗓音，就这样傻呵呵地笑了一早上。

难怪家长和老师都不提倡早恋，确实影响学习啊。

思考一通，岑曦发现最好的办法就是这次月考她考进前十，期中考试再进步一点，只要成绩稳定优异，她会更有底气。

而且林延程也一定很高兴看到她有所进步。

这样想着，岑曦中午提起精神，埋头开始做作业。

她给自己制订了一套奖励法，只要她专心上课做完该做的事情她就可以在晚上随性想他一个小时，只要把这个星期该学的学好她就可以在周五晚上见到林延程，周末也能多挤出一点时间和他做别的事情。

假如期中和期末考得好，指不定她还能向蒋心莲提出一个要求，比如和同学去郊游。

林延程那边，她一定也要好好督促他用功学习。

不过林延程肯定会比她做得好，他一直是对学习很投入的人，知道自己该干什么该怎么学习。

恍惚间她都以为自己已经在和林延程进行式了，瞎想那么多。

但她的奖励法效果不错，至少让她上课时不再分心，连周五晚上见林延程时都多了几分底气。

林延程见她精神好，脸色红润，便放心了。

他是真怕岑曦反复高烧，他也不明白，为什么岑曦身体素质这么差，明明她是初中四年 800 米长跑冠军。

两个人并排走在街上，人来人往，街边小食摊香气袅袅，而岑曦嘴角一直扬着。

"笑什么？"林延程问道。

岑曦摇摇头："没什么呀。"

"有什么开心的事情吗？"

"嗯……算是吧。对了，星期天我们要去小食吧吗？"

这是他们上个周末的约定，等林延程他们月考完，叫上林州和李星雨去小食吧聚餐。

林延程说："等你下个星期考完吧，这个星期天李星雨应该不愿意出来。"

"为什么啊？她怎么了吗？我打个电话问问她。"

"不是。她这次考试没考好。"

岑曦："她没考好吗？"

林延程他们每次考完都会发全年级的分数和排名，每个人都可以清楚地看到其他人的成绩。上回月考，他和李星雨的年级排名就差了八九个人，但这次李星雨和他差了有五十多个人。这个下降幅度很大了，所以他估计李星雨没心情出来吃饭。

岑曦听完点点头："她怎么会突然后退那么多啊？"

"不清楚，不过你明天可以问问她到底去不去。但我想等你考完去也挺好的，生病落下的功课补上了吗？"

岑曦抬起下巴，笑得一脸自豪："我都弄懂啦。我有跑去老师办公室补课哦，老师也很愿意给我再讲一遍。"

林延程意外地挑了下眉，随即弯起温柔眉眼："你还去问老师了？不错。"

"反正你看吧，下个星期月考我肯定能进班级前十。"

岑曦双手背在腰后，脚步轻盈。

林延程说："那你想要奖励吗？"

这下轮到岑曦意外了："我考得好的话，你要给我奖励吗？"

"嗯。"

"为什么啊？"

"希望你下次再接再厉，指不定我们能考同一个大学呢。"

岑曦心跳加快了："你想和我考一个大学啊？"

林延程笑着说："对啊，想和你在一起。"

岑曦的笑渐渐敛了，停下脚步，愣怔地看着他。她刚刚没听错吧？他说什么，他说想和她在一起……这应该不是告白吧？

林延程转过身看她："怎么了？"

岑曦张了张嘴，发现喉咙像被堵住了，她不自然地挠了挠耳后。

应该不是告白，吓她一跳。

林延程凝视了她一会儿，勾起笑容说："想好要什么奖励了吗？"

岑曦"啊"了声，快速转动脑瓜想，好像错过这个村就没了这个店。忽然，她睁大双眼说："我想去你学校食堂吃饭！"

她从来没去过他学校，只听说南城中学的饭菜便宜又好吃。她想知道他平时吃什么，在怎样的操场上打篮球，在怎样的教学楼上课。

"可以啊，那下星期带你去？"

"就这个星期天吧，下个星期我想约星雨。"

"嗯，那就当作是月考前的鼓励餐吧。走吧，天都要黑了。"他说。

"噢！"

岑曦小跑到他身边，心跳得更快了。

她满脑子只有他刚才那句，想和你在一起。

这是在暗示她什么吗？

如果不是，他为什么说这种容易让人误会的话。而且他对她那么好，全世界，从今往后再也不会有一个男生像他这样对她了。

没有人会像他一样，宠她，关心她，愿意为她做一切。

只是她也害怕林延程只不过是纯粹的习惯，把她当作最好的朋友，当作生命中不可多得的红颜知己。

这一路，岑曦不停地打量着林延程。

可到底什么都没看出来，只觉得他越来越帅了。

而林延程嘴角始终带着笑意。

如林延程预测的那般，李星雨拒绝了这个星期聚餐的提议。

岑曦问李星雨怎么了，李星雨似哭过一通了，沙哑着嗓音说："在这里读书真的太累了，曦曦，每个人都是那么优秀，我花了更多的时间和精力都不一定追得上。"

岑曦很心疼她。

从前在红枫中学，年级前三无非就是他们几个人换来换去。李星雨在她眼中一直是个要强、聪明、风光无限的姑娘。

可南城中学汇聚了全县最优异的学生，就比如林延程说的那位，全省排第三十九名。而这些学生除了成绩优异外，还有许多特长，比如书法、舞蹈、钢琴，比别人家的孩子还要猛。

这种落差和对自己的怀疑会很让人崩溃吧。

岑曦陪李星雨打了一个小时电话，正好一个小时，因为李星雨掐好时间要去读书了，她不允许自己因一时失利而一蹶不振。

岑曦是真佩服李星雨，边哭边学习，她可做不到。

但她此刻也要抓紧时间学习，不然下个星期哭的可能就是她了，而且她周日还要去林延程学校玩，那就得把功课做完。

周日上午，岑曦待在林延程家检查作业和疑题讲解，下午提前一小时从家里出发去学校。她没隐瞒蒋心莲，直接说要去林延程学校玩。

蒋心莲说："去看看也好，这样你就知道好学校和普通学校的差别了。"

岑曦留心到林延程今天穿了黑色连帽卫衣，她换衣服时挑了那件黄色连帽卫衣。虽然图案和牌子都不同，但好歹都是连帽卫衣呀。

大约从初二开始蒋心莲给了岑曦自己买衣服的权利，岑曦很会挑，但林延程对这方面一窍不通。直到现在，他的衣服都是她带着买的。

他不像岑曦，需要很多衣服搭配，每次都买一两件，穿一季度。

马上要入冬了，岑曦决定，下次去买大衣时，要买两件一模一样的。

南城中学岑曦坐公交车路过很多次，每次都只能看到一个门，殊不知原来它有好几个门。

岑曦想从正门进去，林延程说："周末正门不开，只能走侧门。"

离他寝室最近的侧门靠近足球场，周末门卫也不会看得严格，因为南城中学周末是对外开放的。

岑曦看到足球场的第一眼就觉得太夸张了，这简直就是奥林匹克赛场嘛。

林延程把她带到寝室楼下，他让她等一会儿，他把书包放了就下来。

岑曦点头，等林延程上楼后她开始打量这里。寝室有五楼，林延程住三楼，墙体应该刚刷过，是鲜艳的橘色，楼下绿化也不错，那么多玉兰树，到了春天应该香气飘绕吧。

没一会儿，林延程下来了，他看着岑曦的背影心头微微荡漾。

岑曦看到林延程，笑了笑，捂着肚子说："好饿哦，我想吃饭！"

为了蹭饭，岑曦中午特意没吃。

林延程轻轻笑了下，说："走吧。"

食堂设置在教学楼边上，分上下楼，岑曦再一次叹为观止。她第一次知道食堂还有两层的，这儿一层的面积都赶得上她学校的操场了，还分各种菜色。

更要命的是，一盘土豆炖排骨只要六块钱。

林延程拿着餐盘跟在岑曦身后，她兴奋地要这个要那个，不到三分钟，餐盘满了。

林延程说："吃得完吗？这样很浪费的，我们学校崇尚勤俭节约。"

岑曦："我现在可以吞下一头牛！我想吃嘛！"

"那好吧。"

结账时，他一共刷了四十五块四毛，连食堂大妈都投来好奇惊讶的目光。

岑曦一口气干掉四个菜后摸着肚子说饱了，两荤两素，小盘子的量也不是很多，所幸他们还没有点主食。

林延程："不吃了吗？还有很多。"

岑曦摆摆手："不行了，嗝，真饱了。"

"那刚刚是谁说可以吃下一头牛的？"

"对不起嘛，刚刚是真的好饿好饿。那等我歇一歇，我可以吃下的。"

林延程弯下嘴角："没事，我应该吃得完。"

岑曦蓦然发现，刚刚她狼吞虎咽时，林延程几乎没动筷，而他现在吃的都是她吃剩下的。

岑曦喝了口水，眼眸始终盯着林延程的脸庞。他吃饭的样子一如既往地慢条斯理，吃饭时一般他不会主动开口说话。他从前说过，这是林婉教他的，食不言寝不语。

可她家饭桌就不是这个氛围，所有开心的、不开心的，都呈现在饭桌上。

"程程。"

"嗯？"他抬眸。

"你干吗要吃我吃剩下的……那点等会儿可以倒掉的。"

"习惯了。"

岑曦眉头一皱："什么习惯呀？"

林延程垂眸一笑，说："你忘了？每次你吃不完的零食最后都是我吃的。有些饼干你拆了嫌不好吃就随手放那儿，还有喝了一半的汽水，挖了几勺的西瓜。"

岑曦愣了。

她回想一下，确实如此。

虽然她家家庭条件一般，但蒋心莲一直在努力满足她的要求，对小孩子而言，喜欢的就会吃，不喜欢的就不吃，管他浪不浪费。家里是父母解决她剩余的吃食，在外居然是林延程。

岑曦："那……那你可以不吃嘛。"

林延程："我觉得不难吃啊，而且扔掉真的怪浪费的。"

"我以后会注意点的。"岑曦嘟起嘴。

"你吃你喜欢的就好。"

"那我不喜欢的呢？"

林延程吃下最后一块山药炒木耳，说："我吃就好了。"

林延程没再说话，安安静静地吃菜。

岑曦的嘟嘟嘴逐渐抿成一条直线，然后微微上翘。

她右手撑着下巴，安安静静地看他吃。

解决完这顿奖励餐时，林延程深深吸了口气，岑曦"扑哧"一声笑了出来，林延程是真的吃撑了。

出了食堂，两个人往足球场方向走。

岑曦忽然想起南城中学的那些传闻，万一有认识林延程的老师看到他们一起，他是不是要被警告？

"你们学校被怀疑早恋会通报批评吗？"她问。

"确定是的话应该会。"

岑曦："那我们现在这样走在一起会被怀疑吗？"

林延程笑："不会的。"

两人漫步在小道上，秋冬的树叶已全黄，午间的风一吹，零零散散地飘落下来。岑曦是第一次看到这么高耸的梧桐树，梧桐叶比她的脸都要大。

岑曦把梧桐叶折成两半，举着叶子遮住眼睛，忽然说："你学习压力大吗？我昨天和星雨打电话，她都哭了。"

"她怎么了？"

岑曦把李星雨的事告诉了他，她问他有李星雨的这种感受吗？

林延程想了想，如实说道："确实会有压力，毕竟自己从小到大成绩不差，突然发现自己是很普通的人，没有了优越感，会产生自卑的情绪。但自己要调节好，而且我是男生，再有压力也不能哭。"

岑曦看他的目光变得悠长，说："可你和星雨在我眼里都是很厉害的人，即使你们在南城中学不再名列前茅，但你们还是顶尖的那一部分人。而且程程，世界上没有绝对第一的人。"

林延程："可能我们都想更好一点吧。"

"那你想过以后考什么大学吗？我好像不知道有什么大学，只知道清华北大，你考得上吗？"

"考不上。"

岑曦："这么没自信啊，你在我眼里一直是可以考清华北大的人。"

林延程说："我的目标是济城大学的医学部。"

这是岑曦第一次知道他想考什么大学，是她怎么都没有想到的专业。济城大学的医学部在国内是数一数二的，连她这个菜鸟都知道很难考。

岑曦鼓起腮帮子："前天放学你还说什么想和我考一所大学，我怎么可能考得上济城大学嘛。"

林延程拍拍她的脑袋，笑着说："所以啊，我希望你吃了今天这顿饭能超常发挥。"

岑曦泄气："超什么常哦，我有这本事早就考上南城中学了，会去星辉吗？"

两个人走到足球场的观众区，择了个阴凉地坐下。

足球场上有一队人在踢球，天地广袤，他们的呐喊声混着阳光烤热了整个球场。

岑曦叹口气，随口问道："为什么要学医啊？"

林延程双手合十交叉，手臂搭在大腿上。他说："职业稳定，以后生活也会稳定点。"

岑曦瞄他一眼，他已经想得那么远了吗？

林延程不急不缓地又说道："也是因为我妈妈。"

他的神情很安宁，这仿佛已经是一件很长远的事情。

岑曦渐渐敛了神色，沉默了会儿，故作开朗地说："反正我是考不上的，你以后去了哪个医院一定要跟我说，我想免费看病。"

林延程浅浅一笑："曦曦，济城大学在大学城里，有很多学校你可以试一试。到时候我们见面的话或许只需要十几分钟的自行车车程。"

岑曦惊愕地看着他，他是早就帮她看好了吗？

林延程对上她惊讶的眼眸，他微微朝她那边倾斜，轻声说："所以努力点好吗？为我努力点好吗？"

岑曦的脸瞬间浮上了一层红晕。

阳光下林延程漆黑的眼眸像黑宝石一样闪着光，清隽的脸庞漾着无限温柔。

岑曦快呼吸不上来，她扭过脑袋不看他，说："知道了啦，我已经很努力了。"

她没听到林延程再说什么，只听见他低低地笑着。

明明是萧瑟的秋天，阳光却热烈得像是能把两个人晒融化。

岑曦虽然像打了鸡血一样努力，但这次月考她卡在了第十一名。老师虽重点表扬她，可她还是委屈得红了眼，一直埋怨自己为什么没有进前十。

她终于体会到了李星雨的不甘和难过，她郁闷了很久，这个周末也没有去见李星雨。

林延程安慰岑曦很久，岑曦捧着几门课的试卷，这么多错题，只要她少错一道，她就是第十名了。

接踵而至的是期中考试。

大家都忙着复习学习，约定的聚餐一推再推。

岑曦见到李星雨时已经是11月底了，期中考试成绩出来后的一个周末，大家心情都不错，因为成绩对得起他们的努力。

岑曦终于如愿以偿地进了前十，考了第八名，一下子进入了各科老师的眼中。班主任曾找过岑曦，问过她怎么最近进步那么快。

岑曦给老师打预防针，如实地说是因为有个和她同龄的朋友，在南城中学读书，每个周末都会帮她补课。

得知是男生后，班主任一时不知该怎么说，只能拍拍岑曦的肩膀，隐晦地表示好好学习，别让其他影响了自己。

那家小食吧因为生意惨淡，一个月之内改成了麻辣烫。

四个人就这样吃着味道不怎么样的麻辣烫，坐着聊了一下午。

林州聊起他现在初三班级里新认识的同学，岑曦对他的生活不怎么感兴趣，完成了一个小目标后她满脑子只有另一个目标。

她的一百天打动林延程计划。

这晚，聚餐结束后，林州自己坐车回青水镇的家，林延程回学校住寝室，岑曦和李星雨商量后决定一起睡一晚，就住在李星雨的公寓里。

岑曦让蒋心莲打电话给班主任请了假，如果周日晚上寄宿生不上晚自习，不来学校，需要和老师报备请假。

一切妥帖后两个姑娘欢欢喜喜地进了公寓。李星雨的妈妈周一到周五会过来帮她做饭做家务，周末则一般在青水镇待着。

岑曦很喜欢李星雨家这套房子，小小的，却很漂亮。

洗漱完，她们各自开始做作业，直到十点多才上床休息。

好似很有默契一样，两个人都睡不着，各怀着心事。

李星雨想起岑曦在小食吧洗手间里和她说的，今晚想和她聊聊天。

她问岑曦："你想聊什么？考试考好了还有心事吗？"

岑曦抱着恐龙玩偶，侧躺，面对着李星雨。她犹豫地说："其实也没什么。"

"你家里出事了吗？"

"没有。"

"你在学校里不开心吗？有人欺负你？"

"没有啦。"

"那你有喜欢的人了？"

没声了。

李星雨蓦地睁开眼，看向她："你谈恋爱了？"

岑曦连忙否认："没有没有！不过……"

"不过什么？"

"星雨，我觉得我应该告诉你，你是我最好的朋友。"

李星雨突然心跳到嗓子眼："你快说呀！别卖关子！"

岑曦用玩偶遮住脸，闷着声道："星雨，我对一个人产生了好感，一个你认识的人。"

李星雨咽了下口水："谁……谁啊？林州吗？"

"啊？不是不是，怎么会是他。"

"哦……"李星雨放松了身体，"那是谁啊？"

"林……林……"

"林延程？"李星雨平静地问。

岑曦蜷缩了起来："嗯……"

她以为李星雨会吃惊，会百思不得其解，会追问她到底怎么回事，但李星雨却毫无波动地望着天花板。

岑曦从玩偶底下探出头，摇了下李星雨："你不想问问我吗？"

李星雨："你几岁？"

"嗯？"

"你今年几岁？"

"十六岁啊，马上十七岁了。"

李星雨叹口气："那恭喜你，在十六岁的时候有了情商。"

岑曦拍她一下："干什么啦，你在说什么。"

李星雨："说说吧，你为啥对林延程有好感？"

● Part.06 很在意你

　　岑曦酝酿了很久，一时不知从何说起。很突然的，她就这样喜欢上了林延程。她不愿意看到他喜欢别的女生，不愿意他对别的女生温柔，她自私地希望他永远都是她一个人的。

　　最后，岑曦言简意赅地说："就是忽然有一天觉得他变得好帅，然后上次我们毕业聚餐不是玩游戏嘛，让他描述喜欢的人，我以为他说的是蒋慧，就很不开心。星雨，这就是喜欢吧？"

　　"那你会心跳加快吗？"

　　"会啊。"

　　"那大概就是喜欢吧。"

　　岑曦抱着小恐龙也看向天花板："而且他真的好帅啊……你觉得他帅吗？"

　　李星雨："他确实长得挺好的。"

　　"是吧，他个子高，长得又帅，我每次看他的脸都有点不好意思。哎，你说他喜欢我吗？"岑曦苦恼地说，"我有时候觉得他是喜欢我的，这段时间都没有和你好好聊天，有很多事情你不知道。"

　　李星雨忍着笑："是吗，那你觉得他有什么表现是喜欢你？"

　　岑曦认真地回忆道："他和我说话时总是很耐心很温柔，看到我裙子短给我外套遮，我说要学做菜他就教我，我说要好好读书他就给我补课。上次去你们学校食堂吃饭，他还吃了我剩下的菜——"

　　李星雨打断她，讶然道："他吃你剩下的？"

　　"对啊。"

　　"没救了，你继续。"

　　岑曦说："然后吃完饭我们去散步，聊到考大学的问题，他说……

他让我为了他努力一点，他说想和我考一个大学。"

"也不知道他为什么要说这句话，你明显就考不上他要去的大学的。"李星雨无情地说道。

岑曦在被窝里踢了李星雨一脚，两个姑娘笑了起来。

片刻后，李星雨用胳膊肘碰了下岑曦，说："你还记得初一时我去你家给你过生日吗？"

"记得啊。"

"当时我问你喜不喜欢林延程，你信誓旦旦地说你不会和他变成男女朋友，一心只喜欢你的偶像，要嫁给你的偶像。"

岑曦哼笑一声："我现在也很想嫁给我偶像啊，林延程只能排第二。"

李星雨翻了个白眼："曦曦。"

"嗯？"

"你就没想过，那时候林延程就已经喜欢你了吗？"

气氛一下子凝固，黑夜中，只有岑曦结巴地询问："什……什么？那时候？已经？"

李星雨摇摇头，轻叹："我们初中班级所有人都知道林延程对你好，就连隔壁班的都知道。你真的是榆木脑袋，整天像个傻子乐呵呵的。"

岑曦噌地坐起来，心怦怦地跳个不停。她呆呆地看着李星雨，说："不可能吧，不会吧？你们都知道？不可能不可能，我又没那么笨，怎么可能一点都察觉不到。"

"你知道为什么初中时没有男生对你表示好感吗？"

"因为我那时候不好看啊。"

李星雨抓了抓头发："因为大家都觉得比不过林延程。当然，你那时候确实不好看。"

"……"

岑曦抱着小恐龙，倒了下去。她啃着手指甲，脑海里飘过许多零碎的画面。

小时候她不小心摔坏了隔壁婆婆的盘子，担心被蒋心莲打，哭了半天，他想了半天，从家里拿了个新盘子过去代替她认错；小学时因为觉得食堂的炸猪排好吃，他就会在有炸猪排的时候把自己的分一半给她，这样她就能吃一块半；初中时老师要他们把上个学期的书带过来借给低年级的同学，她忘记了，怕被老师说，他二话不说就把自己的那份给了她。

这样的事情数不胜数。

所以她也时常想，假如没有林延程，她一定不会拥有那么多快乐时光，没有他的话她的童年只有自娱自乐。

他一直一直都对她这么好。

他是那么坚定温柔地喜欢着她。

因为喜欢所以总是在意她开不开心，因为喜欢所以愿意给她最爱的草莓酸奶，因为喜欢所以想高中、大学都和她在一起，也因为喜欢他珍惜他们现在的关系，不想失去她。

岑曦忽然想明白很多事情，那些点滴之下他隐藏的心意。

相比之下，她的喜欢来得太迟，她做得太少。

岑曦忍不住弯起嘴角，心中有了答案，却还是故意问道："哎，星雨，你没骗我吧？"

"真的。"

"真的真的？"

"真的真的。"

"真的真的真的真的？"

"真的真的真的真的真的！"

岑曦："那为什么你们都知道啊，如果我早点知道就好了。"

李星雨说："林延程从来都表现得很明显好不好，你可能觉得习以为常了，但曦曦，如果这都不算好感的话，那什么才是？"

"看来真的是我太笨了……"

岑曦一边念叨着"怎么会，不可能"，一边对李星雨说："他到底喜欢我什么啊？"然后又兴奋地扑到李星雨身上，满面笑容，"我好想现在就打电话给他哦。"

李星雨欲言又止，话到嘴边又憋了回去，只说："打个屁呀，学校都熄灯了。"

"可是我好想听听他的声音！"

"早知道就不告诉你了，让你继续去猜，我今晚就不用受这个罪。"

"你已经说啦，来不及了！"

"你是苍蝇吗？嗡嗡嗡。"

"我是小蜜蜂，甜甜的蜜蜂，嗡嗡嗡。"

李星雨无语地笑了起来："花痴！"

岑曦摇了下她，说："星雨，圣诞节，我圣诞节告诉他我的心意，怎么样？"

岑曦看了下日历，圣诞节那天正好是星期五。

她又想起那段时间因为误会林延程和蒋慧而郁郁寡欢的样子，她觉得糗极了。那时候她居然好久都没理林延程，还对他耍小脾气，他当时一定很郁闷吧。

更糟的是，前段时间她为了吸引他，制订的各种计划。

现在想想，她都做了些什么啊，捏着嗓子娇滴滴地说话，故作柔弱地跌进他怀里，穿着她自己都觉得不好意思的百褶裙，还缠着他学这个学那个。林延程知道后肯定会笑她，指不定以后要这样笑她一辈子。

不，如果他笑她，她就打他，打到他服帖为止。

她又不禁幻想，她和林延程会永远在一起吗？他们已经一起度过了十来个年头的春夏秋冬，他们那么了解彼此，可以后漫长的岁月里他们还会像现在这样吗？

这些浓烈的喜欢和温柔体贴会不变吗？

虽然是未知的事情，但岑曦脑海里冒出这些问题时嘴角是上扬的。

她对林延程很有信心，因为就像李星雨说的，没有人比得过他，没有人会像他一样对她了。

她也相信，林延程是个能够坚持和保持初心的人。

就这样，岑曦窃喜了一个星期，周五放学回家见到林延程时看他的眼神都变了。

这种变化林延程自然能感受到，他奇怪于岑曦又变回了原来的样子。

她大大咧咧地和他絮叨学校里的事情，想吃什么，说学习的近况，只是她的目光似乎比从前更明亮炽热。

到达青水镇时，她像憋不住似的说："程程，圣诞节要不要一起去吃雪糕？那天是周五，放学后我们去新开的冰激凌店吃雪糕吧。"

她的眼神带着蠢蠢欲动的光芒，粉红的脸颊出卖了她的羞赧。

林延程想了想，笑了下，点头说好。

圣诞节是再下个星期的事情了，说远不远，说近不近。

岑曦约完他后的两个周末都没了踪影，没有找他学做菜，也没有找他学习。他不习惯周末见不到她，本来见面的机会就只有周末。

他忍不住跑去找了岑曦，她倒是没有拒绝他，和他聊了会儿天，东扯西扯的。

他问她最近在干什么，不学习了吗？

岑曦没有生气，反而笑嘻嘻地问他："干吗，你见不到我想我啊？"

他顺着话杆子说："嗯，想。"

他就这么看着岑曦的耳朵一点点变通红，然后娇俏地哼一声，说："想个屁。"

很多次的对话就在这种日常玩笑中不了了之。

很可惜，圣诞节那天没能如愿。

那天岑曦焦躁难安了一天，终于熬到放学，她以迅雷不及掩耳的速度回寝室把校服换掉，换上新买的宝蓝色呢大衣。

南城不似其他城市，圣诞节从来没有下过雪，只有凋零的残叶和呼啸的冷风。

从前没有踏出过青水镇，守着那方土地不知道外面的世界，到了星辉中学，接触了城市街道的繁华，岑曦才感受到属于圣诞节的独特气氛。

早在一个星期前街上商店的橱窗就贴满了雪花贴纸，装饰花篮也变成了圣诞树，更是推出了一系列圣诞优惠活动。

她想去的那家冰激凌店推出情侣五折优惠，她觉得真是天助她也。

周五南城中学比她学校要早放学半小时，所以每次她出校门都能看见林延程的身影。

是冬天了，风刮过鼻尖冷得人直流鼻涕。

林延程隔得老远就望见了岑曦，起初是因为宝蓝色太亮眼，仔细一看，那身高，走路姿势很熟悉，虽然岑曦戴了围巾和耳罩，但他还是认出来了。

岑曦朝林延程招手，林延程笑着等她。

一走到他面前，她就拉下围巾，露出洁白的牙齿，笑盈盈地说："去吃雪糕呀！"

林延程多瞧了她两眼："今天怎么没穿校服？"

"我刚刚去寝室换掉的，好看吗？"

"好看。"

两人走着，岑曦忽然皱了眉，停住，扯过他的衣服："你里面就一件薄毛衣吗？不知道今天晚上又要降温吗？你的围巾呢？你耳朵都冻红了。"

她扒着他的衣服，语气又急又心疼。

林延程不急不缓地说："那件厚的洗掉了，围巾上个周末忘在家里了，还好，也不是很冷。"

岑曦踮脚，双手捂上他的耳朵，气呼呼地说："骗人，明明这么冷。"

"不用担心我，我会照顾好自己的。反倒是你呀，是该多注意点，别又穿很少，发高烧。"

岑曦咬了下唇，缓缓放下双手。

他是在笑她吗？

"讨厌，不许再说那个事情了。"

她给了他胸口一拳，转身往前走。

那家冰激凌因为优惠力度大，人比往日多了很多，但二楼还有许多空位。

岑曦点了两份最便宜的冰激凌，打五折等于买一送一。虽然是最便宜的，但一份也要二十五块。

她没有像往常一样要求 AA，而是直接让林延程付款。

林延程什么也没说，大大方方地付了钱。

端着冰激凌上楼时，岑曦笑他像个傻子，她说："你是提款机吗，让你付你就付啊。"

林延程说："也不是很贵。"

两个人择了对着落地窗的高脚凳和长桌，岑曦迫不及待地吃了一口冰激凌，透心凉。

她说："你现在有钱了哦，二十五块还不贵。"

林延程把自己那份推到她手边："你先吃吧，吃不完的我吃。"

李星雨说他没救了，看来是真没救了。

岑曦："你自己吃，干吗每次都要吃我剩下的。"

"你不是很想吃这个吗？"

岑曦别过脸，用勺子搅拌着冰激凌，低声说："笨蛋！"

林延程没听见，从书包里拿出一个蛇果："昨天平安夜学校里统一发的，送给你。"

"你们还发苹果呀？这个蛇果好漂亮啊。"

岑曦把玩着蛇果，余光瞥见他打开的书包里有一个礼盒。

她凑过去，指指那个盒子："这个是什么？"

"嗯？啊……这个啊，刚刚放学时班里一个女生给的，好像是纸折的星星吧。"

岑曦的笑容一点点冷却，她看着林延程，问："你就这样收下了？"

"我还没来得及说什么，她就跑了，还好不是什么特别贵重的东西。"

"这还不贵重吗？"岑曦把蛇果塞进他书包里，"苹果我不要了，你自己吃吧。"

岑曦又生气了。

她真是一点都藏不住情绪。

林延程看着她的侧脸，思忖了会儿，靠近她，哄道："苹果是我特意带给你的，因为来不及买新的。这个星星我是打算周一去学校当面还给她的。"

岑曦口是心非道："还什么啊，别人的心意你就拿着嘛。"

林延程："可是我拿了你就不开心了。"

"我哪有不开心，我可开心了，哈哈哈！"

林延程解释道："我真的没有打算收下，但是她跑得太快，我都没反应过来。曦曦，如果我当场扔掉很不礼貌，也会让她误以为我收下了，所以周一去当面还给她，说清楚才是最好的办法。"

尊重那个女生的心意，又能断了她的想法。

岑曦哼一声，自顾自吃着冰激凌。

其实岑曦苦恼的不是女生送他星星这个事情，苦恼的是因为她自己也花了半个月，用光了零花钱，折了一千颗星星。

她自以为准备了很浪漫的礼物，没想到被人捷足先登。

接下来该怎么进行？这样显得她好俗套哦。

那几瓶星星还在她书包里躺着。

正烦恼着，就听林延程说："曦曦，接下来到期末考试可能就见不到你了。"

岑曦手里的勺子落在了水晶碗里，她茫然道："啊？怎么了？"

林延程把苹果放在桌上，说："昨天班主任通知，从下周一开始到期末考试为止，学校要开始集中复习，住宿生不能回家不能外出，就连走读生也要开始上晚自习和周末上课。"

"可周末不允许上课的啊？"

"嗯，但学校以往都是这样的。"

岑曦沉默了，泄气了。

一个月左右见不到他吗，那每个周末都没有动力了。

林延程打量着她的神色，轻轻笑着说："一个月很快的，等期末考试结束就是寒假了，曦曦，等到时候我们去萤森公园玩吧，我有事情想和你说。"

岑曦重新抬起眼眸，紧张地咽了下喉咙："什……什么事啊？"

"到时候再和你说。这一个月你也好好用功读书，好吗？稳住现在的名次，最好在县里的排名能进步点。不要因为我不在就松懈。这段时间我也想静下心，冲刺一下。"

岑曦点了下头。她看向自己的书包，很想告诉他，但不知怎么，忽然开不了口了。

新的一年如期而至，元旦那天岑曦都没有见到林延程，她只好自己一个人在家看看电视做做作业。临近期末时，岑曦终于像要活过来一样，眼里有了期待。

岑曦为了寒假能和林延程去萤森公园，这段时间一直激励自己。也和蒋心莲约定好，如果能考进年级前五十，就允许她出去玩一次。

蒋心莲觉得岑曦最近真的长大了，知道好好用功读书了。原本她都以为岑曦考不上高中，没想到最后一年岑曦还是争气的。如今岑曦愿意好好学习，作为家长，只要要求不过分，她都愿意满足。

考试结束那天，岑曦把寝室收拾了一通，背着大包小包坐车回家。

只是可惜，没有林延程在校门口等她，她一个人拿这么多真的累。

回到家过了个周末林延程还没有回来，岑曦猜测他们的考试应该也就这两天了。

周三岑曦回学校拿成绩报告，班主任在台上分析了大家的成绩后又叮嘱了一堆寒假注意事项。每年新闻里都有学生在假期出事故，班主任嘱咐他们一定要注意安全。

一喊解散，教室里便沸腾起来，大家商量着要去哪里玩，毕竟这会儿才十点多。

岑曦看着成绩单，无数次感慨真是上天保佑，年级名次居然正好卡在四十九。

他们年级一共有十个班，一个班平均三十人，岑曦这成绩已经属于前面的梯队了。

室友们拉着岑曦去吃肯德基逛街，玩得很开心。

虽然室友对岑曦竹马计划的失败表示同情，但她们同时也很欣慰，岑曦是个很会转换动力的人。

询问起什么时候再次行动，岑曦咬着鸡腿说："就这几天吧，先看看他要和我说什么。"

"那你拼死拼活折的星星呢？"

"搁家里呢，下次找机会给他吧。"

室友："那给他送星星的那个女生呢？他真会还？"

这点岑曦倒是不担心，林延程从来不说谎，他说会还，那就是会处理好吧。

岑曦故意凶狠地挥了挥拳头："如果他没还，我就……"

室友们哈哈大笑起来。

下午三点半岑曦和同学告别，欢欢喜喜地坐车回家。车上人不多，她择了后排的靠窗座位。

快行驶到青水镇那一站时，岑曦看见一辆救护车飞速地开过去。

她并没有在意，快回到家时就看到小路上站了好些人，大家叽叽喳喳在说什么，每个人的表情都很担忧，连声叹气。

岑曦走近点，才听到竟然是林爷爷突然晕倒进医院了。

就刚刚林爷爷站在院子门口收拾枯枝，和路过的大婶闲聊时，突然站不稳倒了下去。

还好有人看见，要不然可能人就没了。

隔壁大伯连忙打了120，收拾好证件送去了医院。

大家唏嘘老爷子这把年纪还要发生意外，感慨林婉走得太早，就留一个林延程，都说他命太苦。

岑曦赶紧回家，焦急地问蒋心莲林爷爷到底怎么了。

蒋心莲说："老年人有一些突发疾病也正常，但不知道是什么病，妈妈也不知道。"

"那谁照顾爷爷呢？"

蒋心莲叹气道："你隔壁大伯陪着去医院了，但大家都要上班，估计林爷爷同辈的亲戚会来帮个忙吧。"

岑曦："那程程呢，告诉他了吗？"

"不知道呀，他不是还在学校没回来吗？"

岑曦心里很乱，连晚饭都没吃几口。她盯着书桌上的星星瓶发了一晚上呆，她的手机没有任何动静。林延程没有来找过她。

如果林爷爷病得很严重的话，他该怎么办？

岑曦想起那年林婉去世的场景，记忆已经有些模糊，但她清楚地记得林延程跑到灵堂里的身影，他努力忍住不流泪的样子。他的绝望、伤心、孤独，都深深刻进了那双温柔干净的眼眸里。

要让他再经历一次吗？

岑曦光是想想眼泪就要掉下来，她不想再看到他那样子的神情了，也不想他一个人走长久孤寂的路。

可她什么都帮不了，只能祈祷林爷爷只是因为太累了倒下，在医院休息一晚，挂点营养液，第二天就又笑呵呵地回来了。

林爷爷会堆着满脸的褶子，招呼她过来吃香甜的烤红薯，会在去镇上卖菜时顺路给他们带一些饼干汽水回来，会边喝点小酒边和她讨论最近的新闻，夸她聪明。

直到半夜，林家还是一片寂静。

岑曦趴在桌上迷迷糊糊醒来，看了眼手机，发现有一条未读短信。她瞬间清醒，点开一看却是李星雨发来的。

李星雨问岑曦要不要去她家住几天，她回青水镇了。

岑曦刚打下一个"不"字，突然一激灵反应过来，星雨能发短信了，她回青水镇了，那就代表南城中学的考试已经结束了。

那林延程……

岑曦踌躇许久，给林延程打了个电话，如她所想，手机关机了。也对，这时候他肯定顾不上看手机。

她给林延程发了条短信，问林爷爷的情况，问他的情况。等他空下来了，开机了，看到了就会回复她吧。

岑曦吸了吸鼻子，脱衣服进被窝睡觉。

第二天岑曦睡到大中午才醒来，下楼找东西吃时才知道原来蒋心莲和岑兵上午去医院看望过林爷爷了。

岑曦气得跳脚，埋怨他们不带她去。

蒋心莲说："我和你爸去一趟就够了，你小孩子不去没关系的。"

又来了。

蒋心莲总是把她当作小孩子，什么都不懂的孩子。

岑曦又气又急地问："林爷爷到底怎么了？程程还好吧？"

蒋心莲把粥端到她面前："脑溢血，连夜做了手术。我记得老爷子一直在吃降压药的。唉，年纪大了，总是避免不了。程程挺好的，像个大人似的。哎，可怜这孩子。"

岑曦不信。他一定不好，他怎么会好。

林爷爷脑溢血，连夜手术，他要怎样才会好。

岑曦没胃口吃东西，搅拌着热粥，问道："那你们明天还去医院吗？"

"不去了，都还要上班呢。"

可是她还没看到林爷爷和程程啊。

如果她自己跑去医院，蒋心莲肯定不同意。

在大人眼里，看病是礼仪，是一个程序，要随红包或者提点牛奶水果，如果不是亲近的亲戚，没有谁会接二连三一直跑医院。

岑曦抓了抓头发，忽然想起李星雨。

她放下调羹，说："妈，我今天要去星雨家，她让我过去住几天，很久没见了。"

"那你去吧，要我送你吗？"

"不用，我自己到后街坐车过去。"

岑曦急急忙忙地跑上楼，给李星雨打了个电话，简单地说明了情况，又收拾了几件换洗衣服，迅速打包。

她见林延程还没回她消息，忍不住又给他打了一个电话，可还是关机。

临走时她想到之前岑兵住院时蒋心莲带了很多日常用品过去的，林延程也一定需要吧。

她偷偷摸摸地潜入了林延程的家，从门口的坛子底下掏出备用钥匙，跑上二楼，给林延程拿了两套换洗的内衣。

她从前没有在意过林延程的衣柜，今天打开一看，她才发现他真的就那么几件衣服，干净整齐地叠放在那边。

等林爷爷好了，她一定要带他去买衣服。

林老爷子的房间不似林延程的，有些杂乱，岑曦翻了半天都没有找到老爷子的袜子内衣，没办法，她就拿了一件搁在床上的薄毛衣。

她把书包塞得满满的，小跑去了车站。

李星雨家在青水镇主干道边上，从她家坐车去医院很是方便，都不用换乘。

刚踏入李星雨的家门，她的手机便收到了一条短信。

林延程说爷爷还没有醒，他还好，不方便打电话。

岑曦看着短短的一行字，眼眶红了。她回复道：在住院部几楼，房间号多少？我等会儿来找你。

林延程：三楼，309。

李星雨看着岑曦，说："那你去了几点回来啊？"

"晚上六点前，行吗？你妈问起就说我去街上买参考书了。"

"他爷爷还好吧？"

"我也不知道，说是没醒。"

李星雨拿起电瓶车的钥匙："走吧，虽然几步路就到车站了，但车子总比走路快。"

这班车到中心医院要半小时，这半小时里每一分每一秒岑曦都在煎熬。

而另一边的林延程因为发短信正好看到草稿箱有一条"存1"，他以为是自己不小心存下的，打算删除。

可打开一看，草稿箱里躺着一行完整的，充满少女微笑的告白。

——林延程是大笨蛋，但我喜欢大笨蛋！

到达中心医院时天忽地阴了下来，层层灰白的云压下来，刺骨的冷风将道路两侧的老树吹得左摇右晃。

听天气预报说好像要下雨，只是岑曦走得急，忘了带伞。

她下车没走两步路，豆大的雨珠猝不及防地砸了下来。岑曦拉住书包带子，快速跑进住院部。

她来过中心医院很多次，从前跟着蒋心莲带外婆看病，对这儿还算熟悉。

岑曦拂去身上的雨水，随意整理了下头发，找到电梯上三楼。

以前南城不发达时这个医院是这儿最好的医院，看病的人能挤破大厅，但后来随着经济条件变好，大家都跑去市里的大医院看病了。

不然住院部怎么会那么冷清，护士台的护士都闲得在聊天。

三楼长廊静谧无人，靠右侧的一排窗户紧闭着，外头早已寒雨倾盆，枯叶纷飞，那风震得似要把玻璃拍碎。

岑曦用手暖了下脸颊，顺着号码牌一个个房间找过去，309病房在走廊尽头。

尽头处有个拐角，住院部三楼和其他楼有楼道连接。

309病房大门关着，岑曦趴在门上的玻璃窗张望，只见里头站满了医生和护士，她小心翼翼地转动门把，推开一条缝隙。

护士听到动静，笑着说："不好意思哦，医生正在检查，请家属在外面等候。"

岑曦这才明白为什么里面那么多人，她点头道歉，快速关上门。

医生在检查，那林延程呢？他去哪里了？

岑曦正想给他发短信，转身却在斜对面的小房间里瞥见半个熟悉的身影。那是连着楼梯口多出来的一小截空间，里头安置了一排椅子供人休息。

林延程坐在倒数第二张位置，他穿着南城中学的校服，右手支在扶手上，闭眼休息，半个身子沉在暗处。

岑曦轻轻地走到他面前，她把书包放在空余的椅子上，蹲在他面前，仔细打量着他。

也许是因为这一个月他一直埋头读书，再加上爷爷突然出事，他看起来状态很不好，眼眶下都有了淡淡的青色，嘴唇泛白，还有点脱皮。

岑曦想叫醒他，但又想让他多休息一会儿，多一秒也是好的。

他最近肯定没睡好。

南城中学的封闭式冲刺一定很累吧，她今天见到李星雨时都有点震惊，李星雨像被抽走半个人似的，可是因为赶着来见他，她没来得及问几句。

岑曦抱着膝盖，右手撑着下巴，仔仔细细地看着他。

林延程本是趁着医生做检查在这里等候，没承想等得太久，迷迷糊糊睡着了，但这种姿势也不会睡很熟，稍微有点风吹草动就会醒。

隐隐约约地，他感受到有人在旁边。

他睁开眼时，就看到岑曦温柔地注视着他，那双灵动的眼里满是柔软。

林延程的心像被外面来势汹汹的雨水感染了一样，心潮澎湃。

"曦曦……"他收起支撑的右手，轻轻开口，嗓音沙哑得如同被砂纸碾过。

"嗯？"

林延程扬起一抹微笑，缓缓道："你来了啊。"

他鲜有这样眼睛布满血丝的时候，就连中考冲刺都没有这么疲惫过。

他的眼眶都是红的，岑曦心里很不是滋味，轻柔地问道："吵醒了你吗？"

"没有，你什么时候来的？别蹲着，会脚麻。"林延程让她坐在身边。

岑曦低声道："也才刚刚到。医生是在给爷爷做检查吗？爷爷怎么样了？"

"刚刚醒了，我就叫了医生，应该没什么大碍了。"

岑曦松了一口气，安慰道："爷爷身体一直很硬朗的，别人都说他不像七十多岁的人。而且昨天发现得很及时，立刻手术，现在醒了就好了。"

"嗯，外面下雨了吗？头发怎么湿了？"

他凝视着她，好像怎么看都看不够。

岑曦摸了摸自己的头发："噢……刚刚突然下大雨，我忘记带伞了。啊，不过我帮你带东西了。"

她翻着书包，指指里头的白色塑料袋，说："这一包是你和爷爷的东西，有新毛巾，有你的内衣，因为的爷爷的衣服找不到就带了一件毛衣，我怕爷爷冷。牙刷之类的我想医院有卖的，你买了吗，没买的话我帮你去买吧。"

林延程说："谢谢你。"

"没事啦。"

他那双布满血丝的眼眸，执着坚定地看着她，眼神疲乏却热烈。

病房里传来医生的说话声，林延程忙起身过去询问医生爷爷的情况。

岑曦站在不远处等，她听不太清楚，只看见医生们面带笑容，而林延程脸上的表情也终于放松下来。

岑曦跟着他进病房探望，这个病房只有林爷爷一床病人。岑曦觉得挺好的，人少点也适合养病。

林老爷子讲话有点哆嗦，很是吃力，人也好像一下子瘦了很多。

岑曦忍着酸涩，笑着说："爷爷，你不要讲话啦，我知道你要说什么。你是想说，见到我很开心对不对？"

林老爷子笑了。

岑曦："你可把我们吓坏了，大家很担心，不过现在没事啦，好好休息，指不定还能回家过年。"

没多久，林老爷子同辈的亲戚也来了，岑曦识趣地退到一边，说差不多要回去了。

林延程见有人帮着照顾爷爷，于是就说送一送她。

出了病房，岑曦说："你不用送啦，我知道怎么回去的，你快去睡一会儿吧。"

林延程沉沉地注视着她，不说话。

岑曦挠了下脸，说："那我走了？你好好注意休息，有事给我——"

话音未落，她被林延程拽进了怀里。

岑曦回神时已经被他禁锢在怀里，她后背紧紧贴着墙，他站在她面前，压迫着她。

幽暗的环境中，一切都被放大，他的呼吸，他的热量。

岑曦垂在两侧的双手渐渐握成拳头，她紧张地咬着唇，一颗心像提到嗓子眼。

可一会儿后她就没动了，她静静地让林延程把头靠在她的肩上，她能感受到他这几天所有的担心和疲惫。他和她一样大，却要扛下这么多事。

岑曦心疼地拍了拍他的后背："程程……"

过了一会儿，林延程放开她："我没事。其实今天不该让你来的，外面在下雨，而且你一定是偷跑出来的。"

他又说："但曦曦，你说要来的时候我很开心，不管下雨还是下雪，我都希望你能不管不顾地跑来见我，我是不是很自私？我感觉好像很久没见你了，可其实也不过一个月。"

岑曦点头。

"本来说寒假带你去公园的，现在应该不行了。"

"没关系的。"

他说："曦曦，我是大笨蛋。"

岑曦心跳猛地漏了一拍，他看到了信息……

他附在她耳边又说了声谢谢。

昨天他想了一整夜，如果爷爷也走了他要怎么办。

虽然他知道爷爷年纪大了，总有一天要走的，但他都没有考上大学，没有工作赚钱，没有让爷爷享受过一天好日子，他实在是太不孝顺了。

而他又要再一次失去至亲，这世上好像已经没有人爱他了。

上午岑兵夫妇来看望时他没见到岑曦，心底的失落让他觉得更加疲惫。

各种情绪让他莫名烦躁，好像被撕碎了一样，心里有理不清的东西在吞噬他。

他打开手机，爷爷出事后他直奔这里，还没有和岑曦联系过。

果然，开机后有一些未接电话和短信。

当岑曦说要来找他时，他没有拒绝，即使考虑到她可能是偷偷跑出来的，考虑到她晚上回去可能会不安全。他愿意今天当个卑鄙小人，他想见岑曦。

而草稿箱里的那条短信，直接让他红了眼眶。

他真的是大笨蛋，为什么不敢确定她心里也一直有他。

他在楼梯隔间里休息，半梦半醒，梦到岑曦笑着和他说我来找你啦，一睁眼，岑曦真的在他面前，她的眼眸那么温柔，温柔到他很想立刻拥住她。

这世上还有一个人全心全意地守护着他，还有一个。

冬天的傍晚总是来得很快，只不过四点而已，乌黑的云已经笼罩了半边天，那雨如同断了线的珠子，成片落下。

林延程陪岑曦买完雨伞，把她送到医院门口的公交车站。站台上人不多，三三两两，大家都缩着脖子，焦急地等车来，唯有他们两个希望车晚一点来，再晚一点。

林延程关心地问："你这样回去你妈会说你吗？"

说起这个，岑曦说："我和我妈说要住星雨家。星雨家附近不是有直达这里的车嘛，我就来了，我妈不知道的。还有还有，我这次考试进年级前五十了，我有很用功读书！"

林延程弯了眼眸："那你想要什么奖励？"

她摇摇头说："我想要的已经有了，可是……"

"可是什么？"

"我们什么时候能再见面？爷爷需要很久才能出院吧？"

林延程看着她白皙的手背，思忖了会儿说："只能等爷爷出院回家了。"

她叹口气，点点头。

林延程看见远处有公交车行驶过来，差不多是这辆了。

他叮嘱道："寒假作业好好做，不懂的随时给我发消息，不要穿太少让自己感冒了。"

"你也是呀，医院开了空调，你进出别因为温差大而感冒，要好好睡觉哦。你都有黑眼圈了……"

"嗯，我知道。车来了，身边有硬币吗？车上也小心点，最近放假人多，小偷也多。等会儿到了李星雨家给我发消息。"

岑曦恋恋不舍地望着林延程。

车停了，乘客上上下下，林延程送她上车。

岑曦跨上阶梯时，听到林延程在身后低声说："乖一点。"

她的委屈瞬间变成了甜蜜，她用力地点点头，朝他挥手道别。

车上人和来时一样，依旧不多。

岑曦没有先找座位，而是站在车厢后门的位置，一直看着林延程，直到车发动，离去，他的身影被抛在后头，消失不见。

她随便找了张座位坐下，也不像往常那样看风景，满脑子只有十几分钟前在黝黑寂静的楼道隔间里她和林延程的拥抱。

他说想见她，他的眼里也同时写满了他需要她。

他仿佛一座脆弱的空心冰雕像，用力点就会碎掉。

想起他疲惫的眼睛，岑曦的心就像皱巴巴的锡纸，怎么都抹不平。

他说以为她不会来而难过，她的心就更疼了。

她怎么会不来呢，他在她心里从来都是很重要的人啊，是从今往后她想与之永远在一起的人啊。

真是个大傻瓜，大笨蛋。

吹打在车窗上的雨水哗啦啦地蜿蜒流下，阴沉的天气像一张蜘蛛网，很容易把人囚禁在自己的世界里。

岑曦想了一路，笑了一路。

过完年后的一天林延程回来过一次，给屋子通风，顺便拿点换洗的衣物和日用品，还有一些学习用品。

知道林延程要回来的那个上午，岑曦难得起了个大早，认真洗头洗脸，换上过年蒋心莲带她去买的新衣服。

今年格外流行打底裤和短裙，岑曦已经到了这样穿着不会显得奇怪的年龄。

岑曦一边等一边看电视，百无聊赖地调着频道，当她听到后面的小路上有动静时就知道是林延程回来了。

今年冬天没有下雪，晴天偏多，林延程的身影就骤然出现在暖阳下。

她扔下遥控器，下楼奔向他家。

奇怪的是，以前如果有一段时间没见，她去找他时完全不会有现在这样的尴尬情绪，此刻她好像个犯错的小孩，怎么都不敢抬头看他，又忍不住靠近他一点，再靠近他一点。

"回来了啊……"她小声道。

"嗯。"

林延程轻轻笑着。他打开楼房的大门，一股隐隐的潮湿气味扑面而来，岑曦跟着他进屋。

林延程有条不紊地开窗通风，岑曦装模作样地帮忙。

窗户都打开了，岑曦站在原地，双手背在身后，酝酿着，准备开口。

林延程抢先一步说："中午你妈回来吗？要不要和我一起吃？"

岑曦拼命点头。

林延程说："不过只能吃蛋炒饭。"

她还是点头。

林延程："我要上楼拿点衣服。"

岑曦跟着他上楼。二楼是当初林婉精心装修过的，有图案大气的瓷砖地板，粉刷干净的墙壁，整套的家具，所以二楼稍微关一段时间也不会有一楼的那种味道。

林延程的房间也一向整洁干净，眼下厚重的窗帘齐齐遮盖着，封闭的空间里飘着一股被暖化的凛冬味。

林延程走到衣柜前开始翻找衣服，岑曦突然想到他衣服很少的事，开口说："等爷爷出院了，我们去逛街吧，你今年都没有买衣服。你看你现在穿的这件，好薄，这个衣料不暖和的，得买件羊毛衫啊……你怎么里头又穿 T 恤？你不是有长袖的内衣吗？"

她翻着他的衣衫，看到 T 恤时皱了眉。

林延程低头看着她："换掉了。"

"早就和你说过要买两套，以前阿姨都是给你买两套替换的。你不是挺会照顾人的吗，怎么到了自己就那么马虎呢？"

"我不冷，就觉得没必要。"

岑曦气愤地拍了下他："那你别穿衣服了，几十年不买衣服省下的钱都可以开一家肯德基了。"

三言两语，岑曦全然没了刚刚见到他时的忐忑，回到了以前和他相处的状态。

"曦曦……"

"嗯？"

"不高兴了吗？"

岑曦真是哭笑不得："你就是笨蛋！笨蛋啦！"

林延程笑了，低声问："有没有想我？"

岑曦点头。

林延程摸了摸她的头，逗她："是为了见我特意洗的头吗？之前是多少天没洗了？"

岑曦拧他腰间的肉："你找打是不是？烦死了你！"

"裙子是前几天你逛街买的那条吗？我记得你说是有花纹的，怎么是纯白色的。"

"有花纹的是毛衣啦，你好笨哦。"

"哦……那我记错了。"

"好看吗？"

"好看。"

"骗人。"

"没骗你，刚刚第一眼见到你就觉得好看。"

"哪儿好看啊？"

林延程："裙子啊。"

岑曦："就裙子好看啊？"

林延程没有回答岑曦，岑曦抬头看他。

不知不觉地，两个人的眼神就这么对上了。

这种熟悉干燥的环境更能让人心神摇晃，两颗年轻的心在相互碰撞，每一次的跳动都是温柔的表达。

林老爷子在他们临近开学前出院了，林延程本想和学校请假再照顾爷爷一段时间，但老师不建议，爷爷也不同意。

最后左邻右舍帮着出了个主意，那就是让林延程请人看护爷爷，请不认识的护工不放心还贵，大家说就请这附近在家里闲着的婶婶阿姨，一个月给个一千块差不多了。

林延程权衡下来，觉得或许这是最好的办法了。

于是请了最南边的一个奶奶，是个和蔼心细的老人，小时候总喜欢给他和岑曦吃自家种的金橘。

有时候林延程自以为自己已经长大了，可以支撑起这个家庭，很多事情他可以处理好，但其实在爷爷眼里他还是个孩子。

就如这一次，爷爷一直轰着林延程让他赶紧去上学，钱啊、生活啊，他自己会处理好，不用林延程发愁。

老爷子的身体一天天好起来，林延程也逐渐放下心，恢复和从前一样的日子。

林延程已经接受了自己不能再考前几名的事实。但岑曦知道，他是个相当执着的人，即使不能考前几名，可他依旧不会放松下来。

第二学期的内容明显比第一学期复杂，岑曦也时常在寝室自习到很晚才睡。

寝室统一十点熄灯，为了读书大家都买了小台灯，借着微光读书。

岑曦不知道自己的奖励法能坚持多久，但她想能坚持一星期是一星期吧，只是每到周五时她无比渴望快点见到林延程。

然而她周末去找林延程一起做作业时他可严肃了，像机器一样准点地提醒她该做什么，该完成什么，甚至有点"不近人情"。

高一快结束的夏天，岑兵和蒋心莲打算开始装修房子。他们这一栋楼房陆陆续续弄了好些年了，因为接二连三出事，总是存不到钱，这两年算是难得安稳，终于有了点积蓄，计划着给砖房加上屋顶和面砖。

岑曦很是高兴，她觉得自己的家终于要变好看了。

以前年纪小，她不知道什么是贫穷和富贵，上了高中，见识了别人的家，有时候她会感到自卑，因为她的家和他们的比起来真的差太多。

可是蒋心莲一直在努力满足她的要求，给她穿好的吃好的，大多数日子里她都是无忧无虑的。

但总没有那么如意，家里的房子装修到一半，岑家老太突然发病，送去医院一查说是皮肤癌，没什么好治的，住了一段时间院后接回家了。

岑曦以为奶奶只有一两年活头，听到这消息时难过了挺久。

家里忙着装修，岑兵夫妻俩都十分疲惫。

有很多事情他们也没有和岑曦说。

期末考试完，岑曦一个人回家，林延程比他们又晚两天放假。

天气热她就不想从公交站走到家，撒娇让蒋心莲来接她。

见到妈妈她很开心，说这次考试感觉考得不错，她想夏天和朋友出去玩，蒋心莲说只要你考得好怎么样都行。

当时岑曦没察觉到蒋心莲的异样。

直到蒋心莲的电话响起，蒋心莲听了会儿，忽然颤着声音骂起来："你们一个个就是见不得我们过好日子！要打电话给我老板就去打，老板凭什么听你们的，你们算老几！一个个不要脸的东西！我蒋心莲就是去街上讨饭也会把我女儿送上大学！"

蒋心莲紧握着手机，和那边对骂，直到骂够了才挂了电话。

岑曦从后视镜里看到蒋心莲通红的双眼和强忍着不落泪的倔强神色。

岑曦喉咙哽着，不知道怎么安慰，又心疼妈妈。

小时候轻而易举的一句"妈妈我爱你"，长大了是那么难说出口，即使母亲在自己面前泪流满面。

她轻轻地问："怎么了？"

蒋心莲憋着一口气，说："你奶奶的那些家人，就是看不得我们好，说什么如果不给你奶奶看病就去我老板那儿吵，让老板开除我。他们算老几，以为自己是什么东西！还说我女儿考不上大学，考不考得上关他们屁事！你放心，妈妈就是上街讨饭也会让你上大学！"

岑曦心里有数了。

因为奶奶的病没什么好看的，所以两兄弟把她接回了家。所谓的奶奶的娘家人就过来吵了，不满意两个儿子的作为。

那些亲戚岑曦不熟，但知道，她从来都不喜欢他们，每每有事时他们都喜欢掺和一脚，生怕这家人不够乱。

可是为什么只欺负他们家，为什么不去质问大伯家呢？

回家后，岑曦一个人跑上楼休息，只听见楼下大人们吵吵闹闹，蒋心莲朝岑兵复述着那边人的话，气得声音都响了好几倍。

岑兵气不过，直接打了电话过去，像一头雄狮怒吼着、质问着，问他们是不是要他把这些水泥面砖一点点从墙上扒下来退回去他们才高兴。

这些纷争岑兵和蒋心莲都没有在私下和她提过，很多时候岑曦对于家庭之类的矛盾和是非都是听他们和左邻右舍唠嗑时了解的。

比如原来在她期末考试那两天，奶奶的娘家人还曾上门来吵过，在她家院子里大吵大闹，要求给老人好好治疗。

岑曦觉得蒋心莲说得最对的一句话就是，老人生病他们没来照顾过一天，借着娘家人的名义在这里胡搅蛮缠，只敢欺负他们，不敢和岑超他们家吼一句。

那时岑曦还不知道原来一个人真的能气到生病，她看着夜不能眠的父母心疼又无能为力。她单纯地想，既然那些人讨厌，不来往就好了，为什么还要顾情面？

因为这事岑兵对老太太的意见更大了，所有气都撒在老人家身上，怪她生下他，怪她惹出这些是非，怪她在背后挑唆。

这个假期一开始就不太顺利。

可能因为岑曦上高中后不常在家，所以这一次岑兵在家里骂骂咧咧时，岑曦难得地没有觉得烦躁，相反，她在饭桌上轻声细语地安慰父亲。

岑兵听了女儿的话怒火平息不少，只是连声叹气，感慨命运的坎坷，埋怨那些人的不厚道。说着说着他又笑起来，眼里满是光芒地看着岑曦，说岑曦是家里的希望，一定要好好读书，考上大学，给父母争光。

岑曦很想给父母一点慰藉，于是神采奕奕地告诉他们这次期末考试她考得有多好，一定会很努力地考上大学，让父母不要不开心。

岑兵开心地说：“你就好好读书，其他都不用管，爸爸妈妈会解决好一切。”

岑曦点了点头，心里却不是这样想的。

有几个傍晚岑曦去找林延程乘凉时提起过这个话题。林延程家新铺了水泥路，把河岸边的小路修宽了，爷爷也不再需要别人照料，身体恢复得还算好。

映着落日的余晖，两人在岸边的参天大树下有一搭没一搭地聊天。

那些叔叔阿姨路过看到时还打趣他们，说他们的感情还和小时候一样好，也是难得。

岑曦嘴上甜甜地应着，心里却腹诽他们的感情早就不一样啦。

岑曦家的这档子事林延程很清楚，岑曦心里憋不住事，一有什么就会和他说。她不理解大人们之间所谓的情面和断不了，也不喜欢父母仍把她隔绝在战争之外。

她和岑兵一样，是个冲动热血的人。很多时候，她很想站出来为父母遮挡伤害，她很想与父母一起对抗那些人的攻击，她甚至觉得她有了一定的年龄和知识储备，她可以和他们讲道理，用道理打败他们。

看着她义愤填膺的模样，林延程觉得很可爱。

他安抚岑曦道：“很多时候这种纷争是没有道理可讲的，就是一些鸡毛蒜皮的事情，扯不断理不清。你出面，那些人只会说你不尊敬长辈，大呼小叫，没有教养。我想等你爸妈要依靠你时他们会开口的。"

岑曦拽着树叶，说："可我想做个大人。我也希望我的父母能够信任我，觉得我懂事成熟。就像你一样，他们总是夸你做事稳重，是个值得依靠的男孩子，我为什么不行？"

"曦曦，那是因为他们很爱你，他们希望你永远像个孩子一样快乐。"

岑曦看着林延程。林延程和他们大多数普通家庭的孩子不一样，林婉给他的教育，让他没办法成为一个不懂事的孩子。

林延程小声说："我也希望你能一直像小孩子一样开心。"

岑曦噘嘴道："我只是……程程，你没有看到我妈妈哭的样子。我从小到大就看她哭过两回，一次是小时候她和我爸要离婚，她倔强地哭，一次就是现在，她那么委屈。有时候我就想如果外婆没有去世，她会不会扑到外婆怀里哭，妈妈在成为妈妈之前也是小孩子啊，我妈妈也是外婆心爱的孩子啊。我舍不得看到妈妈这样难过，我希望她能信任我、依靠我。不是都说女儿是小棉袄吗，她完全可以靠着我哭的。"

"这些话你和她说过吗？"

"当然没有啦，这些都是我的心里话。"

林延程："我想，阿姨光是听到这些话就很开心了吧。妈妈这个词语本身就是很有力量的，阿姨怎么会愿意让你承担她的痛苦。"

岑曦仰头深深吸了口气，揉了揉发红的眼眶。

她笑着说："真是奇怪，怎么越长大越容易哭，我快成爱哭鬼了。我妈说我小时候几乎不哭的，可乖了。"

林延程温柔地注视着她，说："因为我们曦曦是个很柔软的人啊。"

心底柔软的人才会不断地换位思考，生怕体会对方的心境，说一些做一些让对方不舒服的话和举动，也会比较容易有共鸣，比较容易触动心灵而眼红。

印象里的岑曦一直是这样的人。

岑曦听到夸奖又开心地笑了，她调整好自己，轻轻捶了下他："讨厌！"

后来这场"战役"在酷夏的炎热中不了了之，岑家老太依旧在家养着，看起来没什么病痛，每天散步做饭，日子比其他老人要好过得多。那边的人没再来闹过，岑兵扬言要和吵架那几家断绝来往，和对岑超家一样。

虽然岑曦依旧搞不懂断绝来往有什么好烦心的，只不过是少一些平常也不来往的亲戚而已，往后的人生靠的也不是他们。

岑曦家外墙的装修也终于赶在更高温来临之前完工了，这件事还是值得欣喜的。

但岑曦和林延程吐槽很多次，她不喜欢这个设计还有面砖的颜色，觉得不够洋气。她理想中的房子应该像国外的那种独栋小别墅一样，有巧克力一样的窗户、白色圆柱形的栏杆。

混着蝉鸣的烈日，她和林延程躲在空调房里，咬着冰棍看着警匪片，偶尔痴迷于游戏。她一放松就不想学习，有时被林延程强迫拉着做作业。

8月初时他们收到林州的聚餐邀请，庆祝他复读考上了南城中学。

在这半年冲刺里林州几乎和他们失去了联系，QQ也没见他上过几次，拿到录取通知书时，林州在第一时间和他们分享了。

这成绩有点出乎意料，岑曦没想到他仅仅是复读一年就以优异的成绩考上了南城中学。原来，聪明的孩子真的只要努努力就可以成功。

林州没邀请其他人，相聚的只有他们四个。因为林州说很怀念初中时四个人在一起的时光，叫了其他人就不纯粹了。

李星雨暑假一直在补课，为了这次聚餐向老师请了一天假。

四个人约在街上的一家火锅店，考生可以凭借录取通知书打折，借着林州的光，他们可以打六折。

林州一向豪气，放言随便点。

三个人都让着岑曦，岑曦搓了搓手，不客气地点了一通。

林延程帮她拿蘸料，消毒碗筷。坐在他们俩对面的林州和李星雨无语地看着。

李星雨在桌下踹了岑曦一脚："你们二十四小时黏在一起，出来吃饭还要坐一起吗？"

岑曦讨好地说："星雨乖啦，委屈你和林州坐一块。我和程程在家也不是二十四小时在一块的，我最近都不常去他家玩了。"

"我都要走了，你眼里还是只有林延程。"李星雨不紧不慢地说。

话落，三个人都震惊地抬头。

岑曦问："你要去哪儿啊？"

李星雨余光瞥着林州，假装若无其事地说："学校有英国交换生名额，我申请了，前两天接到通知，过了。"

"……"

林延程知道这个事情，之前班主任给他们发过宣传单，家庭条件好的学生都跃跃欲试，毕竟是个不错的机会。

只是没想到李星雨也申请了。

林延程放下筷子，抬眼看向林州。

林州双手搁在桌上，浅浅地吸了好几口气，最后笑着说："这么突然啊？去多久啊？什么时候去啊？"

"11月，去一年。"

林州："一年……那还要回来念高三，挺好的，恭喜你呀。"

李星雨看向他，也笑了下："也恭喜你，考上了南城中学。"

岑曦觉得气氛怪怪的，两边都是值得恭喜的事情，为什么从他们两个人嘴里说出来多了几分心酸呢？

这顿饭几人聊了很多，林州这大半年里的挑灯奋战，李星雨不要命似的补课学习，还有她和林延程两个人的心路历程。

林州喝了点带酒精的饮料，少年张扬地笑着，微红着眼眶对岑曦说："你是不知道，初中时林延程看到你皱一皱眉头他都紧张得不得了，我们还说不得。"

岑曦想起上次在医院，林延程也是这样的状态，眼眶红着，神思不清，眼眸里有股执着。

她哆嗦着筷子问："林……林州，你不会喜欢我吧？"

林州愣了下，随即哈哈大笑："曦曦，你这情商……算了算了，兄弟我没话讲，你继续可爱下去就好了……"

林延程也笑了，偷偷对岑曦示意让她不要再讲了。

散场时，林州去洗手间洗完脸出来，整张脸湿漉漉的，脸上的笑意全无。

林延程说要带岑曦去街上逛逛，因为难得出来，留下林州和李星雨一起坐车回家。

林州抓了抓头发，站在阳光下什么都没说，李星雨看了几眼林延程，眼里起起伏伏，最后只是平静地和他们告别。

她没等林州，自顾自地往前走。林州狠狠踢飞了脚边的石头，懒懒地喊她："喂，'流星雨'，你等等我行不行？"

高二就在这分别的氛围中开始，秋意也越发浓郁，一场雨过后岑曦套上了毛衣。从前周五只是林延程一个人来接岑曦，现在变成了两个人。

林州和他们一样，要每周坐车回青水镇。林州家里条件可以，如果要在南城中学边上买套房是买得起的，但林州父母怕他在城里玩得收不回心，认为还是每周回来比较可靠。

久而久之，岑曦发现林州还是挺帅的，他和林延程站在校门口的文具店前，总是吸引一堆女生的目光。

林延程不笑时看起来有点严肃，那双漆黑的眼眸里温柔和平静各参半，是看起来不太容易接受搭讪的类型。林州则相反，看上去有点散漫不羁，一双桃花眼尽是风情。

甚至连她的室友都来打探林州。

岑曦就在一个周五晚上问了林州，问他要不要认识她的室友。林州半真半假地说："得了吧，我配不上人家的。"

岑曦把这句话琢磨了半天，不明白他怎么就配不上了，虽然他有点吊儿郎当，但人还是很好的。

林州说："我要保持单身，不能让那些爱慕我的姑娘失去心中信念。"

岑曦："那你别老叫唤着自己苦呀。"

林州拍拍林延程的肩膀说："转眼就要11月了，你说我苦不苦？"

林延程意味深长地说："还来得及。"

林州摇头，笑着说："我只做电灯泡，不做绊脚石。"

岑曦听得云里雾里，她不讨厌林州这个电灯泡啊，林州是个讲话很有意思的人，三个人一起回家既有安全感又有趣。偶尔还能去电玩城玩一会儿，吃小吃都觉得格外香。

后来在李星雨去做交换生后岑曦才知道真相。

李星雨回来收拾行囊那个周末，岑曦和她一起睡了一晚。李星雨和她说着对新生活的害怕和向往。

李星雨想去国外很重要的原因就是想逃避自己的父母，她厌倦了他们假装表面和谐，背地里无休止的争吵；厌倦了母亲得了病总念叨着自己要死了，明明这个病只要好好检查吃药就有很大希望治愈的。

即使很不孝顺，但她觉得受够了。

岑曦能理解她，因为承受不了家里的琐事压力，所以选择离家远一点的地方。她不也是这样吗，选择星辉的原因一半是林延程，一半是想远离家庭。

但李星雨丝毫没有提起林州。

李星雨是周一跟着学校的大巴走的，岑曦没办法送李星雨。就是这个周五，林州没有和林延程一起来等她。

岑曦随口问了句他怎么了。

林延程说："林州不打算回家，想周末住寝室复习。"

"他没搭错神经吧，这不像他的风格啊。"

林延程思考了会儿，说："因为李星雨走了。"

岑曦晃着他的手："这和星雨走有什么关系啊？"

"曦曦，你真的没看出来吗？"

"什么？"

"林州喜欢李星雨。"

岑曦愣在原地，脑海里飞快地闪过曾经相处的细节。她抓了抓耳朵："不会吧？可是他总是欺负星雨啊，和星雨吵架。"

林延程拉着她往前走："欺负一个女生就是喜欢的表现。"

"是吗？那你怎么没欺负过我？"

"因为每个人喜欢一个人的表现都是不一样的。"

岑曦："可是……哎呀，那林州为什么不和星雨说呢？哦，不，星雨可能不喜欢他，说了会很尴尬的。他居然喜欢星雨，藏得真够深。那他现在是不是很难受啊？"

林延程确认无疑，岑曦真的迟钝又单纯。她能贴心地时常站在他人角度思考，却在某些时候真的不开窍。可是幸好，这样纯真的岑曦还是发现了自己喜欢他，和他走在了一起。

岑曦喃喃自语："你什么时候知道的？为什么现在才告诉我啊？"

李星雨走后的一个星期学校要给学生举办成人礼，岑曦进星辉中学后就听说过这个，星辉会举办得很隆重。

这次星辉打算带学生去宜城绿洲参观实践一个星期。

以前的春游秋游都是一日，除了军训这是最长的课外时间了。

岑曦放学见到林延程时迫不及待地分享了这个信息，很巧的是，南城中学也是下个星期去，同一地点同一时间。

岑曦兴致勃勃地收拾着行囊，因为是秋末，衣物稍微带几件书包就满了，最后岑曦选择带了个行李箱。林延程就简单很多，一个书包一个手提包就够了。

南城前往宜城的大巴车程一共为六小时，岑曦因为兴奋，前一晚没睡好，在大巴上正好补了觉，醒来时收到了很多林延程发的消息。

他说他看到了她，看到她靠着窗在睡觉。

到达目的地后，先去房间放行李，自由活动一小时。岑曦给林延程回消息，约他出来见面。林延程说现在很忙，到晚上再见。

但学校给他们安排的项目一个接一个，两个人的活动时间都是岔开的，就是碰不到一起。

不过后来两天上露天抢救课程和参观军舰模型时碰到过，密密麻麻的学生中，岑曦能一眼就找到林延程。

林延程和两个戴眼镜的男生在一起，认真地听老师讲解。可能男生天生就比较喜欢军舰航母之类的东西，他们听得格外专注。

岑曦假装路过，用胳膊肘顶了下林延程的后背，再和室友说说笑笑地往前走。

林延程望了眼她的背影，在休息的空当里给她发信息：我们八点就散了，来香榭丽街后的奶茶店。

晚上七点，所有前来绿洲的各所学校的学生都集合在这宽阔的广场上，四周的灯亮起，台子中间红旗飘飘，老师把青春的美好娓娓道来，恭贺他们终于成年，迈向新的开始。

台下学子都站得笔直，没人窃窃私语，没人耷拉下垂，夜空中的星光洒在他们眼中，借着老师温柔有力的声音，这一晚的激昂被无声地点亮。

唱完国歌，念完誓词，互相佩戴礼帽，广场远处烟花一簇簇飞上夜空，开出最绚烂的花朵。

拍完大合照后解散，岑曦和室友寻着烟花做背景，自拍了很多照片。

这是岑曦第一次戴礼帽，她感觉像电视里那些毕业的大学生一样。

光顾着和室友自拍，岑曦差点忘了林延程，直到手机响起时，她才突然记起，林延程说他已经在奶茶店了。

室友让她赶紧挂了电话过去，附上飞吻说："月黑风高，成人的第一个夜晚谨记安全。"

岑曦觉得自己是真不单纯了，居然一下子就听懂了，她追着她们打了一通才离去。

这晚大家都兴致高涨，老师也给了学生较多的自由活动时间，奶茶店里人挤人，就连黑漆漆的小路上都是三三两两的学生。

林延程拎着杯奶茶站在梧桐树下等，周围有女生对他指指点点，笑得十分羞涩。

他装作没看到，看向别处。

忽地，他后背被撞了一下，他以为是岑曦，笑着转过去："曦曦，别——"

女生抬起头，不好意思地捋着头发，说："对不起啊，我不是故意撞你的，你你你……我……能不能给个手机号啊？"

林延程慢慢敛了笑，客气又疏远地说："不好意思，我以为是我朋友。"

女生点点头，瞬间懂了，连声道歉逃窜走了，躲进闺密的队伍里，那帮女生笑得很大声。

林延程呼出一口气，屁股突然被拍了一下。

岑曦从后蹿出来，调侃道："我们程程长大啦，已经开始招惹小姑娘了。"

林延程把奶茶塞她手里："别闹。"

岑曦吸了一大口，嚼着珍珠说："那是横阳中学的吧，都说那儿的美女多，果然名不虚传。"

两个人漫步在小道上，往人少的方向走，岑曦手舞足蹈地给他看她和室友们的自拍照。

秋风凉，看了会儿照片后，岑曦就把手机收起来安安静静地和他散步。

"你要带我去哪儿啊？"

"嗯？就瞎走走。"

岑曦笑得珍珠差点喷出来，她停下脚步，又拍了拍林延程："我们程程都会说谎啦！"

林延程也笑了，制住岑曦的手腕："还闹？"

岑曦睁着亮晶晶的眼眸望他："刚刚小姑娘撞你身上你是不是很开心啊？"

"没有，我以为是你。"

"喊，其实你心里乐开花了吧。"岑曦咬着吸管，手指戳着林延程的胸膛。

"真没有。"

远处烟花稀稀散散地仍在燃放，凋零的水杉树笔直地屹立在小路两侧，高低起伏的假山将他们藏匿在这片月色中。

岑曦眼里漾着月光的倒影，轻声道："成人礼快乐呀。"

边上有人路过，轻声笑着打闹着，黑夜中的声音都带着青春的蛊惑。

林延程挡在岑曦面前，让她完全融在夜色里，不让别人窥视一分一毫。

夜是凉的，眼神是热的，情意是最浓的。

十点要熄灯了，林延程送岑曦回她学校承包的寝室，怕被老师看见，两人就在路口道别。

岑曦磨磨叽叽地和他告别，眼里写满不舍。

林延程揉了揉她的脑袋。他说："你是大人了，晚上睡觉不要着凉了，知道了吗？"

她点头，走了两步，他叫住她，微笑着说："曦曦，成人礼快乐。"

岑曦朝他比了个人体爱心，林延程瞬间笑出来。

岑曦蹦蹦跳跳地回寝室，走到大门口时心血来潮朝后望了眼，林延程竟然还站在那里，他始终注视着她。

岑曦朝他挥挥手，进了寝室。

如她预期，林延程没有给她准备什么成人礼礼物，她倒不觉得失望。反而是室友们晚上听完后百思不得其解，她们想不到这个看似很贴心的竹马怎么会连成年礼物都没有。

可是岑曦也不是那么渴望，她好像一直不在意这些。

情人节啊、七夕节啊，还有所谓的六一儿童节，QQ空间里大家都会晒着礼物，她羡慕了一会儿就没感觉了。

林延程从不在这些日子送什么。

晚上，岑曦抱着被子睡觉，她一想到林延程就忍不住笑出来，他为什么这么可爱啊。

还有那杯奶茶，他真是太了解她了，巧克力味的，双倍珍珠。

忽然，她明白了自己为什么不渴望那些东西。

林延程不是个不浪漫的人，只是他的浪漫不体现在固定的节日和礼物。他的浪漫是来找她，顺便买一杯她喜欢的奶茶；他的浪漫是送她回寝室，分别后却仍注视着她，直到她安全进去；他的浪漫是生活中每一个细节，每一处体贴。

她无时无刻不被他疼爱珍惜。

不是有句歌词这样写吗——其实爱对了人，情人节每天都过。

想着想着，岑曦觉得哪儿怪怪的，这句歌词是哪首歌里的来着？

黑暗中，她想了半天都没想出来。

强迫症的她掏出手机百度，百度结果——《分手快乐》。

她又没忍住，"噗"的一声笑出来。

南城中学总是比其他学校晚放假几天，他们冬天集中复习后岑曦又好长一段时间没见到林延程。

当岑曦气鼓鼓地准备去声讨林延程时，却看见林延程脸色不太好。他思考一个问题或者题目陷入牛角尖时就会露出这种神色，固执又肃穆。

询问了她才知道这次他觉得自己没考好，有一道题因为失误错了。

岑曦安慰着他，心想他明明嘴上说着不在意名次，骨子里却仍然是一股倔劲，真是个温柔又韧性的人。

林延程把自己关在家里研究那道题，岑曦没去找他。

毕竟在南城中学的压力她是体会不到的，她也隐隐约约感受到，对于林延程来说除了学校的压力还有他自身的，他对自己要求一向很高。

可去拿成绩报告那天，岑曦真的想一脚把他踹到南极去。

她在他房间焦急地等他回来，看了成绩单和全县排名后，她把成绩单"啪"的一声拍到他怀里，恶龙咆哮道："林延程，你浑蛋！"

果然，学霸说什么我没考好、我没复习都是假的！

他考了班级第四，年级第二十九，全县一千多号人，排第七十八。

虽然他很懊悔没做好那一道题，但是后来也得知，这次题目难度确实很大。因为请了市里出高考卷的老师出卷，想给学生们一个警醒，故意提高了点难度。

这次岑曦的数学考得一塌糊涂，全靠语文和英语支撑着，她觉得郁郁寡欢的那个人是她才对，亏她还安慰他那么久。

岑曦铁青着脸修改错题，好几次林延程想来教她，被她直接推开，说最讨厌他这种学习好的了！

林延程只好耐心地说："我只有自己学习好才能让你也好起来啊。曦曦，我平常多么努力你没看到吗？我不喜欢自己有这种失误。总是觉得没到考试，出现什么问题都来得及解决，但到了考场出现这种情况，我会很难受。"

岑曦抽抽搭搭地说："还不是因为你考太好，还装！"

林延程无奈："那我以后不说了，我现在再讲一遍这道选择题，你认真听好不好？"

"不好不好不好！"

"那讲那道简答题？"

"不好！"

"曦曦。"

岑曦抓起他的手臂，恶狠狠地咬了下去。

初春，岑曦的生日，真正意义上的十八岁，蒋心莲照旧给岑曦准备了一个生日蛋糕。岑曦说想请室友吃饭，蒋心莲觉得孩子大了是该有自己支配的权利，给了她八十块钱。

就这样，原本是下周一的生日提前到了周日下午。

岑曦特意拉着林延程早一个小时出门坐车去学校，要各自回一趟学校放东西，然后在小食吧边上的鸡公煲店集合。

五个室友也不是个个都来，其中三个不是临时有事就是家里看得紧不让早走，说是晚上给岑曦补过生日。

这样一对比岑曦更爱蒋心莲了。在她成长过程里她的母亲也在逐渐改变，给她自由给她尊重。

岑曦几乎没什么事瞒着蒋心莲的，就只有喜欢一个人这一桩事。

岑曦和林延程早早地到了鸡公煲店，开始预先点菜，四个人正好坐窗边的长桌。

岑曦说起家长的控制欲这一事，她翻着菜单，说："六年级时我妈和一个阿姨逛街，给我买了件喜羊羊图案的毛衣，因为那阿姨觉得我会喜欢这个，小孩子都喜欢喜羊羊。但我妈觉得我应该不喜欢，但最后还是听了阿姨的话买了喜羊羊的。她当时和我说的时候我就觉得还是妈妈最了解我了，她后来也没有强制我穿那件衣服，因为我真的不喜欢。还有啊，初中要去星雨家玩，或者周末去学校，我妈都同意的。蒋慧的妈妈就哪儿都不允许她去，很多时候都是我们壮着胆子把她拉出来的。我以后要是有了小孩，也一定让她自由自在的。"

林延程笑着，帮着用热水烫碗筷。

岑曦看他一眼："我说了这么多，你回句话啊。"

"阿姨确实是难得的开明，我一直觉得阿姨做得很好。你小时候她管得还是很严格的，但是到了初中给你很大的自由，我有点意外但又觉得在情理之中，因为阿姨从来都不是个古板的人。你妈妈真的很温柔。"

"你也很喜欢我妈妈，对不对？我室友们也都喜欢。"

林延程："我肯定喜欢啊。"

岑曦在菜单上钩上几个室友爱吃的菜，又发了消息给她们。

她说："那你紧张吗？我室友嘴巴可毒了。"

"不紧张。"

"骗人，你肯定紧张。"

后头传来两声咳嗽。

岑曦立刻扭头看去，两个室友一脸笑意地看着她和林延程。

林延程微微点了个头，两个姑娘在他们对面坐下，目不转睛地打量着林延程。

岑曦拍拍桌："介绍一下，这位长头发的叫赵瑗，这位短头发的叫金青青。"

林延程点点头，说："高一时在公交车上见过，对吗？"

岑曦惊了："这你也记得？"

赵瑗点赞："不愧是学霸，记忆力超群。"

林延程之所以印象深刻是因为连着好几个女生下车都撞了岑曦，按照岑曦的脾气应该要发火生气的，但岑曦一直笑着，半点反应都没有。

很快，两个姑娘完完全全地出卖了岑曦，绘声绘色地诉说了当时为何会在公交车相遇，岑曦夜晚在寝室是怎么发花痴，又是怎么样不要命地学习，还有有多少男生喜欢岑曦。

岑曦捂不住她们的嘴，只好去捂林延程的耳朵。

林延程这才知道原来当时岑曦背后还有五个军师，也才知道岑曦在学校是多么受欢迎。

岑曦拿筷子指着她们说："你们是要逼我在十八岁的生日使用暴力吗？等你们以后有了喜欢的人，我会报仇的，记住了！"

金青青笑道："好了，好了，不说了。"

岑曦："都说完了，好吗！"

林延程低低笑着，给岑曦夹菜。

赵瑗和金青青纷纷叹气，赵瑗说："好好珍惜你的竹马行不行，这么细皮嫩肉的男孩子你舍得让他干这种夹菜倒水的脏活累活吗？"

岑曦："烦死了！吃你们的鸡腿！"

岑曦把鸡公煲里的两个鸡腿夹给她们。

饭吃到一半，老板端上了生日蛋糕，岑曦看向林延程："你弄的吗？"

林延程摇头。

赵瑗说："是我们和那三个一起买的。少吃点，等会儿带点回去给她们尝尝。"

岑曦装作很无语的样子，实际上嘴角都翘到天花板了。她说："那我就吹个蜡烛吧。"

闹哄哄地笑着，老板和店员时不时看他们一眼，也忍不住笑几声。

手忙脚乱的，"18"插成了"81"，她吹完了才觉得哪里不对劲。

三个姑娘笑得快断气，林延程拔下蜡烛装进小袋子里，嘴角也扬了起来。

散场时，岑曦让她们把蛋糕带到寝室去。因为她在周六时已经吃过一个了，蒋心莲买的。

两个姑娘心有灵犀地点头，说："那你们继续玩，小的们先回寝室休息了。"

"毛病。"岑曦笑着说。

金青青朝林延程挥手："竹马哥哥下次有缘再见。"

已经五点多了，黄昏渐消，黑夜欲来。

晚自习是七点开始，眼下还有一个多小时可以逛。

送走了赵瑗和金青青，两个人随意闲逛，穿过街道之间的老楼房，下过春雨的地面上还遗留着新芽味，高耸的梧桐树迸发出嫩叶，是万物复苏的清新傍晚。

岑曦计算着林延程回学校的时间，南城中学对于学生管理还是很严格的。

不过还好两个学校就只隔两条街。

两个人慢悠悠地走着，拐进了老小区之间的小道，很多住户都亮起了灯，破旧的围墙高处还有探出头的葡萄藤蔓，细缝里坚韧生长的桑葚树蹿得很高，凉风一吹，光影晃动。

岑曦踩着两个人的影子玩。

林延程想着金青青的话，问道："她们为什么要叫你'小茉莉'？"

"因为我长得好看啊。"

林延程诚恳地道："是好看，这外号也挺好听的。"

岑曦美滋滋地道："当然啦，清新又纯洁，可不就是我嘛。"

"你室友说有很多男生喜欢你，有多少啊？"

岑曦想起上次送他星星的女生，哼一声，说："你以为我像你啊，就会招蜂引蝶。我很洁身自好的，那些想对我图谋不轨的我都会把他们的想法扼杀在摇篮里。"

林延程笑着说："那你是怎么把他们的想法扼杀在摇篮里的？我学习一下。"

"很简单啊，高年级的要联系方式，不给，陌生人不加，我告诉他们我有中意的人。"

"噢……还有高年级的啊？"

岑曦对上他意味深长的眼眸，突然醒悟："林延程！你套我话是不是？你怎么越来越坏了！"

她气不过，对着他一顿捶。

半个月牙探出云层，暗色的云雾从远处蔓延过来，四面八方的灯火越发明亮。

3月的夜晚还是有些冷的，但因为和林延程靠在一起，岑曦整个人都暖烘烘的。

岑曦忽然想起什么，问道："你上次不是说要给我准备礼物的吗？"

林延程："你不是说不要吗？"

"……"

岑曦只觉得怒火攻心，她闭了闭眼，又准备打他。

林延程低声笑道："你摸一下我的卫衣口袋。"

"什么啊？"

岑曦伸手，从他口袋里摸出一个小长方形的盒子，手掌大小，外包装纸是她最喜欢的青绿色。

她从他怀里钻出来，摇了摇这个盒子。她忍着欣喜，问道："这什么啊？不会是装有全国试卷的U盘吧？"

林延程："你拆开看一下。"

岑曦小心翼翼地拆包装，里头的东西似曾相识，但这个才是她曾梦寐以求的。

因为太过惊喜，岑曦连声叫着，边叫边在原地跺脚。

林延程看着她可爱的模样笑着，问道："喜欢吗？"

岑曦捣蒜似的点头："好好看呀！好轻啊这款，又很有质感，这……这是苹果牌的啊？"

"嗯，我想这个牌子的质量比较好吧，而且它的外观设计也很好看。"林延程说，"本来想买别的，因为现在手机都能听歌，但是你以前就很想要MP3，我觉得我们曦曦应该有一个。"

岑曦心底泛起一阵阵涟漪。

她一直觉得林延程是个不太会制造惊喜的人，而且他的经济来源是林爷爷，他本身是个不喜欢奢侈浪费的人。

知道他用心去思考去准备，她就很知足了。

她想，十八岁的这一天，有一枝玫瑰或者一个玩偶就够了。

但原来，真正在意你的人从来都是说到做到。

想有一个 MP3 是她十三岁的愿望，直到现在她偶尔戴着耳机听歌也会失落于那时候没有一个 MP3。

可是十三岁的她的愿望被林延程的迷你收音机填补，十八岁的她被他完整了十三岁的愿望。

再也没有人能像林延程一样对她了，清楚地记得她喜欢的颜色、喜欢的食物，隐藏在心底的愿望。

林延程不知道岑曦怎么突然泪眼汪汪的，他摸了摸她的脑袋："要哭了？"

岑曦吸了吸鼻子："讨厌！我才不哭！"

"曦曦。"

"干吗？"

"十八岁快乐啊。"

月光轻轻洒下，眼前的少年漆黑明亮的眼眸里满是温柔。

岑曦的心好似一下子被融化了，她握紧 MP3，心尖冒着热烈的气泡。

她又忍不住问那个傻傻的问题："程程，我们以后会分开吗？"

明知道不会，明知道他会说不会，但她还是想问，想亲口听他说，想感受他坚定的心意。

林延程笑着说："当然不会啊，我会一直在你身边。"

岑曦心满意足地笑了。

在校门口分别前，林延程告诉岑曦，他已经在 MP3 里下载好了歌曲，可以试着听一下。

岑曦上完晚自习后回到寝室，很珍惜地打开 MP3，插上耳机，生怕在 MP3 上留下刮痕和印迹，连戴耳机的动作都是万分小心。

室友们不是很理解林延程为什么要送 MP3，这年头智能手机越来越流行，听歌用手机就好了，MP3 注定是要慢慢被淘汰的。

岑曦听着歌曲入睡，他下载的都是她偶像的歌。

快睡着前，一首歌吸引了岑曦的注意力，前奏是细碎的杂音，大概有三十秒，都没有音乐和声音。

她奇怪地从枕头下摸出 MP3，屏幕上显示这首歌的名字：给曦曦。

她猛地清醒，从床上坐起来，进度条一共有三分钟。

第三十九秒时出现了一个声音，是她最熟悉的声音，是林延程的。

他干咳了一声，用温柔低沉的嗓音说道：

"曦曦，这是我重录的第十一遍，我写了一封信，本来想连同 MP3 一起给你的，但我觉得与其用书信，不如我亲自说给你听。可是我当面有点说不出口。我想了很久，应该给你送什么才能让你对这个十八岁生日印象深刻，让你很久以后回想起来依旧觉得美好。可惜我没有什么能力，不能送你网上那种盛大的玫瑰花束，不能带你去喜欢的地方旅游，甚至不能带你去看一场演唱会。所以我想给你写一封信，告诉你，你在我心里多么重要，告诉你，我是真的很在意你。

"我记得第一次见到你，是很明媚舒适的夏天，你穿着黄色格子的裙子，我当时觉得这个小女孩好奇怪，一直盯着我看。后来熟悉之后，我觉得你天生有让人开心的本事，一起看电视一起玩耍，每一天每一秒我都觉得好开心。开心到我有时会忘记我被父亲抛弃了。

"你喜欢我带回来的很多小玩具，我说送给你，你总是不要，但每次来我家都会霸占着。你不喜欢看书但也会安静地听我讲，说我讲出来的像故事，书本里的很古板难看。你爱吃我妈妈做的糕点和小食，缠着她撒娇的样子我现在还记得。那时候觉得我好像多了个家人，一个很亲的妹妹。所以我常想，没关系，我的都可以给你，只要你开心就好。

"我也不知道具体是什么时候喜欢上你的，就是忽然有一天发现你会让我脸红心跳，你的每一次靠近每一个笑容，我都觉得快要呼吸不过来。

"因为喜欢，所以也准备好了做一个默默陪伴你身边的朋友。

"爷爷生病那一天，我变得不像自己，其实当时我很难过，很绝望，我坐在那里每一秒都觉得焦灼。我想，如果我失去了爷爷，就再也没有人爱我了。

"可是我最喜欢的女孩不顾一切跑来看我。

"曦曦，我很开心。

"谢谢你一直站在我身边。

"从前我觉得我是你的后盾，我保护着你，可是后来我渐渐发现，你才是我的后盾，我被你保护着。

"我的女孩十八岁了，我希望她能永远开心得像个小孩，我希望我能努力再努力点，在未来为她挡风遮雨。

"曦曦，我喜欢你，我生命里，仅此一份的喜欢。"

三分钟进度条到头，自动跳到了下一首歌，是一首和今晚月光相似的柔软歌曲。

岑曦捧着 MP3，泪光闪烁，却又笑了出来。

什么傻瓜啊，搞这种煽情的东西。

还特意等到晚上才把礼物给她，周五或者周六给她，怕她提前听到吗？

这晚岑曦又失眠了，她把这段录音听了一遍又一遍，林延程的嗓音低低的、温柔的，像夜空下沁凉的风。

她回想了很多从前的事情，也想起第一次见到林延程的场景。

她对他也是，生命里独一份的喜欢。

这个星期岑曦都处在这种飘飘然的状态，心底默念一千遍早点到周五，早点见到林延程。她有许多话想问他。

正热心期盼着，周五中午，岑曦吃完饭回教室午休做作业，她习惯性地打开手机，却收到一条来自蒋心莲的短信。

蒋心莲说岑兵出了车祸，在人民医院里，今天放学后来趟医院。

岑曦脑子轰地瞬间空白了。

她立刻拨了电话过去。

蒋心莲接得很快，岑曦焦急地询问。

蒋心莲声音却很平稳，说："没事，没出大事，就是骨折了，伤了筋络。本来你爸爸都不让我告诉你的，可是你周末要回来，总是瞒不住的。"

"什么时候的事情啊？为什么不早点和我说？"

"周一晚上，你爸也没喝酒，正常下班骑电瓶车回家，路过那个拐弯时被前面车辆的远光灯刺了眼睛，想着让让汽车，就不小心摔了。"

岑曦："怎么会这样啊？那那辆车会赔偿吗？"

蒋心莲："赔什么啊，也不算人家的错。"

"这样啊……"

"好了，不聊了，我去给你爸揉会儿手，你快上课吧。"

"哦……"

挂了电话，岑曦呆呆地坐在座位里，过了好久她才回过神来。

为什么好像每一年都不安分，为什么她的父亲总是多灾多难。

不过还好，没有很严重，算是不幸中的万幸吧。

岑曦思忖了会儿，跑去找班主任请假。

Part.07 我们要在一起

　　岑曦说明了情况,班主任立刻准了假。她回到寝室匆匆收拾了点东西,奔向车站。

　　春雨淅淅沥沥地下,这个星期一直被潮湿清新的空气包围着。岑曦一时心急忘了拿伞,又懒得从校门口再跑回寝室。

　　她在校门口打了辆车到车站,身上只沾到几点雨水。

　　蒋心莲知道她请假过来的,但没说什么,在医院门口接她,领着她去病房。

　　岑曦看到蒋心莲时心头不由得一酸,就一个星期而已,蒋心莲脸颊都凹进去了,那双温柔的眼眸布满血丝,像有裂纹的玻璃。

　　而蒋心莲看到她时神情一下子放松了,笑着问她饿不饿,要不要去超市买点小吃。

　　岑曦摇头说不要。

　　普通病房里放着四张床位,都住满了,岑兵是倒数第二张。

　　岑兵一动不动地躺在床上,头发睡得乱糟糟的,手臂打了石膏,额头如电视剧里那样缠了纱布。

　　他看到岑曦时也笑了,和边上的老爷爷老奶奶介绍说:"这是我女儿,在上高二,成绩可好了。"

　　岑曦接受着那些打量的目光,走到一边,看了几眼岑兵,任何想说的话在这个氛围里反而说不出口了。

　　还好,岑兵看起来真的不算严重。

　　岑曦坐在小板凳上玩了一个多小时的手机,听着大人们聊天。

　　岑兵接二连三地夸她,说还有一年就高考了,希望她能考上好大学,这样再辛苦也值得了,说生了这个女儿是夫妻俩最大的福气,说她从小就很乖，而且越长越漂亮了。

岑曦听得眼眶忽然发涩。

小学时因为她成绩不好，岑兵总是发火，他想不通为什么自己的女儿会比别人差，家长会都是蒋心莲去的。在他忙着赚钱的这些年里，岑曦上了初中后成绩渐渐好起来了，岑曦就经常听到他的夸奖了。

在外人面前岑兵总是不吝啬自己的赞美，总说生了个好女儿。

岑曦虽然开心，但她忘不了小时候岑兵凶悍的样子。她不是林延程、李星雨那种天才，她不过是个平平无奇的学生。

那时候她讨厌岑兵对奶奶发脾气，讨厌他发火时的嗓门，讨厌他让这个家吵吵闹闹，后来能理解他后，也曾细声安慰他，意外的是，岑兵竟然会听她的话。

上个学期期末，冬天下雨，他正好在家，就来接她回家。她穿得很厚重，到家时从电瓶车上下来，裤脚绊到了什么凹凸的管子，直接从电瓶车上摔了下来。

岑曦觉得不能哭，这么大的人不能哭，可是当岑兵着急地扶起她，笨拙地、轻轻地帮她揉着肩膀和手臂时，她眼泪不争气地就掉了下来。岑兵以为她是摔疼了，懊恼又心疼，让她下次注意点。

第二次他来接她，下车时，他叮嘱道："慢点，这次慢点，别摔了。"

本来她都忘了这桩事了，经他提起，她又红了眼睛。

她不是因为摔疼而哭，是因为父亲笨拙的安慰而酸涩。

就像作文里老套的描写那样，她的父亲不知道什么时候开始已经有白头发了。

岑兵每半年都要用染头膏染一次头发。

她忽然发现，曾经意气风发、冲动凶悍的父亲在不知不觉中失去了时间，英俊的脸慢慢蒙上一层沧桑，眼尾也耷拉下来，两鬓长出了白发。

而岑兵在这些年里确实是越来越柔软。他会让蒋心莲多给一点钱给女儿，说女儿长大了身上要多带点钱。他会让岑曦多买点衣服，说正是打扮的时候，他的破袜子穿了又穿，却舍得让蒋心莲在每个周五买大鱼大肉，只要是岑曦想吃的，他都舍得买。

这些都是蒋心莲告诉她的。岑曦知道妈妈是怕父女生疏，所以做着中间人，一直在调和。

岑曦知道岑兵是爱她的，他努力地工作，省吃俭用，一心期盼自己女儿顺顺利利考上大学，出人头地。但岑曦很难做到和其他家庭一样，和父亲很亲热。

就像岑兵默默地做这些，她对父亲，也都是一些默默的关怀。周末见岑兵不在家，她会问蒋心莲爸爸去哪里了，爸爸什么时候回来，买零食时会问要不要给爸爸带一点，买衣服时会想给爸爸买一件。

但在此刻，她站在岑兵面前，很难开口问一句：爸爸你还好吗？

她什么都说不出口，只能低头玩手机逃避。

四点时，她要走了，蒋心莲送她出医院。

沉默了许久，岑曦问蒋心莲："爸爸什么时候能出院？"

"医生说要住一个月。"

"那家里钱还够吗？"

蒋心莲垂了垂眼眸，说："你好好学习就行，别的不用你担心。"

岑曦知道家里经济状况的，上次装修几乎掏空了家底，这次车祸估计又得花一大笔钱。

岑曦"哦"了声，又问："妈妈……那你晚上睡哪里啊？"

蒋心莲很无奈地笑了下："能睡哪儿，就趴在你爸床边上眯一会儿，你爸啊……你爸有时候真的很自私。"

岑曦不知道怎么接话，就没说话。蒋心莲大概考虑到和孩子说这些不好，叹了口气便没再继续说。

很久以后岑曦通过蒋心莲和邻里聊天得知，母亲口中的自私指的是陪床的日子里，睡不好是没办法的，但岑兵因为疼痛难忍，动不动就叫蒋心莲帮着按摩，按到手酸了也还是让她按，他只顾着自己，根本没体谅她。这些年，几次三番的事故，已经让她心力交瘁。

那是岑曦第一次感受到母亲对这个家庭的失望，对岑兵失望。

岑曦自己一个人从人民医院坐车回家，算准了时间她给林延程打电话说不用去她学校等她。

林延程这才知道岑兵出了事故。

这场春雨下了一整天，岑曦回到青水镇上，没有伞，寸步难行。

她只好站在理发店的廊檐下等林延程过来接她，还好他过了半小时就到了。

两个人从后街的车站步行回家，十来分钟的路程。

是真的春天了，路边松软的泥土里长出了许多嫩草，豌豆苗弯曲着尖芽向上攀缘，不平的路面积攒着水坑，岑曦踩下时发出清脆的溅水声。

林延程仔细问了后，放了心。

岑曦指了指前面的小拐弯："喏，就是在这儿出的事情。你看，边上的车轮印子还在。"

"这儿吗？我记得上一次你爸喝醉酒出事也是在这里。"

"嗯……所以我妈说有点邪门，要请人做法事，宁可信其有。不过我爸不信那些，我妈让我别和他说。"岑曦低声道，"这边上不是有坟的吗，说是那人故意绊倒了我爸爸。"

林延程："……嗯。"

"我也不信这些，但我妈说得神神道道的，还说她年轻时外婆帮她也做过法事，还有什么请神，神会告诉你以后嫁给姓什么的人，以后工作什么的。"

烟雨蒙蒙，林延程滚了下喉结："曦曦，别说了，我们相信科学。"

岑曦瞅他："哦，我忘了，你怕鬼。"

"……你不怕吗？"

"怕呀，但是鬼专门吃怕鬼的，就吃你这种。"岑曦伸出爪子去挠他。

林延程一把钳制住她，拉着她快步往前走，想快点离开这里。岑曦乐得哈哈大笑，笑完她又沉默了下来。

她想到蒋心莲憔悴的面孔，想到妈妈晚上都没地方睡，想到家里不堪一击的经济状况。

岑曦问林延程："你说，为什么我爸爸命运那么坎坷，我感觉从小到大他一直在出事？其他人也会像他一样，意外不断吗？"

"叔叔确实辛苦了一点。"

"是吧？从他出生开始就被别人议论，奶奶偏爱大儿子，家里的一砖一瓦都是他自己赚出来的。听我妈说，年轻时有过一次发财的机会，但是有个叔叔摔断了腿，爸爸怕以后再出事，就没再继续做下去。夫妻两个人把奶奶欠的债务还了，结婚好几年才有的我，然后就是大大小小的事故和失败。"

岑曦伸手触摸伞外的雨水，说："以前总是不喜欢和爸爸待在一个空间里，觉得他凶，阴晴不定，没有共同话题，长大了才理解一点他的心酸。他真的好苦啊，受了那么多伤。我妈也是。"

林延程安慰她："其实曦曦，家家有本难念的经。你看隔壁阿婶，年纪轻轻就成了寡妇，自己养大了儿子，可儿子也总是生病。隔壁的叔叔，当初刚结婚不久老婆就意外去世了，养的儿子还好赌。你再看看我。真正表面和内里都风光的家庭能有多少？而且像我们父母这一辈，本身就不容易。我觉得等我们长大了，一切都会慢慢变好的。"

"你怎么那么乐观啊？等我大学毕业还有五年呢，以后会是什么样子，我都不知道。"

"我想，至少我们以后不会像他们一样，这就是在慢慢变好。"

岑曦笑了："我们？我们在一起会怎样？"

林延程逗她："会很开心。"

"废话，我才不会和让我不开心的人在一起。"

以后是什么样子，林延程不确定也不知道。他的计划是有一份稳定的工作，努力买一套小房子，能每天见到岑曦，带岑曦吃所有好吃的，让她能随心所欲地买自己喜欢的裙子，找一份自己喜欢的工作。

他有时候就这么幼稚地计划着，想象着。

唯一能确定的是，他永远不会朝岑曦发脾气，对她永远温柔耐心。

回到家后，家里没人烧饭，岑曦去林延程家蹭了一顿晚饭。玩了会儿后回来洗漱准备上床睡觉，但岑曦脑海里总是有意无意地浮现出岑兵躺在病床上的样子。

从蒋心莲和其他病人的聊天中可以得知，那晚岑兵出了车祸后觉得自己没什么大碍，回家就洗洗睡了，但到了半夜疼痛难忍，叫了隔壁的叔叔，连夜送去了医院。正在上夜班的蒋心莲接到电话也是直接奔赴医院。

鬼使神差的，岑曦走进了一楼岑兵的房间。

自从一楼的小房间里装了空调后，岑兵就搬到了这间房，倒也不是为了空调，他很节省，只有夏天岑曦在家他才舍得开。岑曦猜测是父亲不想上下楼地走，住一楼比较方便。

而蒋心莲一直睡在楼上西边的房间里。

不知道什么时候开始，分房睡成了夫妻俩都觉得舒服的模式。

岑曦打开房间的灯，岑兵的房间总是有股奇怪的泥沙味道，他的枕头也是，总是油腻腻的。

可这深蓝色、油腻的枕头套上有几滴血迹，被子掀开一角歪在那里。岑曦几乎能想象那晚岑兵觉得很疼，忍无可忍时掀开被子下床的情景。

岑曦拿起枕头，拆下枕套，走到院子的水池边清洗。

干涸的血迹很难清洗，搓了半天都搓不掉。

她跑回屋里拿热水，把枕套浸泡在盆里。

小屋里的老太听到动静，张望了几眼说："曦曦啊，你在洗什么？"

岑曦："枕套上有血，我想泡一晚再洗。"

老太说："得用冷水泡，热水泡了更难洗。你爸爸怎么样了？"

"他没事。"

"那就好。"

岑曦赶紧换上一盆冷水，弄完后她回了屋子，没再和奶奶说话。

小时候她和奶奶很亲密，长大了，了解了过去的纠葛，听多了一些恩怨，她和奶奶也疏远了。这样一想，考一个远一点的高中真是正确的选择。

迷迷糊糊间，岑曦睡了过去，做了一些光怪陆离的梦，再醒来时已经日上三竿。

她也只有周末可以睡个懒觉，一到休息日整个人骨头都像酥掉了一样，在床上赖了又赖，也不觉得饿。

林延程在早上八点时给她发短信，让她来吃早饭，她没回，他也就没再来叫过。

他知道她在睡觉。

高一时她还没那么喜欢睡懒觉，周末也能八九点起床，但上了高二，特别是这学期开学后，她明显睡眠时间不足，一到周末恨不得睡个底朝天。

她有起床气，林延程深知，所以不会来吵她。

岑曦回了个信息后继续玩手机，刷刷空间看看笑话。不一会儿，她听到楼下有开门声，不用想也知道是谁。

她心里仿佛有一张路线图，十秒后林延程到达楼梯口，二十秒后他走到二楼，再过几秒他会进入她的房间。

房门被打开时，岑曦放下手机伸了个大大的懒腰，睡眼惺忪地看向林延程。

林延程手里端着一碗饭，白米饭上堆满了青菜和排骨。

岑曦像条虫一样匍匐过去，用手抓了一块排骨扔嘴里。

林延程把饭放在一旁的小桌上，拿纸巾给她擦手，催促道："都下午一点了，快起床，吃完饭该做作业了。"

"可是我今天不想做作业。"

"昨晚已经放过你了，今天的量得完成。"

岑曦蹬被子："每天都是作业作业作业，我已经有点烦了。"

她抽风似的两条腿狂蹬，最后大大咧咧地一躺，她穿的长袖睡衣裙，扑腾几下，裙子都撩到腿根了。

林延程一愣，赶紧拉过被子给她盖上。

岑曦不明所以："干吗啊？有点热。"

林延程扔了纸巾："你裙子卷起来了。"

岑曦脸一热，安分地缩在被子里："哦。"

"起来刷牙洗脸吃饭吧。"

岑曦脑袋是朝他那头的，躺在床上看着他，他的脸是倒过来的，她看到他耳朵很红，神色是那么一本正经。

她就是看不惯他严肃的模样。

岑曦起了玩心，故意从被窝里伸出一条腿："程程。"

"嗯？"

"我美吗？"

说着，她学着电视剧里的角色，故作妖娆的样子。

林延程本来心头发热，有点尴尬，但看到岑曦这副样子瞬间憋不住地笑了。

岑曦："你笑什么啊？"

"别闹了，快起来。"

"我不要。"

她伸手拉住他的手，使着力气让他弯腰。

林延程干脆蹲了下来，低眸看着岑曦。

林延程说："一点半得开始做生物习题，马上又要月考了，这次生物你不能卡着及格线了。"

岑曦抚额，想起生物就头疼。

她当初就知道，接触一门新的课程，她肯定会难以适应。她讨厌有丝分裂、遗传判定，每次考试都靠死记硬背，题目稍微拐个弯她就蒙了。

岑曦不爽地说："每次老师上课都讲得飞快，上完和没上对我来说都差不多，那些词语堆在一块，像天文数字。"

林延程："5月底要会考的，还有两个月，会考过不了怎么办？再坚持坚持就好了。"

岑曦看着林延程白皙清隽的脸庞，火气消了一半，好在林延程每个周末都会再给她讲一遍。

岑曦像一只猴似的从床上翻身蹿出来，双膝跪在床上，双手做求饶状："两点开始行吗？"

"可以，那现在起床，然后把饭吃了。"

岑曦忽然放软了声音，说："程程，昨天光想着爸爸生病的事情，都忘了告诉你。我好喜欢你送的礼物，我很喜欢那封信，喜欢你里面说的每一句话。你也是我的后盾呀……所以，不许后悔。"

林延程笑了下，宠溺地揉了揉她的脑袋。

4月底时岑兵出院，他本就受过伤的手又伤了筋络，医生说未来一年不能提重物，简单来说就是至少一年不能工作，后续还要看恢复情况。

岑曦每周两点一线地来往于家和学校，听蒋心莲和邻居聊天时得知，岑兵知道自己一年不能工作后在医生办公室闹了一通，他固执地认为不可能需要一年，一年不工作谁给他钱来维持生活。

邻居的阿婶说他性格越来越固执了。

岑曦不是没有察觉，岑兵偶尔会自言自语，不知道在念什么，碰到点急事就怒火攻心，他柔软的一面仅限于对岑曦。

蒋心莲告诉岑曦，在她小学时，岑兵被钢筋戳了眼睛又在医院摔一跤摔到脑出血后整个人变了很多，许多事情都变得不讲道理了。

岑曦不知道年轻时的岑兵什么样子，但现在的父亲有时候确实让人头疼。

出院回家后，他每天给自己按摩手腕，盼望早日恢复，在饭桌上总是提起这茬，说不能工作可怎么办。岑曦还只是周末听到他唠叨而已，她忘记了蒋心莲每天都要面对他。

就和以前一样，岑兵在家休息久了，闲得发慌，看老太太哪里都不顺眼，动不动就发一通火，把陈年旧事再拎出来说，别人口中的野种、母亲的偏心和不知廉耻是他一生过不去的坎。

岑曦真的听腻了，她厌烦岑兵无休止的辱骂、发泄，厌烦她和母亲要一次次地承受他的负能量。

她这时才理解蒋心莲所说的自私。

家人之间是应该互相包容理解，互相取暖，但家人不是永远的垃圾桶，供你宣泄抱怨。

父亲对她是很好，他给了她很多自由，他一直在学着给她尊重和成长的空间。

他是很努力地在工作，每天都很辛苦，为此受了很多伤，但他忘了有些事不是意外，是他的一意孤行造成的。他喜欢喝酒，喜欢酒桌文化，但他不会反省。

如今伤了手，他又气又急，每晚都睡不好。

连带蒋心莲和岑曦也睡不着。

岑曦看着这样的岑兵，心里拥堵酸涩。

她讨厌父亲那些缺点的同时又心疼他这悲剧的半生，他给的那些感动是真的，给的那些厌烦也是真的。

她知道父亲很难改变了，好在她一周五天都在学校，只有周末晚上会见到他，减少了很多接触。

济城的大学城，距离南城坐火车六小时，算是不长不短的距离。

岑曦上信息课时在网上搜索过济城大学城，繁华的小吃街道、高耸的楼房、青春洋溢的学生笑脸，还有一大片天然湖泊。

这样数着日子，她开始比从前更期盼上大学。

想远离家庭的这件事她只告诉了林延程一个人。她不怎么恋家，也不觉得自己去别的城市会照顾不好自己，只觉得自己长出了翅膀要远走高飞。

蒋心莲对她考大学的想法是考得上大学就好，能离家近点更好。

岑曦没敢告诉蒋心莲，她想考远一点，她怕妈妈伤心。

她知道妈妈已经很努力地给她营造一个和谐的家庭氛围了。她有时觉得蒋心莲命不好，选择了岑兵。

岑曦在林延程的十八岁生日那天说："我小时候就想，长大了一定不要嫁给像爸爸一样的人，我要找个脾气好的，笑起来很好看的，上了初中我遇到了我偶像，他就是声音糯糯的，笑起来很温暖阳光，无论是慢歌还是快歌，他的声音都让我觉得很舒服。但我现在找到了个更好的，程程，我希望以后的你能一直这样保持初心，做一个沉着温柔的好医生。"

她送给了林延程一张手绘的 Q 版医生图，是根据林延程的样子画出来的。

岑曦偷偷摸摸学了两个周末，画废了几十张纸。

这是她心中的林延程，是她喜欢的林延程。

高二就在炽热的夏天中结束，马上要步入高三，寝室里有几个姑娘搬到校外去住了。蒋心莲问岑曦要不要去校外，岑曦挺想去的，但校外住宿要比学校的贵很多，她拒绝了。

这半年里家里的收入来源是蒋心莲拼命加班换来的，岑曦看着母亲早出晚归，双眼总是熬得通红，她不敢要求很多。

蒋心莲觉得女儿懂事了很多。

而林延程则搬出了学校，林爷爷不懂那些，给了钱让林延程自己去找房子。

街坊邻里都说也就林延程拿了钱不会乱花了，换作别家孩子估计早就砸进游戏机里了。

房子是岑曦陪着他看的，三百块一个月，老楼房，就在之前他们散步路过的小区边上。房主有很多房子，这套房是当初拆迁分到的，一直出租给学生，说是学生比那些打工的可靠安全。

房子是两室一厅的，因为价格便宜，房主锁掉了一间房，只留给林延程一室一厅。

对林延程来说一室一厅绰绰有余。

趁着拿成绩单后的空余时间，岑曦帮他一起搬东西。

谁知道装了两个行李箱都没把书籍和试卷装完，岑曦直呼太恐怖了。

林延程笑着说："我这算少的了。"

岑曦仰天喘息："南城中学的学生都是魔鬼。"

林延程只让她帮忙背书包，自己来回了两趟，终于把东西都搬来了。

岑曦又开始帮他整理布置房间。

忙完，岑曦出了一身的汗，她站在空调底下吹。

林延程就更别提了，他来回两趟寝室衣服早就被汗浸湿了。整理完书桌，他跑去冲第二次澡，完了进房间就看见岑曦直对着空调吹风。

他拿起遥控器把空调出风口往上抬，说："这样会感冒的。"

岑曦不满地踢他一脚："我热炸了！"

"那你也去冲一下吧。"

"冲什么，又没有衣服换。再说了，等会儿就回家了。"

"那你去洗把脸吧，也会舒服很多的。"

"我刚刚在厨房洗过了。"

"嗯。"

岑曦戳了下他："帮你搬了一下午，没有奖励啊？"

林延程低眸看向腰间的手："你想要什么？"

"我想要什么就有什么啊？"

"等会儿请你吃冰激凌，要吗？"

岑曦哼一声说："冰激凌要，其他的也要。"

林延程转过身，笑看着她说："其他的没有。"

高三的学期开头气氛就不同寻常，不过一个暑假不见，班里的同学好像一下子沉稳了许多，特别是那些平常咋咋呼呼的男同学，居然也开始安于刷题听课。

校长在开学典礼上对着高三学子做了一番动员，岑曦听着这番话觉得耳熟，可能当她还在高一高二时也曾听过，只不过当时没放在心上。

现在却认认真真地听进去了。

她给自己制订了高三的学习计划，虽然她之前多数的计划都会半途而废，但她认为高三了，其他同学都努力起来了，她又有什么理由在原地踏步。

她想去的济城，那边的大学城不花点力气是很难考上的。

她不愿意到时候为了选择大学而变得被动，也不愿意和林延程分隔两地。

岑曦高二期末的考试成绩还算不错，年级前三十。虽然老师同学都觉得她很好，但只有她自己心里清楚，她的好名次有多来之不易，她的成绩有多不稳定。

她总觉得，只要她稍微松懈下，她就会跌到百名外。

这也是为什么林延程总抓着她不放的原因，一遍又一遍地给她巩固基础知识，尽量发现她每一个隐藏着的漏洞。

但南城中学的高三简直是人间炼狱，岑曦想着林延程自己都顾不上，周末应该不能再像以前一样给她讲题复习。

她琢磨着要不要去补课。

林延程搬到校外后每天早餐都是面包和牛奶，午餐和晚餐在学校解决，每天都是凌晨一点睡觉，六点半起床。

一个月下来他清瘦了好多，才刚开学就这么拼，岑曦一边心疼他，一边督促自己。

十月国庆，好不容易得到几天假期的喘息，林延程抽了两天时间给岑曦抓知识点和补课。

他们已经分文理班，岑曦选择了文科，历史。他选的是理科，化学。

他很担心岑曦，怕她松懈，怕她在最关键的一年下滑。

国庆补习时，岑曦说："我打算下个星期开始去补课了。"

林延程问她去哪里补课，什么时间补，补什么。

岑曦比了两根手指，说："英语和数学。每周日，上午英语，下午数学，两个老师都是你们学校的，在他家补，好像就在杏花路那边，从我学校过去两条街。你要去吗？"

林延程握着笔，想了想问道："补习费多少？"

"差不多半天时间五十块吧，一天一百，一个月差不多四五百？"

"好像还算便宜的，是吧？"

"对啊，那两个老师开的价格很良心了，要不要一起去啊？"

林延程："我等会儿和爷爷商量一下。"

岑曦说："如果与我一起去补课的话，那我们得每个周六下午就回学校了，这样周日早上八点开始上课，吃个午饭，下午一点再开始上课。你吃得消吗？"

"嗯……还好吧，老师补课和我自己做试题是一样的。"

岑曦很心疼地看着他："可是你都瘦了，等到明年高考冲刺时，得拼成什么样啊？"

林延程笑着说："虽然有点累，但是挺有成就感的。曦曦，只要坚持好这一年，一切就都好了。"

"你怎么和那些老师讲的一样。哎，你知道吗，我们新的数学老师的儿子和我们是一届的，也是你们学校的。她就每天给我们讲她儿子的励志故事，然后还讲她大学时有多开心。"岑曦托着下巴，憧憬道，"大学真的那么好吗？是不是上了大学就再也不用那么早起床了？是不是就是每天躺在寝室里打游戏吃零食？"

"应该是吧，我们老师也那么说的。"

岑曦目光飘向他，笑盈盈地说："到大学就可以谈恋爱了呢。"

林延程把练习册挪到她面前："继续讲题吧，早点讲完早点休息？"

岑曦长叹一口气，脑袋伏在桌上，协商道："听完这一页我要玩会儿手机。"

林延程不动声色地"嗯"了声。

11月底时李星雨回来了，正好是一年。

她早就用上了智能手机。智能手机的好处就是可以随时随地分享自己的生活，在她离开的一年里，岑曦经常在空间刷到她分享的图片，国外靓丽的风景、异域风情的建筑、不一样的教学环境和实验项目。

岑曦和李星雨有着时差，聊天不是很多，但这丝毫没有影响到她们之间的友谊。

真正的友情大概就是这样吧，即使很少联系，你有事我一定拔刀相助，你归来我一定张开双手迎接。

岑曦和李星雨约了周六聚餐，在街上新开的火锅店，为了和李星雨见面，那个周末岑曦没回家。

林延程也没有回青水镇，周六吃完饭，周日一起去补课。

李星雨这一年变化真的很大，她似乎又长高了，本就苗条纤瘦的她看起来气场更强了几分，穿衣打扮上也有了些许奢侈的味道。

岑曦倒不觉得难以亲近，相反她很喜欢这样的李星雨，光鲜亮丽得让人挪不开眼。

只是比她更挪不开眼的是林州。

自从知道了林州喜欢星雨后，岑曦每次看林州都不免带上几分欣赏的眼神。看起来吊儿郎当的林州居然那么专一，她从林延程那里也得知，林州是为了星雨复读重考的。

这顿火锅犹如上次最后一次聚餐的火锅，差不多的四人座，差不多的食材，只不过心境不再是当时那种。

林州脸上的笑容快咧到耳后根，时不时嘴贱调侃下李星雨，李星雨都懒得打他了。

岑曦和林延程像两个看客一样看着他们，全程陪笑陪聊。

吃完饭回去是傍晚时分，寒风呼啸，四个人一起走路去小区。李星雨家买的那套公寓和林延程租的是同一个小区，林州不想回去住寝室，打算去林延程那边睡一晚，而岑曦自然而然地被李星雨拉过去一起睡觉。

像是意犹未尽一样，林州提议晚上一起打牌。

岑曦心里琢磨着林延程的功课，为了这顿饭他已经浪费了一下午的时间了，再赔上晚上他周一要怎么办。

刚要拒绝，林延程却说："可以啊。"

林州拍拍林延程的肩膀，意思是：够兄弟。

李星雨垂着眼眸，像在思忖，片刻后说："不行，我明天要七点起来学习，今晚不能玩。林州，我们都高三了，很忙。"

林州脸上的笑容一顿，但确实是他没思虑周全，他倒也坦然地笑了，说："那下次有空一起，行不行，学姐？"

李星雨弯了下嘴角："好好学习吧，学弟。"

"行，小的遵命！"

到了李星雨家，岑曦憋了一路终于憋不住了，她拉住李星雨，左瞧瞧右瞧瞧，感叹道："在国外还能改脾气啊？"

李星雨把包一扔，躺在沙发上，答道："大概吧。"

林州喜欢星雨是个秘密，岑曦保守了一年都没透露过，但今天看到林州开心得跟小孩一样，岑曦有点嘴痒了。

岑曦剥着橘子，犹豫了半天，看似不经意地说："你在国外没有认识什么金发碧眼的男生吗？"

"干吗，要介绍给你认识一下吗？"

"说什么呢，我就是想问问你有没有情况！"

李星雨："学习都来不及，哪有心思搞那些。"

"哦……这样啊……"

李星雨看着她笑，不怀好意地问："你们呢？"

岑曦脸一热："就那样呗。"

李星雨："林延程还真是长情啊。不错，羡慕。"

"羡慕？那你也可以去找啊。"

"像林延程那样的可不多。"

岑曦乐了，这话题正中她下怀，她慢悠悠地说："林州就挺好的啊，会跳舞会唱歌，长得还帅，也不花心。"

李星雨目光变得幽长，她试探性地问："你知道了？"

岑曦觉得这句话很有深意，眯眯眼："你也知道？"

"你真知道了啊。"

"你居然知道！"

李星雨猛地坐起身，盯着岑曦，说："林州告诉你的？"

岑曦："林延程和我说的啊。"

"果然，林延程早就知道了，怪不得……"

岑曦踢她："喂，你居然不和我说。"

李星雨挠了下眉毛："这不是正找机会和你说嘛，我也是去了国外才知道……知道林州喜欢我。"

"去了国外才知道？"

聊了后，岑曦大致了解了，李星雨在国外的日子里林州始终和她保持着密切的联系。

这一点林州在岑曦和林延程面前真是一点都没提起过，每次见面他都懒懒散散地开着各种玩笑，看起来没心没肺的。岑曦曾在他面前提过几次李星雨，现在想来，能理解他当时听到后为什么如此波澜不惊。因为他比她更了解星雨在国外的生活。

就是因为太殷勤，联系太频繁，李星雨便觉得很奇怪。

初中时两个人一起上学放学，时不时吵架拌嘴，每天都说话，每天都见面，但和这隔着海洋每天嘘寒问暖的感觉不同。

自从她上了高中，林州复读后，大家的联系都变少了，不是一个学校，不是一个班，各自有各自的生活，偶尔聊几句。她和林州差不多也是这样，那时毕竟他在复读，一头扎进去，像关小黑屋里似的，没日没夜地用功。

等林州考上了南城中学，还没来得及好好说话，她就出国了。

少了些往日的幼稚和冲动，林州每次和她说早安和晚安时，她都觉得这个不正经的男孩真的很温柔，虽然偶尔他还是用那种开玩笑的腔调寻她开心，但她能察觉到两个人之间不同寻常的气氛。

曾经开玩笑似的，她调侃林州问他是不是很想她，老是给她发信息打电话，他顺着话杆子说："对啊，很想你。"

当时两个人都沉默了，暗流涌动的暧昧一点即燃。

十七八岁的女孩心思普遍都很细腻，李星雨大约知道了，林州应该喜欢她。可她没有点破，就这样保持着朋友以上、恋人未满的关系。

听到这里，岑曦连滚带爬地凑到李星雨身边，问道："那你呢，你喜欢林州吗？"

李星雨凝视着岑曦，酝酿了许久，颇有豁出去的意味，一字一句地说："我喜欢他。"

岑曦被这郑重的语气震惊到了，李星雨眼里表达出来的意思很是坚定。

在岑曦的印象里，李星雨很张扬自信，甚至有点高傲，她不喜欢班上那些鸡飞狗跳的男生，在她的口中，林州亦是那种类型的男生。

岑曦问："你什么时候喜欢他的啊？不会是因为他喜欢了你，你就喜欢了吧？"

李星雨抱着抱枕，敞开心扉道："你是真的笨呀，曦曦，我……其实我喜欢他很久很久了，我也说不上来喜欢他什么，明明很讨厌男生不正经的样子，却觉得他还挺吸引人的。"

比起这个，岑曦更纠结于他们两个居然在她眼皮子底下"暗送秋波""暗度陈仓""暗中作乐"，她一点都没感觉到，最关键的是李星雨一丁点儿都没和她说起过。

岑曦没好气地朝李星雨挥出拳头："那我来问问你，我是你的好朋友吗？你从来都没和我说过，我可是什么都告诉你。"

李星雨捋了下头发，渐渐敛了笑。她轻轻叹口气，说："本来想和你说的，但当时觉得说了又怎么样，觉得我和林州不太可能会在一起。"

"怎么不可能呀，现在不就可以在一起了。"

"你不懂，你会担心林延程在学校和别的女孩眉来眼去吗？你不会吧，他的眼里只有你，他对你的喜欢真的很直白又明朗。但林州不是，他真的很会招惹女孩子，和其他女孩子也走得很近，嬉笑打闹。"

"那现在呢？他真的不这样了，我室友想认识他，他都不愿意。"

"现在啊……"李星雨拉长了尾音，思考了半天，十分理性地说，"在国外读书一年虽然学到了很多东西，但国内的高考不能凭借这些东西混过去，还有大半年，曦曦，我得好好读书了。"

岑曦讶然于李星雨的控制力。

李星雨拍拍岑曦的肩膀："放心吧，我暗示过他的，不过可以再找个机会说一下。而且我觉得他这人不能分心，别看他现在考上了南城中学，如果他心思不放在读书上，将来还是会名落孙山。"

岑曦朝李星雨竖了个大拇指，揶揄道："如果林州跟别的女生跑了呢？"

李星雨从沙发上起身，进卧室拿衣服打算洗澡，她轻飘飘地说："那就只能说明他不是真的喜欢我。"

李星雨回来后，林州再没和林延程一起来星辉中学门口等过岑曦。岑曦问起，林延程说林州每个周五都会等李星雨放学，然后把她送到公寓门口，自己再一个人坐晚班车回青水镇。

岑曦每次和林延程说起他们俩的事情都不免苦恼一通，苦恼她当初毫无察觉，四个人几乎天天在一块，她却什么也没有观察到。

她那时候还傻不拉几地觉得李星雨和林延程没有情商，不开窍，原来她才是不开窍的那一个。

林延程每次听她抱怨时都会笑，他就喜欢她的又傻又天真。

岑曦不禁担忧起自己的以后，以后她工作了，会不会因为看不懂上司的眼色而被辞退，不清楚同事之间的关系而被排挤。

林延程问她："你想过选什么专业了吗？"

岑曦对于高考要报考的专业一无所知，她没想过，她觉得高考会和中考一样，到了五月份会发报考指南，上头会有相关专业介绍。

已是12月，高考看起来很远，但掰掰手指头，好似就在眼前，她还记得中考前时间流逝的速度。

比如，一转眼，她都要高考了。

高三第一学期的期末成绩纳入了高考成绩参考的一个标准，和初三时一样，开始了一轮又一轮的考试作为高考填志愿的参照。

补了半年课，岑曦也说不上来到底效果如何，不过她确实学到一些新的知识点。

南城中学的老师很会抓重点和预测，而星辉的老师会更倾向于给学生打基础，每个学校的学生水平不一样，重点中学求完美，普通高中求稳住。

岑曦的期末考试成绩没有很大的起伏变化，用班主任的话来说，只要稳住，考一本不是很大的问题。

蒋心莲把这归功于补课，于是这个寒假岑曦都没有好好休息，被赶鸭子上架似的推去了补课。

过年前几天下起了雪，2008年后再也没有下过这么大的雪了，白雪一下子把岑曦的疲倦扫光。

以至于那天补习她有点心不在焉，满脑子都是玩雪。

她的小心思逃不过林延程的眼眸，在做卷子时，趁着老师去上厕所，他给她使了好几次眼神，让她好好做题。

岑曦玩心起来，在桌下撞他的腿。

林延程只好用口型告诉她：别闹。

好不容易挨到了下课吃午饭，岑曦像获得解放了一样，冲出楼道，握起一把雪砸林延程。

打闹的不止他们两个，其他学生也是，好像见到雪会兴奋是所有孩子的天性。

林延程被连扔了好几个雪球，黑色羽绒服上留下稀稀散散的雪花。岑曦一边呼着被冻的手指，一边握雪球。

"曦曦。"

"干吗？吃我一球！"

林延程闪身躲开，岑曦笑着喊道："等会儿吃什么呀？炒饭还是炒面？"

林延程无奈地笑着，走过去想拉岑曦去吃饭，但岑曦还没玩够，小跑着逃走了。

她戴着粉色的耳帽，细腻柔软的毛随着奔跑的风轻轻晃动，纯白的围巾飘在风中，她整个人像是雪地里的一团蒲公英。

岑曦跑得太欢，没注意到前面的人，猛地撞了上去。

男人很高大，穿着令人透不过气的黑色大衣，身体也是硬邦邦的。

岑曦连忙道歉，男人轻轻扶了她一下，很是友善地说："小心点，小姑娘。"

岑曦警觉地退到边上，回头去找林延程。她叫了几声程程，但林延程直直地望着前面，没有回答她。

像一幅静止的画，雪地上有深深浅浅的脚印，脚印两端站着面容有些相似的两个人。

男人带他们去了街上的咖啡馆，这些用英文谐音命名的咖啡馆从装修到门口的菜单都洋溢着一股昂贵气息，是岑曦路过无数次都不敢进去的地方，生怕点一杯就倾家荡产。

男人要了两张桌子，他和林延程坐一桌，岑曦单独坐一桌，让岑曦随便点。

岑曦打量了这个男人很久，从他的鞋子衣服到他的发丝。他把自己打理得很好，一尘不染，那副金丝边眼镜把他衬得有几分文艺气息。

看起来倒是人模狗样的。

岑曦才不稀罕他的请客，但她本来就是要去吃午饭的，要不是他，她也不会来这里吃那么贵的午饭。她也不是要占他便宜，是这个男人的出现打乱了她和林延程的计划。

岑曦点了杯果汁和一份意面，加起来七十块。

两桌都是靠窗的，从二楼望下去，片刻的工夫街上又覆了一层雪，行人来来回回，那些雪开始变脏，化水。

岑曦托着下巴看风景，耳朵却朝林延程那边竖起。

明明就隔着一张沙发椅，但根本听不清他们在说什么，也只有男人断断续续的声音，林延程很沉默。

岑曦想到刚刚林延程的神情，他本来是笑着的，看见那男人时，笑容慢慢冻住，清俊的眉眼染上了几分寒雪的肃穆。

她一开始不知道这是谁，以为是南城中学的老师，或者是林延程的班主任，直到男人扬着笑容缓缓介绍自己。

他说他是林延程的父亲，想和林延程聊一聊。

时间好像在这一刻静止，岑曦甚至觉得自己耳鸣了。

岑曦从来没见过林延程的父亲，林家甚至没有一张这个男人的照片，她对他的认识完全来自林延程零零散散的描述。

小时候不懂人情世故，她耿直地问林延程："你爸爸呢？你爸爸长什么样子？你爸爸做什么工作？他怎么不一起回来？"

林延程说他父母离婚了，他爸爸以后都不见他了。

再长大点，聊起父亲的话题，林延程显然比年幼时释怀许多，提过一嘴，说他爸爸是个导演，会很耐心地教他学东西，会带他去剧团玩。

她那时候也不懂导演具体是干什么的，只觉得比起她父母的工作，这个职业听起来很厉害。在小朋友的世界里，再厉害的职业也比不上中午吃什么，去小卖部买零食和放假。

她不曾去细想，因为他们都知道，这个人不会再出现在他们的生活里了，管他是导演还是乞丐。

果汁和意面端上来，看起来也并没有多高级，岑曦尝了尝，味道也很普通。

　　果然啊，有些东西只是表面贵气和好看罢了。

　　吃到一半，终于听见了林延程的声音，岑曦顺势扭头看去，林延程站了起来，平静淡漠地说："就这样吧，我下午还有课。"

　　他没动桌上的任何东西，拿过书包朝岑曦走来，牵起她的手就下楼。

　　岑曦回头看了眼那个男人，他仍纹丝不动地坐在那里。

　　跑到咖啡馆外头，凛冽的空气灌入鼻腔，整个人都清醒冷静了许多，林延程深深吸了口气。

　　岑曦皱了皱眉，但没有发出任何声音，即使此刻她的手被林延程拽得生疼。

　　她望着林延程的侧脸，不知道该怎么开口安慰。

　　她想，不管那个人前来是好意还是恶意，林延程见到他一定都是不开心的。

　　两个人在原地站了十几秒，林延程平静下来后，回过了神，他蓦地察觉到他是那么用力地抓着岑曦的手，立刻松开问她疼不疼。

　　岑曦摇摇头："哪有这么娇气哦，不疼啦！"

　　"都红了。"

　　"是冻的，好冷呀。"

　　林延程帮她拢紧围巾和耳帽，把她的手放到自己羽绒服的口袋里。

　　"想吃什么？汉堡要吗？"

　　"嗯……不想吃油炸的，现在好像也没那么饿了。你呢？你刚刚有吃吗？"

　　"没有。"

　　"你想吃什么？"

　　林延程声音低低的，说："我没什么胃口。"

　　"那就不吃了。我们要不要回家待一会儿啊，还有四十分钟才到补课时间。"

　　"回家？"

　　"我说的是你的出租房啦。"

　　"也可以，你要是饿的话，我那边有面包和面条。"

　　"嗯。"

　　此地距离出租房不远，走过去十分钟的路程。岑曦不知道如何开口，林延程也没有提起任何话题，就这样沉默着，两个人去了出租房。

　　岑曦太了解林延程了，他就是这样，遇到事情不会第一时间说出口，而会自己一个人静静地消化。如果换作她的话，她一定在出咖啡馆的那一刻就和他抱怨吐槽，然后寻求理解和慰藉。

有时候她觉得，林延程是个不太善于表达自己的人。

他太稳重，心思太深，什么事情都自己扛。

林延程的出租房岑曦来过很多次，有时周五放学就约在这里见面，等他收拾好东西去小区门口的站台坐车回去，有时周六早点从家里出发过来这里待一会儿，有时是周日，中午补课的休息时间来眯一会儿睡午觉。

这里比家里更安宁更自由，不会被打扰。

时间久了，林延程的床上多了岑曦喜欢的毛绒玩具，碗筷也多了一副，门口的拖鞋变成了两双，餐桌成了书桌。

一进屋，岑曦就跑去烧热水灌暖水袋，林延程把东西放好，心不在焉地在沙发上坐下。

岑曦从厨房出来时就看到他盯着茶几上的纸巾发呆。

她倒了杯热水，问道："要不要喝热水啊？"

林延程抬头，浅浅地笑了下："不用。"

岑曦捧着水杯取暖，轻声道："那你睡一会儿吧，要不要去卧室里？"

林延程想了想："那我躺二十分钟，等会儿叫我，好吗？"

"好啊，我会定闹钟的。"

"你要睡会儿吗？"

"我想玩手机，你去睡吧。"

林延程揉了揉她的脑袋，拖着步伐去了卧室。

平日里补课休息，都是她睡的卧室，他一米八几的大高个就缩在这旧沙发上。

大概是他今天真的累了吧。

岑曦坐在沙发上玩了会儿手机小游戏。五分钟后，水开了，岑曦跑去灌热水袋，灌完，她擦干袋口，抱着热水袋悄悄地进了卧室。

林延程只脱了羽绒服，穿着毛衣和牛仔裤就躺进了被窝里，冬日的阳光从窗户洒进来，他合眼的模样显得很安宁。

岑曦掀开被子一角，把热水袋放在了他脚边。

刚想再悄无声息地退出去，她的手腕就被林延程握住了。

他没睡着，他也不可能睡得着。

他沉了沉声开口道："曦曦。"

岑曦像是知道他接下来要干什么一样，在床边坐下，说："嗯？"

林延程睁开眼凝视着她，四目交汇，温柔和落寞相碰撞。

他终还是开了口，缓缓道："他说想带我去国外。"

"国外？"岑曦眼睛瞬间瞪大。

他补充道："他打算和那个女人移民，想带我一起去生活。"

"凭什么啊!"

岑曦本来顾虑着林延程的情绪,一直在等他自己主动开口,但听到那个男人的来意后,她克制不住了,一股火一下子冲上天灵盖。

她气呼呼的样子倒是把林延程逗笑了,气氛好像被撕了个口子,那些混着冰雪的复杂情绪一股脑地飘了出去。

林延程轻声道:"我没有答应。"

"当然不能答应!凭什么他要干什么就干什么!突然跑来找你干什么?哦,我知道了,他是不是看你聪明,将来有出息就想依靠你?"

林延程看着她爆炸的样子,微微笑着,答道:"可能是。"

岑曦又炸了:"我就知道!他从来都没有管过你,没有联系过你,突然跑来肯定没安好心。你笑什么啊,你刚刚不是也很生气吗?你都快把我的手抓变形了。"

"还疼不疼?"

岑曦抽出自己的手,没好气地打了他一下:"早不疼了,他……他还说什么了?"

林延程支撑起身体,从被窝里坐起来,半个身子靠着床头。

他笑了笑说:"也没说什么,不然怎么会这么快结束。这些年我也不清楚他的生活,他今天说了些。"

"他过得怎么样?是不是丢了工作还欠了一屁股债?"

"没有。他说他在三十五岁的时候做了试管婴儿,三十五岁,曦曦,那一年我们正好五年级。"

五年级,林婉自杀的那一年。

岑曦默了默:"然后呢?"

林延程:"那时候技术还没现在发达,能做成试管婴儿已经挺不容易了。他说是个女孩,可能是试管婴儿的原因,那个女孩身体一直不太好,有些先天性的疾病。半年前,去世了。"

"哦,这能怪谁,怪他自己。"

"那女孩也就七八岁吧。"

岑曦怕林延程心软,她脱掉雪地靴,屁股往床头挪了挪,盘腿而坐,很郑重地说:"那小孩子是无辜,可是你不能同情,也不必同情,我说的是同情那个坏人。"

林延程怕她冷,勾过被子,把她的腿脚罩住。他说:"我没有同情,只是觉得他很可悲。我从来没有见过一个人能自私成这样。"

女儿没了,才想起有他这个儿子,以更好的生活和财富作为诱饵,想让他忘记以前,跟其一起生活。

林延程在咖啡馆里不言不语地听着那个男人阐述这十几年的生活,

他的不容易，他短暂的懊悔，和依旧光明的未来。

见林延程不为所动，那个男人开始讲起曾经和林婉的事情，他没有诋毁林婉，很是客观地分析了他们两个的性格，检讨了自己。

林延程倒是觉得自己遗传了那个男人这部分的性格，凡事都会尽量理性化地看待，不以偏概全。

林延程看过林婉的日记，想念林婉时就会拿出来看一下，这是连岑曦都不知道的秘密。

他知道那个男人没有骗他，林婉的日记里记录了那些甜蜜和争吵。

和他印象里的是贴合的，最后那一晚，两个人争得面红耳赤，男人没了风度，女人没了端庄，各执一词，家里的花瓶碗筷碎了一地。

就连平常约定好的不在孩子面前吵架都忘了，以至于到现在那个画面还清晰地印在林延程脑海里。

他的父亲说："小柔比你更懂我，你整天就知道查我岗，你不知道我有多忙吗？我回家想好好休息，不想一而再再而三地面对你的质问！自从不去剧团后，你还有自我吗？这几年，结婚后的这几年你还是你吗？你以前多温柔啊，你从来不会对我这样，我们一起完成了那么多话剧，多默契！孩子我也有一直帮忙带啊，小婉，你不能只觉得你一个人辛苦。"

他的母亲说："你答应我的你做到了吗？你要工作，孩子只能我来带，我生完孩子后需要很多时间去恢复身材，还要带孩子，我去剧团后延程谁管？这是你出轨的理由吗？你就是喜新厌旧，那个女人比我年轻比我漂亮，早知道这样，当初，你就别追我！我都说我比你大六岁，你口口声声说这有什么！"

林婉比那个男人大六岁，这也是林老爷子曾经不同意他们在一起的原因，尽管竭力反对，但还是没有拉住林婉，她义无反顾地嫁给了他。

在听到他说"都过去了，延程，跟爸爸走吧"时，林延程坐不住了，至少他是没有资格自称为爸爸的。

岑曦一脸担忧地问："你不愿意跟他走，他能强制性把你带走吗？"

林延程说："哪有这么容易，况且，我想他会尊重我的意愿的。"

岑曦"喊"一声："他知道什么是尊重吗？"

林延程的心情已经平复了很多。在雪地里第一眼见到那个男人时，他以为自己看错了，心像被榔头敲了一棒，当他那样泰然自若地介绍自己时，林延程思绪一下子空了，心中还有榔头跌落在地，咚咚咚的回音。

很小的时候，他伤心于自己喜欢的父亲抛弃了自己，想不通平日里对他那么好的人怎么说不要他就不要他；再大一些后，见到林婉那样痛苦，他开始怨恨父亲。他曾对岑曦说过，怨恨大于喜欢，因为父亲犯了原则性的错误。

时间一长，他甚至都开始遗忘父亲的长相和声音。

他无数次告诉自己，自己和那个男人已经没有任何关系了，将来不会有瓜葛，也不会再见面，就如这些年一样，那个男人从未出现过。

他的性格遗传了那个男人和林婉温柔理性的那一块，所以他自认为他已经放下了这段往事，开始了崭新的生活。

他会一心一意地守护着岑曦，他会和岑曦在不久的将来组建一个和谐温暖的家庭。如果她愿意，将来他们会有一个可爱的孩子，这样安稳地过一生。

怀揣着这种向往，他过得很快乐。

可是，那个男人的突然出现让他的心掀起了波澜，在听对方平缓地讲述过往时，他忍着一股冲动没有质问对方。在对方提出这荒唐又可笑的想法后，他竭尽全力克制自己起身离开。

那个男人一直在劝他，乞求他原谅，委婉地表达自己的想法。一个从事艺术行业十几年的人，与人打过那么多交道，名利双收，但凡有点良知，就不会强行地带他走，当然，对方也没有资格带他走。

林延程看着眼前气得七窍生烟的岑曦莫名很想笑，他虽然刚刚在咖啡馆时情绪也到了顶点，但不愿意撕破脸，不愿意大吵大闹，他觉得给自己一点时间就能缓下来，太冲动的话成不了事。

他觉得自己可能一个人消化不了了，酝酿了会儿，还是松了口，和岑曦倾诉。

很奇怪，岑曦竟然比他还生气，像只炸毛的小狗，后背上的毛都竖了起来。

他的心情好像瞬间好了起来。

是啊，那个男人骤然出现又怎么样，让他觉得心烦意乱又怎么样，不过是一个小插曲，那个人不可能再进入他的生活的。

他不再需要父亲这个角色了，他有岑曦，有爷爷，有隔壁的婶婶叔叔，有好朋友，他的生命里有太多比父亲重要的人了。

换个角度想，也许他还应该感激对方就这么堂而皇之地出现，告诉他这些年不怎么样的生活，提出这无理可笑的要求，让他可以真正释怀。

但现在他是释怀了，岑曦却还在较劲："他真的太坏了，怎么会有这么坏的人！"

林延程眉眼含笑地看着她，等她骂骂咧咧说够了，他叫了声她的名字。

岑曦沉了一口气："干吗？你笑什么，你不生气啊？"

林延程抬手摸了摸岑曦的头发："本来是有点生气的，但现在不生气了。"

"嗯？"

"我想开了，也释怀了。反正……我肯定不会跟他走的，而他也没有办法控制我的人生。不过是短暂地出现一下而已，我没必要为了他把以前的烦恼重新拾起来，对不对？"

"道理是这么个道理，但你未免脾气太好了点，你这样以后进了社会是要吃亏的！别人欺负你，你都不敢还嘴！"

林延程："你怎么知道我不敢？"

"你就是不敢！"

"你在嘲笑我吗？"

岑曦听到他自己想开了，心头松了好大一口气，她心情都跟着好了起来。

她忽地说："程程，我们今天出去玩吧？"

这是上了高三以后唯一一次的放纵，破天荒地，林延程竟然同意了她的提议。

可其实南城县很小，繁华的街道也不过那一截，再放纵又能放纵到哪里去。还是下雪的冬天，去哪儿都寸步难行。

但岑曦点子多，把试卷一抛，跟老师请假说生病，拉着林延程就往电玩城跑。

那是去年新开的电玩城，规模不大，也是南城第一家正规的电玩城。

岑曦在玩的方面天赋异禀，不管是男生喜欢玩的还是女生喜欢的，她都喜欢。虽然是第一次来电玩城，但她很快就能上手，并且玩得有模有样。

林延程喜欢球类运动，篮球、羽毛球，他对游戏一直是平常心，只有岑曦要玩他才会陪着玩。

但今天这种放纵的刺激和失落过后的亢奋让他莫名对这些游戏机跃跃欲试。

和岑曦疯玩了一下午，花光了两个人一整个学期存的钱，刷新了机器的游戏纪录，还获得了一堆劣质小娃娃。

岑曦不知道怎么和蒋心莲解释这堆娃娃，干脆把娃娃都放在了林延程的出租屋里。

尽兴过后，愈来愈黑的天色让他们逐渐冷静下来，在回去的公交车上岑曦开始苦恼下次补课该怎么面对老师，她觉得老师都知道他们的谎言，只是不想拆穿而已。

她以为林延程也会担心一下，但他显然坦然得多，说："已经请假了，老师都批准了，也玩得尽兴了，就不要多想了。"

迎着暮色，岑曦也模棱两可地说："那你也别再多想了，眼下高考比任何事都重要，还有啊，我绝不允许你走。"

林延程低低地"嗯"了声。

回到家，岑曦和蒋心莲一起泡脚的时候说了林延程父亲的事情，把蒋心莲都震惊到了。换作任何人，都想不到隔了十几年，那人还会回来找林延程。

蒋心莲仔仔细细地问了一通，话语间有几分痛快，说那人活该，有了林婉这么好的女人还在外面拈花惹草，现在哪儿来的脸面要带走延程。

聊了些家常，蒋心莲说："这点你爸爸真的很好，我从来不担心他在外面搞什么花头。"

岑兵确实是个很忠诚的人，但她不喜欢蒋心莲硬抠一个人的好处安慰自己，从而让自己安于这种生活。

岑曦不知道怎么说他们夫妻的事情，偏向任何一方都不好。

她和林延程说过，既然觉得过得不痛快，为什么不离婚，在她小时候不都吵成那样了，快要离了最后还是不了了之，为什么他们这辈人这么喜欢委曲求全地过日子，有时还美其名曰都是为了孩子。

岑兵已经在家快休养一年，半年前他坐不住出去试着干过活，但做了半天手腕疼痛难忍，只好继续待在家休息。

家里的经济负担都压在蒋心莲身上，一边要维持一家人的日常开销，一边要为岑曦上大学存学费。

家里的氛围一度很低迷，好在寒假很短暂，高三很忙碌，岑曦可以忽略这种令人烦心压抑的气氛。

后来林延程的父亲又来找过他几次，试图劝说林延程跟他一起走，就连岑曦他也下了手，找岑曦谈话聊天。

岑曦觉得这个人挺有一套的，到底是读过书和从事艺术行业的，先是很客气和蔼地和她聊怎么认识林延程的，再顺着她的思路去了解林延程的生活，显得他很关心林延程一样，最后以为林延程好，让她去劝林延程。

岑曦有点控制不住自己的脾气，即使对方是长辈，是大人，她听到后面真的怒发冲冠。

她很紧张，但使劲压着自己的慌张，故作平静地告诉他："我认识程程的时候我们都很小，他一直不爱笑，每天都会莫名其妙发果，有点傻傻的。他说他爸爸不要他了，那时候我年纪小，不懂，但现在每次回想这句话和他当时的神情，我都很难过。阿姨去世的时候您没有回来，他是怎么过来的，不是我几句话可以形容出来的。现在他过得很好，他有自己的规划，您这么贸然插一脚，除了打扰之外没有任何别的作用。

最后，敬您是长辈，我说得客气点，我不喜欢您，一点都不喜欢看到您。"

她说完这番话，拎起书包逃了。

岑曦和林延程复述时，她开始懊悔自己的礼貌和客气。她张牙舞爪地说："我当时就该把水泼他脸上，让他滚蛋！"

林延程笑着摸摸她的脑袋，心里却像是压了一块大石头，紧接着就有了他和那个人最后一次的见面。

他告诉了爷爷事情的来龙去脉，带上爷爷和那个男人碰了一面。

有爷爷的场面变得肃穆许多。

谈判还算理智客气，林老爷子硬气地说："小婉走了七八年了，七八年，你都没来看过延程一眼，现在你老了，没了依靠，想带他走。做人要讲点良心，你得问问这孩子愿不愿意，你这个人的良心过不过得去。"

分别前，林延程和那个男人说："您上次说都过去了，就当真的过去了吧，我有自己的生活。我记得小时候您和我说过，为什么小兔子一家人能生活得如此幸福，因为兔爸爸和兔妈妈知道怎么尊重自己的孩子，他们给他理解、信任、尊重、自由。妈妈做到了，我希望这次您也能做到。"

四十多岁的男人身形晃了晃，最后苦笑着走了。

岑曦惊讶于那个男人如此轻易就放弃了，想着想着就笑了，笑这世上千奇百怪的父母。

她认识的同学朋友，好像没有一个人的父母是绝对恩爱，家庭是绝对和谐的，或多或少都有问题。

岑曦思考起一个很深层的问题，婚姻可靠吗？是不是不管年轻时有多恩爱，以后都会变味？

岑曦问林延程："你说，我们以后会这样吗？会变心，会看对方烦躁，会性情大变。"

十九岁的林延程坚信以后的他和岑曦不会变成那样。

他们认识这么久，即使偶尔也有拌嘴和置气，但相处的每一天他们都觉得很快乐，他们认识十三年，深深了解彼此的性格，一个眼神就知道对方在想什么。

岑曦听到他的回答很满意，但还是继续追问他："那你会变心吗？上了大学，会有很多漂亮的小姑娘，等你工作了也会遇到很多有魅力的女孩，都说男生最容易变心了。"

林延程反问她："那你呢，你会变心吗？你会喜欢上大学里很帅的男孩吗？会爱上工作后很优秀的男孩子吗？"

岑曦斩钉截铁地说："当然不会！那些人再帅再优秀，但都不是你。"

"那我也不会，漂亮优秀是优点，但我觉得灵魂能契合的人才是最重要的。"

再也不会有人比岑曦更理解他了，他们携手走过的岁月是无以复加的美丽。

　　岑曦其实就是瞎问问，她打心底里相信林延程，这个人给足了她安全感。

　　那些大学里的姑娘再漂亮又有什么用，她也不差呀。

　　2014年夏，两个人终于迎来了高考。

　　岑曦的一模和二模成绩不是很稳定，但在填志愿上，还是坚定地填了济城的同光大学，专业上选了这个大学最好录取的语种——丹麦语。岑兵夫妇不懂选专业的事情，周围也没人能给个建议，所以岑曦想选什么就什么吧，他们都随她。

　　岑曦不知道该学什么，金融的她不喜欢，工程的也不喜欢，法学、哲学更别提了。

　　她也没考虑过以后工作找什么，一心只想先考上同光大学再说。她觉得丹麦很童话，就学这个语种好了，以后还能和林延程一起去丹麦旅游，她可以当他的翻译。

　　林延程按照他的计划第一志愿填了济城大学的临床医学。

　　岑曦和林延程在不同的考场，考试那两天蒋心莲请了假陪考。林老爷子对城市不熟悉，可也想陪一陪林延程，但林延程说没事，他一个人可以。

　　说紧张吧，决定命运的时刻，肯定紧张；说不紧张吧，坐在考场里等发卷做题，谁还顾得上其他。

　　为了保持心态，那两天岑曦都没有和林延程联系。

　　最后一门考完出考场时，岑曦望着碧蓝的天空，觉得恍然如梦。

　　蒋心莲在考场外等岑曦，满脸笑容，她说不在乎到底几分，考完了就好好放松下吧。岑曦有很多话想说，但她走在林荫大道下发现自己不知道怎么描述这种感觉。

　　第二天帮林延程收拾出租房时，岑曦四仰八叉地躺在凉席上，尽量描述这种空洞的感觉。

　　她说："这感觉和中考完以后不一样，中考完想着自己要上高中，还是挺有负担的。现在高考完了，真的不用每天做作业了，也不用熬夜了，想玩手机就玩手机，想干吗就干吗。但好不习惯啊，突然不知道该干什么，又觉得自己有挺多想做的事情。时间过得那么快，一溜烟都跨过了人生的大关卡。"

　　林延程问她："那你伤心吗？和同学分别了。"

　　说到这个，岑曦支起半个身子，说："我和室友讨论过这个问题，我们都觉得为什么要伤心，又不是真的见不到了，想见随时都能见啊。

也没有电视里那么煽情和伤感，大家都挺兴奋的，都憧憬着大学。"

林延程："不伤心就好，不然我都不知道怎么哄你。"

岑曦拿玩偶砸他："谁要你哄了，我现在毕业了，不再是小孩子了，我很成熟的。"

林延程笑起来："有多成熟？"

"嗯……我可以穿高跟鞋了，还可以染头发，不用再穿校服了。我可以每天都穿私服，从外形上我就很成熟了。"

"你的成熟这么简单啊。"

岑曦笑吟吟地说："简单点不好吗？小时候总想着长大，长大了要像别的大姐姐一样涂好看的指甲油，打耳洞，披头散发。现在我可以了，我也要做这样漂亮的大姐姐。"

林延程终于收拾完了书籍，他把捆绑的书籍打上一个活结。

岑曦从床上爬起来："漂亮的大姐姐帮你搬到门口吧。"

林延程看着她笑："大姐姐？"

"对啊，我比你大一个月呢。"

岑曦骄傲地抬了抬下巴，一鼓作气搬起书，嗒嗒嗒搬到门口。再过一个小时他们叫的包车就来了，到时候一起装下去，带回青水镇。

她不是第一次拿这个事情逗他，上高中后每次他过生日她都会这样。

林延程被她气笑，站在原地等她回来。

岑曦一进卧室，他就拉过她，清澈的眼眸里有几分不怀好意。

这段时间为了考试，他们都没好好说过话，也没好好看过对方。

现在终于毕业了，有很多事情他可以行使权利了，也不必再压抑感情。

林延程把人抵在墙上，他抚摸着她脸颊，修长的手指带着撩人的温度，眼神更是灼热。

岑曦有点紧张，但又很胆大地勾上他脖子，娇笑着："干吗啊……"

"你说呢。"

他低下头，岑曦却恶作剧似的抵住了他。

"你想亲我啊？那得让姐姐摸一下头。"

林延程知道她是故意这么说的，都是些玩笑话而已。

林延程惩罚似的捏了下岑曦的腰，岑曦穿着假两件套的连衣裙，她勾着他脖子，上身的短T恤微微上扬，贴着腰间的吊带连衣裙很薄，如纱一样。

岑曦怕痒，他一捏，她就笑场了。

林延程没松开她，禁锢着她，她像被钉在墙上的标本。她真的烦死了这种力量的悬殊，但嘴上说着烦死了，心底却乐开了花。

岑曦折腾了半天也挣脱不开，她没力气了，求饶似的说："你放了我吧，我错了。"

　　林延程低低地笑着，就是不肯放她。

　　岑曦咬牙："你就坏吧，你就憋着坏吧，林延程，你在我心里已经不是那个单纯的男孩了。"

　　林延程："我没说过我单纯。"

　　"哦，你现在承认了。"

　　"承认什么？"

　　岑曦睁着圆溜溜的大眼睛，直白道："我问你，你是不是自己偷偷看过那种电影？"

　　林延程没想到话题转得这么突然。

　　他干咳了一声："你别老问这些。"

　　岑曦缠着他："有什么不能问的啊，我们都毕业了，你不想和我沟通一下吗？告诉我嘛，我很好奇。"

　　林延程滚了滚喉结："你好奇心怎么那么重？"

　　"因为我看班里其他男生都私下分享那些哎，但我们都没电脑，手机也不是智能机，我想着你没有时间和东西去看，可是……我觉得你应该看过。"

　　林延程深吸一口气，别过眼，轻声道："看过一点。"

　　"什么时候啊？在哪里看的？看的什么内容啊？"

　　"别问了。"

　　岑曦踮脚，主动亲了他一口："你害羞什么啊，你让我也学一点……"

　　林延程心跳猛地漏了一拍，他低眸看她。岑曦耳朵红得都要滴血了，却还故作大胆。

　　四目相视，林延程压着声音说："在寝室，室友手机可以放，一起看的，内容……就那样。"

　　"哪样啊？"岑曦的声音也变得很轻。

　　"很多样，说不清。"

　　话声结束在林延程弯腰低头亲吻上来的瞬间。

　　今天的岑曦格外好看，穿着碎花的连衣裙，化了点淡妆，她的唇是香甜的蜜桃味儿。

　　岑曦背脊紧贴着墙壁，颤抖着睫毛，她看着近在咫尺的林延程，心头荡漾。

　　林延程察觉到她的目光，轻轻咬了下她的下唇，睁开眼，唇齿缠绕间，他说："闭上眼。"

　　岑曦立刻闭闭上了眼睛。

　　林延程笑了下，又吻了上去，笨拙地吸吮着，撬开她的贝齿，温柔而猛烈地侵占她。

他的手已经出汗了，他的紧张丝毫不亚于岑曦，可这好像是男生与生俱来的天赋。天知道，那些青涩的年华里，他曾在深夜想象过多少次。

岑曦觉得这个吻很不一样，即使带着几分青涩和掩藏，但只有两个人的情况下，他们可以光明正大地亲吻。

但岑曦觉得自己要窒息而亡了。

林延程吸吮着她的嘴唇，轻柔地舔舐。仿佛触电般，岑曦觉得那股电流从唇延伸到心脏，她整个人酥酥麻麻的。

而且林延程身上有股淡淡的香气，齿间是清凉的薄荷味。

林延程又往前压了点，岑曦不自觉地踮了踮脚。

他循序渐进地一点点深入，勾住她的舌头。

他孜孜不倦地重复着动作，她的舌头都麻了。

她看过那么多小说，每次看到主角亲吻时她兴奋得脚趾都会蜷缩起来，可到底是什么感觉她一直不清楚，直到现在。

原来两个互相喜欢的人这样亲密地靠在一起，感受着对方的温度，互相吻着，是如此幸福的感觉。

林延程的手掌还贴着她腰际，心猿意马着，他的手渐渐往上攀附。

岑曦感受到他的意图，她被他烫人的手掌温度给融化，不自觉地挺起胸腔，想和他靠得再近一点。

林延程深吸了几口气，揉了揉她的脑袋。

等两个人都平息了不少，岑曦细声说："程程，等考试结果出来了，我们……我们出去旅行吧。"

岑曦一直都想去旅游一次，她从来没去过外地。

班里的同学都计划着高考后出去玩，她也很想去，但估计去不了很远的地方，因为经费有限，而且家里还是特殊时期。

她算过她存下的零花钱，一共五百多，可以去周边很近的旅游景点，车票控制在一百元左右一张，住宿可以找便宜一点的，不买纪念品，不买很多吃的，差不多够了。

她知道林延程有小金库的，而且他年年都有奖学金拿，他陪她去玩一趟的钱还是有的。

趁着蒋心莲还沉浸在她高考完的喜悦心情中，岑曦挑了个好时间和蒋心莲说了这件事。

当然，岑曦是这样说的："妈妈，我和星雨打算等成绩出来后去玩，我们打算去周边城市，像很近的舍州、芙城，去两天，就去两天。我自己存了钱的，你不用给我一分钱。"

蒋心莲虽然给了岑曦很多自由，但对于孩子要去外地旅行她还是松不了口。每年有那么多孩子在高考后出事故，万一有点什么，她扛不住。

见母亲不同意，岑曦再三发誓，不会乱跑，就看看风景，会准时给她打电话。最后岑曦思量了半天，试探着说："那我叫上林延程，我们三个人一起去。"

"就你们三个？"

"那可以再叫一个男同学，他们俩住一起，我和星雨住一起。"

蒋心莲听到有男同学后反倒松了口气，说："那行吧。"

岑曦惊讶于蒋心莲的思维。

蒋心莲说："你不懂，有男同学在，就相对安全点，女孩子单独出去太危险了。而且延程比你稳重多了，有他看着你我放心。"

岑曦不经意地问："妈妈你很喜欢程程吗？"

"你们都是我看着长大的，一样喜欢。"

岑曦偷摸着乐了。

高考成绩在 6 月下旬出来，随之而来的是各高校的分数线。

岑曦超同光大学分数线 10 分，几乎是稳稳当当能进了，而林延程只比济城大学的分数线高了 3 分。

都说今年的济大分数线抬高了不少，比往年苛刻许多。

这让岑曦半个月没有吃好睡好，她就怕林延程去了第二志愿的学校。他的第二志愿是另一座城市的医科大学，虽然也是医科界的翘楚，但距离济城坐高铁都得七小时，是相当远的距离了。

她一点都不想异地恋，隔着那么远的距离一下子就是四年，不了解彼此的生活，见不到面的思念，连对方生病了都不能陪在身边。

她有很多在大学和林延程想做的事情，一起游遍这个城市，一起上一堂课，一起过各种节日。

林延程比她淡定得多，今年报考济大的人很多，去年济大的一组校园图火遍网络，让许多人都对这个校园产生了向往，人一多，分数线自然而然就高了。不过，他对自己很有信心。

岑曦充分发挥了女孩子的多愁善感，经过多日的思索，她要求林延程发誓，假如去了第二志愿的大学，他每隔一天就要给她打一个电话，开心的不开心的都要和她说，还要告诉所有女孩子他名草有主。

林延程听后笑得不行，前两点他可以做到，最后一点有些强人所难，她未免太看得起他了。

岑曦说他是帅而不自知。

林延程很开心自己在岑曦眼里是帅气的，但他真的觉得自己达不到可以让女生看一眼就喜欢上的程度。

岑曦和他翻起旧账，初中时蒋慧明显喜欢他，体育中考时一帮女孩子说他帅，还问他要QQ号，上了高中圣诞节时还有女生给他送星星，背地里还不知道有多少桃花呢。

说起星星，岑曦忽然想起自己给他折的纸星星，那时候没送出去就被她收在了柜子里，因为怕蒋心莲怀疑。

如果不小心拆开的话，会发现每一颗星星里都写了一句话：程程，我喜欢你。

想起这茬，岑曦跑回家，从柜子深处把这盒星星掏出来，拿给了林延程。

她很惆怅地说："如果异地了，你就每天拆一颗吧，等拆完了一晃几年就过去了。"

林延程看着满满当当的闪粉小星星，眼里的笑意快要漫出来。

他拆了一颗，看见那句话后，问她："为什么是程程，不是林延程，写大名更庄重些。"

岑曦说："这句话我写了一千遍呢，写程程比写林延程要少一个字。你看啊，这个写得很认真的呢就是我刚开始叠的时候。喏，像这个，很潦草的，就是叠到快吐了时写的。"

林延程看着岑曦古灵精怪的样子，忍不住摸了摸她的头。

和这些星星一样，那些仿佛都是很久远的事情了，林延程甚至忘了体育中考时的插曲，他只记得当时岑曦不知道为什么生气了。

岑曦现在如实道："当然是因为看到别人喜欢你啊，还是那么漂亮的女生。"

说起那些青涩的年华，岑曦回忆起很多东西。

他们在不断地长大，去到向往的地方，接受新的生活。

小学时期盼初中，初中时憧憬高中，高中时渴望大学。

褪去结束高中生活的空洞感后，岑曦满脑子都是上大学的亢奋，所有老师口中的栖息地，寒窗苦读后的净土，绝对自由绝对绚烂的校园生活。

但前提是，林延程也能去济城。

7月中旬，两个人前后收到录取通知书，鲜红的包装上印着几个大字——录取通知书。

邮政快递送来时，岑曦正在林延程家看电视，两个人听到摩托车的嘀嘀声和自己的名字，相视一眼，奔下楼。

热烈阳光下，白蝴蝶飞舞，岑曦扬着通知书兴奋得像个小孩，即使早知道会被录取，但还是难掩这一刻的喜悦心情。

这是她用了多少日夜、多少努力换来的成就。

而林延程的邮件包装上赫然印着济城大学，岑曦看到后尖叫连连，不管不顾地抱住了林延程，像装了弹簧一样，在原地蹦蹦跳跳。

蒋心莲此刻正在家里洗蔬菜，准备烧午饭，透过厨房后窗，可以看见两个孩子满脸的欣喜。

但她的目光却逐渐静下来，是孩子，也不是孩子，两个人都大了，一个个高英挺，一个身姿娇俏，况且也都要上大学了。

岑曦捧着通知书火急火燎地冲进家里，蒋心莲见她这样，笑了，说："还长不大呢，走路慢点，万一摔河里。"

"妈妈，妈妈，妈妈，你看，录取通知书！香喷喷的一本学院！"

蒋心莲擦擦手："拆开给妈妈看看。"

岑曦小心翼翼地撕开胶封，拿出里头的东西。除了一纸通知书外，还有入学注意事项、学校简介和一封感谢信。

蒋心莲看着，笑得越来越开心："那延程呢？是被他喜欢的那个学校录取的吗？"

"对对对，他被济城大学录取了。吓死我了这段时间，还好，是济城大学。"

"这样挺好，你们一起去，节假日回来也有伴，妈妈会放心很多。"

岑曦托着下巴，笑嘻嘻地道："妈妈，那你上次答应我的还算数吗？我要去外地玩。"

"作数。"

岑曦用新换的智能手机做了好几天的芙城攻略，相比起舍州，芙城古镇小道更多一点。岑曦虽身在南方，但从未体验过江南流水小桥，她很想看看芙城的古韵。

7月下旬岑曦坐上火车，兴致勃勃地离开青水镇，离开南城。

蒋心莲千叮咛万嘱咐要注意安全，可能是由于撒谎是四个人一起去的原因，林延程面对蒋心莲莫名心虚，所以格外真诚地说会保护好岑曦的。

林延程和岑曦说过，其实可以叫上李星雨一起去的，林州应该是可以出门的，大家一起玩会很开心。

但那时岑曦舔着冰激凌，蛊惑似的说："只有我们两个不好吗？"说完，她凑过脑袋，吻上了他的唇，冰凉的触感，还混着冰激凌的奶油香，甜得让人起了不该有的心思。

岑曦光顾着做景点攻略、路线规划，住宿预订都是他来的，记录好坐什么车，天气情况，订了一间临水的民宿客栈，房间是岑曦喜欢的古韵风格。

凭借着录取通知书住宿打了五折，住两晚才一百块。

芙城不远，坐高铁十七分钟就到，但落地后热辣的阳光刺得人睁不开眼，走两步就一身汗，原本是计划等公交车的，但距离下一班公交车要三十分钟。

林延程见岑曦被晒得脸通红，想也不想就拉她去坐出租车。

岑曦觉得太贵。

林延程笑她，说："现在就开始帮我省钱了？"说着，他强制性地把人塞上了出租车。

出租车师傅很热情，给他们介绍着芙城的景点特色，说有一个地方很适合小情侣去，就是三条街，那儿是酒吧一条街，晚上还有各种表演，可热闹了，去那儿的都是小年轻。

岑曦没有去过酒吧，被师傅一说就燃起了好奇心，眨眼睛暗示林延程要去。

林延程握紧她的手，眼神示意——不可以。

到了客栈，岑曦缠着他说晚上要去酒吧一条街。

林延程也没去过酒吧，他刻板地认为那是不太好的地方，而且还是在外地，他思量许久还是摇头。

岑曦倒在床上，撒泼打滚着要去酒吧："就去看看，不进去行不行？就在外面看看？"

林延程终于屈服："那我等会儿查一下远不远，如果太远还是别去了，大晚上打车也不是很安全，而且等到了那边你肯定想进去。"

"不会的，我发誓，我就在外面看看！"岑曦从床上坐起，伸手发誓。

那酒吧一条街距离这间民宿客栈只有一公里左右，如果有兴致，步行过去大概二十分钟，打车也就两分钟的事情。

岑曦看到地图后立马抱住林延程的胳膊："一点都不远哦，晚上我们吃完晚饭就去这里，或者我们去这里吃晚饭也行。"

他的手臂被岑曦抱在胸口，这触感实在是太清晰了。

林延程沉了沉眼眸，不动声色地抽出自己的手，和她约法三章道："那说好不去任何一家酒吧，也不许超过九点，更不可以到时候吵着要进去，然后和我闹脾气。"

岑曦扑了上去："一言为定！"

林延程被她一扑，整个人倒在了床上。

岑曦压着他，满心欢喜地说："程程你真好。"

林延程"嗯"了声。

订民宿时，他本来想订两间房，可岑曦不愿意，说一个人睡害怕，再一次问他是不是不想和她一起。

她眼中带着几分羞赧，是让人一回想就心动的眼神。

他觉得自己太龌龊了，好像自从进入这个房间开始什么都不对了。

狭小逼仄的空间，柔软宽大的床，岑曦往床上一躺，他的眼前就立刻浮现了种种画面，在这里做什么好像都显得很暧昧悸动。

和在家里与出租屋里是完全不一样的心情。

这样自由地、独立地来到另一座城市，相拥在一张床上，很容易激起心里的涟漪。

可此刻的岑曦完全没有想到这一层，满脑子只有对陌生城市的新鲜感和探索欲。

来的路上她不放过沿路的建筑，花草树木，乃至一个人工湖她都觉得美不胜收。

就像小时候第一次出去郊游一样，第一次离开小镇，离开学校，去到老远的郊区，进了所谓的动物园，第一次看到电视和书本上出现过的小动物。

她想要的长大很俗气，可以烫染的头发，穿长短不一的裙子，光明正大地行使属于大人的权利。

酒吧也是，光是在外头走一遭她就很满足了，里头五光十色的舞池她可以再长大一点去，和林延程一起去。

岑曦趴在林延程身上，想象着酒吧一条街的绚丽模样，很是兴奋。

林延程对陌生城市的感触没岑曦那么丰富，好的风景和浓郁的人文历史确实能让人放松心情，但城市化的东西都大同小异。

眼下，他一门心思都在岑曦身上。

是他的错觉吗？为什么岑曦的身材好像比以前更好了？

古色古香的房间，床是简约的木头纹路床架，白墙上挂着三幅花草图，顶上的八角灯流苏随着空调的风轻轻晃动。

林延程浅浅地呼吸着，这么清淡素朴的环境都压不住他内心的冲动。

岑曦暗自高兴了会儿，刚想开口说话，却发觉身下的人有了变化。

她抬起头，看向他。

林延程别开眼，问道："要不要下去吃个午饭？我看到旁边有面馆。"

"嗯。"

岑曦的食指搭在他唇上，蹭了蹭，然后沿着他的薄唇一路向下，最终停在他腰腹侧边，她勾了下他的裤腰。

林延程捏住她的手："出去吃饭了。"

"哦……"

嘴上应着，岑曦却没有起身，手指还在那边缘游走，滑到他腰腹中间时，林延程腹部一紧，用力按住她的手。

岑曦脸上漾着红晕，还明知故问道："怎么啦？"

林延程低低地问道："你是不是不想吃饭了？"

眼看他要反攻，岑曦"啊"了一声，快速从他身上爬起来，笑嘻嘻地逃到一边，连忙说："吃饭了，吃饭了。"说完，她背上小小的双肩包拧开房门，把他一个人扔下。

林延程起身拿上房卡和手机钱包，很是无奈地跟上她的步伐。

出了门的岑曦兴致勃勃，对她而言，面馆是新奇的，连面也是新奇的，什么都要拍几张照，快乐得像个三岁小孩。

7月下旬的夏天温度到达了巅峰，午后一两点是最热的时候，但这古镇上依旧人来人往，特别是那些小资情调的咖啡馆里坐满了人，都在蹭空调。

岑曦逛了会儿，实在热得吃不消，也拉着林延程躲进了一家咖啡馆，只是这儿消费偏高，她很心疼。

但难得出来玩，就这么回民宿待着，她又不乐意。

林延程付钱时，岑曦都看呆了，她不知道林延程带了那么多钱，黑色皮夹子里满满的红钞票。

岑曦询问后才知道，除了他以前获得一些奖学金以外，其余的是林婉留给他的。

林婉离婚时，那个男人给了一笔不少的赡养费，林婉把那些钱都做了规划，为林延程的每个人生阶段都做好了准备。他要上初中花的钱，男孩子需要的第一双名牌球鞋花的钱，读书时的营养费，高考后的旅行，上大学要置办的衣物钱，交了女朋友后需要的钱，工作时需要租房的钱。

这些林延程以前也不知道，是拿到录取通知书后林老爷子告诉他的。以前他年纪小，老爷子不敢把钱交给他，现在大了，老爷子放心地交给了他。

林延程从存折里取了一千块出来，然后重新把存折给爷爷保管了。他很坦诚地告诉爷爷，是要和曦曦出去旅行，所以需要这一千块，以备不时之需。

岑曦想了想说："这么说，你还挺有钱的。"

林延程却摇头，他给岑曦算了笔账："大学四年的学费和生活费，爷爷如果再有突发意外所需要花的医疗费，还有我们以后的费用。"

"我们以后需要花很多钱吗？"

"要啊，最贵的是房子。"

岑曦觉得那是很遥远的事情，但林延程总是会把未来的事情计划好。

岑曦笑盈盈地对他说："没事呀，我们以后一起赚钱。"

林延程也笑了："总之别人有的我们曦曦也都要有。"

岑曦心头一动，故作不在意似的"喊"了声，端起冰咖啡品尝起来。

三四点时热浪褪去，岑曦的精力像用不完的一样，把这条古道逛了个遍，找了很多风景好人少的景点让林延程给她拍照。

她总算发现了林延程的缺点，那就是拍照技术，怎么拍都不好看。

有几张正好拍到她的丑表情，气得她追着他打。

不知不觉，终于等到天黑，岑曦二话不说拉着林延程去酒吧一条街。旅游攻略上说那儿不到晚上七点不开门。

那街道确实和古镇那块的商业街不一样，是现代都市的味道，两侧的树木都缠上了小灯泡，闪烁的霓虹灯管将这里照得透亮。

不到十分钟，街上的人就多了起来，都是年轻男女，打扮得很新潮，相比之下岑曦觉得自己确实是个来打酱油的。

岑曦的所见所闻仅限于高中学校附近的繁华街道，那是南城最繁华的地方了，因为是小地方，娱乐场所就是 KTV，压根儿没这里这么声色犬马。

岑曦看不过来，觉得路过的男生都帅得像小说男主角，女生漂亮得让人挪不开眼。

林延程笑她关注的点很奇特。

岑曦有些沮丧地说："如果我去酒吧，肯定会被赶出来吧。为什么那些女生穿吊带衫都那么好看啊，我都不敢穿出门，而且我好像也撑不起来。"

不过岑曦很快把这些抛之脑后，兴致勃勃地参观着这些小酒吧的门面，遇到好看的有趣的，她会拍几张照。

林延程脑袋空空地跟在岑曦身后走。

忽然间，听到岑曦叫他，他抬眸，咔嚓——

岑曦按下快门，晃着手机说："我拍下证据了哦，南城中学的三好学生居然去酒吧，我要告诉你的老师，你就等着被惩罚吧！"

林延程弯了下嘴角："别闹了。"

话音刚落，豆大的雨点噼里啪啦地落了下来，是突如其来的雷阵雨。

岑曦蒙在原地，林延程反应很快地把她拉到屋檐下，街上的男男女女都四下奔跑了起来，杂乱的脚步和人声在雨中都显得很热血澎湃。

岑曦抹去脖颈间的水，皱眉道："这要下多久啊？"

"一会儿吧，天气预报上说是有雨的，但持续时间不会很长，下了雨，也会凉快点。"

"这倒也是，我今天出了好多汗，我觉得现在身上黏黏的。"

林延程看了眼手机时间，已经八点多了。他问："那要回民宿吗？

这里也都参观过了。"

"可是……"岑曦眼睛瞟向前头的一家小清吧，指指那儿，"那个不是那种酒吧，就坐着听他们唱歌的那种，可以去吗？"

"我们来之前怎么说的？"

"好吧，可我想喝酒哎。"

林延程弹了下她的额头："你怎么想一出是一出。"

岑曦撒娇道："第一次出来玩，也考上了心仪的大学，都不能喝一杯？"

"你一喝酒就上脸。"

"可我想庆祝下嘛，想一边喝一边吃花生米，而且上脸就上脸嘛，又没有人管。"

林延程想了想说："要不我们去民宿边上的超市买吧，只能买最普通的啤酒。"

岑曦笑起来："还是程程最好啦！"

这场雨淅淅沥沥下了十几分钟，两个人回到民宿时还在下，边上的超市店铺虽小，但货很全。

岑曦拿了两罐菠萝啤和一袋酒鬼花生。她实在太喜欢这样的夜晚了，下着雨，雨水扫去白天的热气，雨滴落在河里，落在青石板上，迎着夏风喝上一口沁凉的啤酒，简直是人间天堂，还不用受任何人管束。

结账时，林延程瞥见柜台边上和糖果摆放在一起的用品。

岑曦自然也看见了。

两个人对视了一眼，还没喝酒呢，她脸就红了。

林延程没拿那盒东西，只付了酒和花生的钱，完了，牵着岑曦的手回民宿。

XI HUAN
LIANG
GE REN

● Part.08 喜欢两个人

　　到了房间，岑曦放下书包，进浴室洗了个手，出来后坐也不是站也不是。

　　林延程淡定地打开空调、电视，不一会儿，房间被电视里的小品声充斥。

　　林延程指指桌上的菠萝啤："不是想喝吗？不喝了？"

　　岑曦挠了下脸："等会儿喝，我……我先去洗澡吧。"

　　说到洗澡，林延程也有点呼吸不上来了，他木讷地点了下头。

　　岑曦打开自己的小型行李箱，背对着他，拿出内衣和睡裙。

　　这房间的浴室还算人性化，不是那种透明磨砂玻璃类型，只有那扇门带点透光而已。

　　岑曦站在洗漱台前，拍了拍自己的脸颊。她深吸一口气，快速卸妆洗脸，调好莲蓬头的温度后，冲进了水花里。

　　她身上很黏，出了一身汗，又淋了点雨，是夏天最讨厌的感觉之一。

　　流水的声音从门缝里溜出来，一股脑地钻进了林延程的耳朵里，门外的人比门里的更忐忑，因为里头的内容可以遐想。

　　林延程坐在床边上看小品，一搭一唱的，他不知道讲的是什么，好像连中国话也听不懂了。

　　他情不自禁地回想起岑曦压在他身上时的柔软感觉，还有视觉上的，她的腰，她的腿。

　　越想心跳越快，他干脆从床上起来，走到窗边，推开半扇窗。外头清新的空气灌入鼻腔，他瞬间冷静了不少。

　　那雨已经接近尾声，白墙黑瓦下，雨水顺着瓦片落下，滴滴答答，形成一个雨帘。民宿边上就是河流，小型拱桥安静地趴在那儿，满满的江南烟雨味道。

林延程站了好一会儿。

吱——再过了一会儿，浴室门被推开，细微的声音却盖过了电视声，像一根火柴划在了林延程的心上。

"程程……"岑曦边擦头发边叫他。

林延程应了声，回头，目光不由得聚集在她的睡裙上。

这是一件他没见过的睡裙，和岑曦以往的风格不同，她从前暑假在家也都穿睡衣睡裙，但都是偏可爱系或是宽松风，这一件有种说不出的性感，可明明不是很露。

洁白的，带蕾丝花边的，两边吊带是丝绸质地的蝴蝶结。

岑曦擦着湿漉漉的长发："那个电吹风好像坏了。"

林延程被她软糯的声音拉回神："坏了？"

"嗯，我按着没反应。"

"我看看。"

浴室里还遗留着水雾和沐浴露的香味，镜子上朦胧一片，最抓人眼球的却是岑曦换下来的衣物，T恤和牛仔短裤整齐地叠在马桶盖上，放在最上面的是一套粉白色的内衣。

岑曦忽然想起衣服，装作很自然地走到马桶前，用身体挡住，然后再装模作样地和林延程探讨这个吹风机。

林延程把她的小动作都看在眼里，他没说什么，专心地捣鼓起吹风机。

林延程从小到大都没住过宾馆，这是他第一次见到直接和插座连在一起的吹风机，寻来寻去好像只有一个开关，按着确实没反应。

林延程说："那我下去问老板拿一个吧。"

岑曦有点犹豫，说："会不会太麻烦？其实现在气温高，头发干得挺快的，反倒是吹头发也会吹出一身汗。"

岑曦的头发很长了，像海藻一样。

林延程拨了拨贴着她脖颈的头发："还是吹一下吧，太湿了，你等我一会儿。"

"嗯，别人敲门你别开，我一会儿就来。"

趁着林延程下去的工夫，岑曦把内衣洗了，没有洗衣液就算了，还能用沐浴露代替，但洗完该挂哪儿啊？

挂浴室吧，觉得有点脏；挂窗户那儿吧，太尴尬了。

就在岑曦苦恼时，门被敲响了，她透过猫眼看见是林延程后开了门。

林延程手上拿着一个看起来比较旧的吹风机。

岑曦把内衣藏在身后："这么快啊。"

林延程把吹风机插在电视那边的插座上，说："只有这一个，是老板平日自己用的，过来。”

“干吗啊……”

“吹头发啊，我帮你。”

岑曦乐了：“不用啦，我自己可以，又不是小孩子，你去洗澡吧。”

林延程看了她一会儿，很不自然地说：“那你……把衣服给我吧，我等会儿洗完一起挂。”

他一进来就看见了。

岑曦握紧了小小一团的内衣，涨红了脸，她扭过脸：“我自己挂，你去洗澡啦。”

她推搡着他。

林延程只要用点力，她就推不动他。

他伸手，从她身后拿过了内衣。

林延程平复着呼吸说：“没关系的，曦曦。”

岑曦想笑可是又很害羞，她低下头，愤愤地捶了他一拳。

“可挂哪里啊？”

林延程环顾了四周，说：“就浴室吧，反正这衣服明天也不穿，带回家要再洗一次的。”

岑曦瞄了眼自己的内衣,他的手比她的大许多,在他手中好像更小了。这么好看的手居然握着她的贴身内衣，她觉得自己快窒息了。

她推他一把：“随便你，我不管了，我去吹头发了。”

林延程从小衣柜里拿出三个衣架，再拿上自己要换洗的T恤和内衣裤，转身进了浴室。

他用肥皂把衣架的夹子口清洗了一遍，挂在毛巾架上，然后很小心地挂上岑曦的内衣。

岑曦吹了好一会儿头发，吹风机嗡嗡嗡的，她什么动静也没听见，但她的思绪也变得嗡嗡嗡的。

好好的头发被她拨弄得乱糟糟的，最后有点恨铁不成钢地噘嘴朝刘海吹了口气。

她不知道自己害羞什么。

这么想着，吹完，拔电源时她看见林延程从浴室出来，那颗心跳得更快了。

林延程是个很自律的人，他睡觉会换睡衣，但早上起来一定会换上便服，而不是像她，在家的话，二十四小时都是睡衣。

她好像很久很久没见他穿格子睡衣了。

他皮肤白，所以穿什么颜色都好看，特别是这套深蓝色的，有种禁欲的感觉。

林延程把自己和岑曦换下来的外衣用塑料袋分别装好，这是带回家后要洗的。

整理完毕，他看向岑曦："吹好了吗？吹好了我去还。"

"嗯。"

人一走，岑曦抚了抚胸口，拿起桌上的菠萝啤猛灌了好几口，如果喝醉了，是不是可以壮胆？

但这酒怎么像果汁一样？

喝了几口，她觉得索然无味，她想喝酒还真是一时兴起。

她现在满脑子只有林延程，她想要的人间天堂不是啤酒花生下雨天，是林延程。

林延程回来后就瞧见岑曦脸蛋红扑扑的，看见桌上开过的菠萝啤他就知道是怎么回事了。

林延程轻轻笑了声，打趣她："不吃花生米了吗？"

岑曦红着脸钻进被窝，卷成一团，说："不吃了，饱了。"

林延程关上刚刚他敞开的窗户，顺带拉上窗帘。

岑曦软声软气地说："九点半了。"

林延程眼神暗了暗。

这民宿是个人经营的，老板贴心地给每个房间准备了一薄一厚两条被子，主要是备用于冬天。

林延程从柜子里拿出很薄的空调被，规规矩矩地盖着这条被子在岑曦身边躺下。

两个人靠着床头看电视，刚刚的小品变成了婆媳争斗大戏。

岑曦瞥了眼林延程，林延程一本正经地盯着电视。

她心里头的小鹿跳得快撞死了，挣扎几下，率先开了口："不看这个吧，我不喜欢看这种电视剧。"

林延程："那遥控给你，你调。"

"不看电视，现在的电视都不好看。我想看恐怖片。"

"曦曦。"他扭头看向她。

岑曦憋笑："那就挑个不怎么恐怖的片子好了，其实欧美的只是血腥，一点都不恐怖。"

林延程捏了捏眉心，他不明白为什么岑曦那么喜欢看鬼片。小时候明明很害怕，但还是要看僵尸片；明明看了会做噩梦，但还是要借恐怖小说。自从换了智能手机后，她喜欢蹭 Wi-Fi 下载各种国外惊悚片，那些排名靠前的她几乎都看过。

很快岑曦找到了一部她想看的，借着看电影，她慢慢挪到了林延程怀里，林延程伸手揽住了她。

岑曦的皮肤冰凉细腻，头发散发着淡淡的香味，睡裙肩头的蝴蝶结被他按在掌心里，好像只要他手指一钩就能解开。

视线再往下，是岑曦靠在他怀里，压缩形成的沟壑，隐隐约约能看见内衣是粉色的，好像和她换下来的是同款。

林延程紧了紧喉咙，把目光移到手机屏幕上。

看了一半，他低头去看岑曦，她一动不动，也没什么反应。

"曦曦？"他轻声叫她。

她没回答。

林延程无奈地笑了，她果然是睡着了。

今天很早就起来赶高铁，在太阳下晒脱了一层皮，又马不停蹄地穿梭在古镇的大街小巷里，体力到了极限。

林延程轻轻地把她放到枕头上，给她掖好被角。

睡着的岑曦模样很乖，白净的面孔看起来十分可爱。

林延程亲了亲她额头，然后起身，把她剩余的半瓶啤酒喝完了，他实在是有些躁。

林延程体内的这种躁意持续了很久，他躺在床上把电影剩下的一点看完了，好奇最后的结局，但又像被荷尔蒙驱使的少年，想看更多。

这确实不是一部惊悚片，没有很多突如其来吓人的镜头，虽然最后的一幕让他意外，但让他不断回味的是电影里比较限制级的画面。

此时此刻，岑曦就躺在他身边，没有任何防备，她推荐的电影又是那么大的尺度，两个人共处一室，挤在陌生干净的床上，远离青水镇的束缚。

空调输送的风明明是清凉冷舒的，但他热得出了一身汗。

林延程半倚着床头，手盖在眼睛上，呼吸了会儿。他放下手，在黑夜幽然地睁开双眸，辗转反侧地拿出枕头下的手机。

现在是凌晨一点五十分。

借着手机浅淡的光，他扭头看了眼岑曦。

岑曦的睡相很好，她不会到处打滚，也不会乱踢被子，安安静静的模样像一团糯米团子。

林延程放下手机，想了想，掀开被子下床，轻手轻脚地走进了浴室。不一会儿，浴室里传来淅淅沥沥的水声。

下了雨的古镇，气温低了不少，因为是深夜，那股凉意更甚。假如打开窗的话会发现，外头的气温和开空调的效果是一样的。

也因此，林延程冲完冷水澡出来，被空调一吹，起了一层鸡皮疙瘩。

他没有把空调调高，因为岑曦是个很怕热的人，她一热就会烦躁，会睡不着。

不知道是因为有点湿冷，还是过了该睡的时间点，他翻来覆去还是睡不着，清醒得能做几套化学试卷。意识到这点后，他干脆玩手机打发时间。

岑曦已经熟睡了好几个小时，白天的疲惫消除不少。隐隐约约地，她似乎听到水声，眼前也有一道朦胧的灯光，她觉得刺眼，但没有力气去寻找光源。

等到光源消失了，她半梦半醒地醒来，忽然想到，她现在不是一个人在睡觉。

她在芙城，她和林延程在一张床上。

断了线的思路磕磕绊绊地被接上，岑曦想到她在和林延程看电影，可是她怎么就记得电影的一个开头？现在放到哪里了？

岑曦有些艰难地睁开了眼，眼前一片黑暗，身边有一束淡淡的光。

岑曦有些清醒了，下意识地摸手机看时间，凌晨两点。

都这么晚了，林延程居然还没睡。

岑曦翻个身，对着他揉了揉眼睛，声音是很迷糊的软糯，她问："你怎么还没睡啊？"

林延程以为是自己把她吵醒了，怕她有起床气，立马放下手机，组织措辞。

"有点冷。"

他也确实有点冷。

岑曦的那点瞌睡虫瞬间都跑了，她很心疼地看向他身上的薄被子，二话不说就把自己的厚被子挪到他身上，脚碰到一起，他身上确实是湿漉漉的凉意。

岑曦像人工暖宝宝一样，抱住他，贴着他，让他取暖。

语气忍不住有几分埋怨，但黑夜让她的嗓音软了好几个度，她呢喃道："觉得冷为什么不钻进来啊？"

林延程伸手搂住岑曦，下巴抵在她脑袋上方。他说："怕吵醒你，也怕你不愿意。"

岑曦贴在他胸口上，听到这句话嘴角忍不住弯了起来，在这寂静的夜晚，她的心好似一下子被填满。

她闭上眼，笑着低语道："大笨蛋！"

林延程搂她更紧了。

体温相互交换，很快，他发挥了属于男孩子的特权，身体愈来愈热，热到这个被窝像着火了一样。

岑曦手心都出了汗，她想离林延程远一点，散热，但又不舍得松开他。

年轻的荷尔蒙总是能轻易地被点燃。

隔着薄薄的睡衣布料，岑曦感受着他怀抱的炙热，还有那有力的心跳声。

他的手搂着她的腰，上卷的裙子蜷缩在腰部，只要他想，他就能抵达下游。

虽然他纹丝不动，但岑曦知道，胸膛起伏的呼吸，和微微滚动喉结的声音，都出卖了他。

"程程……还冷吗？"

"不冷了。"

"嗯。"

岑曦动了动，手揪住他的睡衣，开口："电影你看到哪里了？"

林延程努力平静地说："看完了。"

"啊？那讲了些什么啊？好看吗？"

林延程："尺度有点大。"

她的脸早就酡红一片，但又不甘心夜晚就这么过去，壮着胆子问："有多大啊？"

"曦曦。"

他的声音变得很低哑。

轻柔的声音就在耳边，混着暧昧灼热的味道。

一个抬头，一个低头，四目相视的瞬间，划在林延程心头上的那根火柴燃了。他没有回答她的问题，只是找到她的唇，吻了上去。

两个人都没有闭眼，靠着眼神试探。

借着夜色交织了一番，岑曦眼里漾出月光一样的水色。

当林延程渐渐欺身压上来，含住她的耳垂又亲向她脖颈时，她心神一荡，什么力气都没了。

但他太规矩，每一个吻都带着尊重和小心，明明他都那么难受了。

岑曦勾着他脖子，靠在他耳畔，同样呼吸急促地说："程程……我……我……我都可以的。"

听到这句话林延程一僵，都没敢看岑曦。像在和自己做斗争一样，他沉默了很久，最后他亲了亲她脸颊，喑哑道："曦曦，我不做别的，别害怕。"

不做别的，只想稍微前进一点。

话音落下，她睡裙的白色肩带也随之被解开。

林延程支起身体，寻到她的目光，询问她："这样可以吗？"

岑曦羞赧地点头。

黑黢黢的深夜里，什么都看不清，所以触感被无限放大。

他觉得如果岑曦穿那些吊带衫是撑得起来的，完全撑得起来。

还好是晚上，也没有开灯，不然岑曦真想找个地洞钻下去。她以为自己胆子很大，所以总是故意挑逗林延程，但上了"战场"，她发现自己是虚张声势，林延程才是那个不动声色、游刃有余的人。

他的手，岑曦能够在脑海里清晰地描绘出他的手，很白，节骨分明，修长而富有力量感，指甲剪得很短、很干净，平日里总有股淡淡的肥皂香。是用来写毛笔字、打球、考出高分的手，但现在……

岑曦很不合时宜地想，现在他是在揉面团吗？

揉得她都快化了。

偏偏他还要叫她的名字。

岑曦恍恍惚惚地回了几声。

再回神时，他沉重的呼吸落在她耳边，仿佛要被撕碎一样。

他整个人重重地压在她身上，收回手，却难以平静。

他胸腔的震动像一种信号，通过肌肤的接触悉数传递给她。

岑曦闻到只属于他一个人的味道，干燥的、淡淡的阳光味，此刻混着民宿自备的沐浴露香味，岑曦不知怎么，忽然绷紧了身体。

这细微的动作也传递给了他。

林延程很紧张，他咽了咽喉咙，抬起一只手摸了摸岑曦的脑袋，安抚道："别害怕，我……我不碰你了。"

岑曦很窘迫地偏过头，好半晌，细声细语道："程程，我不是害怕……我……"

林延程抬头，凝视着她，清澈又浓重的眼眸让岑曦更害羞了。

林延程关切地问道："是不舒服了吗？"

她摇头。

"不喜欢这样？"

她还是摇头。

"那是什么？你和我说，我改。"

岑曦瞄他一眼，咬唇道："我我我……我不知道，也没有不舒服。"

林延程眼眸暗了，贴着她耳朵，又轻又低地问："那是舒服，是吗？"

岑曦抬手捂住脸："林延程！你真的越来越坏了！"

"曦曦……"他叫她的名字，亲昵缠绵，还带着独属于夜晚的浓郁暧昧。

"干……干吗……"尾音随着他的揉捏变成了娇媚的声儿，岑曦脸更烫了。

林延程一双黑眸牢牢凝视着她，像黑夜里蛰伏在她身上的猎豹，但是一头年轻干净的猎豹。他的眼里有太多东西，被炙热驱使的青涩，被青涩阻拦的冲动，以及最澄澈的欲望。

带着悸动的试探，他不知道该说什么，只能缓缓地叫她的名字。

看着心爱的女孩被他的温度融化，在他手掌下染上媚色，那颗心忽然膨胀到极点，理智有点崩溃了。

林延程腾出手，拿开她盖在脸上的手，低头亲了亲她额头。

岑曦不知道该怎么形容这种感觉，很陌生，像被人侵略了领地，但又为他心神荡漾。

两具年轻的身体靠在一起，永远是小心翼翼的。

这一晚大概是岑曦想得最多的一晚了。

她想起看过的言情小说，第一次看到男女主角亲吻时她激动的心情，浮想联翩。

再后来，有了手机，接触了网络文学，那些大胆的描写钻入她的脑海，她想看又羞于去看。

她始终不明白因为那些行为而产生的感觉是什么样的。

直到和林延程在一起，和他的每一次亲吻、拥抱，她都止不住面红耳赤。她迷恋他身上的味道，迷恋他怀抱的温暖，喜欢他用宽大有力的手牵住她的，喜欢抚摸他坚毅清隽的脸庞。

就像现在，她喜欢他这样对她。

这一切的起源都只是因为喜欢，喜欢这个人。

林延程吻了吻她额头，低声哄道："曦曦，睡吧。"

岑曦："林延程，你这个渣男。"

"我不是。"

"你就是。"

"我不是。"

岑曦嘴上这么说，实际上笑得跟朵花一样，她眨着亮晶晶的眼眸，很温柔地看着林延程。

她探头，在他喉结上亲了一口。

林延程心一颤，按住她的脑袋。

岑曦在他怀里蹭了蹭："不闹你了，睡吧。你别松开我，好吗？"

林延程很有耐性地哄道："我就在这里，不会松你的，睡吧。"

"程程，我喜欢和你在一起。"

"我也喜欢。"

岑曦睡得不是很安稳，陌生的环境让她没有安全感，好几次醒来确定身边有林延程后她才倒下继续睡。

上午十点，岑曦从梦中醒来，米黄色的窗帘压根儿遮不住外头的日光，明晃晃的光线，很刺眼。

她翻了个身后睡不着了，干脆起来，很用心地刷牙洗漱，抹上香喷喷的面霜。

她来回折腾也没能吵醒林延程。

林延程是个很自律的人，放寒暑假都不会赖床的那种，他的生物钟是有规律的，即使高三一年熬夜熬得天昏地暗，他早上还是会准时起来。

但今天的林延程睡得很香。

岑曦想，可能是终于结束了辛苦的高中生涯，他放松了，再加上昨天白天的奔波和晚上的疯狂，他很累。

岑曦躺回他身边，看了他几眼，情不自禁地亲了他脸颊一口。

林延程还是没有醒。

虽然心疼他，但岑曦更希望他能醒来，她一个人好无聊。

她轻手轻脚地抱住他。

但这把林延程吵醒了，林延程感受到身边人的动作，他下意识地去抱她，将人搂进怀里，沙哑地问："醒了？"

岑曦额头挨着他的下巴，眼睛往上瞟，见他还闭着眼，她说："嗯。"

林延程没睡醒，迷迷糊糊感觉又要睡过去。

岑曦听到他平稳的呼吸，支起半边身体看他，手指轻轻地抚摸他的嘴唇。

她轻轻吻了一下他的唇。

"程程。"

"嗯。"他艰难地应她。

他和小时候真的不一样了，脸上的线条有棱有角，面孔白皙清隽，睡相一如既往的好，薄唇的形状那么好看。

昨夜下过雨，今天也是阴雨连连，天是凉的，但混着夏日，就是湿润的黏意。

那王府不用买门票，排队的人从门口排到街道拐弯，岑曦难得很有耐性，拉着林延程排队。

排了一个小时，终于轮到他们，林延程牵起她的手，十指紧扣，带她参观王府。其实这种地方没个导游解说很难了解其中故事。

对岑曦而言就是它是真实存在的府邸，是古代达官居住过的地方，放眼望去，也没有多稀奇。

但林延程却能说出许多故事，关于这个王爷的一生，妻妾儿女，做出的贡献，最后暮年的结局。

不知道是他和她紧扣的双手，还是他这样慢条斯理的讲述，岑曦忽然觉得轻飘飘的，没有由来地很安心，好像这一辈子都会这样。

有时候触动一个人的点总是那么奇怪，那些蕴藏在生活里的细节太容易打动人。

再比如，出王府时又下起了雨，别人慌慌张张地乱窜，着急避雨，埋怨突然下雨，但林延程早就看了天气预报做好准备，出门时在背包里放了伞，这伞还是从家里带来的。

白墙黑瓦的街道，上百年的梧桐树庄重肃穆地屹立在石板路的两侧，那些小摊位卖着油纸伞、丝巾、旗袍，因为一场雨，着急收摊，十元纪念品商店里挤满了人。

林延程搂着岑曦，撑着伞，两个人漫步在雨下。

岑曦逛遍了所有小商品店，给家里人都买了礼物，还有李星雨和林州的。

她不舍得一天就这么过去，但又对即将到来的夜晚满怀期待。

傍晚时分，雨收敛了不少，朦朦胧胧的，两个人从长街走回去，岑曦恋恋不舍地又拍了好些照片。

走到民宿边上的小超市，林延程忽然停住了。

岑曦在删选着照片，不明所以地抬头看了眼："你要买水吗？"

林延程说："你在外面等我吧，我进去买，很快的，你要喝什么吗？"

"哎，我要可乐，要冰的，罐装的！"

"好，那你在这里等我一会儿。"

"嗯。"

林延程走进去，在饮料货架前巡视一圈，找到岑曦要的罐装可乐，没有再看其他商品，直接走到柜台前。

在那一排五花八门的小方盒里，林延程选择了两个听过的大品牌。

老板见怪不怪，很自然地给他结账。

林延程把东西装在运动裤口袋里，拿上可乐走出小超市。

岑曦选好照片发完朋友圈，他正好出来，可他手上只有一罐可乐。

岑曦问："你只买了可乐吗？"

"不是。"

"那你还买什么了？"

林延程看着她，握住她的手往自己口袋里放。岑曦还没反应过来，顺其自然地把东西拿了出来，等看清上面的字后像烫手山芋一样把它塞回了他裤袋里，还左右张望，看看有没有人看见。

岑曦羞得都不敢看他。

岑曦："你怎么还买两盒啊？"

林延程搂着她往民宿走，解释道："总要浪费一些的，不可能一次成功的。"

他完全没有经验，也没有做过功课，不知道哪个更好一点，也不知道什么样的适合，多买一盒比较保险。

岑曦脸烧了起来，到了房间后她连衣服都没拿就跑进了浴室。

林延程从她行李箱里拿出一套他已经很熟悉的睡衣。

敲了敲浴室门，岑曦掀开一点门缝："干吗，你想一起洗啊？"

"衣服。"林延程无奈地道。

岑曦伸手接过，和林延程对视了一眼，她快速关上门。

岑曦的内心在咆哮，她不知道自己在拘谨忐忑什么。

林延程的眼睛明明那么清澈干净，但不知怎么，现在看他的眼睛，总觉得多了几分欲感。

是让人心跳加快的眼神。

岑曦洗了很久，久到林延程已经查阅了很多相关的资料。

岑曦没洗头，把头发梳成丸子头高高盘起，穿着那件白色的连衣裙睡衣，这和林延程拿给她的黑色套装是两种背道而驰的颜色。

林延程眸光暗了暗，说："那我去洗了？"

岑曦点点头。

岑曦紧张地等待着，顺便上微信看了看，很多朋友给她发的照片点赞，清一色的评论里有一条很显眼，来自蒋心莲，问怎么没有李星雨的照片。

岑曦心头一慌，她发得太快，没有屏蔽妈妈。

她就站在原地，心中不断组织着措辞，该怎么圆这个谎，最后她回复蒋心莲说：她没拍。

林延程洗得很快，他在床上坐下时，岑曦都没看他一眼，心事重重的样子。

他擦了擦头发，把毛巾放在一边，拉过岑曦的手，轻声问道："怎么了？在想什么？"

岑曦把朋友圈给他看，苦恼道："妈妈会怀疑吗？她会不会伤心？"

林延程看过后，把人拉到眼前。他手臂环着她的腰，抬头看着她，说："等回去后如实告诉阿姨吧，就说我们一起出来的。"

"不行！"

"曦曦，你不是说要找机会坦白的吗？我觉得这次是个很好的机会。当然……不能告诉阿姨我们……或者你现在反悔，也可以。"

岑曦双手搭在他肩上，思虑着，说："那……那明天回去我和她坦白？"

林延程摇摇头，笑着说："是我和她坦白。"

"啊？"

"我追求了她的女儿，带她的女儿出来玩，我应该和她坦白，这件事交给我好吗？你别担心。只是现在……曦曦，你还想继续吗？"

岑曦这才发现林延程没有穿他的格子睡衣，他只在下身围了个浴巾，湿漉漉的头发还在滴水。

他的皮肤好白啊，手背上凸起的青筋力量感十足，他的胸膛，他的手臂，都不再是十三四岁的模样了。

岑曦捶了下他肩头："林延程，你真的好坏啊……"

林延程紧了紧喉咙，收拢手臂，她几乎要贴到他身上去。

他缓缓地说："曦曦，我是个很正常的男生，我现在只想拥有你。"

他清朗的声音逐渐变得暗哑，岑曦被这一段话灌醉。

他轻轻一拉，她整个人跌落进他怀里，坐在他腿上，滚烫的吻随之涌来。

林延程吻得很认真，交缠了许久，他睁开眼，低哑道："曦曦，要反悔吗？"

对自己心爱的女孩，他还是希望她能考虑清楚。

岑曦眼里泛着水光，很是坚定地说："现在谁反悔谁是王八蛋。"

林延程轻轻笑了，低头又吻了上去。

外头忽然又下起了雨，听动静似乎是很大的雨，也是，夏天的暴雨一向猛烈而疯狂。

岑曦躺在柔软的床上，听见包装袋撕裂的声音，她又胡思乱想了，想到方便面里的调料包，也是这么撕开的。

林延程双手撑在她脑袋两侧，轻柔的吻落在她额头上、眼睛上、鼻尖上，最后是嘴唇上。

"曦曦……"他叫她名字，意有所指。

岑曦应了声。

外面的雨哗啦啦地拍打在玻璃窗户上，浇熄了她。

林延程伏在岑曦的颈窝里，深深浅浅地喘息着，硬是没发出一点声音。

不似岑曦，呜咽着，抗拒着，又不放他走。

良久，他抬头去看岑曦，吻了吻她额头，伸手拭去她眼角的泪珠。这张羞答答的脸蛋像刚出水的芙蓉，清纯又妩媚。

"还疼吗？"他问。

岑曦点点头，又摇摇头。

两人对视着，眼里有很多想说又不知道该从何说起的东西。

林延程眸色暗了又暗，最后轻声道："我清理一下。"

岑曦拉过边上的被子把自己盖住，伸手戳了下他后腰，软糯道："我想喝可乐……"

林延程走到小桌前，把可乐给她拿过来，拉开易拉罐的拉环。

岑曦双手接住，连着喝了好几口。

林延程也很渴，接着岑曦的可乐，把剩余的喝完了。

他微微仰着头，喉结滚了又滚。

这性感的模样看得岑曦心神荡漾。

林延程喝完可乐，把空罐子投进了垃圾桶，转头看向木讷的岑曦，她眼里还泛着水光，面若桃花，扎起的丸子头早就松松垮垮，额角的碎发都湿了。

他摸了摸岑曦的脸，声音是一贯的低柔："累吗？想睡一会儿吗？"

"不累，就是没力气，不想动。"

林延程拿过方形靠枕，给她垫在后面，她顺势躺了下去，林延程也进了被窝，敞开手臂，将她揽入怀里。

岑曦很乖地靠在他胸膛上，他的心脏跳动得还是很快。

林延程捏着她的手把玩，似安抚似疼爱。

两个人沉默了很久，各自在平息，在回味。

岑曦瞥了他一眼，试图打破这份宁静，她斟酌了下："程程。"

"嗯？"

"我的衣服……"

林延程看了眼地板，揉了下她肩膀说："掉地上了，脏了，晚点你穿我的 T 恤吧。"

"那现在呢？"

"现在就这样，可以吗？"

岑曦埋在他怀里，娇嗔道："你怎么那么坏！你只顾你自己。"

林延程咽了下喉咙，解释道："曦曦，我……"

"你什么……"

他搂紧她："我还想再试一次。"

还想再试一次，所以现在就这样，晚一点再给你 T 恤。

岑曦更羞了，憋着声说："你不累啊？"

"不累。你……你愿意吗？"

"嗯……你是不是觉得刚刚……"

如果说第一次是青涩紧张，那第二次就是摸索试探，彼此有了新的体验和感受。

第三次的时候就是游刃有余了。

岑曦跟散架一样，瘫在床上，连睁眼的力气都没有，迷迷糊糊地睡了过去，但她能感受到，林延程帮她擦汗，帮她盖被子，一直守着她。

醒来时是午夜时分，四周黑黝黝的，岑曦觉得口渴，她起身走到小桌边，包里有她逛街时没喝完的水，她一口气全喝完了。

再回到床上时，就听到林延程喑哑地问："醒了？"

两个人又相拥在一起，他抱着她，紧紧抱着她。外头的雨还在下，不知怎么，滋生出一种外面世界很苍凉，但两个人相拥着很是美好的感觉。

这些年的陪伴抚慰、体贴疼爱、惺惺相惜，就在今晚爆发。

每一个吻，每一个拥抱都是珍惜与承诺。

这抹月光也在今夜真正地变成了他的私有物。

离开了芙城，属于两个人的自由感也被留在了那古色古香的小镇上。在回去的高铁上岑曦更多的是疯狂后的筋疲力尽和回到家要面对蒋心莲的忐忑不安。

也许是因为林延程始终紧紧握着她的手，这让她觉得，就算天塌下来也有他顶着。

岑曦在心里演练了一千遍，准备了完美无缺的说辞。

如实说了以后蒋心莲会是什么想法。岑曦隐约觉得妈妈会同意，会理解，毕竟她也很喜欢林延程，不是吗？

蒋心莲从未和岑曦提过关于谈恋爱的事情，可能觉得岑曦还小，还没到这时候，以至于岑曦摸不准蒋心莲择女婿的标准。

可岑曦又想，这是她的人生，选择什么样的人过一生都应该由她自己决定，得到父母同意虽好，但难道因为他们不同意就要放弃自己喜欢的人吗？他们的意见只能是参考。

况且，她不想放弃林延程。

岑曦想了想说："程程，要是妈妈不同意，我就去当尼姑，一生不嫁，为了表示忠心，你要去当和尚。"

这让林延程想起小时候岑曦说的玩笑话，那时候她因为不想洗头说要去当尼姑，还说他是要去当和尚。

他挺想笑的。应该不至于。

林延程安抚着焦虑的岑曦，说今天回去他会先和爷爷说明，明天再去她家和蒋心莲坦诚。

岑曦想想那个场面都觉得尴尬死了。

可惜，计划赶不上变化。

回到家后，蒋心莲在家，她上的是夜班，白天都在家。岑曦不敢看她，只能捣腾着行李箱里的纪念品，给蒋心莲介绍，然后把买的丝巾送给她。

蒋心莲试戴了下，是适合她这个年龄的颜色。

她的女儿是个有心的人，很小的时候过母亲节就会给她写贺卡，会用自己的零花钱给她买戒指，上了高中也是如此，心里一直有她这个妈妈。

已是傍晚，蒋心莲要给家里准备晚饭，母女俩坐在小板凳上剥毛豆，她听着岑曦和她说那边的旅游景点和所见所闻。

岑曦说的时候眼里有光，是对这个未知世界的喜欢和新奇。

蒋心莲一直笑着，也会想到自己年轻的时候，谁年轻时不是这样呢？朝气有活力，熬个几天几夜也依旧精神抖擞。

但岑曦的描述里只有她和林延程，蒋心莲心里大约明了了。

蒋心莲语气没怎么变，像唠家常一样，问道："曦曦，你是不是没有和星雨一起去？"

话音落下，岑曦差点从小板凳上摔下来，手中的毛豆弹到地上，她心虚得连头也不敢抬，把那粒飞走的毛豆捡了回来。

蒋心莲说："和妈妈说实话。"

岑曦抿了抿唇，压着心跳，开了口："嗯。"

"和延程两个人去的？"

"嗯……"

蒋心莲沉默了下，一时之间回想起许多这两个孩子相处的细节。

岑曦的三年高中，她没有太去管，一是岑曦长时间都是寄宿，二是高中离得远，三是岑曦一直很努力地在读书，每次考试都考得挺好的。

林延程是她看着长大的，做事从来都是稳重又规矩，岑曦和他在一块，她可是省心不少。但她一直没有多想，他俩是从小一起长大的，关系好亲近很正常，她也一直以为是这样。

蒋心莲忽然觉得自己没有尽到做母亲的责任，她没有好好和岑曦聊过一次，孩子长大了是不是会有喜欢的男生了。

蒋心莲放下手中的菜，缓缓道："曦曦，你别瞒妈妈，老实告诉妈妈，你和延程在谈恋爱？"

岑曦视死如归地点头。

"在一起多久了？"

面对蒋心莲的轻声细语，岑曦不想隐瞒了，如实交代。

蒋心莲叹了口气："之前怎么没和妈妈说？"

"那时候读书要紧……"

"功课他教的？"

像是抓住了为林延程获取好感的点，岑曦很用力地点头，说："对啊，那时候他一直给我补课，他自己读书也很累，但还是花时间教我。其实妈妈，高中比初中难多了，我好几次……好几次因为学得太累一直哭。如果不是他，我可能现在也考不上大学，还是这么好的大学。我不知道怎么和你说……"

蒋心莲："那要和他出去玩还骗妈妈？我不问你，你打算什么时候和我说？"

"我怕你不同意我们出去玩……我们本来也打算这两天和你说的。"

岑曦的心虚缓解了许多，蒋心莲比她预期的平静，这种平静让她心头又涩又暖。她以为妈妈会眉头紧锁，会因为欺骗而生气，但都没有，妈妈耐心地询问，用温柔的语气和她说话。

蒋心莲想了想说："那延程他爷爷知道吗？"

"应该知道了吧，他说会和爷爷说的。"

"曦曦。"

"嗯。"

蒋心莲说："妈妈知道现在是自由恋爱的时代，你们都长大了，有自己的主见，但妈妈有些话还是要和你说。"

岑曦正襟危坐："妈妈你说吧。"

"你现在还年轻，不太懂什么叫生活，妈妈年轻时也是像你这样，喜欢上了你爸爸，不管不顾地就跟了他。家里的事情你从小也看见了，你问妈妈后不后悔，妈妈会说后悔，如果当初我能听你外婆的话，找个城里人嫁了，是不是现在的生活会轻松很多？你看这一年，你爸爸休息在家，家里都是靠妈妈一个人在支撑，其中的辛苦你现在还不能体会。延程是个很好的孩子，聪明懂事，妈妈真的很喜欢他，可是考虑到现实因素，你看，他的爸爸上次来找他，有给他一分钱吗？他的人生只能靠自己了，而你呢？爸爸妈妈给不了你什么好生活，你以后更多的也是要靠自己。这个时代，靠自己真的是件很难的事情。如果你坚持要和他在一起，你就要做好这种准备，妈妈现在就像当初的外婆，说着当初一样的话。曦曦，现在后悔还来得及。"

岑曦听得一愣一愣的，这些话在心头绕来绕去，最后汇成一个意思，那就是妈妈不太同意她和林延程在一起。

蒋心莲看她似乎要哭了，心疼了，更是温柔地说："妈妈不想阻拦你，不想干预你，只是做妈妈的，不可能真的放任女儿不管。怕自己女儿太年轻吃亏，怕看到女儿以后对着自己哭。"

岑曦的眼泪已经淌了下来，她抹了抹眼睛，说："妈妈，我都知道。我真的不是小孩子了，家里的事情我也都清楚。你们什么都不和我说，但我还是都清楚。如果当时你听了外婆的话，没有嫁给爸爸，现在也一定会后悔吧，后悔为什么选择了那个城里人，没有选择喜欢的爸爸。我觉得……觉得做什么选择，都是有得有失。我想和程程在一起，他对我真的很好，和他在一起很开心。"

在长辈面前，喜欢不喜欢这种话说不出口，只能用和他在一起很开心来代替。

蒋心莲笑了，再次叹气，有些无奈地说："要是说得动，你也不是我的女儿了。"

岑曦咽了咽喉咙，说："妈……那你为什么不离婚呢？"

这是母女俩第一次交心，谈这些事，这些年的心路历程。也许是因为岑曦真的长大了，蒋心莲忽然打开了心里的闸门。

蒋心莲的观念是她这一辈人固有的，不离婚的原因很多，为了孩子好占绝大部分，其次就是对这剩余人生的看淡，对岑兵二十来年夫妻的情分。

对他们来说离婚是件见不得人又很坏的事情，只有失败的人才会离婚。

岑曦不喜欢蒋心莲的这种思想，她告诉蒋心莲人生是自己的，重新开始的话永远都不会晚。

蒋心莲不能理解，笑着说："哪有孩子劝父母离婚的，被你爸听见他得气死了。我对你爸呢，是很失望，觉得很累，但这人啊，脾气就这样了，也不是没有好的地方，就是日子太苦，没办法而已。所以啊，妈妈刚刚才告诉你，做了选择就要做好准备。两个人在一起要做好风雨同舟，同甘共苦的准备。"

岑曦觉得她和林延程是不一样的，他们深深了解彼此，并不会像蒋心莲和岑兵，结了婚才开始真正地了解对方。

林延程也不是岑兵，他们是不一样的人。

所有岑兵身上岑曦讨厌的缺点，林延程都不会有。

也许将来他们不能过很富足的生活，但精神上，一定是相通的。

他会尊重她，站在她的角度思考，会和她说心里话，会包容她，疼爱她。

岑曦没有办法和蒋心莲解释什么叫灵魂伴侣，对母亲来说可能很荒诞吧。但她确实遇到了啊，她和林延程几乎没有吵过架，他们彼此珍惜着，理解着。

在这世上，再也不会有第二个林延程了，所以她有自信有把握，她将来不会后悔。

有一句话岑曦没和蒋心莲说，说了母亲会真的难过。

林延程对她而言，是她所有眼泪的慰藉，而她的眼泪很多时候来自家庭，给了她关爱又给了她烦恼的家庭。

而那边的林家相比起来倒是平静得多。

林老爷子是个粗人，平日里对林延程本就管得不多，给他很多自主空间。

老爷子平常总是笑眯眯的，饭桌上少不了米酒，不知道的还以为这是个爱喝酒没啥想法的老头子。

但其实不然。

林延程陪爷爷喝了几口酒，然后就不允许爷爷喝了，上次脑溢血似乎还近在眼前，让爷爷控制。

借着酒胆，林延程和爷爷坦白了谈恋爱的事情。

老爷子剥着花生米，笑呵呵地说："你们俩孩子，爷爷早看出来了，随你们，你们爱怎样就怎样。就是你想好怎么和你蒋阿姨说了吗？曦曦可是人家的宝贝丫头，你得对人家有交代。"

林延程说："我明天会和阿姨说明的。"

老爷子似乎想起了那些陈年旧事，再加上前段时间那男人来过，他渐渐放下了手中的花生米，有些语重心长地说："延程啊，爷爷啰唆几句，你懂事，爷爷知道，但……哎，做人啊，要有始有终，知道吗？千万别学你爸爸，别辜负了那丫头，男人得有点担当。"

"爷爷，我不会的，您放心。"

老爷子又笑了："放心，爷爷当然放心，对你最放心了。你什么时候让爷爷操心过……我们延程也真的长大了……"

明明是笑着的，老爷子眼眶却红了。

林延程上次见爷爷哭还是母亲去世时，一大把年纪，客人散场后，他哭得一把鼻涕一把泪，嘴里说着后悔。

老爷子抹抹眼角，叹气，摇摇头笑着，伸手去拿酒瓶。

林延程按住酒瓶，说："爷爷，不能再喝了。"

"好好好，不喝不喝。"

吃完饭，林延程收拾好碗筷，看到岑曦给他发的消息，表示两人的事被妈妈发现，已经和妈妈交代了。

他手抖了下，很快回复她：阿姨怎么说？

岑曦：妈妈说想和你谈一谈。

林延程：好，我马上来。

夏日的傍晚总是持续很长时间，青水镇像个世外桃源一样，落日余晖绵延千里，瑰丽的晚霞覆在光上，铺出一条通往明日的云路。

这些年青水镇变了很多，就连他和岑曦的家都变了很多。

连接两家的水桥拆了旧的做了座新的，宽阔结实。岑曦家的羊肠小道随着旧屋的拆建变成了水泥路，河岸两侧多了几棵新的树，从前年年生根生长的菊花被永远掩埋在地下，后院成片的凤仙花也都不在了。

像是电影的快镜头一样，林延程走过这里，他能清晰地回忆起这里的变化。

　　他和岑曦在这两栋房子之间走过无数遍，从幼年时期的手牵手到青春时期的追逐打闹，再到现在，他们的身影好似一格格地被定在这里。

　　走到岑曦家门口时，林延程浅浅地吸了口气，然后敲响了门。

　　听到动静，岑曦飞速地跑出来给他开门。夏天，怕有蚊虫，大门时常紧闭。

　　岑曦眼圈很红，林延程下意识地问："怎么了？哭了？"

　　岑曦摇摇头，轻声说："没事啦，妈妈在里面，你快去！"

　　她把他推进去。

　　岑兵还没回来，所以还没开饭，而蒋心莲在厨房准备最后一道菜。

　　林延程叫了声阿姨，清朗的少年声，谦和有礼。

　　蒋心莲扭头看他一眼，笑了笑，说："坐下说。曦曦，你上楼去，妈妈要和延程单独聊一聊。"

　　岑曦看了会儿林延程，转身上楼去了。林延程注意到蒋心莲的眼睛也是红红的。

　　蒋心莲撩起围裙擦手，把切好的冬瓜入水，烧汤。

　　气氛肯定是有一丝尴尬的，对蒋心莲来说，和自己女儿也是刚刚有了第一次谈心，更别提和别人家的孩子了，又涉及谈恋爱的问题，左右都是难以开口。

　　像是看出蒋心莲的踟蹰，林延程思忖了会儿，先开口了："阿姨。"

　　"哎。"

　　林延程看着她的背影说："我原本打算明天正式和您说的。阿姨，我和曦曦在一起了。"

　　"我知道，那丫头都和我说了。"蒋心莲顿了顿，说，"阿姨叫你过来，不是要和你讲道理，不是要叮嘱你，阿姨……阿姨就是想和你聊几句。"

　　"您说。"

　　蒋心莲松了口气，话题打开了，也就好了。她走到桌边，坐下，推心置腹地说："延程，阿姨是看着你长大的，你什么品行什么性格，阿姨都一清二楚。你啊……"

　　蒋心莲怜爱地看着他，眼睛泛酸，说："你啊……一转眼也长这么大了。阿姨还记得你刚出生不久，小婉带着你回来，你不哭不闹的样子可讨人喜欢了，哪像那时候的曦曦，你和她就差一个月，可她抱在怀里的时候可会闹了，长大了点才乖起来。"

　　林延程听蒋心莲说着，那些场景仿佛活了，他能想象出来。

　　蒋心莲继续说道："这些年不容易吧？可我家延程啊，一点都没长歪，一直都是这么优秀。曦曦说她的功课都是你教的，也是辛苦你了，自己读书那么累还要管她。她小时候成绩真的不好，你也知道，为了成绩她爸发了多少次火。我和她爸都没什么文化，小学还能督促点，到了初中就完全没办法了。看着她能顺利考上高中，考上大学，我们心里头是真的开心。她这丫头你也知道，总是想一出是一出，没个安静，做事冲动，就跟她爸一样。从小到大，有你陪着她玩，阿姨真的很放心。你还记得三年级时吧，她为了采桑葚，摔入河里，我看她满身泥回到家时真是把我半条命都吓没了，还好你会游泳，把人捞了出来，现在想想还是挺谢谢你的。"

这件事林延程记得，岑曦爬上树，没稳住，"咚"的一声从树上落到河里。那水说深不深说浅不浅，但还是把他吓了一跳，想也没想就跳了下去。回到岸上后，两个人看着对方头上的水草和田螺，笑了老半天。

林延程现在想起当时岑曦的滑稽模样还是忍不住笑了起来。

蒋心莲也边笑边哭，说："就她这种性格，以后到了社会上肯定是要吃亏的。阿姨也想过，她以后会做什么工作，会嫁给什么样的人，有时想着想着，会很担心。你们要在一起，阿姨不反对，我刚刚也和她说过了，要她想清楚，别后悔。也许这话你听了会伤心，但阿姨如实和你说，我心里最担忧的是你们的以后，小婉去得早，你那个爸爸又那样，你们以后只能靠自己。阿姨和叔叔这辈子注定只能这样了，给不了你们什么。曦曦是阿姨的心头肉，作为母亲，很希望她能一辈子顺风顺水，过得好。你明白我说的吗？"

林延程点头："阿姨，我都明白。这一点我考虑过，虽然未来的事情谁也说不定，但我有做计划，我和曦曦说过的。我想，医生是个很稳定的工作，再加上妈妈给我留的钱，我觉得我能给曦曦一个比较安稳的生活的。"

蒋心莲看着这个高挺的少年，也不过十九岁而已，说的话、做的事、思虑的事情，却远远超出了这个年龄。

她没办法再说这个话题了，她的眼泪流了出来，止也止不住。

人都是有共性的，眼前的孩子也是别人家的心头肉，也是家里人的希望。

蒋心莲抹了把脸，哽咽道："延程啊……阿姨不过多干扰你们，就希望你们两个能好好计划未来，我知道曦曦心思没那么稳，总归是你带着她。你们又马上要去上大学了，要离开这里，隔着这么远的路，有什么事情我们也没办法第一时间赶到。女孩子出门在外总是更危险，这一点，你要答应阿姨，好好照顾曦曦，好吗？"

"阿姨，我会的。"

"阿姨知道，知道。"蒋心莲点点头，像自问自答似的。

林延程眼眶也有点热，他感受得到蒋心莲对他们的包容和疼爱，是很久违的感受。

躲在楼梯口的岑曦双手背在腰后，望着窗户外面的云霞，吸了吸鼻子，露出了一个微笑。

这是她记忆中的夏天，不曾变过。

枝繁叶茂的杨树为蝉鸣做掩饰，那淡紫色的花落满了小河，花香四溢。万物染上青翠的颜色，在阳光下肆意生长，而那漫天的白蝴蝶是所有孩子心中的希望，带着他们天真烂漫的想法飞向远方。

累了倦了，在日暮时分，有母亲的呼唤，用一种宠爱又嫌弃的语气责怪你玩得一身泥巴。

然后父亲从外归来，一家人围着饭桌，说着所见所闻。

比起蒋心莲，岑曦更担心岑兵，她有意想先瞒着爸爸，但蒋心莲觉得没必要。

在岑曦的印象里，岑兵是个刻板、冲动，偶尔又很煽情的人。

她没有把握他会同意，也许他还会震撼于她的恋爱对象是林延程，也许他想不明白，然后不允许她和林延程在一起。

岑曦不知道怎么和岑兵沟通，她似乎和父亲从来没有好好交谈过。

小时候，岑曦还是很愿意和岑兵分享的，即使父亲在她心里是个容易发火，让人害怕的人，但那是父亲啊。

可当她的分享得不到回应时，她就不太愿意再和他说了。年轻时的岑兵有着傲气和臭脾气，不给人留情面，对自己女儿也是。

那时候学校里组织春游，要交一百块旅游费，因为是去过很多次的公园，岑兵就不想让她去，但最后还是尊重她的想法，交钱让她去了。

小朋友去玩总是开心的，回来后岑曦笑嘻嘻地说："其实那儿也没什么好玩的，就是——"

话还没说完，被正在做饭的岑兵打断，他说："没什么好玩你还硬要去，你别和我说了，我不想听。"

她的心被浇了一盆冷水，她没了声，默默转身上楼。

从那以后，她再也没有和岑兵分享过自己的世界。

岑兵是爱她的，她知道。可是长这么大，好像关于岑兵的事情，总是坏印象比较多，比较深。

他还是给她留下了太多难以磨灭的阴影，即使现在的岑曦能站在他的角度去思考，去理解。

可能父亲的爱总是粗糙和深沉的，不善于表达，不懂换位思考，用最直白最粗鲁的方式展现。

她和林延程的事情最后落在了蒋心莲头上，由蒋心莲先去探路。

岑曦忐忑地等待了一晚，第二天醒来时岑兵已经去工作了。他的手臂还是会酸痛，但休息了一年，他没办法继续待在家里无所事事地度日，他是一家之主，有很多责任需要他去扛起。

情况比岑曦预想的好很多，蒋心莲语气也很轻松。

岑兵听到后确实愣了很久，一下子没反应过来，百思不得其解，最后重重地叹气说："哎，随便他们吧。女儿大了，哪里管得了，再说了，延程那小子以后肯定有出息。随便他们，随便了。"

蒋心莲说："别看你爸很古板，其实他对你啊，一直都是很宽容的。我也老是和他说，给他科普科普什么叫潮流，你看你穿的衣服买的东西，他说过你一句没有？今年家里什么情况你都了解，他还不是纵容着你。当然，我也和他说了，没有延程，你连高中都考不上，然后他一想到你考上了好大学，心里美着呢。"

这大概就是男人和女人的不同，蒋心莲会多思多虑，但岑兵接受了这个事情后就不再多想了。

喝了点酒，他还在饭桌上开岑曦玩笑，说让她明天把延程叫过来，拼拼酒。

岑曦看着他，心头涌上一股酸涩。

这是她这辈子最复杂，最难以言说的心情。

感激、放松、心疼、懊悔、意外，无法改变的厌恶。

她对父亲，实在没法用三两句话说清。

那天吃完饭后她和林延程去小路上散步，和小时候一样的路，只是从泥路变成了水泥路，更干净更规整。

下过雨的傍晚清新湿润，有空山新雨后的味道。

远离了房屋，两个人牵上了手，岑曦踩着水坑，酝酿许久，把心里的感受说了出来。

她说："我有时候很讨厌爸爸，有时候又很心疼。讨厌他发火的样子，讨厌他无缘无故就骂奶奶，讨厌他不听劝。可是程程，他真的老了好多，以前他都没有白头发的，现在除了白头发，脸也是皱巴巴的。他给我钱让我买好一点的衣服的时候，夸我拍照好看的时候，我都很想哭，有一瞬间觉得我好像能和他交心了，可是自己迈不开那一步。有时候觉得他不是个合格的父亲、丈夫，但我忘了，他们也是第一次当父母。我以前只想着妈妈的委屈，妈妈是外婆的宝贝，忘了我爸爸过得比妈妈更憋屈，他的这半生实在是太苦了。"

说了一连串，岑曦其实不明白自己到底想说什么，话题又绕回到最根本的问题。

她说："可是为什么他不能试图改变呢？我试着和他好声好气地说话，劝他，开导他，他嘴上说着知道，为什么不能真的改变一下呢？我真的好讨厌他发脾气，他一发火我就觉得整个家都是四分五裂的，我和妈妈要一次又一次地忍受着他的臭脾气。"

岑曦早已泪流满面。

爱和恨交织着，汇聚成了她的父亲。

林延程停下脚步，抬手拭去她的眼泪。她扑进他怀里，放声哭起来。

雨水把蓬勃生长的庄稼植物冲刷得歪头歪脑，清澈的河流变得混浊。

他们伸手就能触及的世界因为一场雨翻天覆地，可是抬头看的话，雨水洗过的天空焕然一新，清透明亮，即使是落日时分，也很让人向往。

林延程轻轻拍着她的背，缓缓说道："大概家人就是这样吧，试着相互理解却又容易为小事起争执，因为是最亲近的人，所以一些话更容易伤人。你爸爸确实过得很难，你也一直在理解他不是吗？你已经做到了你应该做的，他们已经这样过了半生，现在要他们改变是不可能的。这一点，你说对吗？"

岑曦呜咽着点头。

林延程说："你现在是因为愧疚吗？觉得他同意我们在一起，但是你却因为某些事讨厌着他，产生了很对不起爸爸的想法，是吗？"

岑曦吸着鼻子："嗯……我没想到他会这么轻易地同意，我知道他爱我，我知道……"

"对啊，叔叔肯定爱你啊，你是他的宝贝女儿，是他好不容易才有的孩子。你也爱他，不是吗？因为爱他现在才会觉得愧疚。但是曦曦，不要被传统文化里的孝道捆绑。不要因为父母的爱而觉得自己应该去包容他们的所有，不要愚孝。他带给你的烦恼和坏情绪，是真真实实存在的，你讨厌这样的他是正确的，他带给你的爱是牢固不可化解的，你心疼这样的他也是正确的。不要觉得矛盾，家人本来就是很难用爱和恨绝对去区分的。"

林延程轻轻地说："不要哭了，嗯？开心地接受叔叔对你的宠爱，用别的方式回赠给他。曦曦，你真的做得很好。你有努力去开解叔叔，有试着想和他关系变好一点，但他这几十年经历的，我们可能真的难以体会，他心里的怨恨委屈苦闷，已经深深扎根了。你不喜欢这些，那就避开这些。"

岑曦点了点头，像小鸡啄米，可怜兮兮地说："那你以后会对我发脾气吗？程程，你别对我发脾气好不好，我做错了事情你和我讲道理好不好？我会思考，会听取的。"

"曦曦，你真的和阿姨一样。"林延程微微笑着，他摸着她脑袋，"我当然不会对你发脾气的，你也没有地方让我想发脾气。我知道你，你是个喜欢站在别人角度考虑的人。"

喜欢换位思考的人，都是心地善良柔软的人。

他的曦曦一直都是这么好的人。

岑曦把脑袋埋进他胸口，滚烫的眼泪还在流。

她说："让我抱一会儿。"

林延程紧紧抱住她，安抚着她。

这是林延程记忆中的夏天。

离开出生的城市，离开熟悉的房子，离开自己喜欢的父亲，夏天的暴雨拍打在车窗上，一道道水流顺着玻璃窗流下，四分五裂，像他的家一样。

隔着模糊的雨水他喊着爸爸，但那个人说："我以后不见你了，走吧。"

那座城市似乎被雨水淹没了一般，他看见周围所有的建筑都是东倒西歪的。

再然后，来到了一座新的城市，这里风和日丽，没有密密麻麻的建筑，有的是世外桃源般的旷野，还有那个穿黄色格子裙的女孩。

她的眼睛像童话书上的小鹿，又圆又黑，又像都市里很难见到的星星一样，闪着光。

是蝴蝶在追她，还是她在追蝴蝶，很难分清。

从此以后，她就是夏天的名字，是阳光的香气，是月光的象征，是暴雨冲刷过后，可以抬头仰望的天空。

日子一天天过去，这个夏天在向往和松懈中显得特别热和慢。

两家人不久后一起吃过一顿饭，岑兵夫妇和林老爷子差了一辈，起初总是显得有些尴尬，对于两个孩子的事情不知从何说起，也不知该用什么结尾。

后来还是从家常聊起，聊这几十年青水镇的变化，聊人生的变化，聊自己观念的变化，相互说着对孩子的期望，并没有施加多少压力。有时候家长的期盼很简单，单纯地希望他们能够坚守自己的决定，能够过得比他们幸福。

这是岑曦觉得最难熬的一顿饭，像被公开处刑一样，还得故作文静。明明都是最熟悉的人，坐在一块却不那么自在了。

最后大人们为了让气氛更融洽一点，还要拿她开涮，尽说她小时候的糗事。

岑兵喝了点酒，兴致上来了，拉着林延程说："我这女儿啊，从来都不需要我操心，从小就很乖，我女儿不是我吹，心地真的很善良。小时候啊，有麻雀撞死在家里的玻璃上，她会挖坑把麻雀埋在泥里。哦，对，还有啊，她小的时候还因为憋不住，拉在了身上，哭着闹着怎么都不肯坐车上，说会弄脏，是真的好玩，小时候真的好玩。"

大人们把酒言欢，笑得不能自已，岑曦想找个地洞钻下去，但又觉得，如果能保持这种和谐的气氛，她也不是不能牺牲自己。

只是为什么只有她小时候那么傻乎乎啊，为什么林延程的童年完美得没有缺点。

林老爷子绞尽脑汁也想不出关于林延程的糗事，只好勉为其难地说说他的成绩，他的毛笔字，他的课外兴趣。

林老爷子说："我这外孙一直循规蹈矩的，别看他不声不响的，其实性子和小婉一样，执拗得很，我倒是更喜欢曦曦。我们曦曦呀，是爷爷的开心果，是不是？"

岑曦很是乖巧地点头。

再后来，大人们开始畅所欲言，说着属于他们那个年代的爱情。

岑曦在桌底下拉了拉林延程的手，两个人悄然退场。

黄昏时分，院子里的灯照亮一方天地，不知名的小虫子循着光源飞来，桌上三两瓶啤酒，几个凉菜，从老远就能听见笑声。

两个人闪进楼上林延程的房间，关上门，岑曦给了他一套岑家拳。

也许是这个夜晚笑声太多，林延程看她的眼神温柔得能掐得出水，任凭她怎么胡闹，他都一如既往地笑着。

岑曦不满地说："我不信你小时候没有糗事。"

很久以前的事情他也记不太清了，有吧，肯定是有的，如果林婉在的话，她现在一定会握着岑曦的手然后把过往悉数交代。

可是……

林延程说："我记事以后，真的没有憋不住的时候。"

岑曦"喊"了声，然后眼神渐渐变得不怀好意。她勾上他的脖子，朝他耳边吹了口气，说："你昨天不是就没憋住吗？"

从芙城回到青水镇，为了尽快摆脱心中的忐忑，为了担起责任，他们几乎是立刻就和家长摊了牌，所有事情光明化以后他和岑曦反倒是不能像从前一样。

家长给的压迫感也让他没有办法对岑曦做什么，就连亲吻都觉得是在辜负大人们对他的信任。

两个人正经了很长一段时间，直到昨天。

在他的房间，在他的床上，在他们亲吻过无数遍的书桌前，得到了家人的许可，考上了心仪的大学，这一切都足以让人心潮澎湃。

还是青涩，还是较快，但年轻的心总是喜欢挑战，孜孜不倦地"刷新纪录"。

此刻的岑曦还在试图拔老虎毛："你不是昨天就没憋住吗？你不是昨天因为太快不甘心吗？啊，我知道啦，林延程，我宣布，这就是你的糗事，我以后可要拿这个嘲讽你！"

林延程双手搂着她的腰，轻轻一拢，她就和他贴在了一起。

他笑着，低声说："那你别哭啊。"

"还不是你弄的——唔唔唔——"

他低头吻了她，是夏日淡淡的柠檬汽水味。

高考过后他们和林州、李星雨还没聚过。

在 8 月下旬，在他们即将各奔东西的前夕，四个人相聚在商业街的烤肉店。

岑曦问过李星雨，她和林州现在算怎么回事，李星雨说朋友以上，恋人未满。

高三时在拼学习，李星雨与他们几乎断了联系，对林州亦是，可高考结束就不同了。林州恢复了以往对李星雨的嘘寒问暖，一如往常的不正经和温柔。

李星雨说林州约她出去吃过几次饭，她也都去了，说说笑笑挺开心的，但两个人都没说破。

林延程也问过林州，林州说走一步看一步。

眼前的林州改了吊儿郎当的风格，有被林延程同化的趋向，心甘情愿地帮李星雨烫碗筷，给她端茶倒水。

这暧昧的两人比这对情侣坦然许多，李星雨翻了翻菜单，习惯性地递给岑曦："你点吧，你要吃什么就吃什么，我请客，就当奖励你考上好大学吧。"

岑曦扑哧笑出来："合着你今年没高考啊？"

"你不是考得很好嘛。"

"你不也是。"

李星雨说："你们俩要去济城的话，行李什么的都收拾好了吗？"

岑曦："收拾得差不多了。"

"什么时候走？"

"买了 25 号的票。"

"那和我差不多，我 26 号走。"

岑曦点完，把菜单给林延程。林延程招来服务员，核对点的菜。

岑曦双手撑着脸，眼珠子在李星雨和林州之间瞟，轻轻地说："喂，那你们……"

林州在玩手机，听到这意有所指的话，他抬起眼眸，笑了笑，说："我们怎么了？"

岑曦："你们……异地恋？"

林州看了眼李星雨后又看向岑曦说："你问问你的好闺密，和不和我恋。"

岑曦笑了，朝李星雨抬抬下巴。

李星雨对林州说："你今年好好读书吧，等明年这个时候，我再答复你。"

"知道了，学姐。"

李星雨笑笑，朝岑曦挑了下眉毛，说："你们俩就别操心我们了，还是好好计划上大学吧……还有，别太过火了。"

林州笑眯眯地附和道："你们不会已经……"

林延程喝了口水，没有接这个话。

岑曦脸有点红了："烦死了，光天化日，说这个干吗，吃不吃饭啊？"

很显然，林延程什么都没和林州说过，但岑曦一五一十地都告诉了李星雨，也许这就是男生和女生的区别。

后来喝了点酒，大家都有些醉了，也管不了是光天化日还是月黑风高，眼前闪过的是这些年历历在目的青春。

七年，他们相识已有七年，不算长不算短，却是往后生涯里再也不可多得的友情。

岑曦不知道为什么大家喝醉后都喜欢拿她说事。

就连李星雨也是，说岑曦那时候在运动会上跑 1500 米跑到哭，因为那天她偶像传出了绯闻，说岑曦真是牛，初中四年黑板报一直第一，说岑曦是世界上最理解她的朋友。

岑曦眼眶也红了，比她喝了酒上脸的样子还红。

她认识的李星雨是电视剧里叱咤风云的女强人，是驰骋学习战场的拼命三郎，是嘴硬心软的典型代表人物，是和林延程一样，给予她温柔和安全感的朋友。

说着说着，岑曦和李星雨抱在一起哭。

两个男生相视一笑，目光分别落在喜欢的女孩身上。

这一天，只管尽兴，只管回忆，只管憧憬，因为往后余生，再也没有办法复刻十九岁的放肆和热血，还有喜欢一个人的决心和耐心。

8 月 25 号，天微微亮时，岑曦就和林延程踏上了路途。

蒋心莲将他们一路送到市里，想再送他们去火车站，但岑曦不愿意了，一来一回需要很长的时间，蒋心莲还要上班，这样她就没办法休息了。

就在地铁站告别。

那是市里的一号线，地铁犹如日本漫画里的场景，高高屹立在高架上，上面和下面都车来车往。

蒋心莲千叮咛万嘱咐，注意小偷，注意休息，在外面好好照顾自己。

这些话这段时间岑曦已经听了很多遍了，她觉得自己不再是小孩子，在外有能力照顾自己的，就算没有林延程，她也能照顾好自己。

于是她很潇洒地和蒋心莲告别，提着行李箱，买票进站。

蒋心莲被隔绝在闸机前，目送他们上楼梯，到上头去坐车，等看不见人影了，她才慢慢往回走。

她需要走过很长的天桥，然后下楼梯。

岑曦等地铁的方向正好对着蒋心莲离去的方向，夏天清晨的风凉爽而清新，一股又一股地涌进站台。

今天是个不错的日子，天气晴朗，万里无云，碧蓝的天空下是盛开的花朵，景观湖里荷花成片地绽放，蒋心莲站在天桥上，凝视着列车的方向。

岑曦本来在和林延程讲话，她想等会儿买两瓶水、两个饭团，又想再检查一遍证件有没有带齐，但所有的话就在她望见蒋心莲身影的瞬间哽住。

隔了很远，所以看不清蒋心莲的表情，蒋心莲一动不动地注视着她的方向。

列车即将到来，站台里涌起一阵很急促的风，吹酸了岑曦的眼睛。等列车停稳，她咽了咽喉咙，提着行李箱上车。

可是隔着玻璃窗，她看见蒋心莲还在朝这个方向望。

也许是看见车来了，蒋心莲往前走了几步，但三步一回头。

列车启动，蒋心莲的目光一路相送。

岑曦看着天桥上的妈妈越来越小，越来越模糊，直到彻底看不见。

岑曦不知道自己怎么了，眼泪突然像决堤一样，怎么也止不住。

不是因为舍不得离开妈妈，不是因为对陌生的地方感到担忧，是见不得妈妈对她的不舍，见不得妈妈对她即将去远方感到担忧。

她那么想离开家，飞向陌生的城市，却忘了这是家人第一次和她分开。

有时候就在某一瞬间明白，明白十九岁的自己在父母眼中是个孩子，到了二十九岁、三十九岁，也依旧是他们的孩子。

不管她要去多远的地方，飞得有多高，他们始终会担心，一举一动都牵动着他们的心。

那种酸涩一直哽在喉咙，一路蔓延到眼睛，而蒋心莲三步一回头的画面，她想一次便酸一次。

这一刻，岑曦觉得自己不想长大了。

岑曦什么都没说，只是越哭越凶，肩膀颤抖得厉害。

林延程用身体挡住别人的视线，让她靠在自己胸前，无声地安慰着她。

直到到了火车站，岑曦才从这情绪中缓过来。

上了火车，岑曦没什么心思，自顾自地找到耳机戴上，但只戴了一只，开始听歌。

她心里乱糟糟的，划着歌曲，最后切出页面，给蒋心莲发了条短信说他们两个坐上火车了。

林延程把行李放好，喝水，然后问岑曦要不要喝。

她摇头，心不在焉地看着手机，眼圈格外红。

林延程觉得差不多了，问她："怎么了？"

岑曦看了他一眼，欲言又止。

她有时候觉得她在做一件她自己都很讨厌的事情，那就是一有不开心的就都倾倒给林延程，和岑兵一样。

所以她问林延程："我总是和你说家里的事情，你会觉得心烦吗？"

林延程说没有。

岑曦让他如实回答。

林延程抹着她的泪痕，笑着说："你怎么会那么想，我什么时候烦过你了？"

"可是我爸爸就是这样，我觉得我在做和他一样的事情。"

林延程轻声说："你和叔叔怎么会一样，你不是已经站在我的角度去考虑了吗？你那些也不是什么负能量，只是你的心事罢了。"

岑曦吸着鼻子，"嗯"了声，把刚刚自己的想法一股脑地说了出来。

火车上人挤人，嘈杂混乱，但两个人紧靠着，仿佛这混乱与他们无关。

听完后，林延程在底下牵住她的手，说道："不哭了，好不好？要坐很长时间的车，这里是休息不好的，你一哭等会儿又睡不好，人就很疲惫了。"

岑曦委屈地说："我也不想哭啊，可是你刚刚看到妈妈的样子了吗？"

"阿姨很舍不得你，我感受得到。"

"我从来没见过她这样。"

林延程把她的脑袋按在自己肩上，低声抚慰道："你能明白阿姨的心就好了，等会儿下车了再给她发个信息，到了学校整理好后可以和她多打打电话。曦曦，就像上次我和你说的，不要被传统的东西捆绑。我也爱爷爷，爷爷也舍不得我离开，可是我们的一生不可能永远和亲人捆绑，我们总要展翅高飞，总要去远方，但我们心里不会忘记他们，对不对？彼此挂念着，也成了亲情最可贵的一部分。"

"我知道……我都知道……只是很心酸。"

她心里都明白，她心疼蒋心莲对她的不舍，但要是再做一次选择，她还是会选择远离青水镇的大学。

家庭的纷争不会因为她考上了好大学就此止住，也不会因为她将来找了好工作就一笔勾销，那些硝烟自始至终就没消失过。

她不喜欢的东西实实在在地存在着。

她还是想远离压抑的气氛，还是想过自己向往的生活。

车厢微微晃动，火车开始启动，绵延千里的轨道安静地平铺着，湛蓝天空下，这个世界被夏天艳丽的颜色覆盖。

十二点三十一分，她的新旅程在这一刻启程。

岑曦靠在林延程的肩膀上，安静地靠着，目光落在窗外闪过的景色，是比去芙城路上还要壮丽的景色，是她从未见过的重峦叠嶂，青色的山头蔓延起伏，一眼望不尽，偶尔还有宽阔河流，就连进入山洞的漆黑都让她觉得新奇。

还有这满车厢的陌生人，让她清楚地认识到，她即将到达一个遥远的国度。

在那里，不用再面对岑兵的苦难，不用再听他泄愤，不用再承受家庭带来的压抑感觉，也许因为隔得远，她会变得更加关心父亲，变得更能体谅他们。

她没有经历过大起大落的事情，没有遇上电视剧里苦难又波折的人生。但她这些年的感受都不是假的，她的家庭，那个看似完整却又十分苦涩的家庭，她的父亲，那个看似深沉却又十分冲动的父亲，都让她觉得疲惫。

但现在不一样了。

去一个新的地方，开始新的生活，最重要的是，林延程始终在她身边。

他陪着她度过了琐碎又漫长的岁月，用一种温柔的、坚定的力量推着她前行，眼泪是他擦的，拥抱是他给的，那些她生命里缺失的温柔是他填满的。

再也不会有人像他了。

也再也不会有人能取代他。

也许是因为都倾诉出来了，岑曦平静了不少。

林延程握着她的手，问道："在想什么？"

岑曦闭了闭眼说："在想你。"

"嗯？"

"在想你为什么这么好。"

她的声音很轻，带着哭过后的委屈。

林延程垂眸，视线落在她的脸上。岑曦的睫毛很纤长，上面还沾着泪珠。他微微笑了，没有再和她说话，安静地看向窗外浮动的山水。

岑曦忽地动了动，把剩余的一只耳机给他戴上。

没有由来地，她说："这首歌最近我很喜欢，你听听看。"

林延程"嗯"了声。她想做什么，都随她。

这首歌温柔舒缓的前奏像流水一般淌入耳朵，混着淡淡的、动听的歌声，仿佛夏天的一场雨。

岑曦最喜欢那几句歌词：

抚慰是暖暖紧紧的拥吻，

疼爱是不讲理让我几分，

体贴是偶尔准你不像情人。

岑曦蹭了蹭林延程的胸膛，轻声说："程程，你听懂了吗？"

林延程说："嗯。"

"但我还是想告诉你，我喜欢你，喜欢和你在一起。"

车厢里各种声音混作一团，人拥着人，却各自不相干。也许有人在看他们，也许没有，在这纷乱陌生的狭小世界里，林延程在她额头上印了一个吻。

他说："我也是啊，曦曦。"

我也是这么坚定热烈地喜欢着你，喜欢和你在一起的每一天，喜欢你对着我灿烂地笑，喜欢你依靠我、依赖我，喜欢因为你而变得乐观的自己。

从开始到现在，喜欢的，装在眼里都是你一个人而已。

那些笑的、哭的、闹的、悸动的，青涩又璀璨的青春年华从相识的小镇生根萌芽，一路走到现在，是意料之外的美丽。

奔赴新的旅途，一定会像以前一样牢牢拽紧你的手，让你低头有肩膀依靠，抬头有星光仰望，所有的温柔都只为你一个人量身定制。

岑曦合上眼，靠在他怀里，说："我想睡一会儿。"

他说："睡吧，我在这里。"

耳机里的歌曲进行到尾声，温暖的歌词缓缓流出：

不爱热闹喜欢两个人，
就我们两个人，
在不安世界里，找到安稳。

– 正文完 –

XI HUAN
LIANG
GE REN

♦ Extra.01 大学

1

　　大学生活比岑曦想象的要枯燥无聊，学校对大一新生的管理更是严格到惨无人道。

　　刚开学的那阵子，军训，适应学校，发书班会，早自习晚自习，周一到周五几乎排满的课程，岑曦活脱脱瘦了七斤。

　　林延程的学校距离她的只需要骑五六分钟的车，隔着人工湖，岑曦能在上课的教室看到他学校标志性的大钟。

　　岑曦觉得大学唯一的好处就是作业不似高三那会儿那样密密麻麻，也没有月考，老师也不会像高中老师那样对成绩耿耿于怀，成绩的好坏完全看个人努力。

　　而且周末也相对自由许多。

　　岑曦每个周末都会去找林延程，他带她逛他的学校，她带他参观她的学校，完了再去别的大学溜达一圈，立志吃遍所有食堂。

　　她最喜欢背上作业和林延程在图书馆自习，虽然她始终秉持着学渣的特性，学不进去，学着学着就捧起了小说。

　　但在陌生的城市，能够像高中时一样，一抬头就能看见他做题的模样心里就觉得暖洋洋的。

　　不知道是不是因为上了大学的缘故，林延程在她眼里变得更成熟了，他流畅清隽的下颌线、漆黑清澈的眼眸、英挺的鼻、薄红的唇，配上他干净简单的白T恤和牛仔裤，简直是大学校园里的一股清流。

　　岑曦见了很多因为军训晒黑的男孩子，倒不是有多看不惯，别人黑不黑和她没关系，只是她比较喜欢皮肤白的、干干净净的男孩子。

　　这样一想，林延程真的从小就长在她的审美标准上，特别是那双她喜欢了十几年的眼睛，直到现在她也只会用"好看"来形容。

和岑曦预料的差不多，她的宝藏到了大学就真的再也藏不住了，也有很多女孩子发现了林延程好看的眼睛。

网络时代，什么都传播得很快，林延程的名声远扬始于学校拍摄的一组宣传照片。学校挑选了大一新生里长得最好看的男生女生。

自由校园的女生比高中时代的要奔放许多，有在教室门口堵他的，有等在他寝室楼下送水果的，有在体育课上故意把球打他身上的。

林延程不太擅长处理这种事情，但还算客气，尽量和每个女生说明自己的情况，委婉拒绝。

身处另一个学校的岑曦不知道这些事情，网络虽发达，但毕竟隔了个学校，也没有人一直关注学校的宣传或者官博，对很大一部人来说，什么帅哥美女通通和自己无关。

林延程怕岑曦误会，每天都有报备。岑曦很生气，她十分小心眼，讨厌所有带有目的靠近林延程的女生，她恨不得朝天怒吼——这是我的男人！

那些怨气和骄纵，她都撒在了林延程身上，拉着他去开房，把他压在床上，狠狠地撒娇，然后心满意足地哼道："那些女孩知道你被我狠狠压倒时的样子吗？林延程，我要给你盖个章，我要告诉她们，你和你的女朋友浓情蜜意着呢！"

林延程失笑。

她给林延程种了"小草莓"，这是以前在高中时不敢的，怕被家长发现，被老师看见。但现在，在这里，谁也管不着。

林延程说："曦曦，这样不安全，会导致毛细血管破裂，失血过多，严重的话可以致死。"

岑曦："闭嘴啦，烦死了你！"

后来，林延程顶着几枚吻痕上了一个星期的课，夏秋之交，还没到穿高领衣服和戴围巾的时候，想遮也遮不了。

林延程的室友看到他回来时眼睛都看直了，直呼弟妹牛啊。

这片"草莓园"很快在年级里传播，林延程在他们的印象里是个清俊但不太爱说话的男生，安静沉稳，举手投足之间却又带着让人舒适的温和。这样一个颇有禁欲气息的男生脖子上绯红一片时，实在足以让人浮想联翩。

林延程被人盯着看时会觉得不好意思，但一想到岑曦做这件事时得意扬扬的表情，他又很想笑。

他喜欢这样被她大张旗鼓地划为她的私有物。

所以当他坦然地顶着吻痕穿梭于教室寝室图书馆时，那股清风般的泰然自若成了很多女生的讨论点。

医学细胞生物学的老师是个年轻的老头儿，说他年轻是因为他风趣幽默，思想也很新潮。林延程是他很喜欢的学生，因为林延程是班里的第一，是开学后功课最好的一个，是一眼就能看出品性的学生。

那节课，老头儿就拿林延程的脖子开讲，说："你们班长很好地向你们展现了什么叫错误示范，来吧，小林同学，说说吻痕的产生和危害。"

全班起哄鼓掌，而岑曦也一举成名。

2

岑曦在大学里接触了很多社团，她虽不喜欢读书，但还是想在大学里做些什么，好让自己以后回想起来不枉此行。

她的一个室友是漫画"大触"，接触了一个学期，那姑娘才和她们袒露。这对她来说其实也是需要很大勇气的，毕竟三次元和二次元有了交集，许多事情都会变复杂。

岑曦看了那姑娘所有作品，一次又一次地惊呼太厉害了，比起她只会对着黑板写写弄弄，这样的作品真的太伟大了。

岑曦心里有了想法。

在寒假，她窝在林延程的被窝里看动漫，心里的念头越发强烈。

她对林延程说："初中四年因为成绩逐渐变好，因为始终保持着黑板报的第一，所以回想起来特别有成就感。高中三年因为一直铆着劲，努力维持自己的成绩，以考大学为目标，所以回想起来也很有成就感。上了大学一开始觉得松了一口气，每天就那么生活着，但现在一个学期过去了，忽然觉得有点空虚了。我的室友，一个是漫画大触，一个是家里有矿，一个是淘宝模特，我也想做点什么，我想以后想起自己的大学生活，也会觉得很充实很有成就感。"

林延程说："大学保持优异的成绩也是很有成就感的事情。"

岑曦差点把他踹下床："我想做自己喜欢的事情！"

"那就去做啊，你想做什么都行。"

"真的吗？那我也想学画漫画，你觉得我可以吗？"

林延程说："我觉得你可以，你本来就对这方面很擅长。"

岑曦得到了鼓舞，坚定了自己的念头。她扑进他怀里，手指撩起他的毛衣。

她说："今天爷爷不在家，你书也看完了，我们要不要做点我们都喜欢的事情？"

"那你的四六级单词背完了吗？"

她已经坐在了他的身上，狗啃似的吻落下来，振振有词道："四六级是什么，我不知道，我只知道现在要吃掉你！"

林延程按住她："曦曦，你这调调都是从哪里学的？"

岑曦用下巴指指边上的手机："这是室友推荐的动漫，里面就有。"

"你室友……"

"我忘了说，她画的就是这种。"

她脱下自己的毛衣，里头是白色蕾丝边的吊带衫，清纯如雪，林延程呼吸有点急了。

他忍着，问道："你不会是要学画这种吧？"

岑曦亲了亲他，眨着明亮澄澈的眼眸，说："我想画我们，画我们所有的第一次。"

林延程心头的一块地方忽地塌陷。

他翻身，化被动为主动。

3

岑曦在大二时决定搬出寝室住，原因很简单，她们要搬寝室楼，供大一新生居住，她不想搬入八人间，也希望自己能有一个比较安静的环境画画。

在和蒋心莲商量后，她在大二开学后住到了校外。

岑曦诱惑了林延程很久，让他和她一起住。

但是，林延程拒绝了，一是没法和蒋心莲交代，二是他的课业逐渐变得繁忙起来，住寝室还是相对方便一点。

但在临行前蒋心莲找到他聊了一番，说担心岑曦一个人住校外，距离那么远，实在是不放心，问他愿不愿意和岑曦租个两室的房子一起生活。

林延程知道蒋心莲肯定也思考到了那一层面，只是没说出来而已。

但蒋心莲说的不是没有道理，他也很担心岑曦的安全问题，这些年女大学生出事的太多了，她又大大咧咧的。

最后他还是妥协了。

岑曦虽然很开心可以和林延程一起生活，但忍不住担心起林延程的学业，确实住校外可能会比较累。

林延程笑着说："我觉得最累的不是忙学业，是我的身体。"

"屁！你放心好了，我再也不会碰你了！"

虽然嘴上是这么说，但真的找好了房子，布置成了理想的样子后，一切都变得顺理成章。

岑曦在这方面始终是个说的比做的多的人，最后还是他出力更多点。

年轻人的力气似乎怎么都用不完。

第一次清晨夜晚睁眼合眼后是对方，第一次一起洗澡，第一次牵手买菜，第一次一起洗床单拖地，第一次决定养一只宠物。

这种新鲜感和安稳感都让两个人心生幸福感。

某个夜晚，下着雨，岑曦问林延程："你会腻吗？会厌烦这样的生活吗？"

林延程想了想，把问题抛给她："你会腻吗？会厌烦这样的生活吗？"

岑曦说："我当然不会啊。我喜欢这样，喜欢和你一起过早，喜欢周末和你一起逛商场，喜欢窝在床上和你一起看电影。"

他说："曦曦，我和你是一样的心情，甚至比你的还要坚定。"

这是他们的家啊，只属于他们两个人的家，理想的国度。

后来有一天，岑曦发现自己掉头发有点严重，她"啊啊啊"叫了半天，最后怪林延程："你睡觉总是压到我头发，一定是因为你！完了，我们的生活出现了裂痕！"

林延程："那是因为你总是熬夜画画。我说过很多次了，熬夜会引发身体很多问题。"

她可怜兮兮道："救救我吧，林医生，我不要'聪明绝顶'。"

● Extra.02 毕业

　　林延程发现最近的岑曦有点奇怪，总是喜欢去接他下课，特别是周五下午他有实验课时。

　　因为来的次数太多，岑曦已经和他的室友混熟了，甚至是老师，所有人都知道 14 级医学部的学霸有个可爱的女朋友。

　　上完解剖课的林延程不太喜欢岑曦碰她，因为脏。但岑曦总是反其道而行之，她挽着他的胳膊，眼里放光。

　　偶尔老师下课，撞见他们亲密的样子，会打趣说："小姑娘，好好照顾下小林同学，带他出去多见识见识有趣的东西，人啊，别光顾着学习。"

　　岑曦笑眯眯地应声。

　　连续一个月后，林延程终于知道岑曦在干吗了。

　　她签约了某漫画平台，正在连载一个漫画，内容是她和医学生的日常。岑曦说医生这个职业很吃香，女孩子们都喜欢，她最近是在观察林延程，因为他穿白大褂的样子实在太好看了！

　　观察着观察着，她就跑偏了。

　　那晚，岑曦坐在他怀里，矫揉造作地撒娇道："你不想见识下有趣的东西吗？比如，你穿上这件白大褂，然后我来找你看病。"

　　她网购了两套衣服。

　　林延程被她的新花样笑到，拎起另外一件护士服，问道："护士找医生看病吗？"

　　"不不不，这是下个设定，我是美丽性感的护士，你是不经世事的少年，我给你打针。"

　　林延程是真觉得上了大学后，岑曦越来越大胆了，尽弄这些稀奇古怪的东西。

她软磨硬泡一番后，林延程扛不住，穿上了。

岑曦像导演一样，说："你不要笑，要冷酷一点，要冷一点，懂不懂？"

"好……"

"你别笑呀！"

"曦曦，我忍不住。"

"忍不住也得忍。你现在就是冷酷的帅医生，而我是楚楚可怜的女孩。"

林延程扶了扶额头："然后呢？"

岑曦："然后你对我产生了不好的想法，就像这样。"

她抓住他的手放到自己身上，她说："这时候你要说，注意，是冷酷地说，姑娘，我要具体摸一摸才能知道情况，请你把衣服撩起来。"

林延程笑得不能自已。

他想起老师私底下和他的聊天，他和老师简单说过自己和岑曦的过往，老师说："那姑娘看着就开心，两个人在一起互补挺重要的，如果决定读研，继续往下走，一定要和女朋友商量好。"

这是他近期在考虑的事情，还没和岑曦说过。

林延程搂着她的腰，说："曦曦，有个事情想和你说。"

"嗯？你说吧，林医生。"

"我想读研。"

岑曦丝毫不惊讶："那就读啊。"

"可是这需要很多年，我可能没办法很快地赚到钱，给你很好的生活，可能……"

"这有什么。"岑曦打断他，"我们要做自己喜欢的事情呀，不是吗？"

林延程轻轻笑着，看着她的目光越发温柔热烈。

岑曦勾着他的脖子，娇声道："快点说台词呀，林医生。"

林延程手覆盖了上去，捏了捏，无奈又配合地说："姑娘，请你把衣服撩起来，我要看一看才能知道具体情况。"

这下轮到岑曦没忍住，扑哧笑了出来。

她哈哈大笑着，说："程程，你演技好差哦！没感觉了啦！"

"嗯。"

他看着她笑，没有停下手上的动作，过了会儿，她软在了他怀里。

他说："现在有感觉了吗？"

岑曦咬唇，娇嗔道："林延程……你真的坏。"

大学毕业后，岑曦陪林延程留在了济城，换了一间比较大的房子。她没日没夜地画着，他给她准备一日三餐，然后忙自己的事情。

这个决定其实遭到过岑兵的反对，他们总觉得大学毕业就该回到家乡，找一份稳定的工作，然后结婚生子，两个孩子的决定出乎了他们的意料，让他们不能理解。

　　但岑曦再也不是他们能左右的小孩了，他们嘴上说着反对，可最后还是随她了。

　　关于结婚的事情，岑曦和林延程在无数夜晚里一起幻想过，商量过。

　　岑曦说她不要肉麻浩大的求婚，不要什么惊喜，也不想那么快结婚。

　　她不想过按部就班的生活，不想被传统的思想束缚，她的翅膀刚刚长出来，还没遨游够世界。

　　林延程也很理解她，他说："结婚不是人生的终点，高考、工作，都不是人生的终点。但如果你想结婚了，曦曦，我随时都可以。"

　　岑曦不是不愿意和他结婚，只是不喜欢因为结婚带来的捆绑，而且林延程还在读书，像现在的二人世界多好啊。

　　早晨醒来他会帮她准备好早餐，周末一起追剧、打游戏，黄昏时分牵手散步。

　　但听到他说随时都可以时，她莫名难过起来，只好紧紧抱住他，说："我不是不想对你负责任，只是想再等等，不想那么快迈入婚姻的坟墓。"

　　她总是能轻易地把他逗笑，林延程说："我知道，我们曦曦还是小朋友。我们还年轻，别想太多了，顺其自然好吗？只是怕你没安全感，所以想告诉你，我随时都可以。"

　　岑曦："你说我是不是恐婚？我明明那么爱你，明明这么喜欢现在的生活。"

　　"别想太多，过好眼下。"

　　事实证明，岑曦确实恐婚，她见了太多不美好的婚姻，见了太多分分合合，珍惜着与林延程的生活时又害怕有什么会将其改变，最后失去所有美好。

　　细细回顾，会发现岑曦对婚姻是很不自信的，她问过林延程很多次，会不会变心，会不会喜欢上别人，会不会厌烦这样的生活。从很早的时候，她就问过类似的问题。

　　这些焦虑和不自信在李星雨和林州婚礼那天悄然消失。

　　这是她亲眼见证的第一场因为相爱而结合的婚礼，是她最熟悉的两个人，看着他们在台上说誓词，交换戒指，亲吻，她的心被慢慢融化。

　　与此同时，林延程在桌底下握住了她的手，用那双温柔的眼眸看着她，笑她哭得妆都花了。

　　在接到李星雨的捧花时，岑曦忽然觉得结婚是一件特别有意义，特别庄重而幸福的事情。

她突然有了勇气，踏入婚姻的殿堂，成为她最爱的人的妻子，然后如誓词里一样，不论生老病死，都陪伴在他身边，如当初蒋心莲告诉她的一样，两个人在一起要做好风雨同舟、同甘共苦的准备。

其实婚姻是殿堂还是坟墓，取决于身边的那个人。

婚宴散场，因为高兴喝得醉醺醺的岑曦靠在林延程怀里，哭得直打嗝，林延程搂着她，一遍又一遍地给她擦眼泪。

岑曦说：“程程，你会永远爱我吗？”

“会啊。”

“真的吗？”

“真的。”

她抽抽搭搭地说：“那我们……我们结婚吧。”

那天，岑曦洗完澡，拢起湿漉漉的头发，悄无声息地走到林延程的背后，双手蒙住他的眼睛，俏皮道：“你的小仙女出浴啦，你猜她有没有变漂亮啊？”

林延程嘴角弯起，握住她的手放下来，眼睛还盯着电脑屏幕上的论文，说：“漂亮。”

“喊，敷衍。”她绕个弯，往他怀里挤，一屁股坐在他腿上。

她往他怀里一钻，他也看不清屏幕了，松开了握着鼠标的手，双手拢住她的腰，漆黑的眸子里都是笑意：“怎么了？”

岑曦晃着双脚，搂着他脖子：“也没怎么啊，就想和你亲热会儿。”

林延程抚摸着她的脸庞，顺带把湿头发勾到耳后，说：“不吹下头发？”

“等会儿再吹。”

“你后背衣服都湿了。”

“那你帮我吹。”

“行啊。”

林延程拍拍她腰，示意她起来，随后从抽屉里拿出吹风机。

岑曦叮嘱道：“你温柔点啊，我头发已经很少了，受不得摧残。”

“那以后带你去植发。”

她反手掐他大腿：“植什么植。”

他笑：“别乱动。”

在一个温柔的夏天，那个笨拙的女孩终于和她的小王子住进了猴面包树里，那棵树很高很坚实，牢牢地矗立在属于他们两个的星球上。

岑曦在她的漫画结尾这样写道。

♦ Extra.03 婚礼

　　林延程毕业后，岑曦跟着他回到了南城。岑兵和蒋心莲的一颗心终于放了下来，异地好多年，可算是把两个孩子盼回来了。

　　夫妇俩忙前忙后，大鱼大肉塞给林延程和岑曦，总说外面的食物不好，外地的食物口味对不上。

　　即使这个家里的一些矛盾仍然没有解决，即使岑兵的脾气还是如此，但岑曦回到家里，心情还是舒畅极了。

　　她觉得家乡的空气都是不同的，青水镇的空气是野雏菊的花香加一点青草味，晨曦的光芒也好，夕阳的余晖也罢，这儿的一切都让人放松。

　　蒋心莲知道后笑着说："那肯定是家里好啊，金窝银窝不如狗窝。"

　　岑曦四脚朝天地躺在沙发上回答说："不过在外面程程会做饭给我吃，也没那么糟糕，他现在会做的菜可多了。当然了，我也会给他做菜吃的。妈妈，你吃过菠萝饭吗？我明天做给你吃吧。"

　　蒋心莲心里头高兴，一听岑曦说要做饭给她吃，更是喜出望外，连连应声说好。

　　不过说到这里，蒋心莲想起一桩很重要的事情。

　　她开始朝岑曦催婚，说："现在延程读完书了，你们都回来了，两个人都快二十七岁了，还不打算结婚？还有啊，人家李星雨的孩子都快生了，你们呢？"

　　岑曦拿起沙发上的小抱枕盖在自己身上，试图把自己埋起来。她闷闷道："结的啊，但是程程才刚工作，再等等嘛。而且我们现在和结婚也没区别啊，年纪也不大啊，我现在很老吗？"

　　"你啊……"蒋心莲把切好的水果端到茶几上，拨开那些抱枕，宠溺地叹气道，"都老大不小的人了，还像个小孩。延程明天回来是吧，记得让他来吃饭，这孩子也是，进了医院后就没休息过。"

林延程回来后进入了南城的中心医院，任职外科大夫，是当时爷爷生病住院的医院，也是岑曦外婆去世的医院。

这个不算发达的城市医院能有优秀的新鲜血液注入，院长很是高兴，所以林延程入职的这一个月忙得不可开交。

他一边要熟悉医院环境，一边要开会学习，一边要坐诊，晚上还有一些同事聚餐。

中心医院和青水镇隔了老远，一个在市中心，一个在乡下，差不多是从前两个人周末坐公交车去高中的距离。

两家人在南城市中心都没房，当初林延程读高中还是在学校附近租的房子，这会儿也一样。

确定要在中心医院工作后，岑曦陪着他在医院附近溜达了一圈，看了好几套房，最终租了一个一室一厅的房子。

然后岑曦把他丢在那儿自己回青水镇了，所以算算日子，岑曦也很久没见到林延程了。

她还怪想他的。

她自己在家待了一个月，也觉得差不多了，打算明天林延程回来后她跟着一起去。

再待下去怕是岑兵和蒋心莲会轮番催婚，催完了又要念叨她的工作。

岑曦觉得他们那一辈的人想法真是一致得出奇，女孩子二十五岁左右就得结婚，越往后越不好嫁人，工作也必须是朝九晚五的那种，哪怕工资只有三千块一个月。

网络上有个段子不是这样说吗——同一个世界同一对父母。回家第一天是小公主，一个星期是路人，一个月是仇人。

太真实了。

但没想到催婚她的还有李星雨和林州。

这几年和他们几个见面太少，还好网络时代，随时随地可以分享彼此的生活，但实打实地见面聊天又是另外一种滋味。

跟着林延程去了南城市中心后，一个人闲得慌的岑曦立刻跑去找了李星雨。

当初大学毕业后不久李星雨就和林州举行了婚礼，两个人是岑曦朋友圈里最快结婚的一对，也正是他们的婚礼让岑曦意识到结婚真美好。

李星雨和林州敢闯，北上广都溜达了一圈，最后两个人还是决定定居在南城，问起缘由，两个人都说不清，最后只说年纪大了恋乡。

他们在南城市中心买了一套三室两厅的房子，装修风格十分冷淡，很像李星雨的气质。

岑曦来过几次，所以这次她轻车熟路，跟在自己家一样。

吃饱喝足，她好奇地摸着李星雨鼓起的肚子，说："真神奇，小家伙现在会感应得到有人在摸肚子吗？"

李星雨戳了下肚皮："六个多月了，能感应到。你看，我戳他，他也会踢我。"

这一踢把岑曦吓了一跳。

"好奇怪的感觉啊……我觉得有点恐怖，又觉得有点好玩。"

李星雨把衣服拉好，笑着说："觉得好玩你自己生一个呗。"

岑曦赶忙摆手："我和程程说好的，不生孩子。"

"那结婚呢？他婚都求了，还不结？"

"你怎么也催我？"

"我是替林延程委屈。"

岑曦乐了："他哪里委屈了？"

李星雨慢悠悠地说："偷偷摸摸喜欢那么多年，好不容易等到你这个小笨蛋开窍了，现在却拖着不给名分。"

岑曦更乐了："瞎说，我没说不结婚啊，只是……"

"只是什么？"

"他现在很累的，读书时很累，工作了也很累。你也知道，我家程程呢，是个极具责任心的人，他总是想给我完整的、完美的婚礼，所以一刻也不敢放松。我不想他这么累，还可以再等等。"

说这话的时候，在卧室刚睡好午觉的林州慢腾腾地走了出来。

岑曦惊讶道："你怎么在这儿，你不上班？"

林州倒了一杯水喝，瞥了眼岑曦，打着哈欠说："我是老板，我上什么班。咦……曦曦，你是不是长胖了？"

"是啊，就和你变老了一个性质。"

林州失笑："你还真是一点都没变，来吧，玩把游戏？"

"好啊好啊，我昨天自己打连跪十把，你们带我飞啊。"

玩游戏的时候，林州又问："晚上我那姓不同名的大兄弟有空吗，街上开了新的茶餐厅，可以去吃个饭。"

"有吧，他今晚好像没啥活。"

下班后林延程风尘仆仆地赴约，一进去就看见岑曦笑着朝他招手。

岑曦帮他摆好了餐具，习惯性地给林延程倒了杯白开水。

学医后林延程有了只喝白开水的这个习惯，自己不喝饮料就算了，还督促起她，这个不准喝那个不准喝的。

岑曦知道他不会真的凶她，有时候会故意当他面咕噜咕噜喝一大杯汽水，和林延程作对成了她生活的一大乐趣，但是很奇怪，该听话的时候她还是会听话。

大夏天的，岑曦看他出了一层薄汗，拿湿纸巾给他擦了擦，擦完的脏纸巾又习惯性地递给了他，他扔在了下面的垃圾桶里。

李星雨和林州就这么静静地看着他俩，直到林延程看向他们，温温一笑，问道："想吃什么，今天我请。"

林州十分捧场地说："小孩子才做选择，菜单上的我全都要。"

大家都笑了出来。

最后两位男士按照自家夫人的口味点了几道菜。

四个人有啥说啥，林州问起他们打算什么时候结婚。

林延程和岑曦互看了一眼，当时他们约定的是等他工作之后，对外也是这个说法，现在也到了这个时间点了，却没有具体规划的日期。

林延程握着水杯，思虑了会儿说："需要点时间好好计划一下。"

林州："兄弟，你这话一开口就感觉像老渣男了。"

林延程愣了下。

岑曦拿筷子敲了下碗："和你说多少遍了，不要开网络玩笑梗，程程是 2G 上网。"

林延程笑了，他大约知道这应该不是他想的那个意思。

林州又说："你回来了真好。哎，我家小疯子快生了，到时候会不会是你接生？"

"我是外科的，不是妇产科。"

"啊……那真是可惜，如果是你我就放心了。"

林延程给岑曦夹了筷鲈鱼，朝林州问道："孩子名字想好了吗？"

"想了，男的就叫林冲，女的就叫林黛玉。"

"哈哈哈哈哈！"岑曦大笑，"你真的假的？"

"真的啊，你们孩子的名字我也想好了，就叫林俊杰或者林青霞。"

岑曦的笑止住了："打你哦，我的孩子才不叫这个。"

"这些名儿不好吗，都是名人。"

李星雨拧了一下林州："你别胡扯了，再说了，曦曦可不生孩子。"

林延程说："嗯，我们还没生孩子的计划。"

林州鼓掌道："真是时代先锋，没事，我们的孩子就是你们的，一起养。"

回去路上，林延程牵着岑曦的手，十分悠闲地走着。

夏天的夜晚炎热却又带着一丝别样的安宁，大概因为是工作日，街上人不是很多，但两侧亮起的树灯让这里显得热闹非凡。

岑曦抬头看夜空，发现这里居然也能看到星星。她兴奋地晃了下林延程的手说："星星，星星！"

林延程抬头看了一眼，笑着说："青水镇不是能看到更多吗，怎么那么开心？"

"大学那边是看不到星星的，就我们租房的那个阳台上，每次朝远处看去都是雾茫茫的一片，能见度很低。程程，我觉得回来真好，这儿的空气好，晚上还宁静，这儿的一切都慢悠悠的。"

林延程还记得当初岑曦很想离开青水镇，朝外展翅高飞的兴奋，没想到就几年工夫，她就变了想法。

其实也正常，不论走到哪儿还是家最好了。

这些感受和想法也都需要经历才会明白。

林延程把她的手握得很紧，回答说："那我们接下来几十年就住这里了。"

岑曦乐呵呵地道："是接下来一百年，我们要活很久的。"

"是，接下来一百年。"

岑曦想起从前的时候，那时候周五放学就是和林延程一起走过这条街回家。

现在真好呀，她和林延程还在一起，并且以后会永远在一起。

就这么轻松自在地走了一路，两个人之间永远不会冷场，岑曦和他有说不完的话和问题。

他的医院今天有什么新鲜事，有没有小姑娘暗送秋波，她今天吃了点什么，迸发了什么灵感……

林延程会耐心温柔地回答，也会如此耐心温柔地倾听。

所以即使在一起很久很久了，两个人还拥有着当初恋爱的初心。

回到租房的小区里，小广场上一群爷爷奶奶正带着孙子孙女在玩，岑曦不知道怎么就多看了几眼。

她脑海里莫名回荡起蒋心莲和李星雨的话。

结婚和生小孩。

她不喜欢小孩子，总觉得又吵又闹，一辈子要被小孩捆绑实在太累了。

为什么一定要生小孩呢？她想不明白。

但是鬼使神差地，她问林延程："程程，你是真的不想要宝宝吗？"

她总觉得林延程骨子里是很喜欢小朋友的，只是因为她不愿意所以才说不生孩子。

林延程看了会儿那边的小朋友，低声道："如果有了宝宝我会很疼他，如果没有，也没关系，有你就好了。"

岑曦从他的眼神能看得出来，他是想要的。

真奇怪，这个男人，之前讨论这个话题的时候一点都没表现出来，难道是因为老了，渴望被放大了吗？

月光下的林延程棱角分明，清隽的脸庞多了些男人味，眉眼依旧温柔深邃。

岑曦觉得他比之前更有魅力，小时候看起来有点笨笨的，初中的时候很笨拙，高中的时候有点正经，大学了变得有点坏，毕业了充满了男性荷尔蒙的味道。

岑曦的视线从他的眼睛转移到喉结上。

真好看，不管看一百次还是一千次。

紧接着，岑曦不由得思考一个问题。

她也是因为年纪大了，渴望被放大了吗？怎么一到晚上看见林延程就无法控制地胡思乱想，还想上下其手。

林延程哪里知道岑曦偏到外太空的想法，领着她回家。

到了家门口岑曦突然娇滴滴地道："哥哥，你带我回家，你女朋友知道了不会生气吧？"

林延程揉了揉她脑袋，知道她又开始角色扮演了，配合着说："她不会知道的。"

"那哥哥，我穿你的拖鞋你女朋友不会吃醋吧？"

"不会，她的拖鞋有脚气，来客人只能穿我的。"

岑曦给了他一拳："哥哥，你上班那么辛苦，你女朋友知道吗？"

"不知道。"

林延程弯腰把岑曦换下的鞋子放好，还没直起身，岑曦忽地跳到了他背上，朝他的耳朵吹口气说："可我觉得哥哥好辛苦啊，等会儿我给哥哥按摩吧。唉，不像我，只会心疼哥哥。"

"真给我按摩啊？"

"真的呀，日式精油的那种。"

那就是假的了。

林延程背着她进了卧室，把人放在床上后，捏了捏她的脸："别演了，快点拿衣服洗澡，我也要洗。"

岑曦却勾住他脖子不让他走，看着他眼睛直白地说："我很想你。"

"不是你说要在家里住一段时间的吗？"他笑。

"可是你很忙，都没空和我发消息，我就很想你。"

"对不起啊，真的太忙了。"

岑曦摇摇头："我知道你忙，也知道你累，但是……我控制不住地很想你，一开始自己睡觉还有点不习惯。"

林延程手撑在床上，头凑过去，蜻蜓点水地亲了一下岑曦，低低道："等会儿洗完澡我抱你睡觉。"

岑曦和他同居后有个习惯，每天晚上睡前必须得他抱着，不然她就会觉得不舒服。

岑曦和他说过，这是保持关系的一个方法，每晚互相拥抱交换爱意。

他也觉得挺好的，每晚抱抱她，所有疲惫都消失了。

岑曦此刻还是不想放他走，扯着他皮带说："等会儿一起呗，我先帮哥哥按摩下呀。"

"曦曦……"

"先按摩哪儿呢？这儿？还是这儿？"

林延程忍不住倒吸一口气。

事后，林延程抱起软成一摊泥的岑曦去了浴室，没有浴缸，就把岑曦放在小凳子上，细心地给她冲洗。

岑曦早就习惯了，也习惯性地说："以后我们的家一定要安个浴缸，我要泡澡。"

"好。"

这句话她说过很多次，不亚于她说你压到我头发了的次数。

但是林延程心情和以前不一样，那时候总说着以后以后，现在就已经到了这个所谓的"以后"了。

岑曦想要的浴缸他是时候给她了。

林延程也明白，从来都不是他在等岑曦，是岑曦在等他。

洗完澡躺倒在床上，岑曦横躺，枕着林延程的大腿看小说，时不时笑几声。林延程在看书，翻了几页他觉得差不多要睡了。

他放好书后，伸手去揉岑曦的脑袋，提醒道："十二点了，睡觉了？"

"好啊。"

熄了灯，窗帘紧紧拉着，黑得几乎不透光。

林延程从背后抱住岑曦，温热的呼吸洒在她后脖颈，岑曦觉得安心极了，又努力地往他怀里缩了缩。

岑曦快睡着的时候，身后那人忽然叫她："曦曦。"

"嗯？"

"我们年后春天结婚好不好？"

声音是那样低那样动人心弦。

岑曦一下子就不困了，鲤鱼打挺似的翻身面对他，透过黑夜去寻找他的眼睛，轻声道："怎么突然说这个，是不是因为爷爷、妈妈他们催你啊？"

林延程的声音是有笑意的，他说："爷爷当然希望我早点和你结婚，你妈妈着急也是正常的。是我，曦曦，是我，我觉得半年后我能给你一个很浪漫的婚礼，我想快点把娶你回家，我想给你有浴缸可以泡澡的家。"

岑曦扑哧笑了出来："半年以后你工作差不多是稳定了，只是太辛苦了。"

"不辛苦，我会好好计划一下的，到时候你挑喜欢的方案。"

"好啊，但是不用太复杂，简简单单就好了。"

"好。"

"程程，我很开心能和你结婚。"

林延程是个说到做到的人，给了岑曦好几个婚礼方案，传统古典的中式婚礼，简约大气的西式酒店婚礼，还有童话色彩的户外婚礼。

综合一番之下，最后岑曦选择了户外婚礼。

确定好方案后林延程和岑曦与两家长辈说了要结婚的事情，可把双方家长高兴坏了，紧接着林延程联系了南城最好的婚庆公司，他事无巨细。

这半年多的时间岑曦几乎泡在准备浪漫婚礼的粉红泡泡里。

读大学的时候她总想着慢点结婚，也十分想展翅高飞，但不知道怎么，毕业几年后她的想法逐渐改变了。

她十分平静地去等待林延程，也期待着当他新娘子的一天，想要去环游世界，也想感受家乡的一年四季。

婚礼定在了 3 月下旬，万物复苏，嫩芽从枝头探出，偶尔有几场春雨，但婚礼举行那天是个艳阳天。

场地定在了南城的一个农庄里，是像童话世界一样的草地，到处布满了岑曦最喜欢的风铃花。

白色，春风，花香，阳光，是林延程认为的浪漫，这些是他第一次见到岑曦的感觉。

给客人的喜糖是岑曦亲自买的和包的，给朋友的伴手礼里有很多是岑曦亲手做的，比如手工糖，婚纱是一家人亲自跑去苏州挑的，婚戒是林延程定制的。

岑曦想，她和林延程的感情来的客人一定能感受到。

交换戒指的时候，台下岑兵和蒋心莲泪眼汪汪，爷爷眼眶也有点红，可下一秒大家都破涕为笑。

司仪让新郎亲吻新娘，还没亲到呢，岑曦踮起脚主动亲了一下林延程，惹得大家哄堂大笑。

岑曦一点都不害臊，还笑得格外甜。

这样子的岑曦看得林延程悸动不已，搂住她的腰加深了这个吻，台下又是一阵起哄。

平日里林延程在朋友同事前的形象都是话少安静，笑起来很温柔，谁也没见过林延程这样主动的一面。

但岑曦知道，林延程才不是那么人畜无害。

晚宴结束后，林州他们扶着醉醺醺的林延程进酒店新房，嬉皮笑脸地说："对不住了弟妹，今晚辛苦你了！"

看着喝醉的林延程岑曦是心疼的，于是不顾形象地提起裙子，一脚朝林州他们踹过去，那伙人躲得很快，一溜烟地就跑了。

林延程松散地坐在藤椅上，薄唇红如蜜，漆黑的眉眼带着几丝迷乱，却依旧笑得柔和。

岑曦边解他的衬衫扣子，边嘀嘀咕咕道："谁给你灌的酒，明天我剁了他！要是灌出点毛病怎么办，都什么年代了还流行灌酒。你也是，傻啊你，拒绝不行吗？头痛不痛啊？胃难受吗？要去医院吗？"

林延程还没醉到不省人事的地步，抬手一把抓住岑曦的手腕。

他掌心烫得像热铁，岑曦停了动作看他。

"曦曦……我没事，让我抱一下。"

"抱什么，一身的酒味，我扶你去洗澡啦。"

林延程笑，还是自顾自地圈住岑曦，岑曦跌坐在了他腿上。

他亲昵地蹭着岑曦的脖子，低声道："你今天好漂亮，结婚真好。"

"你说的是什么傻话呀，傻乎乎的。"

他又笑："这新房也好，这床也……"

岑曦推他肩膀："你都醉了难道还想办我？"

林延程捉住她的手，亲了亲，黑曜石般的眼眸看向她："我没醉，今晚不能醉。"

"你明明就醉了。"

"没有。"

岑曦还想说些什么，但下一秒，天旋地转，她被林延程横抱起扔在了床上，紧接着是他压下的身体。

林延程扣着她手腕，眼眸一遍又一遍地扫过她的脸，白皙的皮肤，水灵的眼睛，娇艳欲滴的嘴唇。

这是他的新娘子，从今天开始，真真正正成为他家人，以后他将如宣誓一般那样，对她不离不弃，竭尽所能地照顾她，爱护她。

这是他的小姑娘，他见证了她每个阶段的成长，清楚地了解她的喜好性格，这是世界上最可爱的小姑娘。

岑曦被他看得有些心跳紊乱。

"干吗啦……"她娇嗔着。

"我们结婚了。"

"你又说傻话了。"

"曦曦，我们终于结婚了。"

林延程的热气扑在岑曦脸上，热烘烘的，岑曦一点都不觉得他身上的酒味难闻，反而像传染给了她一样，她莫名地也有点醉了。

"林延程，你醉得不轻啊。"

林延程眉眼间都是笑意，低下头轻轻吻了下岑曦的额头，紧接着是眼睛，然后是脸颊鼻尖，最后是嘴唇。

每一下都满是珍惜。

岑曦望着头顶温暖色调的顶灯，感受着林延程炙热的体温，随着吻的深入，她忍不住心潮澎湃起来。

而他肯定是喝醉了，不然他怎么会附在她耳边说出各种放荡的话，还不让她把礼服脱掉，说穿着更好。

她无力抵抗，只能娇娇地捶他的肩膀。

最后额头抵着额头，淋漓大汗的两人四目相对。

岑曦不禁回想起小学时的愿望，她希望能和林延程交换眼睛，因为他有一双好看的眼睛。

多不切实际啊。

但如果他们生个孩子，孩子有双和林延程一模一样的眼睛呢？

她不知道为什么今晚她不生孩子的想法忽然动摇了，即使自己还是有点害怕有点迷茫，但如果他们有个孩子长得很像林延程的话，好像是件很有意思的事情。

而林延程也很喜欢小孩子，他一定会是个称职的爸爸，一定会把孩子教得很好吧。

于是岑曦结结巴巴地开口道："程程，要不我们造个人？"

林延程的呼吸停了一下，不太敢相信地问："这么突然？"

"我不知道，就是忽然觉得我们好像可以有个孩子。"

"傻瓜。"

他没说不要，也没说要，只是亲了下岑曦。

过了会儿，林延程支撑着起身："顺其自然吧，你再想想，嗯？"

岑曦埋在被窝里，忽地笑了出来，戳着他腰说："明明刚刚你很惊喜啊，你是想要的对吧？"

犹豫一会儿，林延程点头了。

"那你以前怎么从不说自己的想法。"

林延程摸了摸她的脸颊："你不记得了，那时候你噘着嘴气鼓鼓地说，我以后可不要生孩子，那么疼，还要担心他长大后会不会变成不好的人，反正我不生，你要是让我生我就把你腿打断，第三条腿！"

他模仿着岑曦当初的语气，这让岑曦笑得更厉害了。

她没忍住，踹了林延程一脚。

岑曦说："那是听了附近一个大哥哥赌博劈腿后的气愤感想。"

林延程弯了下嘴角："那现在呢？"

"不知道啊，我说了不知道了，只是觉得好像也没那么糟糕。我可以让他帮我扫地拿外卖洗衣服，也可以让他做'野王'带我一起飞，嗯……如果是女孩我还可以听她讲讲是怎么暗恋学校里的男生的，这样我画漫画就有源源不断的灵感了。如果是男孩……啊，我好像不是很喜欢男孩。"

林延程试探地说："那我努努力，生一个女孩？"

"什么时候努力？"

"今晚？"

岑曦咬着唇看他，说："你今晚还能吗你？"

林延程滚了下喉结："你觉得呢？"

"你好'霸总'哦……"

接下来的话都被林延程堵住了，只剩下起起伏伏的喘息声。